BOTSCHAFT AUS GRANADA

BÜCHER DER BÖHMISCHEN DÖRFER
HERAUSGEGEBEN VON JÜRGEN SERKE

ERNST SOMMER

BOTSCHAFT AUS GRANADA

ROMAN

PAUL ZSOLNAY VERLAG
WIEN · HAMBURG

Erstmals erschienen
Leipzig-Märisch Ostrau, 1937

Umschlag und Einband: Buchholz & Hirsch
unter Verwendung einer Graphik von
Dorothea Maetzel-Johannsen
Fotosatz: Völkl, Germering
Druck und Bindung: May & Co., Darmstadt
Printed in Germany
ISBN 3-552-03919-8

CIP-Kurztitelaufnahme der Deutschen Bibliothek
Ernst Sommer:
Botschaft aus Granada: Roman/Ernst Sommer. –
Wien; Hamburg: Zsolnay, 1987.
(Bücher der böhmischen Dörfer)
ISBN 3-552-03919-8

INHALT

ERSTES KAPITEL

Abravanel

1

Trotzdem hie und da Basilisken von lächerlicher Form und dem Angreifer gefährlicher als dem Angegriffenen vor den maurischen Festungen auffuhren, beherrschte den Krieg gegen Granada das Rittertum.

Auf gewappneten Streitrossen, in vollkommener Panzerkleidung, sprengten Edelleute gegeneinander. Zelthäuser, mit strahlenden Wimpeln geschmückt und den wilden und phantastischen Wappen uralter Geschlechter bemalt, bedeckten die Ebenen. Jeder Weg eines Ritters wurde zu einem feierlichen Aufzug, tagsüber bunt und festlich von Edelknaben umsäumt, nachts von Fackeln begleitet. In den Zelten häuften sich kostbare Stoffe und Silbergeschirre. Die Lagergassen wimmelten von edlen Pferden und Hunden. An den Hängen der Sierra Nevada entfaltete sich das glänzende Bild zahlreicher Falkenjagden.

Isabella von Kastilien stand in ihrem einunddreißigsten Jahr. Ihre Schönheit war von jener klaren und sparsamen Art, die von den Jahren nur zögernd überwunden wird. Ihr Bild im Prado zeigt ein zeitloses Gesicht mit reinem beschwörendem Ausdruck. Sie kniet auf einem wunderbaren Teppich, dessen zartes Rankenwerk sich in dem dunklen Brokat ihres Kleides fortsetzt.

Auch in den Krieg zog Isabella prunkvoll und sorgfältig kostümiert. Sie saß auf einem kastanienbraunen Maultier, dessen Sattelstuhl mit Gold beschlagen war. Die Satteldecken waren hochrot, die Zügel aus Atlas, mit goldenen Arabesken bestickt. Das samtene Oberkleid war von einem maurischen Scharlachmantel bedeckt.

König Ferdinand trug ein Panzerhemd, über das ein französisches Oberkleid mit dunkler Seidenstickerei geworfen war. Goldene Schnallen hielten seinen Schild am linken Arm. Von seinem weißen gascognischen Hut wehten bunte Federn. Aus himmelblauer Seide bestand die Zäumung seines Pferdes, veilchenblau gestreift und mit goldenen Sternen besät.

So war der Krieg gegen Granada ein buntes Fest für die Könige und ihre Ritter. Alle bedienten sich maurischer Waffen. Die Helmgitter waren von afrikanischen Schmieden verfertigt, der Stahl der Rüstung in Granada selbst bearbeitet. Man empfand keinen Haß gegen den Feind. Man kaufte nichts lieber als die Kunstprodukte maurischer Handwerker. Die arabische Sprache war in den Kreisen christlicher Gelehrter keineswegs verpönt. Sammler zeigten einander heimlich mohammedanische Handschriften, deren Texte wie Märchen klangen und morgenländischen Visionen glichen.

Man berauschte sich an dem Anblick arabischer Miniaturen, deren glühende und starke Farben an den Duft von Sandelholz und Rosenöl erinnerten.

Daß immer neue fruchtbare Gebiete verwüstet wurden und die Pracht gepflegter kleiner Städte in Rauch aufging, bewies keineswegs, daß die Spanier Blutgier oder Haß gegen den Feind empfunden hätten.

Dem kastilischen Adel war der Krieg eine ritterliche und einträgliche Unterhaltung, ein nicht endendes Turnier, eine Falkenbeize, bei der man mehr als Kleinwild erbeuten konnte.

Man war stark genug, um zu wissen, daß der Feind nichts als Zeit gewinnen konnte. Man spielte mit ihm, um ihn nicht zu schwer zu verwunden. Man wollte Blut sehen, aber keine Leiche. Man hätte die Abenteuer eines prunkvollen Feldzugs gegen den verwöhnten und verweichlichten Gegner sehnsüchtig vermißt.

2

In Granada schwankte man zwischen dem Wissen um den Untergang und der Freude an glanzvoller Gegenwart. Vor Babul hadid, dem Eisentor, und dem Tor Oneida fanden Turniere statt, an denen sich die Zegri beteiligten, Abkömmlinge der Könige von Cordoba, und die Abencerragen, die mit den Königen von Marokko und Fez verwandt waren.

In den weiten und prachtvollen Quartieren der Hauptstadt herrschte dumpfe Resignation. Man wußte, daß die Christen Monat für Monat näher rückten. Und der Fall jeder Stadt drückte schwerer auf die in Granada versammelten Reste der maurischen Aristokratie. Ihre Häupter waren schon entschlossen, zu den Christen überzugehen oder nach Afrika zurückzuwandern.

In der Alhambra regierte der blondhaarige Emir Abu Abdallah Mohammed, von den Spaniern El Rey Chico genannt. Er war von weichem Gemüt und liebte die Verse Ibnul Himarahs, des letzten Dichters in Granada, wie die Essays Ibn Chatibs, die mit den schönsten und zartesten Farben auf Blätter erlesenen Papiers gezeichnet waren. Er lag mit Vorliebe in einem der in Schwarz, Weiß, Azur und Gold gehaltenen Baderäume, während leise Musik aus den Gärten der Lindaraja ertönte. Oder er betrachtete aus dem Komaresturm die schönen Plätze seiner Stadt Granada. Die Tore Elvira und Vivarambla strahlten in den Farben Rot und Orange. Die geschmückten Türme schnitten in den opalenen Himmel. Auf den Lorbeerterrassen der Dächer lag die Sonne wie Goldstaub. Die Karawansereien und Basare funkelten vor Reichtum und Geschäftigkeit. In den Häusern der Waffenschmiede, Teppichweber und Waffenfabrikanten rührten sich Hunderte rastloser Arbeiter.

El Chico fühlte, daß die Stadt ihm nicht mehr lange gehören würde. Die tausend Marmorbrunnen waren verloren, die aus den fernen Bergen mit großer Kunst geführten Aquädukte befanden sich zum Teil in feindlichen Händen. Wer würde in zehn Jahren aus dem vollen und üppigen Strom der fruchtbaren Felder schöpfen? Und welche Gebete würden auf den Vorhöfen der

Moscheen gesprochen werden? El Chico war noch Herr der Stadt und des Landes, das er mit seinem von ihm bekämpften Oheim El Zagall teilte. Doch innerlich besaß er es nicht mehr. Seine Untertanen taten immer noch ihren Fußfall und verehrten ihn als Beherrscher der Gläubigen. Aber El Chicos hellhörige Ohren vernahmen die ungesprochenen Worte des Mitleids. Der Emir begann sich der Furcht auszuliefern, die die Könige von Granada nicht kennen durften.

Er hatte zuviel von den neuen Kriegsmaschinen gehört, die, von Italienern und Türken hergestellt, verheerende Lücken in die Festungsmauern rissen. Schon ihre Namen, wie Viper, Tiger, Salamander oder Basilisk, verbreiteten Schrecken. Man legte in steil nach oben gerichtete Rohre Steine oder Eisenkugeln, und unheimliche Kräfte schleuderten sie in die Luft. El Chicos Waffenmeister verstanden weder Kanonen zu bauen noch mit ihnen umzugehen. Die einzige von ihm erbeutete Kugelschleuder, eine seltsam geformte, mit blutrünstigen lateinischen Sprüchen beschriebene Bombarde, stand unbenützt im Myrthenhof.

Abu Abdallah betrachtete oft erschauernd das unheimliche, mit Eisenringen verstärkte Rohr und starrte in die breite, pulvergeschwärzte Öffnung. An dem Tage, an dem man ihm dieses Werkzeug der Vernichtung vorgeführt hatte, war er erschrocken vor dem schwarzen Holzgerüst niedergekniet, worin das Rohr eingebaut war. Was nützte Mut, wenn das Pulver aufzischte und sich die schweren Kugeln aus dem Leib des eisengepanzerten Untiers ergossen? Was bedeutete Kraft und Kaltblütigkeit, wenn das Feuer aus dem Rohr aufschoß und höllische Mächte das Gewicht von zwanzig Männern über die nutzlos gewordenen Mauern jagten?

El Chico berührte das kalte Eisen mit seinen zarten und gepflegten Fingern und lächelte müde, als man ihm den Gebrauch der Kanone zu erklären versuchte. Als er aufstand, war er trunken vor Angst. Er fühlte seine Glieder nicht mehr, als er zu gehen versuchte. Die Angst lähmte jeden Schritt. In den Adern stockte das Blut. Ihm war zumut, als wäre er lange geknebelt gewesen. Sein Gaumen war trocken, und seine Zunge bewegte sich im Mund, als wäre sie verdorrt. Nunmehr saß er viele Nächte lang in seinem prunkvollen Schlafzimmer und starrte in die kleine Flamme seiner goldenen Nachtlampe, die durch kleine spitze Smaragde gedämpft und in grüne Dämmerung eingeschlossen wurde.

Von den Fenstern der Burg konnte man tief ins Land sehen. Die Blicke reichten weiter als die Grenzen des Reichs. El Chico dachte an die Tage des Glanzes, als Granada, die Stadt Elvira überflügelnd, zur reichsten Stadt des Südens geworden war. Er nannte die Namen der Städte und Provinzen, die zum Reich der Nasriden gehört hatten. Es waren die Namen toter und verlorener Städte. Er beschwor mit verzweifeltem Geschrei ihre Macht und Größe herauf und klagte seine Väter an, durch Torheit und Ungeschick sie dem Feind preisgegeben zu haben. Er klagte sich selber an, schwach und feige zu sein, und hing wie ein Verdammter an den marmornen Fensterpfeilern, während er die Bergketten zählte, die noch zwischen ihm und dem Feinde lagen.

Die Einsamkeit fiel El Chico an und schürte seine Angst. Die kleinsten Geräusche vermochten ihn bis zur Raserei zu ängstigen. Er hörte, wie die Stille der Nacht unablässig wie ein Brunnen durch das Schlafzimmer strömte. Er versuchte auszurechnen, wie lange es dauern würde, bis die Spanier vor der Hauptstadt stünden. Aber die Vorstellung, daß er gefangen durch die christlichen Städte geführt werden könnte, jagte ihn aus dem Bett und zwang ihn, durch das Zimmer zu laufen, mit laut klopfendem Herzen und von der Angst halb erwürgt.

Wenn er ruhiger war, pflegte er die ihm noch verbliebenen Städte, Dörfer und Schlösser zu registrieren. Er führte Buch über die in ihnen vorhandenen Reichtümer und Bauten. Er zählte sich selber ihre Kunstwerke auf, Erinnerungen an die schöpferische und verschwenderische Hand seiner Väter.

Er malte sich aus, wie jetzt die Christen in den alten und mit inbrünstigem Fleiß ausgestatteten Herrenhäusern saßen, ohne Verständnis für die kostbaren Sternkuppeln, die blendenden Teppiche und die Handschriften aus der Zeit Hakams, für die jeder mohammedanische Fürst ganze Dörfer mit Feldern, Landhäusern und Sklaven hingegeben hätte.

Er hatte insgeheim eine Landkarte angefertigt, in die er mit Nadeln den Fortschritt in der Besetzung seines Landes durch die Christen anzeichnete. Und während er in seinem Schlafzimmer schwer und keuchend atmete, breitete sich in seinen Träumen die Landkarte aus. Auf ihr lebten alle Städte und Burgen. Sie wurden, wenn man sie näher betrachtete, immer größer und lebendiger. Und El Chico ließ sich aus der Höhe seines Traums auf ihre Märkte und Plätze nieder, um sich an der Größe seiner Niederlage zu weiden. Je näher eine Stadt dem Fall war, um so näher stand sie seinem Herzen. Er kroch in Gedanken durch Diwan und Harim seiner Schlösser, beugte sich unter den Hufbogen der Betsäle seiner Moscheen und weinte um jede mit Wappen und Marmorbildern bedeckte Wand, deren fromme Sprüche von rohen Händen ausgemerzt wurden.

Nur selten fand El Chico Trost in den Worten der Schrift. Aber es gab Nächte, in denen er sein Licht löschen konnte und mit offenen Augen in das Dunkel blickte, frei von Furcht. Das waren die Nächte, in denen er sich mit seinem Schicksal abgefunden hatte, der Letzte zu sein.

Er sagte den Vers aus der neununddreißigsten Sure her, welcher lautet: »Allah nimmt die Seelen zu sich zur Zeit ihres Todes und die noch nicht gestorben sind, zur Zeit ihres Schlafes. Er hält diejenigen fest, über die er den Tod verhängt hat, und entläßt die anderen bis zu einem bezeichneten Termin. Siehe, darin liegen Wahrzeichen für Leute, welche nachdenken!«

Dann konnte er lange Nachtstunden ertragen, ohne vor Angst zu ersticken. Dann dröhnte auch das Klopfen seines Pulses nicht so stark, daß er glaubte, die Kanonen zu hören, die jetzt Malaga langsam in Brand schossen.

Aber gegen Morgen ließ die Wirkung der Koranverse gewöhnlich nach. Dann mußte man ihm eine Frau zu seinem Lager bringen, damit sie sein Blut sänftigte. Und er preßte seinen von Schlaflosigkeit erschöpften

Körper an das warme und bebende Fleisch der Frau. Von draußen kamen Morgenkühle und die Feuchte von Tau herein. Durch das Geäst der Bäume tönte das leise Rufen des Muezzin. Demütig hielt die Frau dem kleinen König ihren Körper hin. Aber El Chico barg sein Gesicht schluchzend in ihrem Busen, nicht Liebe fordernd, sondern Stillung. Je heftiger ihn die Frau an sich preßte, desto tiefer fühlte der Emir die Nähe des Todes.

3

Ferdinand saß in seinem Zelt. Als Don Isaak Abravanel eintrat, verdunkelte sich der Eingang. Der Portugiese stand breit und ungezwungen auf dem bunten bildergeschmückten Knüpfteppich, der den Fußboden bedeckte. Im Halbdunkel des Zeltes glänzte sein Mantel aus blauer Seide stark, als sammelte sich das Licht auf ihm. Der mächtige, kaum ergraute Bart bedeckte zum Teil die goldene Ehrenkette des Königs Alfons.

Der König und der Jude musterten einander. Sie hatten einander oft gesehen, denn Don Isaak war mit Aufträgen des portugiesischen Königs mehrmals zu Sevilla und Toledo erschienen. Damals hatten der König und der Staatsmann füreinander Sympathie empfunden. Dem Juden gefiel der bewegliche Geist und die vorurteilslose Gesinnung des Aragoniers. Und Ferdinand ließ sich von der lässigen Vornehmheit des Mannes imponieren, der seine Ahnenreihe in gerader Linie auf

König David zurückzuführen vermochte. Jetzt standen die zwei unter völlig geänderten Bedingungen in dem königlichen Zelt beisammen. Don Isaak war ein Verbannter. Der reichste Mann Lissabons, Günstling und Finanzminister des Königs Alfons, Freund des Herzogs von Braganza und des Connetables von Portugal, hatte mit der Thronbesteigung des neuen Herrn alles verloren. Er hatte, um sein Leben zu retten, die Flucht nach Toledo ergreifen müssen. Ferdinand hingegen war mit den Jahren immer klüger und mächtiger geworden. Gewohnt, jede Gelegenheit auszunützen, hatte er sich entschlossen, die Finanzkunst und die kaufmännischen Fähigkeiten des großen jüdischen Bankiers in den Dienst der vereinigten Königreiche zu stellen.

Während der Sekretär des Königs, ein hagerer Junker aus Saragossa von zweifellos arabischer Abstammung, jenen Teil der Bestallungsurkunde Don Isaaks verlas, in dem die Verdienste seines Großvaters, Don Samuel Abravanel, erwähnt wurden, huschte über König Ferdinands Lippen ein spöttisches Lächeln und über Don Isaaks Gesicht eine flüchtige Röte.

Der Portugiese erinnerte sich eines Briefes, den er in seinen Papieren verwahrte. Er hatte ihn oftmals gelesen. Sein Großvater Samuel hatte ihn auf der Flucht aus Sevilla an seinen Sohn, Isaaks Vater, geschrieben. In ihm wurde vom ersten Verkünder der spanischen Totalität, dem Archidiakon und bischöflichen Offizial zu Sevilla, Ferrand Martinez, und seiner Massentaufe der Juden berichtet.

Martinez hatte sich jahrelang an der Vorstellung eines rein christlichen, von Juden und Mauren gereinigten Kastilien berauscht. Im Jahre 1391 war sein Traum zur Tat gereift. Er haßte die Juden keineswegs, aber er wollte sie in gleicher Weise wie die Mauren zwingen, ihrem Anderssein zu entsagen und sich als Christen in die katholische Gesellschaft einzufügen. Nach einem fruchtlosen Versuch, die Juderia zu Sevilla zu überfallen, gelang der Sturm drei Monate später. Denn die gesamte christliche Bevölkerung Sevillas nahm diesmal die Partei des Archidiakons. Nachdem zwei Drittel der Judenschaft getötet oder dem Ring der Sklavenhändler ausgeliefert worden waren, ergaben sich die übrigen. Samuel Abravanel, ehemals Minister des Königs Heinrich, hatte wie alle seine Volksgenossen die Wahl, sein Haus und seine Kinder dem Pöbel ausgeliefert zu sehen oder die Taufe zu nehmen.

»Ich habe keinen Augenblick gezögert«, schrieb er zwei Tage später an seinen in Lissabon weilenden Sohn, »die Taufe zu nehmen und damit das Leben zu wählen. Ich glaube nicht, daß zur Heiligung des göttlichen Namens die Schändung deiner zwei Schwestern und die Ermordung deines Vaters und deiner Brüder erforderlich war. Es schien mir wichtig, an jüdischem Blut und jüdischem Vermögen soviel als möglich zu retten. Ehe du mich verdammst, stelle dir die ehemals so belebten Gassen unsres Judenviertels vor, in denen ein Palast neben dem andern stand. Jetzt liegen zwischen Brandruinen und Trümmern von Hausrat etwa zweitausend jüdische Leichen. Unser Haus ist zwar fürchterlich zugerichtet, aber niemand unter unseren Hausangehörigen ist verletzt. Wir haben alle die Taufe genommen, wie Kranke eine furchtbare Operation über sich ergehen lassen, um ihr Leben zu retten. Vielleicht hätte ich mir lieber ein Auge herausschneiden lassen. Aber man verlangte nichts dergleichen von mir. Man war damit zufrieden, daß ich furchtbare Formeln aussprach und meinen bisherigen Glauben verfluchte. Es war mein erster Meineid. Aber da ich nicht bei dem Gott Abrahams, Isaaks und Jakobs schwur, kann ein solches Versprechen keine Gültigkeit haben. Ich vergaß, dir noch mitzuteilen, daß ich unter den Freudentränen des Räubers Martinez und den Glückwünschen des Königs Juan als Neuchrist den Namen Juan von Sevilla erhielt. Ich hoffe, in drei Monaten, wenn es dir bis dahin gelingt, meine Einreise beim Hof in Lissabon zu erwirken, mit allen Gliedern unserer Familie und den bis dahin flüssig gemachten Geldern bei dir zu sein –«

Der Sekretär hatte die Verlesung des langen Vertragsbriefes beendet. Der König hielt dem Juden die Feder hin. Don Isaak nahm sie langsam zwischen seine schmalen und mit dunklen Haaren bewachsenen Finger.

»Du zögerst doch nicht, mein Freund?« erkundigte sich Ferdinand. »Ich hatte die Wahl, dich an meinen portugiesischen Vetter auszuliefern oder den Enkel des abtrünnigen Juan von Sevilla der Inquisition zu Sevilla zu übergeben. Ich war so anständig, die dritte Möglichkeit zu wählen. Ich hoffe, daß wir beide unseren Handel nicht bereuen werden.«

»Der König von Portugal hat längst eingesehen«, erwiderte Don Isaak ruhig, während er unterschrieb, »daß er mir Unrecht getan hat. Eure Hoheit würde ihn durch ein Auslieferungsanbot meiner Person bloß in

Verlegenheit bringen. Und die Inquisition ist für mich nicht zuständig. Ich bin der Sohn eines Juden, selber Jude und habe niemals die Taufe genommen.«

Ferdinand bestand nicht weiter auf seinem Einfall. Er nahm von Isaak ein vorläufiges Arbeitsprogramm entgegen.

»Bau von zwei Dutzend Kanonen. Wem wirst du Arbeit übertragen?«

»Ein Franzose erhält die Oberleitung. Die Ausführung wird ausgeschrieben. Allerdings fürchte ich, daß sich kein altchristlicher Waffenschmied finden wird, der sich auf den Kanonenbau versteht.«

»Du beabsichtigst mit sizilischen, flandrischen und portugiesischen Lieferanten langfristige Verträge auf Lieferung von sonstigem Kriegsmaterial abzuschließen. Die Zahlung erfolgt durch dein und Abraham Seniors Haus. Wieviel Prozent Verdienst fällt für euch ab?«

»Ich erlaube mir, Eure Hoheit daran zu erinnern«, sagte Abravanel mutig, »daß Könige Kaufleuten Vertrauen schenken müssen, wenn sie mit ihnen Geschäfte machen. Im übrigen wird Senior gewiß genaue Abrechnung erteilen. Ist er doch seit zwanzig Jahren Vertrauensmann Eurer Hoheit.«

»Du willst Postverbindungen zwischen dem Kriegsschauplatz und unseren Hauptstädten einrichten. Sehr gut. Du bietest mir Schweizer Söldner, die seit der Besiegung Karls von Burgund arbeitslos herumziehen, zu wirklich angemessener Miete an. Ich ermächtige dich, abzuschließen.«

»Mehr kann ich vorläufig nicht unternehmen, Hoheit. In zwei Monaten werde ich einen Finanzierungsplan des maurischen Kriegs mir vorzulegen erlauben. Wir müssen noch mit mindestens fünf Kriegsjahren rechnen.«

Don Isaak wartete. Ferdinand schwieg. Beide Partner belauerten einander. »Hat Eure Hoheit noch einen Wunsch?« fragte Don Isaak endlich.

»Ja«, sagte der König nach einer langen Pause. »Du bist, wie du behauptest, ein Abkömmling Davids.«

»Wenn der König von Portugal bei der Beschlagnahme meiner Schätze den Stammbaum nicht vernichtet hat, so kann ich meine Abstammung Glied für Glied nachweisen.«

»Dann bist du ja ein Verwandter unseres Heilands!« sagte Ferdinand witzig. »Ich nehme an, daß dich solche Verwandtschaft verpflichtet.«

Don Isaak hielt es für angezeigt, keine Bewegung zu zeigen, wiewohl er wußte, daß mit dieser plumpen Einleitung nichts als ein Bekehrungsversuch verbunden sein konnte. Seine Finger suchten einen Ruhepunkt. Er betastete den Goldbeschlag eines Sessels und fuhr mit den Fingerspitzen über die zackige Krone, die zwischen Engelsflügeln auf braunem Rosenholz befestigt war.

»Die Taufe wird euch seit vierzehnhundert Jahren mehr oder minder dringlich empfohlen. Zuletzt haben manche Ratgeber ihre Ratschläge allzu stürmisch vorgebracht. Wie du dich aber aus früheren Gesprächen mit mir zu erinnern weißt, habe ich die Gewaltmethoden niemals gebilligt, deren sich die Judentäufer Martinez und Ferrer bedient haben. Ich finde auch die Disputationen lächerlich, die Jakob von Aragon und der

Pseudopapst Benedikt veranstalteten. Ich bin weder Gewaltmensch noch Dialektiker. Ich beweise nichts gegen den Talmud und nichts für das Neue Testament. Ich gebe dir nur zu bedenken, daß mir ein Märtyrer keineswegs imponiert. Dein Großvater, Juan von Sevilla, war klug, wenn er auch rückfällig wurde. Aber was wäre aus dir geworden, wenn man dich als neugeborenes Kind über ein Taufbecken gehalten hätte?«

»Ich wäre ein Christ geworden«, gab Don Isaak zu. »Ein Kind hat weder Volk noch Religion. Ich wäre ein Marrane geworden, Hoheit.«

Der Portugiese gebrauchte absichtlich den Schimpfnamen, den man solchen getauften Juden gab, die die Taufe nicht ernst nahmen. Die Marranen gingen zur Messe und verrichteten mit großer Deutlichkeit alle vorgeschriebenen Riten. Sie knieten vor dem Beichtstuhl und logen höflich, um die Gunst des Beichtigers zu gewinnen. Ihre geheimen Gedanken aber behielten sie für sich. Sie spendeten Votivbilder und Almosen mit der selbstverständlichen Unlust, mit der man Steuern bezahlt. Sie starben einen für die Außenwelt berechneten und einen wirklichen Tod. Offiziell ließen sie sich geduldig mit allen Tröstungen versehen, die die Kirche zu vergeben hat, und befahlen vor den Augen aller Welt ihre Seele in die Hand des Christengottes. In der Stille ihrer Sterbezimmer aber schlüpften sie in die Totengewänder, die jahrzehntelang in den Truhen warteten. Dort starben sie unter uralten Formen, nicht auf ein Paradies wartend, sondern auf eine Handvoll Staub aus Palästina, die man ihnen unter das Haupt betten würde.

»Ihr beklagt euch über das Wort. Und du sprichst es selber aus.« Ferdinand schüttelte unzufrieden den Kopf. »Immer predigt man mir, daß es nur Christen und Juden gäbe. Du warnst mich selbst vor den Marranen?«

Abravanel fühlte, daß er zu weit gegangen war, als er das Wort ausgesprochen hatte, das man hunderttausend Judenchristen wie eine Geißel entgegenhielt. Aber er konnte nicht mehr zurück.

»Eure Hoheit weiß, daß man seiner Abstammung unterworfen bleibt. Das Blut ist stärker als Bußübungen und Gebete. Das Judentum steckt nicht bloß im Kostüm, sondern mitten im Fleisch.«

Isaak Abravanel dachte an das Zwitterdasein der Conversos, die unaufhörlich Kleid und Haltung wechseln mußten. Tagsüber schlugen sie zuerst mit Überwindung, später mechanisch und ohne jede Hemmung ihr Kreuz. Man trug es sichtbar am Halse. Heiligenbilder schmückten den perlenumwundenen Hut. Geweihte Rosenkränze baumelten am Gürtel. Abends aber fielen Hut, Gürtel, Degen und Rosenkranz zu Boden. Man riß sich die Kette mit dem Kreuz vom Halse und wusch sich die westliche Tünche vom Gesicht. Die Schultern machten sich von der sie beherrschenden Edelmannshaltung frei. Man war wieder Geschöpf des Ostens, Diener eines schonungslosen Gesetzes, das einen wohl beurlaubte, aber niemals freigab.

»Auch Fleisch läßt sich kasteien!« spottete der König. »Es ist besser, das Fleisch rechtzeitig zu erziehen, als es später an langsamem Feuer rösten zu lassen.«

Der neuernannte Finanzminister suchte nach einer

Antwort. Er war aus einem Geschlecht, dem seit jeher Macht über die Menschen gegeben worden war. Immer hatte ein Abravanel einem König gehorcht, aber ihn in Wirklichkeit regiert. Aber Ferdinand schien gleich zu Anfang stärker als sein neuer Ratgeber, dem in dieser ersten Unterredung schon Rat und Hoffnung mangelte. Isaak Abravanel tastete das Gesicht des Königs mit verstohlenen Blicken ab. Es war ein massives und keineswegs fanatisches Gesicht. Aber hinter feisten und sonnenverbrannten Wangen gab es geheime Bezirke, die man nicht einmal von weitem erraten konnte. Ferdinand würde sich schwerlich beherrschen lassen. Der Portugiese wich immer von neuem vor dem ein wenig tückischen und kalten Blick des Königs zurück.

»Würde Eure Hoheit«, sagte er endlich, entschlossen, das letzte zu sagen, »alle Juden zur Taufe veranlassen, dann würde zum Beispiel aus Eurer Stadt Saragossa ein neues Jerusalem werden. Wenn das Taufwasser hunderttausend Judenköpfe überströmt hat, verwandelt es sich von selbst in das Wasser des heiligen Flusses Jordan. Kann überhaupt Wasser das Denken eines Menschen verändern oder das Erinnern auslöschen? Und kann man einem Täufling verbieten, in seiner dunkelsten Kammer weiterhin zum Gott Isaaks und Jakobs zu schreien?«

Ferdinand brach in ein Gelächter aus. »Ich höre die Väter der Inquisition reden.«

Und Don Isaak hörte ihre Stimmen gleichfalls. Er mußte innerlich zugeben, daß ihre Anklagen nicht völlig unberechtigt waren. Lernten nicht die Kinder der Neubekehrten schon von Kindheit Verstellung?

Die erste Generation hatte noch unablässig mit sich gerungen, um zwischen quälenden Widersprüchen hindurchzutasten. Die zweite Generation war schon in der Täuschung geboren. Es bereitete ihr kaum einen Schmerz, äußerlich den Messias am Kreuz anzubeten, innerlich dieses Trugbild zu verspotten. Zwei Gesetze, die einander auf Leben und Tod bekämpften, regelten ihr Leben. Ohne rechthaberische Verbissenheit suchten sie aus beiden Gesetzen aus, was erfüllbar war. Wie Seiltänzer hüpften sie über den Abgrund der Entdekkung hinweg. Christus schloß ihre Ehen und regelte ihre öffentlichen Feste. Moses aber diktierte, wie sie essen, trinken, lieben und hassen sollten.

»Auch die Inquisition hätte ihre Schrecken verloren«, sagte Abravanel. »Denn sie könnte einen Juden von einem Christen nicht mehr unterscheiden. Wo gäbe es noch einen Gradmesser für christliche Rechtgläubigkeit? Man würde vergessen, daß es eine jüdische Häresie gibt. Sie würde in die verborgensten Kreise einschleichen. Wer könnte verhindern, daß selbst das heilige Offiz von ihr ergriffen würde. Ich kann daher mit aufrichtigem Herzen versichern, daß eine Massentaufe der Juden nicht im Interesse der Kirche liegen kann.«

»Die Kirche wird dir danken.« Ferdinand sah seinen Minister mit kühlen Augen an. »Ob dir aber die Juden danken werden?«

Abravanel fühlte sich wieder veranlaßt, dem königlichen Blick auszuweichen.

»Du bist sehr aufrichtig«, fuhr Ferdinand mit beinahe zornigem Lächeln fort. Er ging langsam durch das

Zelt, setzte sich dann an den Tisch und blätterte in einem Haufen Papier. Plötzlich hob er den Kopf. »Ihr Juden seid ungeschickt und halsstarrig«, sagte er. »Ich wußte nicht, daß auch die klügsten Köpfe von diesem Laster besessen sind. Immer wollt ihr anders sein als die andern. Eines Tages werden wir euch befehlen, so zu bleiben, wie ihr seid. Dann werdet ihr mit der gleichen Taschenspielerlogik, mit der ihr euer Anderssein zu beweisen pflegt, denen, die nach uns regieren, einzureden versuchen, daß es keinen Unterschied zwischen christlichem und jüdischem Denken gibt und daß daher ein getaufter Jude ein vollkommener Christ ist.«

Abravanel fühlte sich veranlaßt, den Mann, dessen Überlegenheit er in dieser Sekunde untrüglich verspürte, um Entlassung aus seinem Dienst zu bitten. Aber als hätte Ferdinand diesen Gedanken seines Ministers erraten, reichte er ihm huldvoll die Hand zum Kuß.

»Wir wollen künftighin keine Religionsgespräche führen«, sagte er mit bestrickendem Lächeln. »Wir haben Wichtigeres zu tun. Und mein Verlangen, euch Juden zu taufen, bezog sich nicht auf einen Enkel Davids. Menschen eures Namens können gewiß nicht ihr Haus und ihre Tradition wechseln. Die Königin und ich erwarten, daß du uns nicht schlechter dienst, als du dem König Alfons dientest.«

Die Zeltwand öffnete sich. Abravanel beugte sein Knie. Er ging langsam und nach rückwärts gewendet hinaus. Ihm schien, als wäre er um Jahre gealtert. Von Ferdinands unbekümmertem und huldvollem Lachen schien ein Verhängnis auszugehen. Abravanel fühlte, daß er ihm nicht zu entrinnen vermochte.

4

»Im Namen Gottes. Amen. Um das verderbliche Gift der Ketzerei von Grund auf auszurotten, wurden am heutigen Tage die Rabbinnen von Toledo vor das geistliche Gericht des Erzbischofs geladen, mit der Aufforderung, über folgende Frage Auskunft zu geben und ihre Auskunft auf die Thora zu beschwören:

Welche der Neuchristen entehren den Schoß der heiligen Mutter Kirche durch die weitere Befolgung jüdischer Riten? Welche der Juden befleißigen sich des fortdauernden Verkehrs mit Neuchristen in der ruchlosen Absicht, sie immer von neuem mit der giftigen Verderbnis der judäischen Häresie anzustecken?

Es erscheint vor mir Bruder Johann de Yarca, Doktorand der heiligen Theologie und Prior des Klosters Peters des Märtyrers zu Toledo, Inquisitor dortselbst, Isaak Aboab, Ältester der Rabbinnen zu Toledo.

Er erklärt, in Vertretung aller Rabbinnen über meine Vorladung gekommen zu sein, um auch im Namen dieser anderen Rabbinnen verantwortlich Rede zu stehen.

Er wird gefragt, ob er willens sei, auf die Thora einen Eid zu leisten, daß er alle ihm bekannten Neuchristen, die jüdische Gebräuche beobachten, angeben werde.

Er antwortet: Nein.

Ihm wird vorgehalten, daß die Verführung eines Christen zur Untreue gegen die heilige Mutter Kirche nach den Beschlüssen des zehnten Konzils zu Toledo und nach dem zwölften Abschnitt des Lex Visigothorum mit dem Feuertode zu bestrafen ist, welche Strafe nur in besonders berücksichtigenswerten Fällen in lebenslängliche Galeerenstrafe umgewandelt werden darf. Er erklärt, daß er den Bestand der erwähnten Gesetze nicht ableugnen wolle.

Er wird gefragt, ob er auf die Thora schwören wolle, in Hinkunft keinen judaisierenden Häretiker der göttlichen Erbarmung zu entziehen oder solche verfaulte Glieder des Christentums in ihren Verbrechen zu bestärken.

Er antwortet, daß er keine judaisierenden Häretiker, sondern nur Juden kenne.

Er wird gefragt, ob nach seiner Meinung ein Glied der Kirche durch den bloßen Willen, Jude zu sein, aufgehört hat, dem Körper Christi anzugehören. Er antwortet, daß derjenige Jude sei, der in die jüdische Gemeinde aufgenommen worden ist und die Thora anerkennt.

Er wird gefragt, ob er diese Anschauung auch bezüglich solcher Personen hege, die die Taufe empfangen haben. Er antwortet: Ja.

Er wird gefragt, wie er solche gottesleugnerische Behauptung aus der Schrift beweisen wolle.

Er antwortet, daß im ersten Satz des letzten Kapitels des Buches Hosea das Wort stünde: Kehre um, Israel, zu dem Herrn, deinem Gott! Diese Aufforderung gälte für alle vom Judentum Abgefallenen, also auch für Juden, die das Christentum angenommen haben.

Dieses Protokoll wurde von mir, Johann Lopez aus Cordoba, Notar der heiligen Inquisition zu Toledo, verfaßt und zum Zeichen seiner Richtigkeit von dem einvernommenen Isaak Aboab, Rabbiner zu Toledo, gefertigt.

Da besagter Jude Isaak Aboab weiterhin seine widerspenstige Weigerung, den Eid auf die Thora zu schwören, aufrechterhält und durch vorstehendes Protokoll geständig erachtet wird, Christen zum Abfall vom wahren Glauben zu verleiten, wird dieses Protokoll dem weltlichen Gericht zur Einleitung des Strafverfahrens gegen den Juden Isaak Aboab wegen des Verbrechens der Anstiftung zur Häresie abgetreten.«

Der Sekretär endete die Vorlesung. Er legte die zusammengehefteten starken Blätter auf den Tisch, verbeugte sich und ging langsam aus dem Zimmer, einem ovalen Raum des Alcazar zu Sevilla.

Ferdinand saß auf einem bequemen Brokatsessel, von dessen Lehne das funkelnde Stück golddurchwirkter Seide niederhing. Er hatte die Beine übereinandergekreuzt und betrachtete seine muskulösen Waden, die in schwarzen Seidenstrümpfen staken. Isabella lehnte an einer hohen Truhe. Ihre Blicke betrachteten abwechselnd ihren Gatten und die Glasfläche eines schmalen Wandspiegels. An ihrem tiefentblößten Halse glänzte eine Perlenkette. Der dunkelblaue Samt ihres Kleides machte die Nacktheit ihres Fleisches noch weißer.

»Er ist frech, dieser Alte!« sagte sie. »Siebzig Jahre und noch so widerspenstig.«

»Er ist weniger schuld als diese verdammten Conversos. Sie wollen nicht vergessen, daß man ihre Väter zum Taufbecken gepeitscht hat. Statt froh zu sein, daß man mit Gewalt Menschen aus ihnen gemacht hat, bereiten sie uns unablässig Schwierigkeiten.«

»Man müßte die Conversos endlich von den Juden trennen.« Isabella sah im Spiegel, wie sich ihr Gesicht in böse Falten legte.

Sie senkte den Kopf.

»Das müßte man«, bestätigte Ferdinand lachend. »Aber wie?« Er schlug das Protokoll nochmals auf. »Kehre um!« las er. »Israel, zu dem Herrn, deinem Gott!« Er brach in ein trockenes Lachen aus. »Sollen wir ihn dem peinlichen Gericht ausliefern?«

»Du weißt, daß Aboab und der Jude Samuel aus Valencia die jüdischen Kriegssteuern einziehen«, bemerkte Isabella. »Unser Hauptsteuereinnehmer Abraham hat ihre Arbeit als unentbehrlich bezeichnet. Wie können wir sonst unsere Aktion in Granada fortsetzen? Die christlichen Herren sind zwar bereit, für die gute Sache zu bluten, aber nicht für sie zu zahlen. Ohne Aboabs Hilfe sind unsere Kassen leer.«

»Dann soll Aboab straflos ausgehen?«

Isabella nickte. »Erst Granada!« flüsterte sie. Im Spiegel bewegten sich zwei riesige Diamanten, die an ihren Ohren hingen. Ihre Augen strahlten vor Zuversicht. Sie gaben lächelnd ein Versprechen.

Ferdinand verstand sie. »Im übrigen«, sagte er, »haben wir dem heiligen Offiz und Thomas, dem Großinquisitor, nicht zum Scherz ein neues Statut gegeben. Erinnere ihn, daß die vor kurzem in diesem Hause beschlossenen achtundzwanzig Artikel ausreichen sollten, jedem Marranen sein Geheimnis zu entreißen.« Isabella läutete nach dem Sekretär.

»Schreib!« sagte sie und fuhr mit den Händen liebkosend über ihr Haar. »Das Verfahren gegen Aboab ist einzustellen.«

Der Sekretär strich mit zarten Bewegungen der Feder den vorgeschriebenen Anklagevermerk durch. Dann setzte er nochmals an, um den Einstellungsbefehl mit kleinen verschnörkelten Lettern aufzuzeichnen. Und darunter schrieb er mit großen feierlichen Buchstaben die Formel: »Ich, der König. Ich, die Königin.«

5

Sooft Don Isaak Abravanel auf ein paar Tage in die Stadt Toledo kam, wo in einem Gartenhaus seine Frau und die drei Söhne wohnten, warf er sein Staatsgewand ab und zog sich in das Studierzimmer zurück, worin neben dem Kommentar zum Buch Josua, dem Buch der Richter und den Büchern Samuelis zahlreiche theologische Streitschriften auf die Vollendung warteten. Er hatte den Tisch an das offene Fenster gestellt, so daß der Schein der Lampe bis in die Mitte des Gartens reichte. Das dunkle Grün der Oleanderbüsche stand in das matte Lichtgeviert hinein. Viele schwerfällige Nachtschmetterlinge sammelten sich knisternd über dem Schirm der starken Öllampe. Don Isaak merkte nicht, wie sie mit versengten Flügeln niedertaumelten. Er wurde über seiner Arbeit warm. Seine Augen zwangen sich immer von neuem, die Verse zu lesen, die von Gideon handelten, vom unseligen Gelübde Jephtas und von Simsons rätselhaften Schicksalen. Wenn er die brennenden Augen schloß, wandelten die riesigen Schatten der Propheten durch das Dunkel unter seinen Lidern, ihre Worte waren schwer von unfaßbarer Deutung. Die Hartnäckigkeit ihrer furchtbaren Verwünschungen, die verlorene Generationen nicht besserten, klangen ihm dumpf im Ohr. Er fühlte sich schwach vor ihrem unersättlichen Haß. Und je länger er die Ausbrüche ihrer Verzweiflung durchdachte und ihre Weissagungen nachzusprechen versuchte, desto hilfloser fand er sich selbst. Es war eine Zeit, die hohe Entschlossenheit verlangte. Wieder wartete man auf einen Menschen, der das Amt der biblischen Richter übernehmen sollte. Mochte er plump und unwissend sein: man brauchte nichts als seinen Willen.

Abravanel dachte neidvoll an Josua, der so stark war, daß seine Stimme den Gang der Sonne und des Mondes für einen ganzen Tag aufhielt, bis das Volk sich an fünf feindlichen Völkern gerächt hatte. Diese erbarmungslose Stimme hatte nach dem Sieg die gefangenen fünf Könige grausam töten geheißen.

Aus allen Städten Spaniens hörte man eine Stimme, die der des Josua ähnlich war, wenngleich sie aus dem anderen Lager kam. Es war die Stimme Thomas Torquemadas, des neuernannten Großinquisitors. Was für eine Abwehr konnte er dieser Stimme entgegensetzen? Er war kein Führer. Seine eigene Stimme war viel zu sanft. Unablässig kamen Menschen zu ihm, beschworen ihn, gaben ihm Ratschläge, zerrten an seinen Nerven, baten um seine Fürsprache. Er wollte allen helfen. Aber was nützte es, Hunderte jüdische Gefangene loszukaufen oder hie und da einen Verurteilten vor dem Scheiterhaufen zu retten?

Sein Ruf wurde von Tag zu Tag größer. Wohin er kam, wurde sein Einfluß gerühmt. Man feierte ihn wie einen neuerstandenen Propheten. Aber er wußte deutlich, daß er keine Ähnlichkeit mit einem Propheten hatte. Viel eher glich er jener biblischen Figur, mit der er sich eingehend beschäftigt hatte, dem König Saul, wie er in den drei Schlußkapiteln des ersten Buchs Samuel beschrieben wird.

Zuweilen sah er die Szene zu Endor im Traum. Saul hatte Furcht vor den Philistern. Er hatte aufgehört, an sich zu glauben. Es hieß im fünften Vers des achtundzwanzigsten Kapitels, daß der Herr dem ihn um Rat fragenden Saul weder durch Träume noch durch Erleuchtung noch durch einen seiner Propheten Antwort gab. Der Herr wollte, daß Saul unterging. Aber warum wählte nicht Saul eine von den zwei Möglichkeiten, die ihm trotzdem zu Gebote standen, entweder den Weg der Verständigung mit dem Feind oder den Weg der freiwilligen Resignation?

Es war vielleicht bequemer, sich von toten Propheten den eigenen Untergang weissagen zu lassen und dann, gleichgültig, was kommen würde, zu Abend zu essen und in die Nacht zu gehen.

Er, Isaak Abravanel, saß allabendlich wie Saul in seinem Zimmer und beschwor Geister Verstorbener herauf. Sie gaben ihm keinen Trost. Aber dessen ungeachtet lud er dann, wie Saul seine Knechte eingeladen hatte, die Häupter der Gemeinde zu Toledo in sein Haus. Man saß bis zum Morgengrauen. Die wechselnden Schicksale der Juden in den spanischen Ländern wurden erörtert. Man bewies aus den Namen der spanischen Städte deren jüdischen und phönikischen Ursprung. Man stellte fest, daß Römer, Goten, Araber und Berber gegenüber den jüdischen Ureinwohnern minderberechtigt waren. Isaak de Leon hatte die Theorie aufgestellt, daß die Juden schon unter König David, Abravanels Ahnherrn, Teile Spaniens besiedelt hatten. Eine Örtlichkeit, die in Josuas Geschichte eine Rolle spielte, die Höhle Makkeda, hatte der Stadt Maqueda ihren Namen gegeben. Und wie die Philister wußten, daß das Land durch göttlichen Willen den Juden gehörte und trotzdem nicht aufhörten, gegen sie zu kämpfen, so war der Haß der Goten und ihrer Nachkommen nichts als der Haß der Räuber gegen die Beraubten.

Aber wenn Don Isaaks Freunde sich selber stundenlang im Bewußtsein ihres Rechts bestärkt hatten, überfiel sie zuweilen die Vision Torquemadas. Und plötzlich hatten die Dialektiker keine Argumente mehr. Sie starrten in den festlichen Saal und fanden, daß die vielen Lichter trübe brannten. Sie aßen und tranken. Aber sie wußten gar nicht, welche Speisen und Getränke ihnen vorgesetzt wurden. Sie blickten immer aufs neue auf die große, mit nachgedunkelten Gemälden bedeckte Wand des Speisesaals. Thomas Torquemada, den die meisten von ihnen noch nicht gesehen hatten, ging langsam vorüber, ein kleiner und unansehnlicher Greis, gebückt, mit krankem, gelblichem Gesicht.

Und wie Saul vor der Erscheinung Samuels zur Erde gefallen war, senkten Don Isaak und seine Gäste ihre Augen auf die Tafel. Und alle empfanden, daß keine Kraft in ihnen war. Je mehr sie aßen und tranken, desto mutloser wurden sie.

6

Wieder tauchte im Lager des Königs der kastilische Obersteuerpächter, Hoffaktor und Vertreter der Judenschaft am Hoflager, Abraham Senior aus dem Hause Benvenisti, auf. Ferdinand ließ seinen Juden von Zeit zu Zeit zu sich kommen, um mit ihm vertrauliche Aussprache zu pflegen. Senior war mit dem König durch weit engere Beziehungen als durch Geschäfte verknüpft. Er hatte vor Jahren die Ehe mit Isabella vermittelt. Aber auch alle finanziellen Transaktionen des Königs gingen ausschließlich über sein Bankhaus. Niemand wußte, wieviel Ferdinand seinem Steuerpächter schuldete. Die Zinsen der Darlehen wurden ohne Zuziehung Dritter verrechnet. Ferdinand empfing Abraham diesmal in seinem vor dem belagerten Ronda aufgebauten Staatszelt, einem beweglichen Palast aus Leinwand, Teppichen und kostbaren Hölzern. Ferdinand war allein. Senior beugte sein Knie und wartete. Er war stark und vollblütig. Seine Züge, derb und wie aus Holz geschnitzt, bewiesen, daß der Hoffaktor ein Mann der Wirklichkeit war, der weder andere noch sich selbst betrügen wollte.

»Setze dich, Abraham«, sagte der König gnädig, »und berichte!«

»Die Steuerreform, soweit sie in mein Ressort fällt–«, begann Abraham Senior, »ist beendet.«

»Und was hast du erreicht, Abraham?«

»Ich habe trotz dem Krieg und der damit verbundenen Verarmung die Einnahmen der Krone um dreißig Millionen Maravedi gehoben.«

»In Dukaten ausgedrückt«, spottete Ferdinand, »ist das kein allzu ansehnlicher Betrag.«

Abraham war verletzt. »Wie Eurer Hoheit bekannt ist«, sagte er, »betrugen die Einnahmen Kastiliens bei der Regierungsübernahme der durchlauchtigsten Königin Isabella nicht mehr als dreißigtausend Dukaten jährlich, weil König Heinrich die meisten Einnahmen verkauft, verschenkt oder nachgelassen hat. Die Cortes von Toledo haben über meine Veranlassung die Rechtsunwirksamkeit aller dieser Verfügungen der Krone dekretiert.«

»Was nützt das?« bemerkte Ferdinand unzufrieden. »Ich habe mehr erwartet. Solche Resultate hätte jeder christliche Steuerdirektor gleichfalls zu erzielen gewußt. Einem Benvenisti hätte ich bessere Leistungen zugemutet.«

Ferdinand lächelte durch seine halbgeschlossenen Lider. Er wußte, daß er seinen Faktor kränkte. Er anerkannte auch den finanziellen Effekt seiner Bemühungen. Aber er mußte mehr Geld bekommen. Alle erreichbaren Summen verschlang der Maurenkrieg. Wenn er nicht bald beendet wurde, verbluteten Volk und Staat.

»Ich war im Begriffe, neue Einnahmequellen vorzuschlagen«, sagte Abraham Senior mit gesenkten Augen. »Die Cortes haben bisher abgelehnt, die von König Heinrich vergebenen Münzrechte einzuziehen.«

»Begreiflich«, unterbrach ihn Ferdinand. »Sie müßten sich ja selbst berauben.«

»Würde das Recht zur Ausgabe neuer Münzen Euren Hoheiten vorbehalten bleiben, könnte aus dem Münzrecht allein eine weitere Einnahme von zehn Millionen Maravedi geschaffen werden.«

»Du bist zu vorsichtig, Abraham«, bemerkte Ferdinand. »Bei einer Änderung des Metallgehaltes können wir auf zwanzig Millionen kommen.«

Senior duckte den Kopf und schwieg. Eine Beraubung der Münzen erachtete er als Diebstahl, an dem er nicht teilhaben wollte. »Ich glaube, daß diese Maßnahme unterbleiben könnte. Denn ich bin von zwei Seiten beauftragt, eine weitere außerordentliche Einnahme Eurer Hoheit anzubieten, die ermöglichen würde, den Krieg gegen Granada mit weit stärkeren Kräften als bisher zu Ende zu führen.«

»Laß hören, Abraham!« Ferdinand ließ sich wohlwollend in seinen Stuhl sinken und nahm aus einer Malachitdose ein Stück Rosenkonfekt.

»Meine Glaubensgenossen wollen über die Vorschläge Eures Fiskals Villaris hinausgehen und sich einer freiwilligen außerordentlichen Vermögensabgabe nach Selbsteinschätzung unterziehen, die eine Einnahme von zehntausend Golddukaten ergeben würde.«

»Zehntausend Golddukaten –«, sagte Ferdinand anerkennend. »Und was wollen deine Glaubensgenossen dafür?«

»Eine Kleinigkeit, Hoheit. Meine Glaubensgenossen wollen nichts als Sicherheit.« Der Hoffaktor machte sich ganz klein. Er blickte den König spähend von der Seite an und lächelte schwach.

»Was heißt das?« fragte der König scharf und schloß den Deckel der Konfektdose. »Wofür bietet ihr mir zehntausend Dukaten?« Er heftete seine Augen auf Senior und weidete sich an seiner Verlegenheit. »Sicherheit –«, fuhr er böse fort, »ist ein Wort. Was soll ich euch verbürgen?«

Abraham Senior duckte sich demütig. »Alles Jüdische zittert vor dem Zorn dieses Mannes, dem Eure Hoheiten und der heiligste Vater in Rom die Rechte eines Großinquisitors verliehen haben. Täglich sieht uns dieser Mann drohender und unheilvoller an. Nicht vor der Gerechtigkeit Eurer Hoheiten erbitten wir Sicherheit, sondern davor, daß uns dieser furchtbare Mönch nicht erwürgt –«

König Ferdinand verzog sein Gesicht zu einer Grimasse milden Spotts. Dieser voluminöse Jude in dem schweren Mantel, gekleidet wie ein Grande, ihm seit zwanzig Jahren vertraut und doch voll Hinterhalten, schien ihn betrügen zu wollen. Er hat viele Geschäfte mit ihm gemacht, selbst das beste Geschäft seines Lebens, die Heirat Isabellas. Trotzdem begann er ihm in diesem Augenblick heftig zu mißtrauen.

»Höre mich an, Abraham. Ich kann euch keine Sicherheit geben. Die Heilige Bruderschaft verbürgt die

Sicherheit des Eigentums. Wir haben den Geheimen Rat, der die Gerichtshöfe kontrolliert. Und schließlich tagt das Hohe peinliche Gericht. Eben wird von unserem Kronjuristen Diaz de Montalvo die Sammlung aller unserer Gesetze vorbereitet. Unsere Rechtspflege ist somit in bester Ordnung.«

Abraham Senior schüttelte den Kopf. Er merkte deutlich, daß der König ihn nicht verstehen wollte. Seine Schläfenadern zuckten, und eine wachsende Erregung raubte ihm den Atem. »Die Gesetze waren niemals besser als heute. Und nie wurden sie so strenge eingehalten. Aber die Inquisition hat ihre eigenen Gesetze.«

»Soviel ich weiß, unterstehen Juden nicht dem heiligen Offiz.«

»Nicht wir Juden.« Senior schluckte heftig und sah seinem königlichen Geschäftsfreund befremdet ins Gesicht. »Man hat unzählige unserer Brüder zur Taufe gezwungen.«

»Kümmere dich nicht um die Angelegenheiten der Christen!« sagte Ferdinand laut und fegte die Hand des königlichen Steuerdirektors, die sich flehend über den Tisch gelegt hatte, von der bestickten Seide der Tischdecke. »Du hast mir zehntausend Dukaten deiner Stammesgenossen zugesagt. Bringe sie mir. Solltest du dich aber in die Angelegenheiten mischen, die nur Christen betreffen, dann würde es mir leid tun, daß ich meinen alten Freund und Finanzmann Abraham vor einem einzuleitenden Kriminalverfahren nicht schützen kann.«

Abraham Senior wollte sich erheben. Der König gab

es nicht zu. »Wie lautet dein zweiter Vorschlag, Abraham?«

Der Steuerdirektor zitterte. »Ich möchte lieber nicht –«

»Rede nur. Ich lasse dich nicht los. Du hast mir einen Vorschlag versprochen. Ich nehme dich beim Wort!«

Seniors Augen blinzelten. Das graue, müde Gesicht versteckte sich beinahe bis zur Hälfte in dem Zobelkragen, der den schwarzen Samt der prunkvollen Hofkleidung umsäumte.

»Mein Amt ist es, die königlichen Einnahmen zu steigern. Und daher durfte ich nicht taub bleiben gegen die Äußerungen des neuchristlichen Adels, der entschlossen ist, einen Großteil seines Vermögens zu geben, wenn die Hoheiten die Inquisition beseitigen wollen.«

»Daraus wird nichts«, sagte der König entschlossen. »Ich nehme keine Geschenke von den Neuchristen. Ich lasse mich nicht bestechen. Und übrigens –« Ferdinand lächelte grausam, »wer schuldig ist, braucht sich nicht mit mir abzufinden. Er gibt mir sein ganzes Vermögen, nicht bloß einen Bruchteil nach seinem Gutdünken.«

»Hoheit –«, entgegnete Senior und kämpfte mit einer schweren Atemnot, »dem ist nicht so, daß die Krone aus dem konfiszierten Vermögen der Versöhnten oder Unversöhnten den Großteil erhält. Die Inquisition arbeitet nicht billig. Die Regie ist groß. Und wer der Inquisition gehört, erwirbt nichts mehr. Ein Steuerobjekt ist ausgerottet. Tote zahlen weder Steuern noch Abgaben.«

»Geh!« sagte der König schroff. »Unser Haus steht

seit Generationen mit der Familie Benvenisti in Geschäftsverbindung. Aber niemals hatte einer deiner Väter die Frechheit, sich in unsere Politik einzumischen. Kümmere dich um deine Geschäfte und nicht um die meinen.«

Senior erschrak vor dem Gesicht Ferdinands. Es verriet eine furchtbare Wildheit, die niemals bisher die stets beherrschten Züge des Königs verzerrt hatte. Konnte der Gedanke an die unermeßlichen Gewinne, die das Vorgehen der Inquisition ihm bringen mußte, Ferdinands Anschauungen über die Neuchristen von Grund aus umgewandelt haben? Er empfand plötzlich einen Widerwillen gegen seinen königlichen Partner. Senior wollte reden. Aber aus seinem Munde kam kein Laut. Er machte die Gebärde der Ergebenheit. Ferdinand schien sie nicht zu bemerken. Er verneigte sich. Ferdinand reichte ihm zögernd seine Hand zum Kuß.

Abraham verspürte ein Frösteln. Er empfand, wie seine Glieder schwer wurden. Er öffnete seinen Mantel und schöpfte tief Atem. Er hielt seine Hände wie flehend hin. Ferdinand lächelte und gab das Zeichen der Entlassung.

7

Der junge, aber schon hochberühmte Saadia ben Maimun Ibn Danan, Richter und Rabbiner der Judenschaft der Stadt Granada, diktierte ein Responsum an die Judenschaft von Malaga. Die dunklen und seidigen Haare fielen ihm tief in die Stirn. Seine schmale und gekrümmte Nase gab ihm das Aussehen eines Kriegsmannes. Er ging in dem reichgeschmückten Raume auf und ab. Ein Schreiber zeichnete mit grünlicher Tinte die zierlichen arabischen Schriftzeichen auf einen großen Bogen hellgrauen Papiers. Und die Zeilen der biegsamen und dichtem Rankenwerk gleichenden Schrift wuchsen wie ein Feld wogender Schlingpflanzen längs der durch schwarze Linien angedeuteten Spaliere.

»Vor neunzig Jahren wurden viele tausend Juden zu Kastilien zur Taufe gezwungen.« Ibn Danan starrte in die hohen Leuchter, die den Raum mit Taghelle erfüllten. »Nun kehrt der Urenkel eines dieser zwangsweise Getauften in unserer Stadt zum Judentum zurück. Eure Frage lautet: Ist er ein Fremder, der dem Judentum gewonnen wurde? Oder war er immer ein Jude, der bloß ebenso wie seine Vorfahren im Stande der Sünde gelebt hat?«

Saadia ben Maimun hielt im Diktieren inne. Er stand ganz nahe dem Leuchter. Sooft er atmete, bewegte sich die Flamme und stieß einen feinen Rauch nach oben. Plötzlich schloß Ibn Danan die Augen. Sie schmerzten. Und der Entschluß, wie das Gutachten zu formulieren war, fiel nicht leicht.

»Schreib!« sagte er endlich und begann wieder auf und ab zu gehen. »Es gibt einen grundlegenden Unterschied zwischen Apostaten und Anussim, wie wir die Zwangsgetauften nennen. Apostaten sind Abtrünnige aus freiem Willen. Anussim sind Juden, die aus Furcht vor dem Schwert gezwungen waren, das Judentum abzulegen. Die Apostaten haben im Herzen alle Gedanken an das Judentum ausgelöscht. Sie sind wirklich Christen geworden. Die Anussim denken im Herzen nicht so –« Ibn Danan betrachtete versunken die Zierseite eines Talmudexemplars im maurischen Stil. Zwischen verwirrenden Arabesken, gelb, auf blauem Grunde, standen heraldische Löwen und trugen hochmütig auf zierlichen Tatzen ein Wappen mit der Inschrift »Friede«.

»Schreib weiter«, sagte Ibn Danan nachsinnend. »Der Glaube an die Einigkeit Gottes und die Liebe zu ihm haben die Anussim nicht verlassen. Viele unter ihnen beobachten im geheimen die Vorschriften und Gebote des Judentums und setzen sich hiedurch großen Gefahren aus. Selbst die Sünder unter ihnen, die aus Bequemlichkeit und Herzenslauheit immer mehr zur Ketzerei neigen und denen vor der Beobachtung der christlichen Glaubensvorschriften nicht graut, können trotzdem nicht an die Wahrheit dieser Vorschriften glauben.«

Der achtundzwanzigjährige Rabbiner von Granada blickte in das Dunkel der nächtlichen Straße hinaus. »Sie glauben wirklich nicht«, bemerkte er mehr zu sich selbst und fiel dem Schreiber in die Hand, um ihn am Weiterschreiben zu hindern. »Wie könnten sie auch glauben. Aufgeklärte und durch die Kenntnis unserer heiligen Bücher wissend gemachte Menschen können doch nicht dem Aberglauben huldigen, wie er in den Büchern der Christen unverhüllt gepredigt wird. Oder können sie das?« Er schrie den Schreiber an und rüttelte ihn. »Bist du imstande, wirklich Christ zu werden?

Können deine Augen christlich sehen? Kann dein Kopf christlich denken?«

Der Schreiber schüttelte entschieden den Kopf.

»Schreib weiter!« befahl Ibn Danan. »Darum verrichten die Anussim in den Kirchen leeren Lippendienst. Die Christen, soweit sie nicht verblendet sind, betrachten die Anussim keineswegs als wirkliche Christen. Sie nennen sie insgeheim Judenchristen und hassen sie, weil sie verdächtig sind, dem Judentum zuzuneigen.«

Wieder blieb Ibn Danan stehen. Er erinnerte sich bestimmter Menschen. Und er versuchte mit einer schwankenden, abwehrenden Handbewegung die Erinnerungen fortzuscheuchen.

»Viele der Anussim haben den göttlichen Namen öffentlich geheiligt. Kann man solchen Menschen den Namen von Nichtjuden oder Apostaten geben? Die ihr Leben aufs Spiel setzen, indem sie auch nur einen Teil der Gebote befolgen, haben mehr Lohn in der künftigen Welt als solche, die bei der Ausübung ihrer religiösen Vorschriften keine Furcht empfinden müssen.«

Saadia ben Maimun lächelte, während er innehielt. Das Licht tat seinen Augen nicht mehr weh. Er schob den Leuchter langsam nach vorn und fühlte, wie die tiefe Stille ein gutes und herzliches Empfinden in ihm wachrief.

»Gewiß«, diktierte er zu Ende, »sind die getauften Abkömmlinge der Anussim im Hinblick auf den Glauben als Nichtjuden anzusehen. Ihr Wein ist verboten, ihre Schlachtung unzulässig, aber eherechtlich und im Hinblick auf das Zinsverbot sind sie Juden.« Er blickte dem Schreiber auf das Blatt. »Schreib es noch einmal!« befahl er. »Sie sind Juden und unsere Brüder. Wird nicht im Buche Josua gesagt: Israel sündigte! Obwohl die Sünde vollbracht war? Somit bleiben die Sünder trotz ihrer wie immer gearteten Sünde Juden und Zugehörige zu Israel.«

Ibn Danan beugte sich über die Schrift und las sie durch. Und über dem Blatt erstand ihm ein Bild der Marranen, jener ungeheuren Armee getaufter und Kinder getaufter Juden, die nicht Juden noch Christen waren, die heimlich zu den jüdischen Lehrern drängten, um getröstet, und öffentlich die Kirchen füllten, um gesehen zu werden. Und er fühlte, daß er entschlossen war, für sie einzutreten und sie zu verteidigen. Er wollte nicht dulden, daß man sie verkannte. Ihr zertrümmertes und rätselhaftes Dasein mußte aufgerichtet werden.

8

Aber einige Monate später erkannte Saadia ben Maimun, daß es nicht leicht sei, die Marranen vor der Vernichtung zu bewahren.

Ein flüchtiger Converso aus Cordoba hatte trotz scharfer Überwachung die Grenze überschritten und eine Abschrift der Konstitutionen mitgebracht, die von dem Höchsten Rat der Inquisition unter dem Vorsitz Torquemadas erlassen worden waren. Eingeladen, vor den Ältesten von Granada zu berichten, legte der Converso – er nannte sich nicht mehr Vivant Almeida, sondern auf dem freien Boden Granadas wieder Josef ben Duran – die gerettete Abschrift in die Hände des jungen Lehrers der Judenschaft. Ibn Danan, gewohnt kastilisch wie arabisch zu lesen, vergnügte sich zuerst, die prunkvolle und weitschweifige Einleitung vorzutragen, die wie ein vielkarätiges Geschmeide funkelte. »Im Namen Gottes –«, übersetzte er den Text der Konstitutionen in sein biegsames Arabisch, »am 19. September des Jahres der Geburt unseres Heilands Jesu Christi 1484, der zweiten Indikation, im ersten Jahre des Pontifikats unseres heiligsten Vaters, Innozenz des Achten, und unter der Regierung der höchsten und mächtigsten Beherrscher Kastiliens und Aragoniens, des erlauchtigsten und erhabenen Herrn Don Ferdinand und der Frau Isabell, des durchlauchtigsten Königs und der Königin von Kastilien, Sevilla, Cerdagne, Cordoba, Murcia, Jaen, Algarve –« Ibn Danan schöpfte tief Atem und überschlug zwei Zeilen, »Herzogen von Athen und Lepanto, versammelten sich in der edlen und getreuen Stadt Sevilla auf königlichen Befehl, zusammenberufen durch den hochwürdigen Vater, Bruder Thomas de Torquemada, Prior des Klosters zum heiligen Kreuz in Segovia, königlichen Beichtvater und Generalinquisitor –« Saadia ben Maimun unterbrach sich. »Man hört so viel von Bruder Thomas. Was für ein Mensch ist dieser Prior des Klosters zum heiligen Kreuz und Generalinquisitor?«

»Wie kann ich ihn beschreiben?« entgegnete der Emigrant aus Cordoba ratlos. »Wie kann man den Satan beschreiben? Er ist listig, verschlagen, grausam und blutdürstig. Seit Erschaffung der Welt hat kein solcher Wüterich gelebt.«

Der junge Richter schüttelte den Kopf. »Du drückst dich ein wenig ungenau aus, Rabbi Josef. Hast du ihn gesehen?«

Der Mann aus Cordoba schüttelte den Kopf. »Wie hätte ich den Bösewicht sehen können? Er sitzt wie eine Spinne in verborgenen Höhlen.«

»Keiner, den ich frage, hat ihn gesehen«, lachte Ibn Danan zornig. »Aber alle schildern ihn als reißendes Tier und wissen keinen Ausdruck, um seine Grausamkeit zu beschreiben.«

Der Rabbiner von Granada blätterte lange in dem Manuskript. »Ich will euch nicht mit dem Vorlesen der Konstitutionen ermüden noch euch zwingen, die Namen und Titel der dreizehn Verfasser anzuhören. Aber sagt selbst, ob Torquemada nicht ein Meister in der Seelenkunde ist? Er spielt mit den armen Anussim wie die Katze mit der Maus.«

Und Saadia ben Maimun begann langsam und mit leiser Stimme die Methoden Torquemadas zu erörtern. Schon die Ankunft der Inquisitoren wurde in jedem Ort mit geschickter Regie zu einer unvergeßlichen Szene gestaltet. Die Prälaten und Kapitel der vornehmsten Kirchen, begleitet vom Richter, Regidor und Corregidor, empfingen das heilige Offiz an den Ortsgrenzen. Herolde forderten die gesamte Christenbevölkerung auf, in der Kirche zu erscheinen. Hierauf erging nach der Predigt der feierliche Appell an alle Frommen, mit aufgehobener Hand vor das Kruzifix zu treten und bei dem Evangelium zu schwören, daß man der Inquisition und ihren Dienern Gehorsam bekunden und nichts verheimlichen würde.

Nach solcher Vorbereitung wurde eine Frist von dreißig bis vierzig Tagen verlautbart. Wer vor Ablauf dieser Frist seine Ketzerei oder Beobachtung jüdischer Zeremonien aufrichtig zur Selbstanzeige brachte, sollte liebreich aufgenommen und weder mit dem Tod noch mit ewigem Gefängnis noch mit Vermögenskonfiskation bestraft werden. Man verlangte nichts von ihm, als daß er sich im Sanbenito, dem Brust und Rükken bedeckenden Bußgewand, öffentlich demütigte, seine Irrtümer abschwor, alle anderen Verdächtigen und Mitschuldigen angab und nach verbüßter Kerkerstrafe als Ausgesöhnter eine angemessene Vermögensabgabe leistete.

Da aber auch bußfertige Ketzer und Abgefallene von Rechts wegen infam waren, durfte ein Ausgesöhnter weder ein öffentliches Amt noch die Würde eines Prokurators bekleiden. Er war auch unfähig zu dem Beruf des Pächters, Apothekers, Kaufmanns und Maklers. Er durfte weder Gold noch Silber, keine Seide noch edle Steine am Körper tragen. Er war unwürdig, ein Pferd zu besteigen oder eine Waffe zu handhaben.

Natürlich kämpften bei den ängstlichen Judaisten zwei Regungen miteinander. Wer in der Gnadenfrist erschien, rettete sein Leben und einen Teil des Vermögens. Aber er verlor seinen Stolz. Er verwandelte sich in einen auf immer Gedemütigten. Der Sanbenito haftete ihm wie eine ansteckende Krankheit an. Seine Unfähigkeit zu Ämtern trieb ihn in die Einsamkeit. Er wurde ein unnützes und verachtetes Stück Fleisch. Wenn die Angst den Christen mit bösem Gewissen nicht wahnsinnig machte, hielt er sich von der Buße zurück. Denn was bedeutete eine Rettung, die keine war? Und so ließ der Großteil der Verdächtigen die Gnadenfrist verstreichen.

Wer sich aber nach Ablauf der Gnadenfrist, von Angst gehetzt, dennoch stellte, behielt nichts als das Leben. Er verlor Vermögen und Freiheit. Und wer erst auf Grund einer Denunziation verhaftet wurde, verfiel, falls er abschwor, ewigem Gefängnis, falls er unbußfertig blieb, dem weltlichen Arm.

So war das Getriebe eines furchtbaren Räderwerks um die Marranen aufgebaut, um ohne Beschleunigung, aber unheimlich sicher arbeitend, die Eingekreisten zu ergreifen. Man geriet in ein Labyrinth von Qualen. Je tiefer man sich verirrte, desto grauenhafter war das Ende. Ein Rad griff in das andere. Es gab keine Hoffnung. Weder grenzenlose Aufrichtigkeit half noch arglistige Verstellung.

Saadia ben Maimun zeichnete mit seinen festen und sehnigen Händen die Furcht, die wie ein Spinnennetz um die Marranen gelegt wurde. Sie umgab Zimmer, Haus, Straße und Land. Sie reichte bis über das Meer. Sie gab keine Ruhe, ehe nicht der Körper, dessen sie sich bemächtigt hatte, entweder zu Asche oder zumindest heimatlos geworden war.

»Wie nanntest du den Torquemada?« wandte sich der Richter an Josef ben Duran. »Ein reißendes Tier? Er ist weder reißend noch ein Tier. Aber seine Klugheit ist grenzenlos. Ich beuge mich vor diesem Kopf. Sein Spiel mit den Anussim gewährt ihm eine unheimliche und arglistige Freude. Wer aber ist sein Gegenspieler?«

Josef ben Duran geriet in Eifer. »Ein ebenso gelehrter wie mächtiger Mann. Er hat das Vertrauen der Könige. Ich wundere mich, daß er bisher noch nicht imstande war, einen dauernden Erfolg davonzutragen. Es ist Don Isaak aus dem Hause Abravanel.«

»Ist es der Portugiese?« fragte Saadia ben Maimun.

Der Mann aus Cordoba bejahte. »Ehe er nach Toledo kam, war er der mächtigste Mann in Lissabon. Er ist ebenso gelehrt wie wohltätig. Anders als unsere meisten hervorragenden Männer kennt er die großen Kirchenlehrer der Christen. Er hat sogar den verfluchten Nikolaus von Burgos aus seinen eigenen Schriften widerlegt. Er verwaltet die Finanzen Kastiliens. Wenn uns irgend jemand retten kann, dann niemand als er.«

Saadia ben Maimun dachte eine Weile nach. »Ich kenne ihn«, sagte er halblaut. »Seine Glaubensstärke und seine Wohltätigkeit sind nicht anzuzweifeln. Seine Schriften sind frei von verbotenen Gedanken. Er ist ein ebenso vornehmer wie guter Mann. Man muß ihn lieben. Ist er wirklich der einzige Gegenspieler des klugen Torquemada?«

Der Marrane zuckte die Achseln. »Abraham Senior kommt nicht in Betracht. Denn dieser denkt nur in Zahlen. Ihm fehlt der Gedankenschwung Don Isaaks. Es gibt wohl keinen außer Abravanel.«

»Keinen außer Abravanel –«, wiederholte Ibn Danan. Seine jungen Augen blickten auf einmal alt und müde. »Arme Anussim.«

9

Das Königspaar ritt durch die Straßen der eroberten, in greller Sonne leuchtenden Stadt Ronda. Die Gassen waren verödet. Aus den Häuserblöcken stiegen die Minarette weiß und unerwartet steil in die sommerliche Glut. Hie und da lag vor einem Tor ein Mensch und starrte aus schräg nach aufwärts gerichtetem Gesicht auf die neuen Herren, die milde lächelnd vorüberglitten, grüßend und unsichtbaren Huldigern zuwinkend. Unberührt und traumversunken entfalteten sich Wasserkünste in offenen Gärten.

Isabella hielt ihren Zelter vor einem der zertrümmerten Paläste an. Eine Wand war freigelegt, und man konnte das Innere einer Halle betrachten. Geheimnisvolle Buntheit bedeckte die Wände, halbdunkel, herb, unbegreiflich beherrscht. Eine leise und kaum hörbare Sprache redete aus den kühlen Mustern, die in immer neuen Variationen bis zur Decke emporklommen, um sich dort in goldenen Gevierten fortzusetzen. Man bemühte sich, sie zu verstehen. Aber man hörte nur ihre Musik, beängstigend eindringlich, monoton und dennoch verlockend süß.

Isabella setzte ihren Weg fort. Man kam zu einem großen Platz. Hier hatte die Regie der Kastilier eine Art Ovation durch die wenigen Rondaer Christen vorbereitet. Auf den Dächern hockte junges Volk und brach in taktmäßiges Rufen aus. Man bejubelte die Erlösung vom heidnischen Joch und verlieh den Königen feierliche Namen, mit denen man vor dreihundert Jahren die

Kreuzfahrer in Jerusalem begrüßt hatte. Schmalgliedrige Mädchen bewegten die Arme. Eine Prozession von Mönchen, schwarzen und grauen, bildete einen Halbkreis. Die verschiedenartigen Kutten bewegten sich im heftigen Wind wie die Flügel unförmiger Nachttiere. Zuweilen lüftete der Wind die Kapuzen. Dann kamen sonderbare Gesichter zum Vorschein, die erstaunt und ein wenig scheu sich in der ungewohnten Umgebung zurechtzufinden suchten.

In den Fenstern hockten majestätische Matronen in grellen Gewändern wie schaukelnde Papageien und schwenkten seidene Teppiche.

Hinter diesem Häuserblock dehnte sich ein Park, angefüllt mit Brunnen, kleinen Lusthäusern, Palmen und stumpfglänzenden Weihern, in deren Spiegeln die Vorübergehenden sich betrachteten. Auf einer riesigen Wiese häufte sich die Beute. Zunächst lag ein Berg von Koranhandschriften, der Vernichtung bestimmt, zwischen Holzblöcken, die das Feuer verbreiten sollten.

Abravanel blieb zurück und hob Blätter auf, die der Wind seitwärts getragen hatte. Er glättete eines der zerknitterten Blätter. Ein Beet aus lauter kleinen Blüten schien inmitten goldener Umrahmung zu sprießen. Wenn man näher zusah, zerfiel das Beet in viele kleine Blumenbündel, deren jedes ein eckiges und nach geheimnisvollen Regeln zusammengesetztes Ornament darstellte. Zwischen winzigen und bunten Blumen krochen arabische Worte wie Schlangen in weißen zauberhaften Windungen. Und je länger man das Blatt betrachtete, desto tiefer fühlte man sich von den Worten gebannt, die, wenn man sie entziffert hatte, Anrufungen Gottes waren, Lobsprüche der Allmacht, Gedanken über die Ewigkeit.

Abravanel hielt das Blatt in Händen, ohne den Ruf des Königs zu hören. Ferdinand wandte den Kopf und sah seinen Minister in seltsamer Erstarrung hinter dem Zug reiten, in der rechten Hand die schlaffen Zügel, in der andern ein buntes Blatt.

»Was hast du da, Don Isaak?« fragte der König.

»Ich habe die Kriegsbeute bestohlen, Hoheit«, sagte der Portugiese, aus seiner Verzückung erwachend. »Dieses Blatt soll nicht verbrannt werden.«

»Und warum nicht?«

»Es trägt siebenmal den Namen Gottes.«

»Gib her!« befahl Ferdinand. »Ist es Gott oder Allah, von dem du sprichst?«

»Der Gott der Mauren –«, sagte Abravanel. »Ich bitte Eure Hoheit, mir zu verzeihen, daß ich mich allzu ungenau ausgedrückt habe.«

Ferdinand betrachtete angestrengt das Blatt. Auch ihn schien die zitternde Flucht der Worte zu fesseln. »Eine verdammte Schrift!« sagte er. »Ihre Schlingen sind des Teufels. Ihr Ebräer liebt sie wohl, weil sie der eurigen verwandt ist.«

»Gewiß, Hoheit«, entgegnete Abravanel. »Aber da ist doch ein Unterschied. Die unsre ist eckig und ein wenig scheu. Sie kann sich nicht verstellen. Mit ihr läßt sich kein Spiel treiben. Sie eignet sich weniger als Ornament. Die arabische Schrift hingegen ist geschmeidig und voll Hinterhalten. Sie ist biegsam wie Stahl, den die Mauren so gut zu arbeiten verstehen.«

»Biegsam oder nicht –«, murmelte der König unwillig, »ich werde mit euren Zeichen, die Dämonen erfunden haben, aufräumen.« Er entwand heftig das Blatt den widerstandslosen Händen des Juden und warf es auf die Erde.

Abravanel folgte schweigend, während Ferdinand rasch zwischen Palmengruppen auf eine Reihe von Gefangenen zueilte, die in Gruppen von zwanzig auf dem Rasen hockten.

Einige Christen, die an der Seite der Mauren gefochten hatten, wurden zu den Galeeren gebracht. Sie standen mit finsteren Gesichtern, an einem Strick gereiht. Einem älteren Mann rann Blut in winzigen Tropfen über die Stirn. Er schüttelte es ab und blickte dem vorüberreitenden Trupp unter halblauten Verwünschungen nach.

Die nächsten Gruppen bestanden aus gefangenen Mauren. Man hatte die Männer gesondert zusammengestellt. Sie waren ungefesselt. Einige von ihnen waren ihrer Auslösung gewiß. Andere warteten mit stoischer Ruhe, an wen ihre Eigentümer sie verkaufen würden. Unter hohen grünen Lauben saßen ihre Frauen und Kinder. Sie erhoben angesichts des Hofs ein flehendes Geschrei, ohne daß es den Wächtern gelang, sie niederzuhalten oder ihnen Ruhe zu gebieten. Unter ihnen waren junge Mädchen von rührender Schönheit. Die in der ersten Reihe knieten demütig nieder und reckten ihre dürftigen Arme, während sie die Gesichter in den Rasen versenkten.

Isabella befahl ihnen aufzustehen. Sie betrachtete ihre Gesichter und fuhr einigen von ihnen mit spitzen und vorsichtigen Fingern über das dichte braune Haar.

Und dann versprach sie ihnen irgend etwas. Man verstand ihre Stimme nicht. Denn Ferdinand mahnte zur Eile. Aber die Gebärde des Trostes genügte, um den Frauen Mut zu geben. Plötzlich knieten sie nieder. Sie begannen im Chor langgezogene Silben herzusagen, mit hohen und schrillen Stimmen.

Aber dann kamen neue Gruppen, bei denen man schon nicht mehr stillestehen wollte. Zuletzt gab es zwei Haufen Gefangener, bei deren Anblick Abravanel erschrak. Denn es waren Juden. Die erste Gruppe begrüßte ihn mit ehrfürchtigen Zeichen. Sie riefen ihr Glaubensbekenntnis und baten den Minister näherzutreten. Der Kommandant der Wache gab Abravanel den Weg frei und trat zurück.

»Wieviel seid ihr?« frug Don Isaak.

»Vierundfünfzig Familien –«, sagte der Älteste. »Wir wußten, daß Ihr uns loskaufen würdet, Don Isaak.«

»Wartet ab. Es wird wohl nicht länger als einen Monat dauern. Wißt ihr, welche Summen man für euch benötigt?«

Der Älteste breitete beruhigend die Arme aus und drehte die Handflächen nach oben. Er hatte einen dünnen weißen Bart, der im Winde flatterte, und rote blutunterlaufene Augen. »Man hat noch keine Ziffern genannt. Aber ich bin überzeugt, daß man von dem bisher gültigen Tarif nicht abweichen wird, der derzeit eine halbe kastilische Mark oder hundertfünfzig Maravedi für den Kopf beträgt.«

»Viel Geld«, sagte Abravanel besorgt. »Aber ich werde trachten, euch nicht zu enttäuschen. Habt ihr genügend Vorräte?«

»Kein Mangel an Vorräten«, beruhigte der Älteste. Er winkte den Minister näher zu sich heran und wies auf die unweit von ihm an einigen Felsen lehnende Gruppe von Juden. »Kümmert euch nicht um uns, Don Isaak, geht zu denen. Die brauchen Euch dringender als wir.« Und ganz leise: »Ein Renegat hat sie denunziert. Es sind Anussim, die zum Judentum zurückgekehrt sind.«

Abravanel schlug mit den Händen seine Brust und ging rasch auf die Felsen zu. Da lösten sich einige Menschen aus dem Schatten und traten ihm entgegen. Ein Alguazil verneigte sich tief. »Wo hat Eure Herrlichkeit Ihren Ausweis? Diese gehören dem heiligen Offizium. Es sind Rückfällige.«

Don Isaak zeigte auf die königliche Ehrenkette und nannte Namen und Amt. Der Alguazil machte eine bedauernde Geste. »Vergebliche Mühe, Hochmögender. Als Glieder des Teufels, als verflucht und exkommuniziert werden diese, die trotz der Taufe sich zum Judentum bekannt und in Ronda unter dem Schutz der Mauren die jüdische Religion offen ausgeübt haben, der gesetzlichen Strafe zugeführt werden. Aber wenn Ihr mit ihnen sprechen und ihnen ins Gewissen reden wollt, meinetwegen tretet näher!«

Mit trockenen Lippen kam Abravanel in die Mitte eines Kreises, der von bewaffneten Vertrauten der Inquisition gebildet wurde. Auf einer umgestürzten Truhe saßen acht Männer, die drei Generationen darstellten, und drei Frauen. Sie hielten ihre Köpfe gesenkt und ihre Arme an den Leib gepreßt. Eine von den Frauen war guter Hoffnung.

Don Isaak stellte sich vor der Gruppe auf: »Woher kommt ihr?«

Die elf bewegten sich kaum. Der Älteste hob den Kopf. »In Toledo waren wir Christen. Eines Tages konnten wir die Lüge nicht länger ertragen. Wir gingen nach Granada und siedelten uns hier an, um uns offen zum Judentum zu bekennen.«

»Ihr wurdet denunziert?«

»Ein Landsmann hat uns erkannt und angezeigt. Er soll verflucht sein.«

»Ich werde euch loskaufen«, sagte Don Isaak. Aber seine Stimme strafte seine Worte Lügen.

Die schwangere Frau ließ die Arme von den Hüften sinken und schob ein schwarzes Tuch halb von ihren Zügen weg. Diese Züge waren durchsichtig weiß, und unter der blassen Haut sah man das zarte Geäst bläulicher Adern. »Uns kann niemand loskaufen. Nicht einmal Isaak Abravanel.«

Plötzlich gerieten die Erstarrten in Bewegung. Ihre Körper schaukelten wie im Krampf hin und her. Eine Flut von Worten stürzte aus ihrem Mund. Sie überstürzten sich. Und Abravanel hörte, daß man ihn bat, seinen Einfluß aufzubieten, um nichts als um einen raschen Tod.

»Ihr seid Unversöhnliche«, unterbrach sie Abravanel. »Könntet ihr nicht Reue bekunden?«

»Wir haben schon einmal den Sanbenito getragen«, gestand ein grauhaariger Mann, der nach maurischer Manier auf der Erde hockte.

»Der Sanbenito«, fügte ein junger Mann mit dem Aussehen eines Landedelmannes hinzu, »den wir zum zweiten Mal erhalten, wird gelb sein. Dazu werden wir eine mit Fratzen bemalte Mitra tragen –« Er schüttelte sich vor Entsetzen und schlug die Arme um den Leib, als kämpfe er mit einem Schüttelfrost.

»Wenn ich nur wüßte, warum wir jetzt bestraft werden?« flüsterte die schwangere Frau. »Weil wir unser Judentum bekannt oder weil wir es verleugnet haben?«

Abravanel rang nach Luft. Sein Herz versagte. Und leichte Nebel schienen sich vor seine Augen zu legen.

»Ich bemühe mich nicht um mein Leben«, fuhr die Frau fort. »Aber was haben die Kinder getan? Sie wurden getauft, als sie noch nicht acht Tage alt waren. Wofür müssen sie büßen?«

Der Grauhaarige lächelte verzerrt. »Jeder Jude«, sagte er hochmütig, »haftet für den andern. Der eine opfert sich freiwillig. Der andere aber wird geopfert.«

»Ich will alles für euch tun –«, murmelte Don Isaak. Sein Herz klopfte wieder. Er mußte wegzukommen trachten. Eine neue Ohnmacht drohte ihn zu überfallen. »Der König muß euch begnadigen.«

»Ich will keine Gnade!« schrie der Alte. »Ich zahle meine Rechnung. Wer darf Gott betrügen? Gott erlaubt das nicht.«

Der Greis schüttelte seine Fäuste drohend gegen Abravanel. Sein faltiges Gesicht wurde groß und verzweifelt. Wahnsinn flackerte aus seinen Augen. Don Isaak glaubte zu entdecken, daß alle diese Glieder einer Marranenfamilie Wahnsinnige waren; daß das Gift einer uralten Lüge ihre Seelen verbrannt und ihr Blut entzündet hatte. Er wandte sein Gesicht ab und entfloh.

Von weitem sah er, wie der kleine Hofstaat einen

Berg von Teppichen umstand und in der fleckenlosen Seide bunter Überwürfe wühlte, um dem König und der Königin die ganze Pracht dieser weichen und verführerischen Beute zu zeigen, die vor Jahrhunderten verfertigt worden war, das Werk reiner und entsagender Hände.

ZWEITES KAPITEL

Arbues

1

Petrus Arbues war zweiundvierzig Jahre alt, als er von Torquemada am 4. Mai 1484 zugleich mit dem Dominikaner Caspar Juglar zum Inquisitor von Aragonien bestellt wurde. Im Gegensatz zu seinem Meister Thomas hatte er eine sanfte und geschmeidige Art, die wohltat, um dann zuweilen um so tiefer zu erschrekken. Seine Worte hatten immer dasselbe schwebende Gleichgewicht. Sie beruhigten, selbst wenn sie drohten. Und Arbues' Gesicht, das guterhaltene Gesicht eines gepflegten Mannes in den besten Jahren, war ungewöhnlich weiß. Am weißesten war die Stirn, die schon frühzeitig an die Stirn eines Heiligen erinnerte.

Arbues liebte es, lange vor einsamen Altären zu knien und sich, während die Worte des Gebetes auf seinen Lippen zerflossen, ekstatischen Visionen hinzugeben. Wenn er nachts durch die Bogengänge der Kirche S. Maria del Pilar wandelte, glaubte er Engelchöre zu vernehmen, und im tiefen Dunkel erlebte er die mystischen Begebenheiten, wie sie in den Evangelien geschildert werden: das Wunder der Verkündigung, das Geheimnis des Abendmahls und die Stunde im Ölbaumgarten, in der die Jünger schlafen und Jesus wacht.

Nach jeder Nacht, die Petrus Arbues vor Altären und in dem Kreuzgang seiner Kirche verbrachte, kehrte er demütiger zurück. Er las gerne von den heiligen Märtyrern und malte sich ihre Qualen aus. Und wenn er selbst den Sitzungen des Inquisitionsgerichtshofs zu Saragossa in der Kathedrale S. Salvador präsidierte, unterbrach er sich oft und schloß leise atmend die Augen. Und die Mitglieder des Gerichtes, Caspar Juglar, Roderich Sanchez de Zuaco, Juan de Anchias, Petrus Jordan, Didacus Lopez von Calatayud, Juan de Exea, endlich der Fiskaladvokat Raymundus Mur, warteten geduldig, bis ihr Meister sich aus seinen Gesichten zur Wirklichkeit zurückgefunden hatte. Raymundus Mur, der die Rolle des Staatsanwaltes vertrat, wagte es nicht, eine Frage an den Angeklagten zu richten. Der Notar des Offiziums hielt im Protokollieren inne, und selbst die Gehilfen des Gerichts ruhten in solchen Augenblikken. Der Angeklagte, nackt, in seinen Fesseln, sah sich einer Gesellschaft von Schweigenden gegenüber, die alle mit angehaltenem Atem auf ihren Vorsitzenden blickten.

Arbues saß in seinem Richterstuhl, dessen hohe, wappengeschmückte Lehne funkelnd gegen den schwarzen Hintergrund stand, mit niederhängendem Kopf und halbgeschlossenen Augen. In solchen Fällen glaubte der Inquisit, es sei Mitleid, das den Richter überwältigte, und schöpfte unter den Windungen der

Garotte plötzliche Hoffnung. Aber schon richtete Arbues sich unvermittelt auf. Sein Gesicht entspannte sich, die Müdigkeit verschwand und machte einem unerbittlichen und strengen Ausdruck Platz. Und wiederum wechselte die seltsame Szenerie dieses rätselhaften und undurchdringlichen Gesichts. Eine beinahe mädchenhafte Weichheit beseelte plötzlich Augen und Mund des Inquisitors, und wie durch glänzende Schleier hindurch verbreitete sich ein Ausdruck stillen Glücks. Und während Arbues dem Gehilfen befahl, die Garotte schärfer anzuziehen oder das Becken mit glühenden Kohlen den Fußsohlen des Opfers zu nähern, trat der Kopf des späteren Heiligen in eine Aureole von Licht. Jeder Schrei des Opfers schien wie ein Pfeil gegen ihn loszuschnellen, aber ein Pfeil, der einen Sankt Sebastian verwundet. Was Wunde schien, war in Wahrheit selige Lust. Und wo man Schmerz erwartete, verbreitete sich strahlende Heiterkeit.

Nicht daß sie verfolgt wurden, sondern die unerklärliche und beängstigende Haltung dieses Inquisitors erbitterte die Verfolgten Aragoniens. Man konnte die Härte eines Torquemada ertragen. Man konnte ihn hassen oder ihn fürchten. Arbues hingegen verwundete mit seinem Lächeln die Gefolterten bis in die Tiefen ihrer Seelen. Es war beinahe ein Glück, ihn anzusehen. Doch dieses Glück war fürchterlicher Schein. Man mußte, wenn er mit sanfter Stimme fragte, ihm vertrauen oder ihn sogar lieben. Aber man verlor sich in dieser Sanftheit wie in einer grauenvollen Wildnis. Und zuletzt erkannte man, daß man sich einem Trug ausgeliefert hatte und daß der verlockende Friede auf den Zügen des Inquisitors ein Köder war, vielleicht Arbues selber unbewußt.

So erging es der von mütterlicher Seite aus jüdischem Blut stammenden Maria de Labadia, der Schwester eines Adeligen der Stadt Saragossa. Sie war wie viele andere Gefangene der Inquisition der mosaischen Häresie angeklagt. Ihre Schönheit und der Reichtum ihrer Familie bewog die Familiaren und Kerkermeister der Inquisition, sie mit größter Schonung zu behandeln. In den vielfachen Verhören, denen sie tagelang ausgesetzt war, gestand sie nichts.

Da erschien eines Tages Petrus selbst zu ihrem Verhör. Maria de Labadia war von einer wochenlangen Befragung erschöpft. Aber ihre Jugend schien unverwüstlich. Ein wenig blaß und mit bebenden Lippen trat sie dem Inquisitor entgegen. In dem Halbdunkel des Raumes standen einander Arbues und die zwanzigjährige Gefangene gegenüber. Maria war ihres Schmucks und ihrer kostbaren Kleidung beraubt. Sie trug ein bis zur Erde reichendes dunkles Gewand. Das reiche Haar hing aufgelöst über ihren Rücken. Aber von ihrem Gesicht ging selbst in dem kargen Licht der langgestreckten Gefangenenzelle ein Glanz aus, dessen Kraft man ausgeliefert schien. Und als sie zu reden begann und um Erbarmen bat, war eine solche Gewalt rührender Zuversicht in ihr, daß der die Tür bewachende Alguazil eine Träne vergoß.

Maria hatte den Inquisitor nie gesehen. Denn Arbues hatte seit Jahren den Umkreis der Kirchen S. Salvador und S. Maria del Pilar nie verlassen. Als sie den Blick hob und ihn ansah, erschrak sie. Keinen Richter sah sie vor sich, sondern einen sehnsüchtig Bittenden. Sein Schweigen glich einer leisen Liebesklage, nicht um eine Frau, sondern um die Menschen. Und Arbues sah sie fortgesetzt an. Maria vermochte sich, da das Halbdunkel ihr vertraut war, in des Mannes sanftem Gesicht zurechtzufinden. Und in den nächsten Sekunden schon glaubte sie die ungeheure Vereinsamung des Priesters zu erkennen, und statt weiter um Mitleid zu bitten, begann sie Mitleid zu empfinden.

Da fragte Arbues. Er wollte die üblichen Auskünfte erhalten, wie man sie von Marranen verlangte. Ob sie Schweinefleisch aß, ob sie badete, welche Kleidung sie am Sabbat trug, und ob man gewisse Speisegesetze des jüdischen Glaubens nicht heimlich beobachtete.

Maria verneinte zögernd. Aus der Stimme des Fragenden trat so viel Weichheit und Zärtlichkeit zutage, daß man jede dieser Fragen förmlich erwartete und sich nach einem Geständnis sehnte. Bloß das Bewußtsein, den Bruder nicht verraten zu dürfen, schloß der Gefangenen immer aufs neue den Mund. Sonst hätte sie, um der Stimme des Inquisitors willen, dieser betörenden und einschmeichelnden Stimme alles und noch mehr gestanden: daß man im Hause Labadia noch eine Spur Judentum bewahrte und in heimlichen Augenblicken nach den Büchern der Väter griff, um aus ihnen die uralten Sprüche abzulesen; daß man unreines Fleisch verabscheute und daß am Freitagabend bei einem der vielen adeligen Marranen der Stadt Saragossa eine Zahl von Männern zusammenkam, um der Lehre willen, die keiner von ihnen vergessen konnte, obwohl schon die Großväter die Taufe erhalten hatten.

»Gestehe doch –«, bat Arbues sanft und sah Maria traurig an, »mache deiner bedrückten und gefangenen Seele Luft. Sag mir die Wahrheit. Gottes Langmut ist groß. Und ich weiß, daß es dich treibt, mir die Wahrheit zu sagen.«

Maria atmete schwer. Sie empfand heftiges Verlangen, die schlanken und hageren Hände des Inquisitors zu küssen und ihren Kopf in ihre heißen Innenflächen zu legen. Eine so drängende Begierde zu gestehen hatte sie noch niemals überkommen. Sie nahm sich unbeschreiblich zusammen, um nicht sogleich mit ihren Geständnissen zu beginnen. Arbues' Augen schienen sie zu verzaubern. Die ungestüme Zuneigung zu dem Inquisitor erzeugte eine heftige und fieberartige Hitze, die irgendwo auszubrechen suchte. Und schon kniete sie. Aber ihre Lippen sagten keinen Laut. Arbues fuhr fort, mit leiser Stimme zu fragen. Maria lag zu seinen Füßen, sie schüttelte den Kopf und schluchzte.

Da gab Arbues ein Zeichen. Man hob sie hoch und trug sie in die Folterkammer. Plötzlich war sie nicht mehr allein mit dem Inquisitor. Sie lag auf einer Bahre. Ein Notar mit einem langen Amtsgesicht stand zu ihren Füßen. Ein Arzt fühlte ihren Puls, zwei Vögte hielten ihre Hände. Der Profos des Offiziums schleppte den Potro näher. Und als Maria erschrocken aufsah, hatte man sie schon gepackt und ihr das Gewand vom Leibe gerissen. Ein derb zupackender Knecht in schwarzem Zwilchsack, dessen Kapuze nur Nase, Augen und Mund enthüllte, wand ihr ein Stück des Hemdes um den Leib, um die Scham nicht zu verletzen. Ein zweiter steckte ihr Arme und Beine in die Stricke der

Garotte. Ein dritter schob ihr die Toca, ein Stück Leinen, in den Mund. Maria röchelte. Über ihrem Haupt gewahrte sie das Gesicht des Inquisitors. Arbues lächelte ihr mit Augen zu, aus denen so viel Güte und Süßigkeit leuchteten, daß eine leichte Betäubung die Gefesselte ein paar Sekunden lang ihre Fesseln vergessen ließ. Im nächsten Augenblick wurden schon die Stricke angezogen und der erste Krug brackigen Wassers in ihren Mund gegossen. Die Stricke, die in das weiche und blühende Fleisch der Arme schnitten, entlockten Maria ein Röcheln. Sie glaubte zu ersticken. Denn ganz tief rollte sich das Tuch in ihre Kehle. Nach Lockerung der Stricke wurde das Tuch herausgenommen.

»Sag die Wahrheit!« tönte die Stimme des Verhörenden. Maria schüttelte den Kopf. Die Stricke wurden wieder angezogen und ein neuer Krug in ihren Mund gegossen.

Es gelang Maria, ihre Blicke neuerlich zu Arbues emporzuheben. Sie sah, immer von neuem verwirrt und entsetzt, die gestillte Hoheit eines von der Gottheit erhörten Büßers.

Maria de Labadia schloß die Augen. Sie gab kein Wort mehr von sich. Immer drängender ertönte die Stimme: »Sag die Wahrheit!« Die Angeklagte rührte sich nicht. Ein dritter und vierter Krug wurde eingegossen. Dann befahl Arbues, mit der Folter aufzuhören.

Maria wurde losgebunden. Als man die Toca aus ihrem Munde nahm, hörte man sie leise flüstern. Der Profos neigte sich über sie. Er winkte dem Notar, damit er gleichfalls höre.

Der Notar beugte den Kopf über die Liegende und nickte. »Ein ganz schwerer Fall!« sagte er und neigte sich zu den beiden Inquisitoren. »Ich habe gehört, daß die Angeklagte zweimal das Wort *Teufel* ausgesprochen hat.«

Arbues machte ein Zeichen, daß man die Inquisitin in ihre Zelle führen solle.

In der darauffolgenden Sitzung der Consulta de Fé wurde Maria Labadia als eine Negativa dem weltlichen Arm ausgeliefert.

2

Der Adel der Stadt Saragossa, mit den Marranen vielfach verschwägert, hatte es erwirkt, daß die Stände Aragoniens Petrus Miguel, Prior des Klosters der Augustiner zu Saragossa, und Petrus a Luna, Doktor des Zivilrechts, an das königliche Hoflager zu Cordova entsandten, um, von etwa hundert neuen Christen begleitet, gegen Arbues Klage zu führen. Cordova war noch immer die Stadt des großen Glanzes und der Wunder. Die mehr als dreihundert Jahre alte Erinnerung an die maurischen Herrscher war keineswegs ausgetilgt. Die Harmonie der Plätze und die vielen Gärten verrieten den ordnenden Willen kundiger Städtebauer. Die kunstvollen Fassaden der Häuser waren ein unerschöpfliches, fortwährend wechselndes Kunstwerk. Die Kirchen waren kaum verwandelte Moscheen. Und ein

Hauch zärtlicher, beinahe allzu verweichlichter Anmut lagerte über zum Teil menschenleeren Stadtvierteln. Denn die Stadt war damals schon zu groß für ihre Einwohner geworden. Aus den vielen ungepflegten Parks kam ein dumpfer, von verwesendem Laub herrührender Geruch.

Die Könige hausten in dem geräumigen, ein wenig verfallenen Palast und empfingen dort die ständischen Delegierten. Wie alles in Cordova, war auch dieses Haus zu groß. Man hatte einen Raum durch hölzerne Zwischenwände geteilt und ihn mit bunten Wandteppichen ausgeschmückt. Isabella saß neben ihrem Gatten auf einer Sitztruhe, die ein maurischer Bildner mit Akanthuskränzen und Muschelornamenten geschmückt hatte.

Ferdinand spielte mit seiner Schärpe und betrachtete die kleinen, an zierlichen Fäden niederhängenden Wappenschilder. Isabella hatte die Hände in ihrem Schoß verschränkt. Sie war, glücklich Liebende, mit sich selbst beschäftigt.

Petrus Miguel merkte als Menschenkenner, daß er seine Rede verschwendete. Denn die Königin hörte ihm nicht zu und der König war entschlossen, sich nicht überreden zu lassen.

Aber er gab sich nicht so bald geschlagen. Er richtete seine Rede bald an Ferdinand, bald an Isabella und schilderte in beweglichen Worten die Leiden der von der Inquisition Verfolgten. »Wir beide –«, sagte er und strich mit beiden Händen die Falten seiner goldgestickten, mit kleinen glitzernden Edelsteinen besetzten Robe glatt, »mein Bruder Petrus a Luna und ich, sind gottlob alte Christen. Kein Tropfen jüdischen Blutes rollt in unseren Adern. Wir haben uns niemals mit Juden oder Neuchristen verschwägert. Und deshalb glauben wir, daß unsere Worte vor den Ohren der erhabenen königlichen Hoheiten Beachtung finden werden. Die Stände Aragoniens fühlen sich durch das Vorgehen des heiligen Offiziums in ihrer Menschenwürde beleidigt. Mißtrauen gegen die Rechtgläubigkeit eines Christen ist wohl der ärgste Schimpf, den man ihm antun kann. Die Stände fühlen sich aber auch durch das Vorgehen der Inquisitoren in ihrer Existenz und ihrer Freiheit bedroht. Sie finden es unerträglich, daß man das Vermögen der Verurteilten schonungslos konfisziert und sogar die unschuldigen Nachkommen zu Bettlern macht, indem man all ihre Habe einzieht. Die Stände Aragoniens, der Schrecken der maurischen Heiden und die Zierde der Krone, finden es mit den Gesetzen Aragoniens unvereinbar, daß Angeklagten nicht einmal die Belastungszeugen mitgeteilt werden –«

Petrus Miguel sah die Königin an. Isabella streichelte versunken die Lehne ihrer Sitztruhe. Er ließ seine Augen zu Ferdinand wandern und begegnete seinem ruhigen und spöttischen Blick.

»Laß dich nicht stören«, sagte der König lächelnd. »Trage mir weiter die Wünsche meiner getreuen Stände vor. Doktor a Luna, die Zierde der Rechtswissenschaft, wird mir gewiß erläutern, inwieweit die Inquisitionsgesetze bestehende Rechte und Privilegien verletzen. Aber hofft nicht, uns von unseren Vorsätzen abbringen zu können. Der Schutz des Glaubens ist wichtiger als eure Privilegien, die auf Papier geschrieben sind. Der Glaube ist stärker als Papier. Was vermag euer Papier gegen die ehernen Tafeln des Bundes?«

Ferdinand glättete seine Schärpe und nahm zärtlich mit der anderen Hand die Hand der Königin, wie um die unverbrüchliche Einigkeit und Harmonie der beiden königlichen Willen zu demonstrieren.

»Ich beabsichtige nicht über Verletzung von Rechten Klage zu führen«, sagte Petrus a Luna entschlossen. Sein noch junges Gesicht wurde von Unmut verdüstert. Er empfand den Spott des Königs und die Fruchtlosigkeit weiteren Redens. Aber er war bereit, dem König entgegenzutreten, nicht um der Neuchristen willen, sondern weil sein Rechtsgefühl sich gegen die königliche Doppelzüngigkeit empörte. »Ich bitte nur Eure Hoheiten zu erwägen, daß das Papier unserer Privilegien nicht weniger Gottes Wille ist als die Tafeln des Bundes. Gott hat seinen Willen in den zwei Tafeln aufgezeichnet, die er dem Juden Moses gab. Und auf der ersten Tafel des Bundes hat er verheißen, an denen vielen Tausenden Barmherzigkeit zu tun, die ihn lieben und seine Gebote beobachten. Die heilige Inquisition handelt daher gegen die Tafeln des Bundes, wenn sie gute Christen ihres Vermögens beraubt, sie foltert und als Ketzer verurteilt.«

»Mit wie vielen Tonnen Goldes hat man dir deine Rede bezahlt?« fragte plötzlich der König brutal. »Mir sind schon zwanzig geboten worden, wenn ich mich entschließen würde, die Vorschriften der Inquisition aufzuheben. Aber Torquemada ist nicht nur von mir, sondern auch vom Heiligen Vater zum Großinquisitor bestellt. Seine Instruktionen sind mit Genehmigung des Heiligen Stuhls erlassen. Gebt euch keine Mühe, mich zu überreden. Ich bin jederzeit bereit, vor dem Gericht Gottes Rechenschaft abzulegen.«

Isabella lächelte zärtlich und gab den beiden Abgesandten das Schauspiel einer glücklichen Gattin, die mit ihrem Gatten bis in den tiefsten Untergrund ihrer Gedanken verbunden war.

Petrus a Luna empfand ein Frösteln. Man hatte ihn und seinen Kollegen über die königliche Stimmung getäuscht. Ferdinand und Isabella waren völlig einig. Da war er ganze Nächte wachgesessen und hatte über Argumenten nachgegrübelt, mit denen er die Majestäten von der Ungesetzlichkeit des Inquisitionsverfahrens überzeugen könnte. Und plötzlich erkannte er, daß es nicht mehr um Argumente ging, sondern um Macht. Ferdinand hatte sich mit der Inquisition identifiziert. Es gab keine Gegnerschaft mehr, die man ausnützen konnte. Die Könige hatten die Sache Torquemadas zu der ihrigen gemacht. Und wer gegen sie ankämpfte, griff die Majestät selber an. Es war lebensgefährlich, für die Marranen einzutreten.

Und während die beiden Abgesandten mit gesenkten Köpfen auf eine Äußerung der Königin warteten, schnürte eine Angst die Kehle a Lunas zu. Der junge adelige Jurist verspürte eine heftige Lust zu leben. Er empfand Reue, daß er sich um der Marranen willen verdächtig gemacht habe. Unter gesenkten Lidern fühlte er die Augen des Königs zornig auf sich gerichtet. Er preßte die eiskalten Hände ineinander.

Da wurde plötzlich die Stimme der Königin laut. Sie war leicht und voller Wohlklang.

»Ich verkenne eure guten Absichten nicht, meine Herren. Es bedeutet, wir wissen es sehr wohl, eine furchtbare Verantwortung für uns, der heiligen Inquisition freien Lauf zu lassen. Aber ich und mein Gatte sind dazu bestimmt, die Verwilderung des Glaubens, an der die jüdischen Neuchristen die Hauptschuld tragen, zu beseitigen. Wir sind von Gott zu dieser Aufgabe auserwählt. Was geschehen ist, alle unsere bisherigen Erfolge, sind nur Stationen auf diesem unserem Weg. Gebt euren zwecklosen Versuch auf, uns umzustimmen. Wir bleiben euch gewogen. Glaubt nicht, daß wir euch übelnehmen, was ihr uns heute gesagt habt. Aber jetzt ist es an der Zeit, die Messe zu hören.«

Die beiden Abgesandten stolperten mit aufgebrauchten Kräften hinaus. Ferdinands unheimliche Energie verkündete Unheil. Und die warme, einschmeichelnde Stimme der Königin war noch gefährlicher. Sie war so rührend entschlossen und so heiß vor Zuversicht.

3

Der Rat der Judenschaft zu Saragossa hatte eine Sitzung einberufen, um über die Rechtsstellung der Conversos, deren legale Rolle Juden gegenüber immer zweifelhafter wurde, entscheidende Beschlüsse zu fassen. Es lag ein Antrag der Ältesten vor, das Gutachten

Saadias ben Maimun aus Granada für bindend zu erklären.

Die im Ratszimmer versammelten zwanzig Männer glichen Mitgliedern einer Adelsversammlung. Das Ratszimmer war in Gold und Alabaster gehalten, Verse, aus den Psalmen, aus getriebenem Kupfer gebildet, bedeckten den oberen Teil der Wände. Mose del Porto, der Regidor, verlas das Gutachten aus Granada. Dann begründete er den Ratsantrag. Die Stellung der Conversos war unhaltbar geworden. Bis nun konnten die Anussim für die staatliche und kirchliche Obrigkeit als Christen gelten, sich nach katholischem Ritus verheiraten und zuweilen hohe kirchliche Ämter bekleiden. Für die Juden blieben sie Juden; zwar galten sie als unrein. Ihre Hand durfte Wein und Speisen, für andere bestimmt, nicht berühren. Ihre Ehe galt als Konkubinat. Aber es bedurfte geringfügiger Zeremonien, um alle ihre nach christlichen Religionsvorschriften vollzogenen Rechtshandlungen zu legitimieren. Seitdem indes die Inquisition die letzten Geheimnisse des Privatlebens von Christen und Juden durchforschte, wurde es immer schwerer, zwischen Juden und Anussim den Kontakt aufrechtzuerhalten. Conversos, die jüdische Bräuche übten, wagten ebenso ihr Leben wie Juden, die Christen zum Rückfall verleiteten. Trotzdem war es unmöglich, die Bande zwischen Juden und Zwangsgetauften und ihren Kindern zu zerreißen. Die Kinder waren noch viel mehr zu beklagen als die Eltern. Denn diese hatten noch ihr Wissen und ihre innere Verbundenheit mit der Lehre. Die Kinder aber waren völlig entwurzelt. Sie wußten nur, daß sie zu denen nicht gehörten, zu denen man sie rechnete. Sonst wußten sie gar nichts. Sie fürchteten sich vor dem neuen Glauben. Und sie schämten sich, bei den Angehörigen des alten Glaubens Rat und Hilfe zu suchen. Deshalb hatte sie ein Gesetzeslehrer mit jüdischen Kindern verglichen, die unter Nichtjuden gefangen lebten. Gefangene jüdische Kinder durfte man nicht ihrem Schicksal überlassen. Es war Pflicht, sein Leben zu wagen, um diese Gefangenen nicht geistigen Hungers sterben zu lassen.

Josef ben Negro, Steuerpächter, erbat das Wort. Sein nackter weißer Hals kroch aus seinem Staatskleid aus Gold und Brokat. Ein dünnes Lächeln zuckte über ein hageres Totengesicht. »Ich bin gegen die Annahme des Antrages. Nicht etwa aus persönlicher Einstellung gegen die Anussim. Ich achte und schätze sie. Manche sind Heiligen gleichzuachten. Aber selbst wenn sie Heilige sind, so bedeuten sie doch für uns Kranke, die nie mehr gesund werden. Wer wird so unklug sein, zur Rettung von Unheilbaren gesunde Leute zu opfern? Wir können uns nicht den Luxus leisten, Gefangene auszulösen. Sonst wird das Lösegeld so hoch, daß wir es niemals bezahlen können. Ich bin für radikale Preisgabe der Anussim.«

Nach einer Stille erhob sich der Besitzer großer Färbereien, Vidal Desmaestre, heftig und berief sich auf einen gelehrten Talmudisten, Rabbi Salomo ben Adreth. Dieser hatte vor zweihundertfünfzig Jahren die Schrift gedeutet. Aus zwei Sätzen: »Ich werde unter den Kindern Israels geheiligt werden« und »Er lebe durch die Gebote«, hatte der Talmudist die Schlußfolgerung gezogen, daß man durch den Übertritt zu einem anderen Glauben des Judentums nicht verlustig gehen könne. Selbst durch Übertretung der Gebote könne man sein Leben nicht verwirken.

Der Färber, ein stämmiger Mann mit harten, wie aus Holz gehauenen Gesichtszügen, entpuppte sich im Gegensatz zu seinem Aussehen als ein scharfer Dialektiker. »Es gibt Leute, die sagen, daß die Taufe sie von uns trennt. Richtig ist, daß durch die Taufe der Täufling das Gesetz bricht. Bricht er es gegen seinen Willen, dann ist seine Übertretung nicht nur ungültig, sondern sogar straflos. Denn ohne böse Absicht kann man nicht sündigen. Bricht er das Gesetz mit Willen, so hört er doch deshalb nicht auf, ihm zu unterliegen. Wenn irgendwer gegen ein Gesetz verstößt, so wird er nicht Herr über das Gesetz, sondern das Gesetz Herr über ihn. Denn das Gesetz muß stärker sein als derjenige, der es verletzt. Also kann der Übertreter des Gesetzes nicht aufhören, ihm unterworfen zu sein. Wenn aber der Täufling nicht aufgehört hat, dem Gesetz unterworfen zu sein, dann bleibt er Jude in diesem Leben und über dieses Leben hinaus. Würden wir Conversos verstoßen, dann würden wir das Gesetz verstoßen. Hat jemand unter euch den Mut, das Gesetz zu verstoßen?«

Ibn Simra, ein Arzt von hohem Rang, uralt, von winziger und zierlicher Statur, stellte sich gegen die Meinung Josef ben Negros. »Unser Freund Negro will die Anussim preisgeben, obwohl sie Heilige sind. Ich glaube sie nicht aufgeben zu können, trotzdem sie Auswurf sind. Niemand kann behaupten, daß die Conversos aus Frömmigkeit am Judentum festhalten. Ihre

Feigheit veranlaßt sie, sich als Christen auszugeben. Wenn sie aber insgeheim jüdische Bräuche üben, dann tun sie es gegen ihren Willen. Ihr Körper ist auserwählt. Ihr Blut gehört zu uns. Auserwähltheit läßt sich durch den Willen nicht beseitigen. Wer auserwählt ist, bleibt vom Ewigen gezeichnet. Er trägt sein Leben lang die Brandmarke Gottes. Und deshalb gehören die Anussim zu uns. Wenn aus einer Herde Tiere entkommen, erkennt sie der Hirte an dem Brandmal. Mögen sie gut oder schlecht sein, das Brandmal bleibt ihnen, solange sie leben. Ebenso sind alle Glieder des Judentums Gottes unverzichtbares Eigentum. Selbst die Hände der Conversos sind geheiligt. Mögen die Täuflinge ihre Hände noch so sehr beschmutzen, wir müssen uns zu diesen Händen bekennen. Sie sind unser Fleisch. Wir können sie abhauen. Aber wir können sie nicht verleugnen. Deshalb können wir uns niemals von den Anussim lossagen. Solange das Judentum besteht, gehören auch die versprengten Teile seiner Stämme zu ihm.«

Als letzter Redner meldete sich Josef aus dem berühmten Hause Kalonymos. Er war Goldschmied und aus Südfrankreich zugewandert. Seine Stirne war von vielen Sonnen gebräunt. »Ich behaupte nicht«, sagte er, »daß die Anussim Heilige sind, noch weniger behaupte ich, daß sie Auswurf sind. Es gibt unter ihnen Gerechte und Ungerechte. Aber alle Anussim sind Gefangene. Die einen sind Gefangene der Gewalt, die anderen Gefangene ihrer eigenen Schwäche. Keiner von ihnen ist frei. Denn wäre er frei, er würde doch sein eigenes Gesetz nicht verleugnen und ein fremdes anerkennen! Diejenigen Anussim, die aus Zwang im anderen Lager stehen, dürfen wir nicht verlassen, weil man Gefangene nicht dem Feind überlassen, sondern auslösen muß. Und diejenigen Anussim, die aus Schwäche sich nicht losmachen können, dürfen wir nicht preisgeben. Denn jeden Tag kann es doch geschehen, daß sie ihre Schwäche überwinden und freiwillig zurückkehren.«

Nach Josef ben Kalonymos nahm niemand das Wort. Der Regidor wartete lange. Denn die Entscheidung war von größter Wichtigkeit. Aber es schien, als wäre das Erforderliche gesagt. Vielleicht waren nicht allen die Konsequenzen klar. Aber es erschien der Versammlung befreiend, sich auch weiterhin zu den Conversos zu bekennen. Die Mitglieder des Rats hätten es für eine Demütigung gehalten, hätte man sie gezwungen, sich von den Täuflingen und ihrem Anhang loszusagen. Das Gefühl, das in den Worten des letzten Redners lag, erwärmte sie. Mancher hatte Tränen in den Augen, als man endlich abstimmte. Der Antrag des Rates wurde mit allen gegen die Stimme Josef ben Negros angenommen.

4

Über das gleiche Problem wie die Versammlung der Judenältesten von Saragossa dachte zur selben Stunde desselben Tages Petrus Arbues nach. Aber sein Nachdenken glich dem beharrlichen Experimentieren des Alchimisten.

An der Garrucha, dem Wippgalgen, hing ein junger Marrane, Juan Fonseca, ein adeliger Gutsbesitzerssohn, Erbe eines großen Vermögens, verhaftet unter dem Verdacht jüdischer Häresie.

Sein Vater hatte selbst der Inquisition große Summen gespendet. Deshalb hielt die Inquisition ihre Hand über ihn. Juan Fonseca aber mußte auf Grund vielfacher und dringender Denunziationen verhaftet werden. Man hatte ihn am Totenbett seines Großvaters mit zerrissenen Kleidern sitzen gesehen.

Da Petrus Arbues klare und genaue Antwort haben wollte, sparte er mit dem Schmerz. Er verteilte ihn in winzig kleinen Dosen und erwartete geduldig die Wirkung jeder Dose ab.

Der hohe und mit vielen Öllampen beleuchtete Raum war trotz der Hitze des spanischen Sommers kühl, und man vermochte in ihm zu atmen. Außer Arbues und dem Inquisiten waren nur noch der Schreiber und zwei Handlanger anwesend, lautlose Helfer, die barfuß über den Marmorboden hüpften und jeden Wink des Inquisitors mit dem geringsten Aufwand von Geräusch und Bewegung erfüllten.

Der gefesselte Marrane schwebte an einem neuen Seil. Arbues saß in einem zierlichen Scherenstuhl, der die Wappen des Hauses Transtamara trug. Er war in einen bequemen Mantel aus schwerer Seide gehüllt.

Der Stuhl des Inquisitors stand neben dem Folterinstrument. Dort konnte der Inquisitor jede Regung des

Inquisiten beobachten und die leisesten Silben von seinen Lippen lesen.

»Du gibst zu, beim Tode deines Großvaters das jüdische Ritual beobachtet zu haben?«

Juan nickte.

»Wußte dein Vater davon?«

»Unmöglich. Er reiste damals in Flandern.«

Arbues blätterte in seinen Papieren. »Was hat dich veranlaßt, die jüdischen Totenbräuche zu befolgen?«

»Der Sterbende hat es gewünscht.«

»Hast du es nur auf seinen Wunsch getan oder aus innerem Antrieb?«

Juan schwieg.

Leichtes Anziehen der Seile. Der Profos sagte zwei Miserere her. Dann ließ man den Inquisiten nieder.

»Sag die Wahrheit!«

Juan schüttelte den Kopf.

Stärkeres Anziehen der Seile.

»Aus innerem Antrieb«, stöhnte Juan.

»Wenn du an Sohnesstatt gehandelt hast, dann mußt du auch die jüdischen Totengebete gesprochen haben.«

»Ich gebe es zu.«

»Wer hat sie dich gelehrt? Dein Vater?«

Auf Arbues' Befehl reichte der Profos dem Inquisiten ein Glas Wasser. »Sag die Wahrheit!«

»Nein«, sagte Juan entschlossen. »Mein Vater war und ist ein guter Christ. Er wußte nichts. Mein Großvater hatte mir, ehe er starb, ein Buch gegeben, in dem sie aufgezeichnet waren.«

»Wo ist das Buch?«

»Es ist verbrannt.«

»Wenn mir dein Vater nicht als getreuer Katholik bekannt wäre«, sagte Arbues und verzog sein Gesicht zu einem stillen Lächeln, »er hinge neben dir. Aber lassen wir deinen Vater. Dein Großvater war heimlich Jude?«

Juan nickte. Dann hob er den Kopf und starrte in die Luft. In der hohen Kassettendecke bildete sich ein Gewirr riesiger Schriftzeichen in jener Sprache, die Juans Ahnen gesprochen hatten und die in den Seelen der Getauften nur noch als gespenstische Formeln fortlebten.

»Wie weit hat dich sein Einfluß ergriffen?« Petrus Arbues setzte sich bequem und neigte sein Gesicht über die weißen, maskenhaften Züge des Gefangenen. »Du bist doch in den Lehren der christlichen Religion erzogen worden?«

Juan nickte.

»Du hast nahezu täglich die Kirche besucht. Dein Beichtvater berichtet, daß du regelmäßig zur Beichte gekommen bist. Schildere mir deine Empfindungen, wenn du das Confiteor aussprachst!«

Ein Schüttelfrost durchdrang den nackten Körper des Inquisiten.

»Ich habe wirklich empfunden, was ich sagte.«

»Das glaube ich nicht«, entgegnete Arbues. »Sag mir mit den Worten der Schrift, wie dir zumute war.«

Juan dachte nach. »Ich habe die Worte meiner Lehrer beherzigt«, stammelte er zähneklappernd, »die mich lehrten, daß man mit den Engeln bekennen müsse: ›Heilig, heilig, heilig ist der Herr der Heerscharen‹.«

Arbues lächelte tückisch. »Sonderbar, daß dir gerade

ein Wort aus dem Alten Testament einfällt. Weißt du kein anderes?«

Juan Fonseca schloß die Augen. »Ich will zu meinem Herrn reden«, stöhnte er, »obwohl ich Staub und Asche bin.«

Arbues blickte den Gefangenen starr an. »Du kannst dich nicht entschließen, das Judentum zu verlassen. Warum zitierst du wiederum ein Wort Abrahams, der zwar ein Freund Gottes, aber doch ein Jude war?«

Juan dachte bebend nach. »Der Herr ist mein Licht«, schrie er, »er ist mein Heil. Vor wem sollte ich mich fürchten?«

»Es genügt«, sagte Arbues trocken. »Ich kann dich nicht tadeln, daß du das Wort aus den Psalmen Davids aussprichst. Aber mit dem Christentum haben deine frommen Bibelzitate nichts zu schaffen.«

Der Gefangene schwieg. Er atmete schwer, und leichter Schweiß bedeckte seine Stirn. »Ich habe oft den Heiligen Geist gebeten, mir zu helfen. Er hat es nicht getan!«

»Und warum hat er es nicht getan? Weil deine Gebete Betrug waren.«

Juans Kopf sank schwer zur Seite. »Sie waren Betrug.«

»Bindet ihn los«, befahl Arbues.

Juan Fonseca wurde von seinem Brett abgeschnallt. Man wusch das Blut aus seinen Wunden und hüllte ihn in ein weißes Tuch, das in dünnen Falten von seinen mageren Gliedern niederhing.

»Du hast viel gestanden. Ich will mich für dich verwenden, daß du mit den Galeeren davonkommst.«

Juan sank in sich zusammen.

»Aber jetzt will ich deine Gedanken wissen. Bemühe dich, sie mir klar und unumwunden mitzuteilen. Wie konnten trotz regelmäßigem Kirchenbesuch die jüdischen Formen auf dich wirken?«

»Das kann ich nicht sagen«, entgegnete Juan und hob flehend die Hände. »Ich bitte, mir diese Antwort zu erlassen.«

»Denk nach!« befahl Arbues.

»Mein Geist geriet wohl in eine Art Finsternis.«

»Ich dachte«, sagte Arbues mit tiefer Ironie, »daß der Herr dein Licht ist. Wie konnte Finsternis über dich kommen?«

Juans Kopf neigte sich immer tiefer.

»Du hast gezweifelt!« sagte Arbues.

»Ich gebe es zu«, seufzte der Inquisit.

»Du bist sehr wortkarg«, tadelte der Mönch.

»Fragt mich doch«, flüsterte Juan. »Ich will antworten, wenn ich kann.«

Arbues tastete mit seinen kalten Händen, die dem Gerank einer Schlingpflanze glichen, nach Juans geschwollenen Handgelenken.

»Fragt mich«, wiederholte Juan demütig und ließ seine Blicke über die Schatten der Decke wandern.

Arbues hielt noch immer die fieberheißen Handgelenke fest. »Ich befehle dir, dich zu setzen und mir deine Zweifel zu schildern!«

Juan Fonseca, der dem Bilde eines aus dem Grabe auferstandenen Heiligen glich, sank langsam in einen Stuhl. Seine wächsernen Arme hingen wie abgestorben über der geschnitzten Lehne. »Andere Christen gehen zur Beichte und machen es sich bequem. Ich habe an der Kraft der Absolution gezweifelt. Andere empfangen die Kommunion, wie Hungrige Brot essen. Ich habe an dem täglichen Wunder gezweifelt. Ich habe mich sogar gefragt, ob es einem Gott zukommt, das Los des von einem Verräter ausgeliefert und auf schimpfliche Weise gefolterten Missetäters auf sich zu nehmen.«

Der Inquisitor zog seine Brauen zusammen. Sein ebenmäßiges Gesicht bekam einen unerbittlichen, grausamen Zug. Arbues glich einem unheilbringenden Engel.

»Todsünde!« sagte er. »Hast du deine Gedanken anderen Christen mitgeteilt?«

Juan verneinte.

»Und wer –«, fragte Arbues mit traurigem und vorwurfsvollem Gesicht, und seine Stimme klang wie der Schrei eines Verdammten, »wer ist der Urheber dieser Zweifel?«

Juan Fonseca schüttelte den Kopf. »Ich weiß es nicht.«

»Sag mir mehr.« Arbues betrachtete den jungen Mann mit trauervollen Blicken. »Hat man dich in deiner Jugend gezwungen, die jüdischen Speisegesetze einzuhalten?«

»Nein. Aber ich habe Brechreiz verspürt, wenn ich Schweinefleisch auch nur roch. Und hätte ich Milch und Fleisch zugleich verzehrt, ich wäre vor Ekel erstickt.«

Arbues betrachtete die reinen Züge des Inquisiten. Er suchte hinter ihnen ein anderes tückisches und feindseliges Gesicht. Aber er fand keines. »Hast du vor einem Kruzifix eine unchristliche Regung empfunden? Aber sage keine Lüge!«

»Ja. Ich habe keineswegs die Dankbarkeit entgegengebracht, wie ein guter Christ dem Erlöser schuldet. Ich habe es ihm nachgetragen, daß er seinem eigenen Volk die Rolle des Henkers zumutete, obgleich er aus unserer Mitte kam. Ich habe diese Handlungsweise mißbilligt.«

»Entsetzlich!« flüsterte Arbues.

»Ich konnte ihn mir nicht als Gott vorstellen, so wenig man die Göttlichkeit seines eigenen abtrünnigen Bruders anerkennt.«

Petrus Arbues schloß die Augen. »Du bist verloren. Rede weiter!«

»Auch Judas konnte ich nicht verfluchen. Ich sah seine Tat anders, als sie gute Christen sehen. Wenn Jesus Gott war und sich verraten ließ, dann war doch Judas nicht der Verräter, sondern der Verratene. Er wurde unschuldig zu einer Handlung mißbraucht, die er gar nicht begehen wollte, sondern begehen mußte.«

»Du warst niemals Christ«, stöhnte Arbues. »Und hast wohl auch niemals vor den Reliquien unserer Heiligen gekniet und sie angebetet?«

»Ich habe gekniet, aber nicht gebetet. Ich habe in Gedanken die vielen Reliquien aufgezählt, die in den Kirchen und ihren Schatzkammern aufgehäuft sind. Und ich konnte mich nicht zur Andacht sammeln.«

»Hast du mit anderen Conversos über solche Gedanken gesprochen?«

Juan senkte die Augen. »Es bedurfte keines Wortes.

Wir haben uns mit Blicken verständigt. Sie empfanden ähnlich wie ich.«

»Genug!« schrie Arbues, heiß vor Erregung. »Genug für alle Ewigkeit. Jedes Wort, das aus dir kommt, ist pures Gift. Dein Körper ist ein Giftbehälter.«

»Zerstört ihn.« Juan ließ den Kopf nach vorne fallen.

»Ich bin noch nicht fertig«, sagte Petrus Arbues müde. »Hast du mit Juden Verkehr gepflogen?«

Juan schüttelte den Kopf.

Der Inquisitor betrachtete den Gefangenen und erinnerte sich seiner eigenen, auf der väterlichen Burg Epila verbrachten Jugend. Die ersten fünfzehn Jahre hatte er volle Freiheit genossen. Seine Hände waren hauptsächlich damit beschäftigt gewesen, den Falken zu tragen und ihn plötzlich, von Haube und Fessel befreit, auf weiße Reiher loszulassen. Aber mit achtzehn Jahren hatte er schon das Bakkalaureat und die Magisterwürde zu Saragossa erworben und war dann als Student der Theologie in das Colleg des heiligen Clemens zu Bologna eingetreten, um dem Wappen der Arbues von Epila, drei himmelblauen Streifen auf Goldgrund, für immer zu entsagen.

»Mit welchen Empfindungen bist du Juden gegenübergetreten?«

Verwirrt hob Juan die Augen. »Das läßt sich nicht so einfach sagen. Ich habe immer eine Abneigung gegen sie gehabt. Manchmal hatte ich Lust, sie anzuspeien. So sehr beleidigte mich das Bewußtsein, von ihnen abzustammen. Manchmal habe ich sie gehaßt. Das war, wenn sie mich allzudeutlich daran erinnerten, daß ich zu ihnen gehöre. Und manchmal habe ich mich vor ihnen geschämt. Dies geschah dann, wenn einer von ihnen leiden mußte, weil er Jude war.«

»Wie lange ist dein Haus christlich?«

»Vor sechzig Jahren wurde mein Großvater von Maestro Geronimo von Santa Fé bekehrt. Mein Vater nahm gleichfalls das Christentum an. Er wurde Alcade und von König Heinrich zum Ritter geschlagen.«

Der schreibende Notar hatte mit Mühe den sonderbaren Fragen und den noch sonderbareren Antworten zu folgen versucht. Jetzt trat eine Stille ein. Er beeilte sich, Lücken in seinem Text hastig auszufüllen.

»Du hast also Anfechtungen, wenn du Juden begegnest?« setzte Arbues sein Verhör fort.

Juan dachte nach. Dann bejahte er. »Anfechtungen und zuweilen wütenden Zorn.«

»Das mußt du mir näher erklären.«

»Wenn jemand seine bisherige Gemeinschaft verläßt, so kommt es gewiß vor, daß die Zurückgebliebenen den Abtrünnigen verwünschen. Denn niemand liebt einen Überläufer. Man sagt sich von ihm los. Man beschließt, den Renegaten nicht mehr zu kennen. Aber die Juden gehen anders vor. Sie nehmen die Taufe nicht zur Kenntnis. Ein getaufter Jude ist für sie kein Christ –«

»Sprich es nur aus!« sagte Arbues zwischen den Zähnen. »Er bleibt ein abtrünniger Jude. Statt daß sie sich tief vor dem Getauften bücken und den Staub von seinen Füßen lecken, weil er den Messias anerkennt, den sie leugnen, betrachten sie ihn als einen Dieb, der sie bestohlen hat.«

»Nein«, berichtigte Juan. »Sie betrachten sich nicht

als bestohlen und den Converso nicht als Dieb. Sie sehen den Neuchristen als einen Juden an, der unter Zwang gehandelt hat. Eine erzwungene Taufe ist nicht giltig. Deshalb wird der Converso bedauert, weil er lügen muß. Aber er gilt als Jude, als wäre nichts geschehen –«

»Ich habe es gewußt«, sagte der Inquisitor.

»Er wird als Gefangener betrachtet, der auf seine Befreiung wartet. Wenn er leugnet, daß er sich als Gefangener fühlt und vom Judentum nichts mehr wissen will, dann bemitleiden sie ihn noch viel mehr. Sie hoffen, daß er sich eines Tages besinnen wird. Sie zählen ihn dauernd und unbeirrbar zu den Ihren –«

»Höre«, sagte Arbues, »wenn man euch Conversos von den Juden vollständig absondern könnte, wäre es möglich, euch zu heilen?«

Juan antwortete nicht. Aber der Inquisitor grübelte lange vor sich hin. Der Notar zückte die längst vertrocknete Feder, um das Protokoll abzuschließen. Er wunderte sich über die außerordentliche Milde des Gefürchteten. Aber er war klug genug, nicht allzusehr zu staunen. Denn er wußte, daß die Wahrheit für einen Geist wie Arbues zu wenig war, daß er ihr bis in die letzten verzweigten Wurzeln nachging und die zarten und beinahe unsichtbaren Verästelungen mit größter Behutsamkeit und Vorsicht ausgrub.

»Die Gefahren sind zu gering«, sagte Arbues, »die Strafen sind zu milde. Die Nähe ist zu groß.« Er sah den Gefangenen an. »Ich habe dir die Galeeren versprochen. Was gibst du mir, wenn ich dich aussöhne?«

Juan erschrak. Wollte Arbues, der Unbestechliche,

bestochen werden? Der Inquisitor lächelte. »Ich will kein Geld, du Narr. Gib mir deine Seele!«

Juan fiel dem Inquisitor zu Füßen.

Der Notar erinnerte nach einer Weile an seine Gegenwart. »Soll ich das Protokoll abschließen, oder geruhen Gnaden auch noch an den Inquisiten Fragen in caput alienum zu stellen?«

»Nein«, entgegnete der Inquisitor schroff. »Schließ ab und laß es dir ad perpetuum rei memoriam fertigen.«

Juan stand auf. »Mein Vater hat mir einen Prokurator bestellt. Ich will ihn nicht. Macht mit mir, was ihr wollt.«

Arbues schüttelte den Kopf. »Ich selbst werde deine Verteidigung führen. Geh!«

Da das Geständnis lückenlos war, brachte Arbues den Fall noch am selben Tag in die Consulta.

Es überraschte die Consultoren, als Arbues vorschlug, man möge den jungen Edelmann lediglich zur Abschwörung de levi verurteilen. Und um seinen Vorschlag noch besonders milde zu gestalten, fügte der Inquisitor hinzu, die Abschwörung habe nicht im öffentlichen Autodafé, sondern im Sitzungssaal der Consulta zu erfolgen.

Ein leichter Widerspruch wurde von dem Mitinquisitor, dem Dominikaner Kaspar Juglar, erhoben. Juglar war ein alter Mann. Er fügte sich immer den Anträgen Arbues'. Aber nach der Verlesung von Fonsecas Geständnis schüttelte er den Kopf.

»Ich bin keineswegs gegen Aussöhnung«, sagte er. »Aber mit Geißelung und Abschwörung de vehementi.

Dieser junge Neuchrist hat beim öffentlichen Autodafé im Sanbenito zu erscheinen und Buße zu tun.«

Der Gerichtshof tagte in der Domkirche zum Erlöser zu Saragossa. Die beiden gotischen Fenster der Kapitelstube wiesen Wandmalereien auf. In dem einen Fenster befanden sich Darstellungen aus dem Alten, in dem anderen Szenen aus dem Neuen Testament. Wenn man den Blick von dem Platz des Vorsitzenden dem nächsten Fenster zuwandte, dann konnte man den Durchzug der Juden durch das Rote Meer sehen. Die durchbrechende Sonne verwandelte die hohen Wellenberge in eine Opalflut. Die hinter den Juden heranziehende ägyptische Armee ertrank in einem Abgrund von Smaragden.

Petrus Arbues nahm das Wort. Er ließ seine gewohnte Sicherheit vermissen. Als hätte ihn das Verhör mit Juan Fonseca allzusehr ermüdet, sprach er sitzend. Seine Hände lagen offen auf dem Tisch. Er blickte die Mitglieder der Kommission, besonders seinen Widersacher, den hageren Kanonikus von Calahorra, lange an. Roderich Sanchez, der Kanonikus, hatte sich stets über allzugroße Härte der Urteilssprüche beklagt. Deshalb richtete Arbues das Wort hauptsächlich an ihn. »Der Angeklagte Juan Fonseca aus Saragossa, Sohn des Gutsbesitzers Pedro Fonseca, ist im Sinne der gegen ihn erhobenen Anklage und laut Bericht der Qualifikatoren der judaisierenden Häresie schuldig. Da er bereit ist, die ihm aufzuerlegende Buße ehrlich anzunehmen und zu erfüllen, habe ich selbst die Anträge des Fiskals vorweggenommen und bitte euch, den Angeklagten lediglich zur Abschwörung de levi zu verurteilen.«

Die Mitglieder des Offiziums hoben die Köpfe. Der Kanonikus verzog erstaunt den Mund zu einem breiten Lachen. Arbues hatte eine Anwandlung von Milde.

»Wundert euch nicht, wenn Arbues einmal weniger hart ist. Ich habe niemals Freude an der Grausamkeit gehabt. Ich habe nur geglaubt, daß man die Menschen durch Unnachsichtigkeit erziehen kann. Ich bin von meinem Irrtum geheilt. Ich werde nicht mehr erziehen, sondern nur noch vernichten.«

Arbues wischte den Schweiß von der Stirn. Tiefe Schatten umgaben seine Augen. Er rang nach Luft.

»Wenn ich diesen jungen Neuchristen eurer Milde empfehle, so geschieht es, weil er mir rückhaltlos seine Gedanken ausgeliefert hat. Ich verspreche euch, mit Hilfe dieser Gedanken Hunderte anderer Personen zu überführen.«

Arbues schwieg erschöpft. Der Gerichtshof erstarrte in Befremden. Man fand, daß der Inquisitor zu weit gegangen sei, an Milde für den Angeklagten und an Haß gegen die Conversos.

Didacus Lopez aus Calatayud flüsterte zu dem neben ihm sitzenden Fiskal Raymundus Mur, der Inquisitor sei besessen. Er sehe Gespenster und werde eines Tages Ketzer und Fromme nicht mehr voneinander zu unterscheiden wissen. Mur machte eine abwehrende Bewegung mit den Händen. Er sah die Augen des Meisters von Epila auf sich gerichtet, stand auf und sagte mit Stimme und Haltung einer Puppe: »Ich beantrage Christi nomine invocato, das heilige Offizium wolle den Angeklagten zur Abschwörung de levi verurteilen und ihn wegen etwaiger bannwürdiger Verbrechen ad cautelam lossprechen. Selbstverständlich ist das weitere Verfahren bloß zu suspendieren, so daß es jederzeit wieder aufgenommen werden kann. Der Angeklagte hat für künftiges Wohlverhalten Bürgschaft zu leisten.«

5

Während Juan Fonseca nach Erfüllung der Urteilsbedingungen entlassen in sein väterliches Haus schlich, um sich dort von den Fieberträumen der Haft und des Verhörs zu erholen, wurde in Saragossa die Bruderschaft vom heiligen Petrus Martyr, das Collegio de familiares, auf die Neuchristen losgelassen. Es senkte sich wie eine Wolke auf die Häuser der Conversos, erfüllte die Kirchen mit lauerndem Besuch, drängte sich in alle Zirkel und Konventikel und wanderte die geheimsten Wege. Wo sich vor den Kirchen Gruppen von Besuchern zusammenfanden, wurde von einem Beobachter Posten gefaßt. Während der Messe schlängelten sich Horcher von Bank zu Bank. Sogar an die Beichtstühle wagten sich Spione heran, um einige Worte von den Lippen der Beichtenden zu erhaschen. Kraft der Annahme aus dem kanonischen Recht, daß jedermann einen Ketzer festnehmen dürfe, bildeten sie eine unheimliche Polizei Gottes und schwärmten hinter den reichsten und angesehensten Marranen her wie Raben, die ein Aas witterten. In den weitläufigen Palästen des neuchristlichen Adels hockten unter der zahlreichen Dienerschaft stumme Boten, um die Brunnen in den Marmorhöfen lagerten sich Bettler, Vermummte, Pestkranken gleich, hasteten durch die volkreichen Gassen: alle standen im Dienst der Inquisition und beobachteten Verkehr, Haltung, Betragen und Freundschaft der Marranen. So kam es, daß in den nächsten Tagen eine Flut von Anzeigen das heilige Offiz überschwemmte. Man hatte Kirchenbesucher gesehen, die ihr Kreuz mit verdächtiger Eile schlugen, man hatte Taufen beigewohnt, nach denen Mütter hastig das Wasser von den Gesichtern ihrer Kinder abwuschen. In den Küchen untersuchte man die Abfälle und fand verdächtig viel Blut und Fett. Die Metzger lieferten Verzeichnisse ihrer Kunden aus und besonders derer, die kein Schweinefleisch bezogen. Die Küchensklaven hatten Freiheit zu erwarten, wenn sie Zeugnis gaben, daß Milch und Fleisch in Behältnissen aufbewahrt wurden, die man niemals vertauschte. Die Aljafería zu Saragossa, der Sitz der Inquisition, füllte sich mit Gefangenen, die ratlos auf das Verhör warteten. Petrus Arbues, selbst aus adeligem Hause stammend, trug keinen Anstand, Mitglieder der edelsten Häuser verhaften zu lassen.

In den dunklen Zellen saßen Männer und Frauen und versuchten mit gefesselten Händen die kühlen Fugen der Steinwände abzutasten. Manche wußten, daß sie verloren waren. Denn sie hatten sich allzu leichtfertig verraten. Andere zergrübelten ihr Hirn, wessen man sie beschuldigte. Aber angesichts der vielen vornehmen Gefangenen wagte man es ohne bei König Ferdinand eingeholte Weisung nicht, mit der Folter zu beginnen. Die Gefangenen leugneten standhaft. Wohl standen zahlreiche Zeugen auf und brachten dem Offiz Material. Die Akten häuften sich. Die Indizien umfaßten das Wechseln der Körperwäsche, das Tischdecken am Samstag, die Zubereitung einer bestimmten Brühe, die die Juden Amin nannten, das Anzünden von Lichtern am Freitag, den Genuß einer Mundvoll ungesäuerten Brotes. Bei vielen Männern, selbst solchen, die die Weihen erhalten hatten, entdeckte man, daß sie beschnitten waren, was allein schon mit zehn Jahren Verbannung bestraft werden mußte.

Doch die Stände Aragons erklärten sich mit den Neuchristen solidarisch. Die Stadt Teruel in Aragon wehrte dem heiligen Offiz den Eintritt. Als die beiden Inquisitoren Juan Colivera und Martin Navarro mit dem Alguazil, dem Konfiskationskämmerer und dem Notar Einlaß verlangten, um dort ein Gericht zu installieren, erklärte der diensthabende Wachoffizier, er könne das Tor nicht freigeben. Die nach Teruel entsandte Kommission schlug ihr Quartier im Dorf Cella auf und begann zu verhandeln. Ein Botschafter des Rats der Stadt Teruel unterrichtete die Inquisitoren, daß man die Inquisition als Verletzung der Fueros, der Freiheiten des Reiches Aragon, betrachte und daß man die Verhaftung so vieler Adeliger der Stadt Saragossa als einen groben Übergriff und ein Unrecht brandmarken müsse.

Die beiden Inquisitoren Colivera und Navarro hörten geduldig die Botschaft der Stadt Teruel an und fragten die Abgesandten, ob der Rat bei Sinnen sei. Katholische Vasallen des Königs dürften Feinden der Inquisition keinen Vorschub leisten, widrigenfalls man sie selbst des Abfalls vom Glauben verdächtigen müsse.

Vor dem Gasthof zu Cella waren viele Bauern und Knechte versammelt und hörten stumm Rede und Gegenrede an. Man konnte durch die offenen Fenster die beiden Inquisitoren sitzen sehen, zwei würdige kahlköpfige Herren, trotz der Sommerhitze in schwarzen pelzbesetzten Mänteln. Vor ihnen lagen ihre Ernennungsdekrete ausgebreitet, der Notar schrieb jede der Äußerungen des Abgesandten emsig und voll Schadenfreude mit, und zwei heisere kurzatmige Stimmen vermischten sich mit der schrillen und überlauten des Ratsherrn von Teruel, der die Juden haßte, aber die Inquisition fürchtete.

Rede und Gegenrede folgten einander in immer kürzeren Pausen. Der Mann aus Teruel ließ sich zu Beschimpfungen der Inquisition hinreißen. Navarro zeigte das Ernennungsdekret mit der Unterschrift des Erzbischofs von Saragossa, Alfonso von Aragon, eines natürlichen Sohnes des Königs. Der Ratsherr, erregt, mit blau angelaufenem Gesicht, schob das Dekret mit der dicken, von irgendeinem Farbstoff ziegelrot gefärbten Pranke von sich. Darauf standen beide Inquisitoren auf. Durch das offene Fenster sahen die versammelten Einwohner von Cella ein Gewirr von schwarzen Mänteln und das faltige Grau großer drohender Gesichter. Und dann hörten sie, wie eine fürchterlich heisere Stimme über die Ratsherren von Teruel den Bann und über die Stadt das Interdikt verhängte. Das Dorf erstarrte in ehrfürchtigem Schreck. Aber die Stadt Teruel hielt ihre Tore weiter geschlossen, um sie erst viele Wochen später einer Belagerungsarmee des Königs zu öffnen.

In Saragossa schienen Befehle des Großinquisitors eingelangt zu sein, ohne jede Schonung vorzugehen.

Zuerst wurden zahlreiche Zeugen gegen einen des Judaismus verdächtigen Abt vernommen. Er wurde beschuldigt, beim Beten des Gloria Patri die Worte Filio et Spiritui tuo weggelassen zu haben.

Nach einem erdrückenden Beweisergebnis zu Gunsten der Anklage trat der vollausgerüstete Apparat des heiligen Offiziums zu Saragossa in Tätigkeit, wobei das Autodafé seine düstere Pracht entfaltete.

Prozessionen von Dominikanern erfüllten die Stadt Saragossa, in denen das Grüne und das Weiße Kreuz den Verurteilten vorangetragen wurde. Vor der mächtigen Bühne drängte sich der Pöbel, Trommelwirbel begleiteten die Urteilsverkündigungen, und Geißelungszüge verloren sich bis in die entferntesten Gassen.

Die Stadt sah mehreren solcher Glaubensakte schweigend und in dumpfen Staunen zu. Um den Quemadero drängten sich lediglich die Ärmsten, denen das Stöhnen Sterbender Ersatz für eine Mahlzeit bedeutete. Die Fenster der Adelspaläste waren verhangen. Wie zum Trotz begaben sich alt- und neuchristliche Gutsbesitzer in ihre Villen und Weingärten, um nicht, wie alle Zuschauer der Autodafés, der Inquisition Gehorsam und Verfolgung der Ketzer geloben zu müssen.

Während vorher Arbues bloß gefürchtet worden war, reifte nunmehr gegen ihn ein dumpfer Haß. Sein

Name löste Krämpfe aus. Sah man ihn von weitem, dann floh man in versteckte Seitengassen, um die eigenen, erblaßten und von Grauen erfüllten Gesichter zu verbergen. Obwohl Arbues weniger hartnäckig war als Torquemada und in Wirklichkeit das Dunkel und die Stille liebte, wurde ihm die Summe aller Grausamkeiten zugeschrieben, die die Inquisition damals verübt haben sollte. Sein demütiges Lächeln schien den Ständen Aragons teuflische Verschlagenheit, seine sanfte und eindringliche Stimme verriet ihnen raubtierhafte Lust an fremdem Schmerz. Sein Gebet galt als Heuchelei und seine Ermahnung als ausgesuchte Tücke. Die Berührung seiner Hand schmerzte stärker als das Seil des Wippgalgens. Manche zogen den Tod auf welche Art immer einem Verhör vor, das Arbues leitete. Und wenn seine melancholischen und selten lächelnden Augen auf dem Gesicht eines Inquisiten ruhten, dann glaubte der Gefangene schon im voraus, jene Foltern zu empfinden, die ihm der Inquisitor nach den Vorschriften des Verfahrens unzählige Male anzudrohen hatte, ehe er sie vollzog.

In einer der Adelsversammlungen, die einen Großteil der Stände umfaßten, sagte plötzlich eine Stimme: »Man muß Arbues töten. Nicht nur weil er Inquisitor ist, sondern weil er Peter Arbues ist. Tötet man ihn, dann krepiert die Inquisition.« Zuerst erschrocken, empfanden im nächsten Augenblick echtblütige Christen und Conversos, daß sie insgeheim immer daran gedacht hatten, Arbues auszurotten, wie man Raubtiere beseitigt. Aber niemand wagte es, einen Plan vorzuschlagen, wie man sich des Magisters von Epila entledigen konnte. Man betätigte seinen Haß in Worten, man fluchte und zählte die Folgen auf, die der Tod Arbues' zur Folge haben mußte. Man trauerte den verlorenen Freiheiten nach und berauschte sich an Worten. Auch die Rede des Unbekannten, der die Ermordung des Inquisitors vorgeschlagen hatte, hielt man für leere Worte. Sie klangen ermutigend. Man legte die Hand an den Degen. Und manche besonders phantasievolle Edelleute stellten sich den Schreck des Königs und die Angst Torquemadas vor, wenn die Nachricht von der Ermordung Petri Arbues den Hof und den Großinquisitor erreichen würde. Und dann trank man auf die Freiheiten von Aragon. In der glücklichen Bestürzung, in die der Gedanke von Arbues' Beseitigung die Anwesenden versetzt hatte, war der Wein besonders erwünscht. Er befreite von dem Zwang, Entschlüsse zu fassen, und nahm den Reden der Verschworenen alle Verbindlichkeit.

Und in dieser wie in den nächsten Versammlungen des Adels zu Saragossa war unausgesetzt von dem Tode des Inquisitors die Rede. Man gab seiner Empörung über ihn in immer stärkeren Worten Ausdruck. Es war eine ständige Einrichtung in jenen Sitzungen geworden, in starken und drohenden Ausdrücken von Arbues zu sprechen. Aber selbst diese Redensarten begannen sich abzunutzen. Man gebrauchte sie schließlich nur noch als Formeln. Man freute sich daran, Arbues wie ein Schreckgespenst seinen Freunden und Feinden an den Hals zu wünschen, diesen, um sie zu erschrecken, jenen, um sich an ihrem Befremden zu belustigen.

6

Der alte Fonseca war sehr krank. Zuerst nahm er seinen Zustand keineswegs ernst. Die beiden Ärzte bestärkten ihn in seiner Meinung, daß die Krankheit nicht gefährlich sei. Und der alte Gutsherr verhandelte von seinem Krankenlager mit Pächtern, Holzhändlern, Getreideaufkäufern und anderen Kaufleuten. Denn er betrieb auch eine Gewürzmühle und kaufte von Schiffsleuten ganze Ladungen morgenländischer Gewürze. Juan kümmerte sich nicht um die Betriebe seines Vaters. Er mied Händler und Geldleute. Denn der Verkehr mit ihnen brachte leicht den Ruf religiöser Unzuverlässigkeit. Man sah ihn oft zu Pferde durch die Eichenwälder seines Vaters jagen oder die Zöglinge eines Franziskanerklosters im Bogenschießen und Gebrauch des Degens unterrichten. In den hellen Nächten las er die Heiligenlegenden. Und er bemühte sich vergebens, sich zu einer solchen Gottesgläubigkeit emporzusteigern, daß auch ihm das Martyrium erstrebenswert erschien.

Mitten in dieses Hindämmern brach die Krankheit des Vaters. Er war der erste, der die Schwere des schleichenden Fiebers erkannte. Er zitterte davor, daß der alte Mann im Angesicht des Todes Unbesonnenheiten begehen könnte. Als das Fieber nicht mehr wich, hielt sich Juan Tag und Nacht im Krankenzimmer auf. Vergebens beschwor ihn Pedro Fonseca, allein gelassen zu werden. Juan hielt ganze zwei Wochen durch. Erst als eines Abends der Kranke fieberfrei schien, unternahm er einen Spazierritt. An diesem Abend trat die gefürchtete Wendung ein. Als Juan das Krankenzimmer öffnen wollte, fand er die Tür von innen verschlossen. Er bat flehend um Einlaß, erhielt aber keine Antwort. Da brach er die Tür auf. Pedro Fonseca saß aufrecht im Totenhemd auf dem Bett, die Gebetsriemen waren vorschriftsmäßig um Stirn und Arme gewunden. Juan erschrak. Wenn einer von den Hausleuten den Herrn in diesem Zustand sah, wußte es in einer Stunde die Inquisition. Er bat den Kranken, die fürchterliche Maskerade abzulegen. Pedro Fonseca drohte dem Sohn mit seinem väterlichen Fluch, wenn er ihn nicht nach dem Ritus seiner Ahnen sterben ließ. Juan gab nicht nach. Kurz entschlossen riß er die Gebetsriemen von den skelettartigen Armen des Vaters. Dann zerrte er das Totenhemd von seinem schwärenbedeckten Leib. Der Sterbende schrie fürchterlich und verwünschte seinen Sohn. Draußen versammelten sich die Hausleute und verlangten Einlaß. Juan versteckte die Spuren der jüdischen Ketzerei hastig unter dem Bett und nahm den Stöhnenden in seine Arme. Die schwachen Kräfte des Widerstrebenden versagten. Und die Fluchformel wurde von Juans lauter Anrufung der Dreifaltigkeit übertönt. Als Pedro Fonseca stärker zu fluchen begann, bedeckte Juan zitternd seinen Mund mit der eiskalten rechten Hand. Während der Angstschweiß aus allen seinen Poren brach, befahl er rasch, den nächsten Priester zu rufen, damit er dem Sterbenden das Viaticum reiche. Er preßte kniend den Kopf des Vaters in seinen Schoß, bis der herbeigeholte Dominikanerbruder kam. Pedro Fonseca stöhnte und versuchte den Bruder wegzustoßen. Aber Juan hielt den Vater mit eisernem Griff. Und mit seiner Hilfe gelang es dem Dominikaner, das Chrisma dem Todkranken auf Gesicht, Brust und Hände zu träufeln. Kaum hatte er sein Werk vollendet, als Juan fühlte, wie der Widerstand des verkrümmten Körpers in seinem Schoß nachließ. Er brach zu Füßen des Dominikaners zusammen. Nur der Wille, die verräterischen Stücke Leder und Wolle nicht in fremde Hände fallen zu lassen, bewahrte ihn vor einer Ohnmacht. Aber man erzählte am nächsten Tag in Saragossa, daß der seit Jahren verdächtig gewesene Converso Fonseca sich als echter Christ betätigt und dem Vater die ewige Seligkeit gerettet habe.

Juan zog sich in sein Landhaus zurück. Man sah und hörte wochenlang nichts von ihm. Nach Ablauf des Trauermonats reiste er zu den königlichen Truppen nach Granada.

7

Am Tage, an dem Pedro Fonseca unter Beteiligung des aragonischen Adels begraben wurde, versammelte sich der größte Teil der Trauergäste im Schloß des Don Blasco Alagon, Herrn von Sastago. Es waren Edelleute jüdischer Abkunft. Die mächtigen Häuser Sanchez und Santangel waren vertreten, ferner die Gomez von Huesca, die Benete von Monzon, die Herren von Santa

Cruz, von Santa Fé, de Cadreyta, de Exea, de la Cabellería.

Pedro de Exea erinnerte in keiner Weise an seine Abstammung. Von geschmeidiger und biegsamer Gestalt, glich er dem Abbild eines Diskuswerfers. Sein blutroter Mund lächelte unbekümmert und als wäre er nicht mit einem bitteren Erbe belastet. Sein Freund Caspar de Santa Cruz war von eckiger Gestalt und blond. Man hätte ihn für einen nordischen Seefahrer halten können.

Nachdem man das seltsame Sterben des alten Fonseca gebührend erörtert und die Unterwürfigkeit des jungen Fonseca bespöttelt hatte, begann Exea von dem beabsichtigten Mord an Arbues zu reden. Er sagte lachend, daß er ihn für eine Gott weit gefälligere Handlung halte als den sklavischen Gehorsam, den Juan Fonseca gegenüber Beichtvätern und Priestern jeder Art bekunde.

Alle Anwesenden stimmten bei. Über die Ausführung des Planes bestand keinerlei Uneinigkeit.

»Die Inquisition ist gewiß sehr einflußreich«, sagte Don Blasco. »Aber heute sind wir noch mächtiger.«

Von allen der »Justicia« zu Aragon zugehörigen Geschlechtern waren die Sanchez das mächtigste. Sie waren Nachkommen des gelehrten Eleazar Ussuf. Nicht geringer war am Hof zu Toledo seit Jahrzehnten der Einfluß der Santangels, der Nachkommen des Rabbi Azarias Ginillo.

Ein Santangel war sogar persönlich erschienen, um einen Brief seines Vetters Luis, königlichen Schatzkanzlers, zu verlesen. In dunklen, Eingeweihten aber durchaus verständlichen Ausdrücken erklärte der Schatzkanzler, daß die Könige mit dem Vorgehen der Inquisitoren durchaus nicht einverstanden seien. Die Inquisition beruhe auf dem Schrecken, den sie einflöße. Schrecken aber könne nur durch Schrecken besiegt werden. Eine kühne und furchtlose Tat werde auf gnädiges Verständnis stoßen. Man werde aufatmen, wenn sie vollbracht sei, und werde die Täter, wenn man ihrer habhaft würde, schlimmstenfalls mit Verbannung strafen. Wer die Tat tun wolle, verrichte Gottes Werk. Er befreie die Welt von bösen Dämonen.

Der junge Edelmann, kaum achtzehnjährig, wies den Brief nach allen Seiten, zeigte auf die Unterschrift mit dem kühngeformten Siegel, löste dieses ab und zerriß den Brief in kleine Stücke.

Pedro de Exea beschrieb den Blick des Gehaßten, erzählte Beispiele von seiner unmenschlichen Grausamkeit und warf als erster tausend Realen auf den Tisch. Caspar de Santa Cruz folgte mit zweitausend. Nach einer Viertelstunde hatte Don Blasco zehntausend Realen beisammen, um durch Vermittlung seines Freigelassenen, des Gerbers Juan de Sperandeo, Mörder zu dingen.

So sehr man Arbues haßte, man wollte die eigenen Hände nicht mit Blut beflecken. Dünne Reifen mit schweren und kostbaren Steinen saßen auf den Fingern. Man war zwar gewohnt, den Griff des Dolchs immer kampfbereit mit seiner Linken zu umklammern. Aber man konnte sich nicht entschließen, ihn wie ein Meuchelmörder aus der Scheide zu ziehen, um einen Wehrlosen damit zu morden.

Während die Goldstücke auf eine Achatschale klirrten, die ein Diener mit tiefer Verbeugung von Edelmann zu Edelmann reichte, konnte man denken, daß hier für ein höfisches Geschenk gesammelt würde, eine der Königin gewidmete Kostbarkeit, bestimmt, die Laune ihrer Hoheit zu mildern oder ihr einen Beweis von der liebevollen Ergebenheit der Granden von Aragon zu gewähren.

Die Mörder waren bald ausgewählt: Tristan de Leonis, ein Herr, Juan de Sperandeo, ein Handwerker, Vidal Uranso, ein Gascogner aus unedlem Blut, Matheus Ram, Antonio Gran und Bernard de Leofante. Man beruhigte ihre Bedenken durch den Hinweis auf die Einigkeit des aragonischen Adels. Man brachte sie in die Adelsversammlungen und versicherte sie des höchsten Schutzes.

8

Einige Versuche, den Inquisitor zu überraschen, scheiterten. Petrus war von den Mönchen überredet worden, einen Kettenpanzer und eine Stahlkappe zu tragen. Denn alle wußten, daß Mörder gedungen seien.

Arbues legte lächelnd die ihm übergebenen Abwehrmittel an. Er hatte in der letzten Zeit viele Visionen gehabt. Die Rolle des Inquisitors gefiel ihm nicht mehr. Er bereitete sich auf sein Ende vor. Irgendein Traum hatte ihm die Süßigkeiten des Märtyrertums vorgespiegelt. Er malte sich aus, wie er, durch einen plötzlichen Schwerthieb aus dem Leben verstoßen, in die Seligkeit und unmittelbar vor Gottes Glorie stürzen würde. Seine Augen wurden stumpf, wenn er die Verhöre leitete. Aber sie gewannen einen kalten und starken Glanz, wenn er vor den Altären von Märtyrern kniete. Er verlor sich in dem Blick eines heiligen Sebastian und prüfte erstaunt die lustberauschten, in der Ferne schweifenden Mienen des Heiligen, dem die schwirrenden Pfeile offenbar die Haut streichelten wie köstliche Liebkosungen. Und er versuchte zuweilen ein Messer in die eigenen Hüften zu stoßen, nur um den Schmerz der winzigen Wunde mit der Wollust zu vergleichen, den der Tod zur Verherrlichung der göttlichen Wahrheit dem Blutzeugen bereiten mußte.

Ein im April des Jahres 1485 versuchter Anschlag mißglückte. Arbues wartete jede Nacht auf die Mörder. Sie kamen nicht. Er lag mit wachen Augen und verfolgte durch die offenen Fenster den Lauf der Sterne.

Bei Tag aber war er zuweilen grausam und unersättlich in seiner Lust zu fragen.

So verging der Sommer. Der Inquisitor wurde immer magerer. Seine Gestalt glich der des Täufers. Von zahlreichen und wechselnden Gesichten verfolgt, sanken seine Augen tief in ihre Höhlen ein.

Petrus Arbues pflegte des Nachts in der Kathedrale S. Salvador zu beten. Wenn tiefe Dunkelheit die Kirche erfüllte und nur vor den Altären seiner Heiligen eine dünne Ölflamme brannte, häuften sich reiche und drängende Erscheinungen um ihn. Zuweilen glaubte er, die nahe Herrlichkeit Gottes zu erblicken.

In der Nacht auf den 15. September fanden sich Juan de Sperandeo, Tristan Leonis, Vidal Uranso, Matheus Ram und drei Verlarvte in der Kathedrale ein. Der Mette wegen standen die Kapiteltüren offen. Die Verlarvten traten durch eine Seitentür, »Prevostia« genannt, die andern kamen durch das Haupttor. In einer nahen Schenke warteten Pedro de Exea und Caspar de Santa Cruz. Sie hatten sich in einfache Mäntel gehüllt, alle Zeichen ihres Adels abgelegt und saßen bei einem Kruge Wein, den sie nicht berührten. Es war knapp vor Mitternacht.

»Mir ist nicht wohl«, sagte Exea und verkrümmte seinen hageren Körper, als ob ihn fröre. »Es sind zu viele, die da auf die Jagd gegangen sind. So viele Hunde und ein einziges Wild. Das kann nicht gut enden.«

Der blonde Santa Cruz nickte zustimmend. »Don Blasco mußte eine ganze Rotte gegen den einen aufbieten. Ich hätte es am liebsten selbst auf mich genommen. Keine Waffe. Mit Waffen geht man nicht auf Augustinermönche los. Ein seidener Strick hätte genügt.«

Pedro de Exea goß Wein aus dem Krug in die beiden auf dem Tische stehenden Becher. Er bemerkte, daß der Wirt sie beide mißtrauisch beobachtete. »Zu viele Mitwisser!« flüsterte er. »Niemals hatte ich böse Ahnungen. Aber ich fürchte, daß es schlecht ausgehen wird. Worauf haben wir gehofft, als wir unseren Plan ausarbeiteten?«

»Auf den Haß, mit dem jeder echte Aragonier die Fanghunde der Inquisition verfolgt.«

»Richtig, auf den Haß. Und wenn wir uns geirrt hätten? Wenn man den toten Arbues nicht mehr hassen sollte?«

»Unsinn«, lachte Caspar de Santa Cruz. »Ich hoffe nur, sie wissen, wohin sie ihn treffen müssen. Es ist schwerer, Arbues mit Stahl zu töten als mit einem Strick. Aber sieben Männer werden doch einen Mönch auszulöschen imstande sein.«

Der Mönch Petrus Arbues kam eben langsam durch das Schiff der Kathedrale. Er trug eine Öllaterne, deren Licht einen matten gelben Kreis auf die Fliesen legte. Gesicht und Gestalt des Trägers blieben im Dunkel. Im Chor, ganz in Dämmerung gehüllt, sangen die Kapitulare den Vers: »Quadraginta annis proximus fui generationi huic –« Ihre Stimme kam wie aus weiter Ferne. Sie tönte todestraurig durch den Raum, dessen Grenzen in der Dunkelheit verschwammen. Die Sänger waren etwa zehn an der Zahl. Sie hatten ihre Köpfe gesenkt und ihre Hände ganz in der Tiefe der weiten Ärmel begraben. Während das Echo von den hohen Wänden jeden Ton verlängerte, erstickte es alle Geräusche, die außerhalb des Chors erwachten.

Arbues stellte seine Laterne ab und lehnte einen eisernen Stab, auf den er sich gestützt hatte, gegen eine Säule. Dann kniete er zwischen dem Hochaltar und dem Chor nieder, um in der Stille zu beten. In seinem Rücken hörte er ein leichtes Geräusch. Er dachte daran, daß sein Haupt durch eine Stahlkappe und seine Brust durch einen Kettenpanzer geschützt seien und hatte das zwiespältige Gefühl der Freude über seinen Schutz und des Bedauerns, daß er sich selbst den Weg zum

Märtyrertum verschlossen habe. Sekundenlang dachte er daran, seine beiden Eisenhüllen abzulegen und den Körper seinen unbekannten Mördern frei und ungeschützt darzubieten. Aber da überkam ihn eine plötzliche Angst. Eine heftige Kälte durchschauerte ihn. Er begann heiser ein Paternoster zu beten, und sein feines Gehör nahm das Schleichen vieler nackter Sohlen über die Fliesen wahr, das von dem Chorgesang der Kapitulare nicht völlig zugedeckt wurde.

Da stand schon Vidal Uranso hinter dem Knienden. Kaltblütig und ohne eine Spur innerer Erregung berechnete er, wo der Kettenpanzer aufhörte und die Stahlkappe begann. Er kam zu dem untrüglichen Ergebnis, daß er seinen Dolch in den Nacken des Inquisitors stoßen müsse. Zu gleicher Zeit zielte Juan de Sperandeo nach der Hüfte des Inquisitors. Arbues richtete sich auf, als ihn beide Hiebe trafen. Er fiel nieder und empfand einen heftigen Schrecken, in dessen tiefstem Untergrund eine leise Freude aufflackerte. War dies der Tod? Er schmerzte gar nicht. Und was hatten Panzer und Kappe aus Stahl für einen Sinn, wenn sein Körper trotzdem durchbohrt werden konnte. Aber sein Lebenswille wurde wieder stark. Er erhob sich zum zweiten Mal. Diesmal traf ihn Mateo Ram in den Arm, und Sperandeo holte zu einem zweiten Hiebe aus.

In diesem Augenblick hatte der Gesang geendet. Ein schwaches Röcheln des zu Tode Verwundeten wurde plötzlich überlaut. Vidal warf als erster seine Waffe weg. Dann flohen die andern. Die Verlarvten deckten den Rückzug der Mörder.

Petrus Arbues rief mit schwacher Stimme um Hilfe.

Er wollte verbluten und seine Wunden weiter aufreißen, damit das Leben rasch entströme. Aber sein Körper war stärker als seine Seele. Während er versuchte, den Augenblick zu beschleunigen, da sich der unsterbliche Teil seines Ich von der sterblichen Hülle löste, bemühten sich seine zitternden Hände, das hervorbrechende Blut zu stillen.

Die Kapitulare umringten ihn und rissen ihm Eisenkappe und Panzerhemd ab. Arbues schlug die Augen auf. Er lebte noch und sollte doch schon drüben sein. Zwischen Augenblicken, in denen er das Bewußtsein verloren hatte, bemerkte er, wie man ihn aufnahm und aus dem Kirchenschiff in die Sakristei trug. Die Wunden begannen zu schmerzen. Aber noch mehr quälte die Vorstellung, daß Gott ihn offenbar noch nicht zu sich rufen wollte. Wiewohl er schwer getroffen schien, blieben ihm die Tore des Todes verschlossen. Angst überfiel ihn. Er fürchtete sich zu leben, und der Tod bekam plötzlich ein rätselvolles und schreckliches Gesicht.

Nachdem ihn ein Arzt untersucht hatte, wurde Petrus in seine Wohnung geschafft. Vier der Kapitulare trugen ihn langsam und mit größter Behutsamkeit über die Straße. Allmählich sammelte sich Volk um das Kirchentor und schlich flüsternd und mit verzerrten Mienen hinter dem seltsamen Zuge her. Arbues öffnete ab und zu die Augen. Von unten sahen die Häuser und Tore riesenhaft und wuchtend aus. Die Wände schienen zuweilen zusammenzurücken und auf ihn einzustürzen. Fackeln wehten im Wind und zerteilten sich in lange rotglühende Fahnen, die zischend schwarze Häuserfronten bestrichen. Manchmal glaubte Arbues, sich schon im Jenseits zu befinden.

In seinem einfachen Schlafzimmer wurde der Verwundete von Martinus de la Raga, Assessor bei der Inquisition, und Petrus Frances, Deputiertem des Königreiches, empfangen. Beide übernahmen mit einem Augustinerbruder die erste Wache. Sie horchten angestrengt, wenn Arbues aus Delirien erwachte. Dann hörten sie ihn, sein Gesicht der Wand zukehrend, lange Sätze vor sich hinflüstern. Der Augustinerbruder behauptete später, Arbues habe unaufhörlich gebetet. Er wollte aus dem Munde des Inquisitors den Vers des Psalmisten vernommen haben: »Freude überkommt mich. Ich weiß, daß ich bald in das Haus des Herrn eingehen werde!«

Arbues aber hatte keine Zeit zu beten. Sein Bewußtsein war unter fürchterlichen Schmerzen zurückgekehrt. Er hob den unverwundeten Arm. Der Assessor duckte seinen kahlen Schädel über die blutbenetzten Linnen. Er glaubte Worte von den Lippen des Sterbenden abzulesen. Aber man hörte keinen Ton. Man sah nur die gelben und regelmäßigen Zähne, zwischen denen dünner Schaum austrat. Die Pupillen verkleinerten sich. Mit zitternden Wimpern klappten die Lider plötzlich nach unten. Arbues schlief. Sein Schlaf glich dem Tode. Aber es war noch nicht der Tod.

Nach wenigen Minuten der Ruhe öffnete Arbues die Augen. Er schien zu horchen. Die beiden Betrachter merkten, wie seine Züge sich veränderten. Der Inquisitor sah aus wie ein zärtlich Erwartender.

Der Assessor reichte ihm Wasser. Der Inquisitor

stieß es zurück. Man rief den Arzt. Der alte Mann erschien und prüfte Puls und Körperwärme des Verwundeten.

»Wie lange?« fragte Petrus Frances.

Der Arzt schüttelte den Kopf. »Vielleicht tut Gott ein Wunder. Wenn er aber kein Wunder verrichtet, ist vielleicht die Natur von ungeahnter Stärke. Normalerweise könnte Gottes Gnade dem heiligen Mann keine einzige Stunde mehr gewähren.«

Aber der Arzt irrte. Arbues starb noch vierundzwanzig Stunden lang. Keine Minute kürzer.

Während der Inquisitor mit dem Tode rang, ballte sich draußen ein Gewitter zusammen, Pedro de Exeas Ahnungen hatten sich verwirklicht. Der Sterbende war nicht mehr Gegenstand des Hasses. Vor Tagesanbruch waren die Straßen um die Kathedrale von Menschenmassen erfüllt, die den Tod der Mörder forderten. Bei Sonnenaufgang begann die Plünderung der Juderia. Das Volk erinnerte sich in diesem Augenblick seiner Unterdrückung durch den Adel. Es begann Adels- und Judenhäuser zu belagern. Aristokratie und Conversos waren in den Augen der Masse eins.

Und das Ende Arbues' wurde der Anlaß zu einer Volkserhebung, die immer gefahrdrohender alle Viertel der Stadt Saragossa umbrandete.

Schon schossen Feuerflammen aus den Palästen der Neuchristen. Unter brüllendem Fluchen wurden Kostbarkeiten aus den reichgeschmückten Zimmern auf die Straße geworfen. Der Sturm des Pöbels wurde so gefährlich, daß Alfons von Aragon, Erzbischof und Vizekönig, durch die Straßen ziehen und sofortige Sühne des Verbrechens geloben mußte. Hinter ihm ritten die Häupter der Stände, Blasco de Alagon, Lopes Ximenes und Phelip de Castro. Die Ritter Cimenes und Castro waren an der Verschwörung gegen Arbues unbeteiligt. Sie zählten zu den engeren Freunden des Erzbischofs. Ohne Arbues zu lieben, hatten sie die Rolle des Adels in diesem Kampf gegen die Inquisition mißbilligt. Ximenes war jung und hochmütig. Sein hoher und sorgfältig aufgesetzter Hut war mit Perlenschnüren umwunden. Über dem blassen Mund trug er einen Anflug von Bart. Castro war ganz in Eisen gekleidet. Er war befremdet, daß man das unverschämte Volk gewähren ließ. Aber er freute sich, daß man dem verjudeten Adel in derart drastischer Weise demonstrierte, daß sein Platz nicht an der Seite der Conversos sei. Sein Pferd, ein Araber aus hochberühmter Rasse, drängte unaufhörlich nach vorn. De Castro spielte mit den Zügeln. Seine Augen überflogen die Menge. Der Zorn der Handwerker war höchst possierlich. Was hatten sie mit dem Inquisitor zu schaffen?

Immer mehr Menschen strömten aus den Seitengassen. Es war, als hätte ein Rausch die Tausende erfaßt. Selig, wüten zu dürfen, schwangen sie wie im Takt die Arme.

Der Herr von Sastago wurde bleich, während er mit seinen Begleitern durch die tobenden Massen hindurchritt. Er dachte an die vielen Mitwisser und gab sich verloren.

Alfons von Aragon spendete nach allen Seiten ein gleichmäßiges und mattes Lächeln. Er hielt mitten im dichtesten Menschenhaufen sein Pferd an und neigte seinen Kopf, als wäre er bereit, das Volk anzuhören.

Ohne lange Vorbereitung hatte sich ein Sprecher gefunden. Er trug die Wünsche des Volks in überraschend deutlicher Weise vor. »Wir bitten, die Mörder auf das grausamste zu verfolgen und zu bestrafen, wenn man bei einer solchen Tat überhaupt noch von Grausamkeit reden kann. Wir wissen, daß das Blut unseres armen Märtyrers sehr viele adelige Wappenschilder besudelt hat. Wir wollen, daß alle Schuldigen büßen müssen, und wenn ihr Stammbaum selbst bis zu den Königen reicht. Alle Conversos, ihre Kinder und Enkel, sind an dem Mord beteiligt. Wir wollen, daß kein Schuldiger der Strafe entgeht. Und diese Strafe muß so beschaffen sein, daß noch unsere Kinder von ihr erzählen.«

Alfons, Prinz, Erzbischof und Vizekönig, hörte geduldig zu. Er hielt die goldgesäumten Zügel nachlässig in seinen weißen und gepflegten Händen. Der Bischofsring an seinem rechten Zeigefinger gab einen zitternden Glanz. Hinter ihm schwang man die geweihte Fahne, die hundert Kriegszügen gegen die Mauren vorangetragen worden war. Aus silbernen, rasch aus einer nahen Kirche herbeigetragenen Kesseln stieg dünner weißer Weihrauch auf.

Der Erzbischof hörte den Sprecher zu Ende an. Dieser, ein kleiner grauer Handwerker, Ältester der Innung der Schmiede, blickte dem hohen Herrn mutig in die Augen. Dann tat er einen Kniefall und bat um Vergebung für seine Kühnheit.

Alfons lächelte. Eine Eiseskälte breitete sich über sein Gesicht. Er hob die Arme, die goldenen Zügel sanken nieder. Und vor der ruhigen, aber fremden und entfernten Hoheit des prinzlichen Antlitzes sank die Menge in die Knie.

»Ich verspreche euch, meine Kinder, Gerechtigkeit!« Während der Vizekönig von vierundzwanzig Jahren dieses sagte, ging eine Wolke von Zorn und Gefahr von ihm aus. Die noch immer emporgehobenen Hände erzeugten Zittern und Angst. Und plötzlich glitten sie nieder und faßten von neuem nach den Zügeln. »Arbues wird gerächt werden. Niemand, und wäre es selbst mein Bruder, wird seiner Strafe entgehen. Aber begebt euch in eure Häuser und wartet ab. Wer sich nach diesem meinem Versprechen noch an fremdem Gut vergreift, ist dem Tode verfallen!«

Noch einmal hoben sich die weißen und gespenstischen Hände des Königssohnes zum Segen. Die Menge neigte sich tiefer. Aus den Rauchpfannen hoben sich dichtere weiße Wolken. Alfons von Aragon lächelte mit kaum sichtbarer Krümmung seiner Lippen. Aus den Häusern der Conversos spähten angstvolle Gesichter auf die sich zerteilende Menge.

9

Am dritten Tag nach dem Mord wurde Vidal Uranso zu Lérida verhaftet. Der Riese hatte sich durch sein verstörtes Wesen und einen blutbefleckten Mantel verdächtig gemacht. Einer der Chorherren der Kathedrale

S. Salvador zu Saragossa glaubte ihn als Mittäter zu erkennen. Da er leugnete, legte man ihn auf die Folter. Und es war seltsam, wie wenig Schmerzen der Franzose zu ertragen vermochte. Sein mächtiger Körper hatte feine und widerstandslose Nerven. Kaum hatte man ihn an dem Wippgalgen zweimal hochgezogen und die zwei vorgeschriebenen Miserere gebetet, als Vidal zu gestehen verlangte.

Angesichts des wichtigen Falles wurden sämtliche Mitglieder des Offiziums berufen. Sie nahmen ihre vorgeschriebenen Plätze ein. Bruder Caspar führte den Vorsitz. Der Platz Petri Arbues' blieb leer. Sein Stellvertreter, Roderich Sanchez, Canonicus von Calahorra, kniete verhüllten Hauptes vor dem schwarzen und mit wilden Blumen bedeckten Stuhl und betete, ehe der Gascogner vorgeführt wurde, eine Anzahl Paternoster.

Vidal Uranso stand nackt in der Mitte des Raums. Zwei Profosen hielten ihn an den Armen fest. Der Riese bebte vor Angst. Schweiß troff ihm über Gesicht und Schulter. Auf dem Tisch der Richter lag sein Mantel, mit winzigen Blutflecken bespritzt.

Noch hatte der Dominikaner Juglar die Aufforderung nicht ausgesprochen, die Wahrheit zu sagen, als Vidal schon zu reden begann. Er nannte die Namen seiner Mordgenossen. Er beschrieb die Versammlung der Edelleute, in die er als ausersehener Täter eingeführt worden war. Die Worte schienen sich in ihm von selber zu vermehren. Sie strömten hastig und gurgelnd wie ein unterirdisches Wasser aus ihm hervor. Und wenn er einen Satz ausgesprochen hatte, schienen die kaum laut gewordenen Silben wieder in ihn zurückgekehrt zu sein. Eine lange Reihe von Namen wurde laut. Juan de Anchias, Notar des Gerichtshofes, zeichnete eifrig Familie um Familie auf. Immer stärkeres Erstaunen überflog die Gesichter der Beisitzer. Nicht nur die gesamten Neuchristen von Aragon von Rang und Namen zählten zu den Eingeweihten oder Mitverschworenen, sondern auch viele alte Christen, die mit Marranen verschwägert waren. Und mit jedem Namen, den Peter Anchias mit geduldiger Feder in sein Protokollbuch einzeichnete, wußte sich die Inquisition Herr über einen weiteren Feind. Die schrille und von Todesangst gepeitschte Stimme Uransos hielt nicht inne. Und Geschlecht um Geschlecht verfiel in dieser Sekunde unsichtbar dem heiligen Offiz. Während die Männer mit ihren Frauen und Kindern, Hörigen und maurischen Leibeigenen in ihren Schlössern saßen, unruhig, aber doch ihrer Macht und ihres Einflusses sicher, zeichnete Juan Anchias die Namen mit blasser Tinte in sein Buch, bemerkte den Grad der Teilnahme, die Zahl der Handlungen des Bezichtigten und blätterte mit müden Händen weiter, um eine neue Seite mit einem neuen Namen zu beginnen.

Raymundus Mur, der Fiskalanwalt, und Juan de Exea, die mit marranischen Familien verschwägert waren, schlugen abergläubisch mehrere Kreuze. Es war wie ein unheimlicher Zauber. Entweder log dieser verdammte Mörder. Oder ganz Aragon war in die Verschwörung gegen Arbues verwickelt. Didacus Lopez und Roderich Sanchez, der erste aus Calatyud, der andere aus Zuaco, stießen einander an und erinnerten an eine Botschaft des Märtyrers Petrus, die Martin de la

Raga überbracht hatte. Calatyud sei ebenso vergiftet wie Zuaco, stellten sie fest. Keine Stadt in Aragon sei frei von dem fressenden Gift. Und Caspar Juglar flüsterte den übrigen Mitgliedern des Gerichtshofes zu, diese Liste müsse ehestens dem König vorgelegt werden. Ohne seine Zustimmung könne man nicht den Adel von Aragon verhaften.

Alle Anwesenden wußten, daß in diesem Augenblick die Inquisition über die Neuchristen den entscheidenden Sieg errungen habe. Es war ein Sieg von traumhafter Größe. Das Volk war auf Seite der Inquisition. Und die an Macht und Reichtum unüberwindbaren Marranen standen als Mitschuldige von Mördern eines Märtyrers auf dieser Liste.

»Gott sei gelobt!« sagte Caspar Juglar und zog den Atem tief ein. Seine Augen funkelten. Eine Seligkeit erfüllte ihn, als hätten sich die Himmel über ihm eröffnet und ihn ihre Herrlichkeiten schauen lassen. Es war wie ein göttliches Wunder. Der tote Arbues hatte seiner Inquisition zum Sieg verholfen.

In dieser Nacht erfolgte die große Flucht. Die Tore der Stadt blieben lange offen. Wer sich belastet fühlte, versuchte die Grenze zu erreichen. Auf den Straßen des Königreiches Aragon konnte man Gruppen von Wanderern begegnen, denen man besser auswich. Sie waren von Schwerbewaffneten begleitet. In wahnsinniger Hast wandten sie sich den Gebirgskämmen zu. Die Daheimgebliebenen versperrten die Türen und setzten ihre Häuser in Belagerungszustand. Was sich an verdächtigen Büchern in den Bibliotheken vorfand, wurde verbrannt. Die ganze Nacht rauchten die Kamine. In den Kellern verschwanden siebenarmige Leuchter und goldene Räucherbüchsen. Gebetriemen wurden zerschnitten und in den weitläufigen Gärten der Paläste vergraben. Alte Männer in der Tracht spanischer Edelleute hockten verkrümmt auf den maßwerkgeschmückten Truhen ihrer Väter. Sie sagten mit dumpfer Stimme Sprüche her, deren Klang an Gräber erinnerte. Die verschlossenen Schlafzimmer widerhallten von Sterbegebeten. Andere wieder ließen die Dienerschaft antreten und versuchten, sie mit Geschenken zu gewinnen. Wer Angeber fürchten mußte, war verloren. Gegen Morgen ließ der Rat der Stadt Saragossa die Tore schließen. Dumpfe Ruhe lastete auf der erschrockenen Stadt.

Als die Sonne aufging, erschienen neuerlich zwei Gruppen vor dem Stadttor, das die Straße nach Cordoba erschloß. Beide wiesen Pässe vor, die die Stadtwache ermächtigten, ihnen die Tore zu öffnen.

Die eine Gruppe war von Blasco de Alagon geführt, Mitglied des Rates von Saragossa und Abgesandtem der Stände an König Ferdinand. Der zweite Trupp umringte den Archidiakon Petrus Olivar, den der Vizekönig und die Inquisition zur Berichterstattung an die Könige delegiert hatten. Der Herr von Sastago musterte hochmütig den hageren Prälaten, der dem Edelmann gemeinsame Reise nach Cordoba vorschlug. Blasco de Alagon lehnte ab. So reisten die beiden Abgesandten in kurzen Abständen, eifrig bemüht, den andern keinen Vorsprung gewinnen zu lassen.

DRITTES KAPITEL

Santangel

1

Luis de Santangel, Schatzmeister des Königs, Günstling der Königin, breitete die Weltkarte auf dem runden und niederen Tisch aus, der vor Isabella stand. Man hatte lange gerechnet und die Einnahmen aus dem Maurenkriege mit den Ausgaben verglichen. Müde von den Ziffern blickte Isabella auf die Karte mit ihren wirren Linien und ins Graue verschwimmenden Grenzen. Santangel war ein Phantast. Seit Monaten plagte er die Königin mit Geschichten von jenem Genuesen dunkler Abkunft, einem gewissen Christobal Colon, der die Könige mit neuen Reichen beschenken wollte und indessen betteln mußte, weil ihn niemand ernst nehmen wollte.

Santangel fuhr mit den Händen über die Karte und rollte erregt seine klugen und schwermütigen Augen, während er von Colon sprach.

Isabella hörte höflich zu, während ihre Gedanken unstet umherschweiften. Der Krieg mit Granada dauerte schon zu lange. Die Staatsschuld wuchs. Und dieser wohltuende junge Mann dachte an den Weg nach

Indien, statt an die Mittel, neue Einnahmen zu beschaffen. Santangel berauschte sich wie immer an jenen von Colon so oft zitierten Worten des Propheten Jesaias: »Von den Enden der Erde hören wir Gesänge.« Seine Wangen glühten. Und die Augen hatten einen starken und überirdischen Glanz, als wären dem Dreißigjährigen in seinem überladenen und prunkvollen Staatskostüm selbst die Reiche versprochen worden und als sähe er sie vor sich: goldgeflammte Himmel und märchenhafte Städte, Kaisertümer voll geheimnisvoller Provinzen, Wälder, in denen Einhörner sich tummelten. Und Schatzhäuser, deren Inhalt ausreichte, um alle Könige und Untertanen zu befriedigen.

»Du Narr«, sagte die Königin endlich und lächelte über den Eifer des Atemlosen. »Du arbeitest für den Fremden. Und indessen hört der König nur noch auf den Portugiesen Abravanel. Er will ihm alle Finanzangelegenheiten unserer Länder anvertrauen. Warum kümmerst du dich nicht mehr darum, diesen Juden zu verdrängen, dessen Einfluß von Tag zu Tag wächst?«

Santangel lächelte. »Abravanel hat den Ruf eines bedeutenden Finanzmannes. Ich liebe ihn nicht. Aber ich habe nicht den Ehrgeiz, ihn zu verdrängen. Mir genügt es, wenn Eure Hoheit zuweilen auf meine Worte hört. Mag Abravanel mich bei dem König ersetzen. Ich fühle mich glücklich, wenn ich Eure Hoheit davon überzeugen darf, daß die Inseln der Seligen, die Insel Brazil und das Eiland der Sieben Städte wirklich existieren. Geld aus dem Boden stampfen, ist gewiß eine große Kunst. Aber was bedeutet dagegen die Möglichkeit, unentdeckte Welten aufzuschließen?«

Isabella dachte an ihren harten und mit beiden Füßen auf festem Boden stehenden Gatten. Dieser Mensch aus altem, wenn auch fremdartigem Blut war ihr näher. Sie liebte es, ihn reden zu hören. Seine Stimme klang heiß und beschwörend. Und wenn er redete, gewann die Welt geheimnisvolle Farben. Es war verlockend, die Insel Zipangu zu gewinnen. Leider wollte Ferdinand nichts von Expeditionen über das Meer wissen. Sie nahm die Karte der Welt – man hatte sie nach Entwürfen Toscanellis angefertigt –, legte sie zusammen und schob Santangels beschwörende Hände sanft von sich.

»Über diesen Colon reden wir noch. Vorläufig weiß ich nicht, wovon ich die dringendsten Ausgaben bestreiten soll. Wenn wir besser mit Geld versehen sind, und der Kardinal wirklich in seinen Plänen nichts findet, was gegen den Glauben verstößt, werde ich ihn kommen lassen.«

Santangels Gesicht verfinsterte sich. »Wie könnten seine Projekte gegen den Glauben verstoßen? Colon ist einer der gläubigsten Menschen, die ich kenne.«

»Laß das!« mahnte Isabella. »Wer weiß, ob dein eigener Glaube etwas taugt.«

Santangel errötete abermals und wurde gleich darauf blaß. Diese Art von Spott ertrug er nicht. Er höhlte ihn aus und machte seine Knie erzittern.

Isabella betrachtete ihn. »Du machst heute den Eindruck, als ob du wirklich ein böses Gewissen hättest. Ich weiß, daß du mir treu bist.« Sie lächelte ruhevoll. »Aber die Kirche betrügst du zuweilen, wie?«

Santangel fuhr auf. Er blickte hilflos und verlassen. »Kann jemand sagen, daß ich –«

»An deinem guten Willen zweifelt gewiß niemand«, beschwichtigte Isabella. »Aber wenn ich es mir recht überlege, dann steckt noch ein Stück der Gewalttaten deiner Vorfahren in dir. Sag nicht, daß es viele hundert Jahre her ist, seitdem sie Christus gekreuzigt haben. So etwas verschwindet nicht aus dem Blut. Ihr habt euch mit Christus niemals ausgesöhnt.«

»Wir?« sagte Santangel verbissen.

»Verzeih mir das Wort«, bat Isabella. »Ich rede natürlich nicht von dir. Aber unwillkürlich verwechselt man euch untereinander. Die meisten Conversos haben etwas Verstecktes. Sie sind vortreffliche Schauspieler. Sie geben sich sanft wie Lämmer. Aber wenn man näher zusieht, dann ist immer ein unbeschreiblicher Widerstand in ihnen.«

»Doch nicht in allen«, versuchte Santangel schlaff und apathisch zu widersprechen.

»Wir wissen wenig von ihnen«, gestand Isabella. »Aber wir haben den Eindruck, daß sie vor der Gnade förmlich Ekel empfinden.«

»Eure Hoheit gebraucht heute so grausame Worte.« Der Schatzkanzler stierte die Königin an, und seine Augen schmerzten.

»Ich bin euch gar nicht böse«, sagte sie. »Ich habe nur manchmal das Bedürfnis, über euch nachzudenken. Warum wollen die Conversos nicht erlöst sein? Warum hassen sie Jesus noch immer?«

»Es ist nicht wahr, daß sie ihn hassen!« Santangel leugnete mit solchem Geschrei, daß ihn ein erstaunter Blick der Königin traf.

»Ich glaube sogar«, fuhr Isabella mit hinterhältigem

Lächeln fort, »daß sie, wenn er nochmals in ihre Hände fiele, ihn nochmals kreuzigen würden.«

Eine Pause klaffte. Santangel antwortete nicht mehr. Er stand totenhaft bleich und wartete auf seine Entlassung.

»Aber er wird nicht in ihre Hände fallen«, sagte Isabella langsam. Dann lächelte sie plötzlich bestrikkend. »Doch wozu führen wir Religionsgespräche miteinander? Ich weiß, daß du kein Verächter des wahren Glaubens bist, Santangel. Du stehst immer auf der Seite, wo ich stehe.«

Die Vorhänge, mit denen der Raum abgeschlossen war, bewegten sich. Man erinnerte Isabella, daß es Zeit war, sich zur Messe umzukleiden.

»Ich werde bald deinen Freund zu mir kommen lassen«, versprach die Königin und reichte dem Schatzmeister die Hand zum Kuß.

Santangel duckte den Kopf zwischen die Schultern und sah mit leerem Gesicht zu, wie man Isabella den Mantel aus burgundischem Samt umlegte und ihr Haar mit einem Diadem bekrönte.

Er war sehr müde, als er das Zelt verließ.

2

Während Santangel langsam durch den hohen Korridor wandelte, stieß er auf seinen Widersacher Abravanel. Der Portugiese saß auf einem maurischen Taburett und schien auf ihn zu warten. Denn während Santangel hastig vorüberstrebte, faßte Don Isaak seinen Ärmel und hielt ihn fest.

»Halt, Herr von Santangel!«

»Ich habe Eile.«

»Warum so fremd, Baron Luis?« Abravanel spielte mit seiner goldenen Ehrenkette. »Wir kennen uns doch nicht nur vom Hof. Und ich habe mit Euch zu reden.«

»Mit mir?« Der Schatzmeister suchte seinen faltigen Ärmel loszulösen. Aber Abravanel hielt ihn mit seinen mächtigen Händen und riß an der rauhen und knisternden Seide. »Ich habe keinen Ehrgeiz, Don Isaak. Ich gönne Euch alle Eure Ehren und alle Geschäfte, die Ihr Euch angemaßt habt.«

»Unsinn«, sagte Abravanel. Er stand auf, drängte Santangel an die Wand und neigte sein Gesicht eng an das Ohr des andern. »Ich möchte mir die Höflichkeiten sparen. Ich rede nicht als Beamter der Königin zum Beamten des Königs.«

»Privat habe ich nichts mit Euch zu schaffen!« schrie der Schatzmeister von Aragon. »Laßt mich endlich los.«

Abravanel lachte rauh. Er stieß Santangel in eine Nische. »Arbues ist tot.«

Santangel öffnete die Augen und sah den Portugiesen starr an. »Warum sagt Ihr mir das? Was für ein Geheimnis glaubt Ihr zu kennen?«

Abravanel drängte sein bärtiges Gesicht noch dichter an Santangels weiße Wangen. »In diesem Augenblick steht der Archidiakon Peter Olivar aus Saragossa vor dem Audienzzimmer des Königs. Er hat eine Liste in Händen. Diese Liste enthält die Namen aller Menschen, die an der Ermordung des Inquisitors beteiligt sind.«

Santangel bog sein kalkweißes Gesicht zurück. »Was weiter?«

»Ich besitze eine Abschrift dieser Liste. Ich habe die Namen von fünf Santangels auf ihr gelesen.«

»Was soll ich tun?« Santangel keuchte vor Angst. Er wäre gestürzt, wenn Abravanel ihn nicht aufgefangen hätte. »Was soll ich tun?«

»Auch deinen Namen, Luis.«

»Rate mir, Bruder«, stöhnte der Schatzmeister, »was ich unternehmen soll. Soll ich fliehen?«

Abravanel schüttelte den Kopf. »Du brauchst den Palast nicht zu verlassen.«

Santangel lehnte wie eine zerbrochene Puppe an der Wand. »Was soll ich tun –«, wiederholte er. »Ich bin verloren.«

»Du bist der einzige, dem es gelingen wird, sich in Sicherheit zu bringen.« Der Portugiese riß den Schatzmeister voll Hohn empor. »Wem außer dir öffnet sich die Hintertür zu einem königlichen Schlafzimmer?«

Santangel holte Atem. Abravanel hatte recht. Isabella hatte wiederholt ihre unbedingte Zuneigung zu ihm bewiesen. Er wollte sich ganz der Königin ausliefern. Er wollte zu ihren Füßen liegen, gelöst, widerstandslos, auf Gnade und Ungnade. Sie würde ihn nicht im Stich lassen.

Abravanel rüttelte den Schatzmeister. »Wenn Hunderte eure Kindereien bezahlen müssen, so mußt du zumindest für die andern mitbezahlen. Versprich mir, die Königin nicht bloß für dich zu bemühen.«

Santangel schüttelte bebend den Kopf. Seine Zähne schlugen wie im Fieber aufeinander. »Ich habe mit anderen Leuten nichts gemein.«

Auf Abravanels Zügen verdichtete sich der Hohn. »Mußtest du einen albernen Brief schreiben, den die Dummköpfe für eine Offenbarung aus dem Königspalast hielten?«

Don Luis senkte den Kopf. »Arbues war unser gemeinsamer Feind.«

»Und jetzt nimmt er euch alle mit!«

Der Schatzmeister knickte neuerlich zusammen.

»Ihr seid Ballast, den man endlich auswerfen müßte. Aber ihr gebt uns nicht frei. Immer müssen wir für euch da sein. Braucht ihr uns, dann schleicht ihr euch heimlich in unsere Häuser und weint euch bei uns aus. Seid ihr unserer müde, versetzt ihr uns einen Fußtritt.«

Santangel ließ seinen Kopf auf die Brust sinken.

»Du bist für die Ermordung Arbues' mitverantwortlich, Santangel. Du hast den Mördern die Duldung der Könige versprochen. Der tote Arbues ist hundertmal gefährlicher als der lebende.«

»Quäle mich nicht!« bettelte Santangel.

»Leicht gesagt«, entgegnete Abravanel. »Warum hast du die Narren in Saragossa zu einer niemals gut zu machenden Dummheit verleitet?«

»Ich brauche nur meinesgleichen Rechenschaft abzulegen«, flüsterte Santangel trotzig. »Was kümmert euch Juden unsere Tat? Ihr habt sie nicht zu verantworten.«

Don Luis versuchte, sich dem Griff des Portugiesen zu entwinden.

»Jede Silbe, die du aussprichst, ist erlogen«, sagte Abravanel, »gleichgültig, ob du die Mörder oder mich verleugnest.«

Endlich gelang es Santangel, sich loszureißen.

»Du kommst nicht zu spät zur Königin«, sagte Abravanel verächtlich. »Sie wird mit dir weinen und dich in ihrem Kleiderschrank verstecken. Dich von dort herauszuholen, ist nicht einmal Torquemada in eigener Person imstande. Aber wie willst du deine Brüder, die Conversos, retten?«

Er wartete auf Antwort. Da sie nicht kam, packte Abravanel neuerlich den Schatzkanzler und hielt ihn beschwörend an den Schultern fest. »Antworte endlich!« Santangel bewegte die Lippen. Aber es gelang ihm nicht, eine Silbe auszusprechen. Er hatte die Augen geschlossen. Man sah, wie die Furcht ihn übermannte und jedes Stück seines Körpers lähmte, bis er steif und glotzend an der Mauer hockte.

»Geh!« Abravanel ließ ihn los und gab ihm den Weg frei. »Die Angst macht dich zum Unmündigen. Deshalb verzeihe ich dir. Ich werde deine Arbeit zu tun versuchen. Vielleicht gelingt es mir, den König umzustimmen. Aber ehe du dich unter dem Bett der Königin verkriechst, mußt du mir eine einzige Frage beantworten.«

Santangel deutete mit lautlosen Lippen an, daß er sich bemühen werde, Antwort zu geben.

»Gewöhnlich nennst du mich deinen Widersacher. Du bildest dir sogar ein, daß ich dir aus reiner Schadenfreude einen Teil deiner Amtsgeschäfte weggenommen habe. Aber vor einer Weile hast du mich als Bruder angeredet. Sag ausnahmsweise einmal die Wahrheit! Gehörst du zu uns oder nicht?«

Der Portugiese betrachtete aufmerksam den Schatzmeister. Von seinen Zügen rann das Edelmannsgesicht wie Schminke. Darunter starrte das Gesicht eines ewig Verfolgten. Seine Augen hatten jenen Zug von Hoffnungslosigkeit, der einem einzigen Volke angeboren ist.

Don Luis Santangel, Schatzmeister des Königs, hob sein Gesicht. »Verlangst du wirklich eine Antwort?« entgegnete er dumpf.

Abravanel wandte sich ab. »Nein. Geh!«

Und Santangel ging langsam durch den hohen hallenden Gang, gebückt, mit müden, vor sich ausgestreckten Armen, als fürchte er, im Halbdunkel irgendwem zu begegnen.

3

Vor der Tür des Königs stritten zwei Männer um das Recht des Eintrittes: Petrus Olivar und Blasco Alagon. Der eine war durch den Befehl des Vizekönigs und Erzbischofs von Aragon zur sofortigen Meldung beim König legitimiert, der andere hatte als Delegierter der aragonischen Stände das Recht des freien Zutrittes. Beide waren in derselben Sekunde angelangt und schwenkten ihre Papiere in der Luft. Sie keuchten und verbreiteten eine Welle von Schweißgeruch. Dem Archidiakon hatte der siegreiche Glaube und dem Edelmann die Todesangst Flügel gegeben. Und während die Wachen den Eingang zu den königlichen Gemächern freigegeben hatten und der diensthabende Page den Vorhang nach oben raffte, um den Weg freizumachen, standen die beiden Streitenden auf der Schwelle und warfen einander böse Worte zu.

»Nicht mehr lange«, sagte Petrus Olivar, »wird ein Ketzer und Ketzerfreund die königliche Nähe verpesten. Ich sehe Euch schon auf dem Scheiterhaufen, Herr von Alagon!«

»Gebt nur acht, wer vor dem König recht behält. Seine Hoheit wird sich hüten, seine ganzen getreuen Stände zu beleidigen. Oder wollt Ihr und Euresgleichen den Krieg gegen die Mauren führen?«

Während dieser in aufgeregtem Ton geführten Stichelreden öffnete sich die Tür zu den inneren Gemächern des Königs. Ferdinand trat in den Vorraum und lächelte selbstgefällig. Seine scharfen Augen maßen abwechselnd den Prälaten und den Edelmann. Der Page trug ihm die Wünsche der beiden Audienzsuchenden vor. Olivar verbeugte sich tief und sah dem König demütig und mit sanften, ergebenen Gebärden in die Augen. Blasco von Alagon entblößte sein Haupt und betrachtete den Landesherrn beschwörend und mit flakkernden Blicken.

»Kommt beide herein!« sagte Ferdinand lächelnd.

»Ich will weder meinen getreuen Sohn, den Erzbischof von Saragossa, beleidigen, noch es mir mit meinen Deputierten von Aragon verderben.«

»Gleichzeitig?« fragte Olivar erschrocken und verzog sein Gesicht. Diese Art von Audienz war nicht vorgesehen. »In seiner Gegenwart?« murmelte der Herr von Sastago mit trockenen Lippen.

Der Page drängte die Besucher in des Königs Empfangszimmer. Man stellte hohe geschnitzte Sessel für sie hin. Der König setzte sich geruhig in seinen ein wenig defekten Thronsessel und streckte die muskulösen, in graue Seide gehüllten Beine aus. Ein dünnes Feuer brannte im Kamin. Langsam zerteilten sich die Rauchschwaden und legten sich wie bläuliche Ranken an die Wand. »Ihr habt das Wort«, sagte Ferdinand zum Archidiakon, »was hat mein lieber Sohn, der Erzbischof und Vizekönig, mir zu sagen?«

Petrus Olivar verneigte sich bis zur Erde. Er schlug mehrmals mit zitternden Händen ein Kreuz.

»Meine Botschaft an die erhabene königliche Hoheit ist schrecklich. Der hochwürdige Alfons von Aragon, Erzbischof und Vizekönig des Reichs, befiehlt mir, seinem erlauchten Vater zu melden, daß Petrus Arbues von Epila, die Leuchte der Inquisition zu Saragossa, ermordet ist. Der heilige Märtyrer ist vor drei Tagen in das Haus des Herrn ergeben und freudig eingegangen, nachdem er die heiligen Namen Jesus und Maria ausgesprochen hatte.«

»Wer sind seine Mörder?«

Der Archidiakon entfaltete ein bereitgehaltenes Blatt. »Einer der Mörder hat sogleich gestanden. Natürlich ist es nur ein Teil der Schuldigen, deren Namen auf diesem Blatt aufgezeichnet sind. Während ich zu Eurer Hoheit aufbrach, haben Juan Anchias und Petrus Jordan, die Notare der Inquisition, eine umfassende Erhebung eingeleitet, um die Fäden der furchtbaren Verschwörung aufzudecken, der der ehrwürdige Magister von Epila zum Opfer gefallen ist.«

Der König nahm den Zettel und entfaltete ihn. Don Blasco trat näher. Er war kalkbleich. Doch sein Auftreten war mannhaft und seine Hände zitterten nicht.

»Lest diesen Zettel nicht, Hoheit!« sagte er. »Er enthält Namen, die nicht auf ihm zu stehen verdienen.«

»Ihr kennt den Inhalt dieses Zettels, Don Blasco?« Ferdinand stieß den Granden sanft zurück und schlug lächelnd das knisternde Papier auseinander. »Gott verhüte, daß Ihr mit dem Tode Arbues' etwas zu schaffen hättet!«

»Ich habe mit der Ermordung des Frommen nichts zu tun. Und doch bin ich überzeugt, daß mein Name auf diesem Zettel steht. Einige wahnsinnige Neuchristen haben den Mord eingeleitet. Die klugen Väter der Inquisition aber möchten den Anlaß benützen, um alle Cortes von Aragon und insbesondere die Deputierten der Cortes, deren Sprecher ich bin, zu verderben. Ich gebe zu, daß ich Petrus Arbues nicht geliebt habe. Er hat weder dem Staat noch Eurer Hoheit genützt. Aber für seine Ermordung sind die Cortes nicht verantwortlich.«

Ferdinand las. Er strich mit der Hand zornig über den Zettel. Seine Augen weiteten sich. Er blickte zuerst mit bösem Lachen, dann aber mit langsam erstarrendem Ausdruck den Herrn von Sastago an.

»Der halbe Adel Aragons!« sagte er halblaut. »Das Verzeichnis meiner Stände eine Liste von Mördern.« Er sah dem Edelmann ruhig in die Augen. »Und wenn Ihr unschuldig wäret, so seid Ihr zumindest verdächtig. Ihr gebt doch den Tatbestand der Ermordung zu?« Don Blasco nickte. »Wo ist die Meldung der Deputierten? Warum schweigt die Stadt Saragossa? Nicht mein Sohn hatte mir diese Anzeige zu erstatten, sondern die Deputierten des Königreiches. Was hat sie veranlaßt, die Meldung an mich zu unterdrücken?«

Don Blasco versuchte mit sichtbarer Anstrengung ein paar Worte zu sagen. Aber die Augen des Königs ließen ihn nicht los. Ihr Ausdruck war unerbittlich und voll Unglauben. Schließlich gelang es dem Deputierten, seine Kraft zusammenzulegen und seine erstarrte Zunge zu bewegen.

»Dieser Mann der Kirche ist wie alle, die zu absolvieren und zu verdammen berechtigt sind, hart und stolz auf sein reines Gewissen. Eure Hoheit aber weiß, daß der Richter Schuld und Unschuld nicht nach dem Inhalt von Gedanken beurteilen darf, sondern nach der Tat. Viele haben Arbues den Tod gewünscht. Denn er war, wenn er auch den Namen eines Heiligen verdienen mag, ein grausamer Heiliger. Heilige sollen Gutes tun, um der ewigen Vergeltung willen. Er hat, um dem Guten zu dienen, viel Böses getan. Und deshalb wurde er nicht nur von denen verwünscht, denen er Schmerz zufügte, sondern auch von denen, die seine grausame Hand fürchteten. Der erlauchte Erzbischof von Saragossa ist für den Inhalt dieses Zettels nicht verantwortlich. Alle, deren Vernichtung Domkapitel und Inquisition beschlossen haben, stehen auf diesem Zettel. Eure Hoheit wollen nicht urteilen, ehe die Angeklagten gehört wurden.«

Der Archidiakon wollte antworten. Ferdinand machte eine abwehrende Bewegung. »Wer verdächtig ist, soll abgeurteilt werden.«

»Nach den Regeln der weltlichen Gerichte«, murmelte Don Blasco.

Der König lächelte mit weißen und sonderbar entblößten Zähnen. Er schien blitzschnell zu denken. Und während er nochmals den Zettel überflog, schien er im Geiste eine Erwägung anzustellen, deren Ergebnis sein Lächeln verstärkte.

»Wer kann mich hindern, ihn der Inquisition zu überlassen?«

Der Domherr atmete auf.

»Geht, Don Blasco«, fuhr der König mit seinem fürchterlichen Lächeln fort, »bringt mir eine Botschaft der Stände und der Stadt Saragossa. Setzt eine Belohnung auf die Entdeckung der Anstifter und Urheber der Missetat aus. Bittet mich um schärfste und genaueste Untersuchung. Liefert euch meiner Gnade aus. Vielleicht bin ich gnädig. Vielleicht erinnere ich mich an gute Dienste, die mir einer von euch einmal geleistet hat. Eilt, damit es nicht zu spät ist!«

Ferdinand musterte den zitternden Granden mit unbewegter Härte.

Der Delegierte der Stände verbeugte sich tief und fühlte, indes er dem Ausgang zutastete, die königlichen Blicke auf sich gerichtet, voll Triumph, Hohn und Freude an der kommenden Vernichtung.

»Ihr habt mir die Stände ausgeliefert«, sagte der König zu Olivar. »Ich will sie in eure Hände geben. Seid unerbittlich. Wer überwiesen wird, an dem sind alle Strafen von Mördern und Gotteslästerern zu vollziehen. Sollte euch jemand entkommen, dann werde er zumindest im Bilde verbrannt. Je höher er steht, desto unerbittlicher müßt ihr sein.«

Der Domherr blickte den König fragend an. Ein Verstehen blitzte durch sein Hirn.

»Wehe euch, wenn ihr euch von einem dieser neuen Christen kaufen lassen wolltet!« sagte leise der König. Und noch leiser sagte er zu sich selbst: »Gepriesen sei der heilige Märtyrer Arbues. Ich will ihm ein Monument setzen lassen, wie es noch kein Heiliger erhielt.«

Noch in dieser Nacht brach Petrus Olivar nach Saragossa auf. Und auf der dunklen und von Regengüssen durchweichten Straße holte er den langsameren Zug Blascos von Alagon ein, der von Angst gelähmt auf seinem Pferde saß, und in dessen von fürchterlichen Visionen geplagtem Gehirn grauenhafte Bilder einander jagten. Er sah seine Gefährten vor das Portal der Kathedrale geschleift, er sah, wie ihre Gliedmaßen abgetrennt, wie sie geschleift, enthauptet und gevierteilt wurden. Er sah rote Feuerbrände aus vielen Holzstößen aufschlagen und auf Schandpfählen die Namen der das Land bisher beherrschenden Geschlechter angeheftet.

Olivar indessen wiederholte im Geiste seine Instruktion, und in seiner Vorstellung wehte die Fahne der Inquisition über allen Städten. Endlich war das Neuchristentum besiegt. Die Lüge war verstummt. Und eine reine Luft wehte aus den von verkappten Juden endgültig befreiten Kirchen.

Um dieselbe Stunde lag Ferdinand neben Isabella. Sie waren ihrer Herrscherwürde entblößt. Nackt ruhten sie Kopf an Kopf. Zwei in großen Kristallvasen steckende Kerzen glitzerten, während die Glasperlenkränze leise aufklangen.

»Was verlangst du heute nacht von mir?« fragte Isabella. »Was kosten mich dieses Mal deine Liebenswürdigkeiten?«

»Erlaube mir heute, dir etwas zu schenken«, lächelte Ferdinand. »Es ist nur ein Rat. Aber er macht dich reich. Ich möchte in unser beider Namen eine Abmachung mit Torquemada treffen. Wir geben ihm die Neuchristen. Und er überläßt uns, was sie besitzen.«

Isabella schüttelte den Kopf. »Ich erlaube nicht, daß alle Conversos preisgegeben werden.«

»Santangel?« sagte Ferdinand und versetzte ihr einen freundschaftlichen Klaps. »Wie?«

»Nicht nur Santangel.« Isabella errötete. »Auch dein Vizekanzler Alonso. Ich will sie gar nicht alle aufzählen. Es wäre Wahnsinn, sie auszuliefern.«

Ferdinand zog Isabellas Hände galant an die Lippen. »Deine Fürsprache ist gewiß von großem Gewicht, obwohl ich Santangel als ersten opfern müßte.«

»Was hast du gegen ihn?« fragte die Königin erschrocken.

»Statt sich um seinen Kassenstand zu kümmern, schwärmt er mit dir von unentdeckten Ländern.«

Sie drückte unmutig den Kopf in ihre Polster. »Ich

glaube nicht an die Schuld der Neuchristen«, sagte sie frostig.

»Ist der Krieg gegen Granada dein Krieg?« erkundigte sich Ferdinand behutsam.

»Es ist mein Krieg«, gab sie zu. »Und ich will ihn zu Ende führen.«

»Aber die Schweizer Söldner geben keinen Kredit mehr«, lachte der König. »Und die Juden sind ausgepumpt.«

»Dein Jude Abravanel versagt?«

»Es ist nicht seine Schuld. Aber wir haben alle Mittel verbraucht. Die Neuchristen sind unsre letzte Reserve.«

Isabella schwieg lange. Ferdinand wollte schon verletzt aufstehen, um das Lager zu verlassen. Da berührte ihn ihre Hand. »Du kannst bleiben«, sagte sie. »Ich werde dir keine Schwierigkeiten machen.«

»Und ich werde dir Santangel erhalten«, versprach Ferdinand mit wohlwollendem Lächeln. »Ohne Büßung wird er nicht davonkommen. Aber du selbst sollst seine Vermögensabgabe bemessen. Einverstanden?«

Isabella nickte. »Du ersparst ihm jede Demütigung. Wenn er zahlen muß, so wird er zahlen. Die Santangels sind reich. Aber wenn du ihn der Inquisition ausliefern solltest, mache ich nicht mehr mit!«

»Mein Wort darauf, daß ihm nichts geschieht«, erklärte Ferdinand.

Während sie eine Weile schweigend lagen, blickte Isabella in die kleinen Lichter, die über den Kristallgefäßen brannten. Ihre winzigen Lichthöfe umfingen die holzgeschnitzten Wappen der Reiche Kastilien und Aragon.

Ferdinand aber prägte sich indes die Namen ein, die er auf der ihm überreichten Liste gelesen hatte. Bei jedem Namen rechnete er sich die Höhe der zu konfiszierenden Summe aus. Er war großzügig, wie immer. Obwohl er die Kosten der Prozesse und Beschlagnahmungen hoch ansetzte, kam er zu einer erfreulichen Summe, die ausreichen konnte, um die Kosten einiger Kriegsjahre zu decken.

4

Die gleichen Namen setzte Notar Juan d'Anchias später mit schwerfälliger Schrift auf die dicken und unebenen Blätter seines amtlichen Tagebuchs. D'Anchias war ein Mann der eiskalten Gerechtigkeit. Er befolgte die Weisungen der Inquisition buchstabengetreu.

Diese Weisungen waren streng. Sie wurden nicht nur vom heiligen Offizium herausgegeben, sondern sie waren ergänzt und sanktioniert durch den ausdrücklichen Erlaß der Könige, alle, die an der Ermordung Arbues' teilgenommen hatten oder auch nur der intellektuellen Teilnahme oder Begünstigung der Mörder im entferntesten verdächtig waren, restlos und ohne Verzug zu verhaften und peinlich zu verhören.

Und so schritt Anchias durch die Kerker und Richtplätze Aragons. Täglich gingen Berichte an den König. Täglich verzweigte sich die Verschwörung weiter.

Wenn man ihren verschlungenen Fäden nachging, dann konnte man keine Burg und kein festes Stadthaus passieren, ohne innerhalb seiner Mauern Schuldige und Mitschuldige zu finden.

Blasco Galvez, Pfarrvikar in dem Dorf Aguilon, hatte vor dem Inquisitor Don Diego Garcia de Trasmiera eidlich Zeugnis abgegeben, daß ihm Petrus Arbues im Traum erschienen sei. Die Erscheinung hatte dem erschrockenen Pfarrvikar zugeflüstert, er solle die Könige beschwören, die Inquisition nicht aufzuheben, weil schon ihre bloße Einführung den Königen die ewige Seligkeit erwirkt habe. Und weiters hatte der Geist des Ermordeten befohlen, man möge keinen seiner Mörder schonen und sogar die Asche ihrer verbrannten Körper vernichten und in den Ebro schütten.

Petrus Anchias sandte seine Familiaren durch die von Entsetzen gelähmten Häuser der Conversos. Die Flut seiner Haftbriefe ging wie Hagel über die Städte Aragons. Und man schlief in den kleinen Städten viele Monate nicht, weil man immer auf das Pochen an den Toren wartete, das die Ankunft des Alguazil und des Sequestrators ankündigte. Ersterer war nur der Vollstrecker des Haftbefehls. Seine Mission war beendet, indem er den Gefangenen übernahm. Dann aber begann erst die Tätigkeit des Sequestrators, der Hand an bewegliche und unbewegliche Güter legte, Vorhängeschlösser vor alle Türen und Schreine hing, Raum für Raum durchsuchte und von dem Häftling über sein ganzes Vermögen Rechenschaft verlangte. In diesen Nächten brannten Lichter in den Zimmern. Immer war man zur Flucht gerüstet und bereit, in geborgten Kleidern unter einem zufällig angenommenen Namen auf den grauen Landstraßen zu verschwinden. Man horchte röchelnd auf den Schlag der Uhren, das Leben immer von neuem abschließend und immer wieder beginnend. Die Wöchnerinnen gebaren tote Kinder. Sie erwürgten sie noch im Mutterleibe, aus Angst, Gezeichnete auf die Welt zu bringen, ungeboren schon Verdammte, Kinder von Ketzern, Auswurf der Erde, denen ein Leben bevorstand, ärger als das Leben von Hunden. Überall war der Tod. Denn in den tiefsten Kellern war man nicht sicher. Überall lauerten Angeber. Nach den Glossatoren des Decretums genügten zwei Zeugen selbst dazu, einen Papst zu überführen. Ein Zeuge war ausreichend, um die Folter anzuwenden. Man mißtraute daher selbst dem eigenen Bruder. Mit Recht. Aus Angst um das eigene Leben gab man Dutzend fremde Leben preis. Dennoch rettete man sich selber nicht. Heute noch Angeber, saß man morgen schon als Angeschuldigter im Büßerhaus, als Negativo oder zumindest als Diminuto, und gestand, ohne doch dem Hunger der Inquisitoren nach weiteren Geständnissen genügen zu können.

Und am Ende enthielt die Liste Juans de Anchias Namen, wie des Don Jakobs de Navarra, Neffen des Königs, des Grafen von Aranda, der Herren von Monclus und Ayerbe, des Protonotars von Aragon; zehn gebüßte Santangels kamen in ihr vor, von denen vier hingerichtet wurden, vierzehn Sanchez, darunter sechs Opfer des Holzstoßes, zweiundsechzig Sanbenitos hingen in der Kathedrale zu Saragossa, bemalt mit Flammen oder feuerfarbenen Andreaskreuzen, dem Zeichen des bis auf die Enkel vererbten bürgerlichen Todes, der Schande und der Vernichtung.

5

Luis Santangel und Alfons de la Caballería waren unter den nur mit Geld Gebüßten. Während viele ihrer Gefährten mit abgehauenen Händen an den Landstraßen hingen, von Stürmen geschüttelt und von Raben umflattert, ritten die beiden Günstlinge im Gefolge des Königs an die Front.

Man belagerte Baza, eine starke maurische Festung. Im Zeltlager war wiederum Abravanel zu Gast, um dem König zu berichten. Nahe dem Haus der Königin wohnte der Genuese Colon und wartete auf einen Wink seines Gönners Santangel. Isabella lag mit leichtem Fieber auf ihrem Baldachinbett. In ihrem Bewußtsein verwirrten sich Feldzugspläne mit Landkarten Indiens. Auf ihrer Bettdecke breitete sich die Weltkarte aus, die ihr Santangel neuerdings ins Lager mitgebracht hatte. Und ihre Finger tasteten über die Grenzen Persiens zu den drei Indien, nämlich India Prima mit der Hauptstadt Deli, India seconda oder Bangalia, endlich India tertia, auch Cin genannt. Und riesenhafte Städte, die die Namen Quinsay, Nangin, Xaincu und Cambalech trugen, stiegen mit ihren Türmen und Zehntausenden Brücken aus einem geheimnisvollen Meer, dem Ozeanus Chataicus, dessen Wogen die Inseln Zipangu, Giaua und andere umspülten, von denen der Verfasser der Karte an deren Rande bemerkt hatte, daß auf ihnen Muskat und andere Gewürze wuchsen.

Isabellas Gedanken verirrten sich immer wieder von dem eroberten Teile Granadas zu dem Mare Indicum. Sie stellte sich den Weg vor, von dem Santangel phantasiert hatte, und den der Genuese zurücklegen wollte. Immer befand sie sich in Gedanken auf einem Schiff, das einen schwarzen und dickflüssigen Strom hinabtrieb. Im Halbdunkel konnte man einen endlosen Palast erblicken, von dessen Erdgeschoß breite Treppen zu den Ufern reichten. Aber das Schiff vermochte nicht zu den Ufern zu gelangen. Und wenn sie näher zusah, dann war die Besatzung des Schiffs gestorben. Nur einer stand am Steuer, ein hagerer Mann mit rotem Haar, grauen besessenen Augen und großen, derb zupackenden Händen. Er starrte vor sich hin und lenkte das Schiff immer wieder vom Ufer weg. Der Strom wurde breiter. Jetzt versanken die Ufer hinter Wolken. Die Finsternis stand wie eine ungeheure Mauer vor dem langsam dahingleitenden Schiff.

»Ruf mir den Schatzmeister!« befahl die Königin und streifte die Landkarte von der Decke. Sie fiel auf den schwarzen Teppich. Isabella begann wieder von Zahlen zu phantasieren. Die Kontributionen der zuletzt eroberten granadischen Städte vermischten sich mit einer Ziffer, die Santangel ihr vorstrecken wollte, um Colons Reise zu finanzieren. Dazwischen wiederholte Isabella die Aufstellungskosten eines Regiments und prüfte ihr Gedächtnis, ob sie alle Zahlen behalten hatte. Aber das Fieber steigerte sich. Und auf einmal war ihr, als müßte sie fliegen. Die Wege durch unbekannte Gegenden belebten sich. Das Meer wurde licht vom Glanze vieler Gestirne. Wieder stand Colon, der rothaarige, auf einem Felsen und starrte nach dem Stand der Gestirne. Er hielt ein Astrolabium vor sich auf der Mauerbrüstung und tastete mit zitternden Fingern den Winkelzeiger ab.

»Hoheit hat befohlen«, sagte Santangel und verneigte sich tief. Sein Kopf hatte alle Merkmale eines Greisenkopfs angenommen. Nahezu weiße Haare hingen ihm ins Gesicht. Viele Furchen auf der Stirn bewiesen, daß der Schatzmeister des Königs in den letzten Wochen zu wachen und zu zittern gelernt hatte.

»Ich bin krank, Santangel«, seufzte die Königin. »Ich kann heute nicht zu meinen Truppen reiten. Und ich ertrage diese Eintönigkeit meines Lagers nicht. Sende mir deinen Genuesen. Er soll mich unterhalten. Aber sag ihm, daß auch dieser Besuch bei mir zu nichts verpflichtet.«

Die Züge des Schatzmeisters hellten sich auf. Er fand ein Lächeln auf dem blassen Grund von Isabellas Gesicht und merkte, daß die Königin ihm ihre Freundschaft beweisen wollte.

»Soll ich gleich um den Seemann senden, oder will Eure Hoheit erst eine Stärkung zu sich nehmen?«

Isabellas Lächeln verriet die Freude, ein Geheimnis haben zu wollen. »Weder eine Stärkung noch viele Zeugen. Es genügt, wenn meine Dienerinnen zugegen sind –« Aus der Tiefe des Zeltes kamen stumme und ergebene Gesichter. Sie senkten sich feierlich, um Schweigen auszudrücken. »Aber ehe du deinen

Schützling holen läßt, Santangel, sag mir eines: Hoffst du wirklich auf die Verwirklichung seiner Pläne? Und was versprichst du dir davon?«

Der Schatzmeister stand schuldbewußt in der Mitte des geräumigen Zeltes und starrte auf die Wandteppiche, die die Zeltwände bedeckten. Sie stellten mythische Landschaften dar, die von Löwen, Bären, Märchenvögeln und Einhörnern bevölkert waren. Es war wie eine Bilderreihe aus dem Paradies, ehe die Menschen erschaffen worden waren. Die Tiere tummelten sich in ihrer ganzen Pracht zwischen üppigen Bäumen. Jedes von ihnen beschäftigte sich nur mit sich selbst. Keines hob die Pranke gierig gegen das andere. Paradiesvögel und Fasane wiegten sich in den Zweigen. Und zwischen Bären erblickte man die zitternden Flanken atemloser Gazellen, denen der Schaum um durchsichtige Nüstern troff.

»Ich hoffe, Hoheit«, sagte Santangel endlich. »Ich habe wenig Hoffnungen, außer dieser einen. Und was ich mir davon verspreche, Hoheit? Es ist möglich, daß ich Zipangu sage, weil ich die Worte nicht aussprechen kann, die ich wirklich meine.«

»Ich will sie aber hören!« befahl Isabella.

»Ich kann nicht«, Santangel senkte seinen Kopf und knickte zusammen. Er stand schräge und verblichen vor Isabella wie eine alte, windschiefe Galionsfigur. »Hoheit muß mir vergeben. Ich bin mit meinem Mut und meinen Vorsätzen fertig. Der Mann aus Genua ist meine Zuflucht. Wenn er den Weg nach Indien sucht, dann sucht er ihn auch für mich.«

»Du willst uns verlassen?«

»Ja«, gestand Don Luis. »Ich bin kein Seefahrer. Ich habe noch nie das Verdeck einer Caravelle betreten, ohne mich zu übergeben. Aber wenn es sein muß, krieche ich auf das erste beste Wrack, um auf seinen Brettern zu krepieren.«

»Du darfst solche Gedanken nicht laut aussprechen.« Isabella schwankte zwischen Zorn und Versöhnlichkeit. »Wenn dich einer von Torquemadas Leuten hört, bist du verloren.«

»Ich bin kein Redner, Hoheit. Ich habe es nicht gelernt, meine Gedanken zu verbergen. Und in meinem derzeitigen Seelenzustand ist mir gleichgültig, was mit mir geschieht.«

»Du mußt mit Torquemada deinen Frieden machen«, riet die Königin. »Einmal wurdest du von uns ausgelöst. Der Handel war nicht billig. Und die schlauen Väter verlieren keinen aus den Augen, den sie einmal loslassen mußten. Bei der nächsten Zitation bist du erledigt.«

»Ich weiß, was ich Eurer Hoheit verdanke. Aber der Bluthund Anchias hat mich auf seiner Liste noch nicht gestrichen. Ich bin nur ein Inquisit auf Urlaub.«

»Ein königliches Wort müßte dir genügen!« ereiferte sich Isabella. »Du hast abgeschworen. Und du wurdest außer Verfolgung gesetzt.«

»Außer Verfolgung gesetzt!« lachte Santangel bitter. »Und doch verfolgt!«

»Wie meinst du das!« Isabella errötete. »Ich glaube, es ist dein Gewissen, das dich verfolgt.«

Luis Santangel schwieg. Eine Sekunde lang glaubte er es aussprechen und sagen zu dürfen, was er empfand. Er sah die Königin auf ihrem Prunkbett liegen, von dem leichten Windhauch umfächelt, den zwei braune Dienerinnen mit bunten Pfauenwedeln erregten. Ihre schönen Hände funkelten im Glanz der vielen Ringe. Quer über die Decke schlängelte sich der aus bläulichen Perlen und tiefgrünen Smaragden zusammengesetzte Rosenkranz, ein Tribut Abu Abdallahs.

Sie hatte ihre Augen geschlossen. Ihre ein wenig gealterten Züge waren weich und gelöst. Um ihre Lider stand Feuchtigkeit, und es schien, als hätten sie eine Träne vergossen. Die üppigen weißen Hände lagen wie ein Schmuckstück auf der Bettdecke. Die offenen Finger bebten leicht. Es mußte gut und angenehm sein, sie anzufassen und sich an ihnen festzuhalten.

Aber plötzlich schlug Isabella die Augen auf. Sie sah ihn streng und prüfend an. Da verstärkte sich das Gefühl der Verlassenheit in Santangel. Wie konnte diese Frau ihn verstehen? Jeder innere Kampf war ihr fremd. Sie kannte keinen Zwiespalt. Ihre Welt war ausgeglichen und fern jeder Versuchung. Was konnte er ihr sagen?

Isabella erhob befremdet den Kopf. »Ich warte auf Antwort«, befahl sie und schien den Schatzmeister mit den kühl und boshaft blickenden Augen zu durchbohren.

Santangel erschrak. Sie will belogen werden! erkannte er. Sie kommandiert mich förmlich zur Lüge. Es ist ihr bequemer, wenn ich ihr etwas vormache.

»Ich bin ein guter Christ«, versicherte Santangel. »Alles, was die Religion vorschreibt, glaube und erfülle ich. Da gibt es nichts, worum ich Gott und die heilige

Dreifaltigkeit betrügen würde. Ich drücke mich auch nicht um die mir auferlegten Bußgebete. Aber das Ungeziefer Torquemadas hat es auf mich abgesehen. Es dringt durch jede Ritze und versteckt sich sogar unter meinem Bett. Was nützt es, stundenlang zur Muttergottes zu beten, wenn man diesem Gewürm ausgeliefert ist. In Indien gibt es keine Inquisitoren. Dort hat man vor Prokuratoren, Assessoren, Notaren, Sequestratoren, Relatoren, Qualifikatoren, und wie sonst die Schmarotzer des heiligen Offiziums heißen, Ruhe.«

»Du bist ebenso verrückt«, sagte die Königin gnädig, »wie dein Freund. Bring ihn her.«

Christobal Colon wartete seit zwei Jahren auf eine Audienz. Während dieser Zeit hatte er sich größtenteils als Gast des Herzogs von Medina Coeli auf dessen Gütern aufgehalten. Von weitem hatte er oftmals Isabella gesehen. Bei jeder Begegnung war der Seefahrer von neuem von ihrer Erscheinung fasziniert. Der Heimatlose und Bettler erblickte in ihr die Königin seiner Träume und sehnte sich danach, ihr den Psalm der unentdeckten Paradiese, die Vision der von ihm zu erobernden Erdteile und Länder vorzustammeln.

Isabella aber liebte Abenteurer. Dieser offenbar dreiste Lügner, von dem man nicht wußte, ob er mehr Narr oder mehr Lügner war, verfolgte sie aus der Ferne mit täppischen Huldigungen, die der eitlen Frau nicht weniger schmeichelten, trotzdem sie laut über sie lachte.

»Ich bringe ihn«, sagte Santangel erfreut. »Ich bitte Eure Hoheit, Nachsicht mit ihm zu haben. Er ist den Umgang mit Königen nicht gewohnt. Aber er verehrt Eure Hoheit ebenso wie ich.«

Jetzt trat er an der Seite des Schatzmeisters in das Zelt, von einer Kammerfrau geleitet, die sich gleich darauf in das Dunkel einer Zeltecke zurückzog. Colon warf sich zu Boden. Seine verzückten Augen sogen sich an Isabellas Antlitz fest.

»Bist du noch immer nicht geheilt, mein Freund?« sagte Isabella lächelnd und reichte dem Genuesen die Hand zum Kuß.

»Ich bin nicht krank, Hoheit«, versicherte Colon und stand auf. Seine hohe Gestalt reichte bis zur Decke. Sein Prachtkleid war zerfetzt. Aus zerfurchtem Gesicht funkelte ein wilder und ungebrochener Blick. Er hatte das Aussehen eines Nordländers. Die grauen Haare machten ihn weit älter, als er war. »Niemals war ich gesünder als jetzt, da ich vor Eurer Hoheit stehen darf. Ich glaube, daß die Erfüllung bevorsteht.«

»Was für eine Erfüllung meinst du?«

»Ich meine unser Unternehmen, das keinen Aufschub duldet, die Fahrt nach Indien über das Westmeer.«

»Ich will dich nicht halten«, spottete die Königin, »aber wenn du auf Mittel wartest, um deine Reise zu bestreiten, so mußt du uns erst noch besser überzeugen. Und dann mußt du Geduld haben. Zuerst kommt Granada. Wir müssen die Ungläubigen aus Spanien vertreiben. Dann wollen wir uns über die Expedition nach Indien schlüssig werden.«

»Wie kann ich Eure Hoheit überzeugen!« erkundigte sich Colon mißmutig. »Ich weiß, daß ich die Wahrheit sage. Ich habe sie mit ehrwürdigen Beweisen belegt.«

»Es stehen Hiob und Jesaias, zwei jüdische Propheten, gegen die Psalmen und die Aussprüche nicht weniger als sieben Heiliger.« Isabella belustigte sich daran, Colon in Verlegenheit zu bringen.

»Ich kenne diese Argumente«, sagte der Genuese hochmütig und entrüstet, »es sind dies Chrysostomus, Hieronymus, Basilius, Lactantius und andere mehr. Lactantius, Ambrosius und Augustinus, drei sehr berühmte Heilige, leugnen das Vorhandensein der Antipoden. Sie bezeichnen die Tatsache, daß die Erde rund sei, als einen Wahn. Es sei eine Fabel, sagen sie, daß es Antipoden gäbe, die mit den Füßen in der Luft wandeln.«

»Haben sie nicht recht?« Isabella stachelte Colon zum Widerspruch auf, neugierig, wie er die Angriffe erwidern würde. »Kannst du dir vorstellen, daß man mit herunterhängenden Köpfen gehen kann? Und wie kommen Adams Kinder übers Weltmeer?«

»Das sind Trugschlüsse!« entgegnete Colon verächtlich. »Da doch Indien auf der anderen Seite mit Asia und unseren Ländern zusammenhängt, bedurfte es keiner Reise über das Weltmeer, um dorthin zu gelangen. Hat nicht Marco Polo vor zweihundert Jahren India zu Fuß betreten, ohne Antipoden anzutreffen?«

»Marco Polo ist selbstverständlich von Westen nach Osten gereist«, sagte Isabella. »Er ging von Konstantinopel aus, setzte über den Tigris und kam so an den Hof des Kaisers und des Priesters Johannes.«

»Und ich werde den Weg vom Sonnenuntergang aus finden«, erklärte Colon. »Es steht nicht nur in zahlreichen Büchern verzeichnet. Es ist vor allem von Gott mir eingegeben. Ich habe es gesehen, mit meinem eigenen Gesicht. Daniel, der Prophet, hatte ein ähnliches Gesicht, ohne es deuten zu können. Da rief eine Stimme: Gabriel, lege diesem das Gesicht aus, damit er es verstehe. Und Gabriel sprach: Merke auf, du Menschenkind! Dieses Gesicht gehört in die Zeit des Endes!«

»Was soll dieser dunkle Spruch?« erkundigte sich Isabella, durch Colons düsteren Ernst ein wenig aus der Fassung gebracht.

»Unter dem Ende ist selbstverständlich das Ende der Welt zu verstehen, das nahe ist. Es ist ferner gesagt: Siehe, ich will dir zeigen, was sich zur Zeit des letzten Zorns begeben wird. Denn das Ende hat seine bestimmte Zeit.«

Isabella sah den Sprecher an, der mit halbgeschlossenen Augen redete. Sein Mund schien ausgelöscht. Aber auf seiner Stirn lag ein Glanz von Prophetie, ein Geheimnis tiefster Ahnungen. Die Königin erschrak.

»Diese bestimmte Zeit steht nahe bevor. Die Welt geht unter, und Indien ist noch nicht getauft! Eure Hoheit bitte ich zu bedenken, daß nach den Lehren des heiligen Augustinus das Weltende siebentausend Jahre nach der Schöpfung stattfinden wird. Mehr als neunzehn Zwanzigstel dieser Zeit sind bereits verstrichen. Wie viele Heiden müssen noch bekehrt werden.«

Isabella erholte sich. Wieder empfand sie die Mischung von Vision und Narrheit, aus der der Genuese zusammengesetzt war.

»Wie sagt doch Ezechiel, Eure Hoheit? Ezechiel ist ein großer Prophet. Und keiner kann sagen, daß ein Hauch von Lüge in seinen Worten ist –«

»Zitiere schon deinen Ezechiel!« befahl die Königin neugierig. »Was weiß Ezechiel von dem Weg nach Zipangu?«

Colon zog finster seine Brauen zusammen. Er starrte in eine unbestimmte Ferne. Seine Haltung wurde schwer und seine Stimme geheimnisvoll. »Ein großer Adler mit mächtigen Flügeln, langen Fittichen und bunten Federn kam auf den Libanon und nahm den Wipfel von der Zeder. Er brach das oberste Reis ab und führte es in das Land der Kaufleute. Dort setzte er es in die Stadt der Krämer. Er nahm auch vom Samen und pflanzte ihn in gutes Land, wo viel Wasser war, dort setzte er es lose hin. Und da war ein anderer großer Adler mit großen Flügeln und vielen Federn. Und siehe, der Weinstock hatte Verlangen, mit seinen Wurzeln zu diesem Adler hinzustreben. Und er streckte seine Reben gegen ihn aus, damit er gewässert würde vom Platz, an dem er gepflanzt worden war –«

Isabella schüttelte den Kopf. »Mir unverständlich.«

»Ezechiel hat alles vorausgewußt«, erklärte Colon unduldsam. Der Spott, den er in den Augen der Königin las, reizte ihn. »Er ist einer der größten Propheten, und aus seinem Mund redet Gott.«

»So gib doch schon die Deutung preis!« befahl Isabella scharf. »Ich habe keine Zeit, allzulange deine Propheten anzuhören.«

Der Genuese senkte den Kopf. »Ich bitte Eure Hoheit um Vergebung«, sagte er mit schlecht unterdrückter Wut. »Eure Hoheit hat gewiß schon den Wortlaut der Weissagung vergessen. Aber sie steht genau im siebzehnten Kapitel des Buches Ezechiel verzeichnet. Und ich bitte Eure Hoheit, sich den Wortlaut vergegenwärtigen zu wollen!«

Isabella mußte lächeln. »Werde nicht gleich unwillig, hörst du?«

Colon blickte sie mit flehenden Augen an. Sein Gesicht hatte sich verwandelt. Der Ausdruck von Zorn hatte einer demütigen Entrücktheit Platz gemacht. Es schien, als schämte sich der Seefahrer, sein Geheimnis preiszugeben.

»Ich habe deine Zitate sehr genau verfolgt«, versicherte Isabella. »Was bedeuten sie?«

»Der erste große Adler«, flüsterte Colon, »war Marco Polo aus Venedig. Das Land der Kaufleute, wohin er das Reis vom Libanon trug, war Cathay, welches dem Lande Zipangu vorgelagert ist. Und die Stadt der Krämer ist Cambaluc. Der andere große Adler, nach dem die Wurzeln des Weinstocks Verlangen tragen, ist Euer demütiger Knecht Christoph Colon. Und es heißt weiter, daß dieser Weinstock auf einen guten Boden, an viel Wasser gepflanzt ist. Kann man leugnen, daß der Weg durch viel Wasser nur über das Weltmeer führt?« Der Genuese errötete unter dem langen und durchbohrenden Blick der Königin. Er senkte den Kopf und kreuzte die Arme demütig über der Brust. Niemand, der Colons hingegebenen Ausdruck betrachtete, konnte an dem hinreißenden Glauben des Bittstellers zweifeln. Dieser Glaube war, was immer er betraf, verheerend stark und übermächtig. Isabella wurde erstaunt gewahr, daß sich das Lächeln auf ihrem Gesicht verloren hatte.

»Für heute ist es genug«, sagte sie gnädig. »Du

kannst gehen. Übermorgen stürmen wir Baza. Willst du in meiner Nähe sein, Colon?«

6

Es dauerte eine Woche, bis die Signale zum Sturm riefen. Isabella, obgleich noch ein wenig vom Fieber geschwächt, hielt auf einem weißen Zelter neben dem König. Baza wurde nach allen Regeln der Kriegskunst bestürmt. Die Übermacht war ohne Zweifel bei den kastilischen und aragonischen Belagerungstruppen. Die maurische Besatzung wehrte sich pflichtgemäß. Aber das Geschütz legte ein Stück der Umwallung nach der anderen nieder. Nur der Turm Zaida schien unüberwindlich. Der Kommandant, ein Zegri, schien den Belagerern beweisen zu wollen, daß maurisches Heldentum noch nicht ganz ausgestorben sei. Sein Schildabzeichen, ein roter Querbalken zwischen zwei goldenen Kronen, wehte noch neben der Fahne des Gegenkönigs El Zagall von den Zinnen des Turms, als ganz Baza längst von den Spaniern besetzt war.

Ferdinand sandte zweimal einen Parlamentär nach dem Turm Zaida und bot dem Kommandanten eine ehrenvolle Kapitulation an. Er erhielt keine Antwort.

Als an die Jugend des Heeres die Aufforderung erging, sich freiwillig zu einem Handstreich auf Zaida zu melden, war Colon unter den ersten.

Man glaubte sich plötzlich in die Zeiten der Ritterkämpfe versetzt. Denn die Freiwilligen erklommen, nur mit Dolchen und Leitern versehen, die hohe Mauer. Der riesige Genuese krallte sich in Kugellöchern fest und zog für die hinter ihm Kommenden Leitern nach. Da der Sturm überdies von dem Feuer zweier gutgelenkter Kugelschleudern unterstützt wurde, erlahmte die Verteidigung schnell.

Nach zwei Stunden war die Fahne El Zagalls vom Turm Zaida heruntergeholt. Die spärliche Besatzung des Turmes war tot oder verwundet. Und Christobal Colon wurde mit den übrigen Siegern von Isabella dem Gatten vorgestellt. Ferdinand musterte den seltsamen Helden, den schon die Tracht des Seefahrers von den eleganten Rüstungen der Edelleute unterschied.

»Man muß endlich etwas für ihn tun«, sagte Isabella leise. »Möchtest du nicht ein paar liebenswürdige Worte zu ihm sagen?«

Der Seefahrer heftete seine blauen und unerschrokkenen Augen auf den König und wartete auf die Gelegenheit, von seinen Projekten sprechen zu dürfen.

Ferdinand hatte keine Lust, sich mit dem Abenteurer abzugeben. Er schritt die Reihe der übrigen Edelleute ab, die den Sturmtrupp gebildet hatten, und fragte sie nach Namen und Herkunft. Ihn verdroß, daß sich Kastilien wie immer, so auch hier, vordrängte. Alle Namen, die man ihm nannte, waren nach Sevilla und Toledo zuständig. Da stieß er endlich auf einen Ritter Fonseca aus seiner eigenen Residenz Saragossa.

Niemals konnte Juan in einem günstigeren Augenblick seinem König begegnen.

»Ein Mann aus Aragon?« sagte Ferdinand erfreut.

»Ich habe einen Dienst für dich. In meiner Leibwache sind die Kastilier bei weitem in der Überzahl. Du stärkst das aragonische Element. Bist du zufrieden, Landsmann?« Juan küßte dem König die Hände, und leistete seine Angelobung als Offizier der königlichen Wache.

7

Auf seltsame Weise lernte der neue Wachoffizier den Schatzmeister des Königs kennen. Juan machte Dienst im königlichen Zelt.

Luis Santangel mußte lange auf seinen Herrn warten. Er ging ein paarmal im Vorraum des Zeltes auf und ab. Dann blieb er vor Juan Fonseca stehen und musterte ihn neugierig.

»Wißt Ihr«, sagte er plötzlich, »daß ich Euren Vater gekannt habe, Junker Fonseca?«

Juan gab keine Antwort. Er stand in dienstlicher Haltung unbeweglich da und blickte den Granden, der ihn an seinen Vater erinnerte, abweisend an.

»Die Väter unserer Väter waren Freunde gewesen«, fügte Santangel ein wenig unsicher hinzu.

Juan nahm diese Bemerkung zur Kenntnis. Aber er wollte nicht an alte Geschichten erinnert werden. Er stand nach der Vorschrift des Dienstes stumm. Nur seine Augen ruhten bittend auf dem Schatzmeister, der plötzlich errötete.

»Ihr braucht nicht zu fürchten, daß ich Euch in Verlegenheit bringe!« sagte Santangel mit zornigem Lächeln. »Ich mache von meinen Vätern nur selten Gebrauch.«

Juan erwies dem Rat des Königs durch steinerne und angespannte Haltung Respekt. Aber er weigerte sich, ein Gespräch anzufangen, dessen Ende nicht abzusehen war.

»Daß sie unsere Väter waren, kann man allerdings nicht leugnen«, fuhr der Schatzkanzler nach einer Pause mit gedämpfter Stimme fort. »Oder wollt Ihr auch das nicht zugeben?«

Juan Fonseca preßte seine Lippen aufeinander. Diese Dinge kamen nicht zur Ruhe! War seine Abstammung von einer so zähen Unvergänglichkeit, daß man nicht auf sie vergessen durfte? War sie ein Brandmal? Haftete sie ihm an, trotz Wunden und vergossenem Blut? Mußte man sein eigenes Herz durchbohren, um sie umzubringen?

»Eigentlich habt Ihr recht«, sagte Santangel endlich mit abgewandtem Gesicht. »Man soll nicht davon sprechen. Aber wenn ich einen engeren Landsmann sehe, wie kann ich mich mit ihm unterhalten, ohne unser gemeinsames Schicksal zu erwähnen?«

»Irrtum, Exzellenz!« zwang sich Juan Fonseca mit heiserer Stimme zu antworten. Er stand ehern. Seine rechte Hand hielt die Hellebarde. Seine linke war um den Degengriff gelegt.

»Gut«, sagte Santangel beherrscht. »Ich bin belehrt und sehe meinen Irrtum ein. Ich nehme Euch nichts übel.«

Er muß mich doch verstehen! dachte Juan. Er muß doch Erbarmen mit mir empfinden. Ich will nichts mehr mit dem Alten Testament gemein haben. Es ist ganz und für immer ausgelöscht. Ich bin taub, wenn man mich mit dem Namen meiner Väter anredet. Ich will Gott um eine andere Kindheit und um andere Väter bitten!

8

Don Isaak Abravanel hatte dem König ein neues Belagerungsgeschütz demonstriert. Es war mit schreienden Farben auf einen großen Karton gezeichnet. Eine weitschweifige Belehrung umgab das Blatt. Ferdinand sah wohl, daß sein Minister ungeduldig wartete, bis er mit der Betrachtung des Blattes fertig sein würde. Aber er ließ sich Zeit. »Ob das Geschütz so weit reicht, wie dein Meister aus Valencia berechnet?«

»Es kommt nur auf die Probe an, Hoheit. Wir müssen es gießen lassen. Sind die Berechnungen richtig, dann können sogar die Mauern der Alhambra ohne das geringste Blutopfer niedergelegt werden.«

»Das Laden wird einige Mühe machen.«

»Keineswegs, Hoheit. Der Konstrukteur hat den Vorgang ungemein vereinfacht.«

»Du irrst«, sagte Ferdinand und las die langwierige Belehrung vor. »So wie der Meister sich die Sache vorstellt, ist sie undurchführbar. Und wie teuer kommt uns so ein Schuß zu stehen? Für das Geld, das eine Ladung kostet, kaufe ich mir zehn Söldner für einen ganzen Monat.«

»Zehn Söldner kosten das Dreifache, Hoheit«, sagte Abravanel, wie zu einem Kinde. »Und sie leisten nicht den zehnten Teil dessen, was ein Schuß aus dieser Kanone leistet.« Er wischte sich den Schweiß von der Stirn, Ferdinand wußte ganz genau, daß sein Minister vom Thema abschweifen wollte. Aber wenn er es auch nicht verhindern konnte, so versuchte er es doch zu verzögern.

»Gesetzt den Fall, die Kugel würde so weit reichen, wie dein Mann aus Valencia behauptet, so würde doch der lange Weg, den sie nehmen muß, ihre Kraft so abschwächen, daß sie keinen Schaden anrichten kann.«

»Eure Hoheit hätte recht«, sagte der Minister durch die Zähne, »wenn nicht die Kraft der Kugel durch die Kraft des Pulvers bestimmt würde. Das Pulver ist aber nicht nur stark genug, um die Kugel aus dem Lauf zu stoßen, sondern auch ein paar hundertmal stärker. Und deshalb ist sie geeignet, Verderben und Zerstörung auszustreuen.«

»Wie kommt es aber«, fragte Ferdinand voll verstecktem Hohn und sah seinen Juden an, »daß diese Kraft nicht das Rohr der Kanone sprengt und die Bedienungsmannschaft tötet?«

»Das Eisen bändigt die Kraft und zwingt sie in eine bestimmte Richtung.«

Abravanel starrte finster zu Boden. Als der König das Fragespiel fortsetzen wollte, begegnete er einem stummen und anklagenden Aufblick.

»Du läßt dir ja deine Auskünfte förmlich mit Zangen aus dem Munde reißen«, stellte der König unmutig fest. »Ich sehe schon, daß du noch etwas Unangenehmes auf dem Herzen hast. Da du doch niemals Rücksicht nimmst, kann ich auch heute keine von dir erwarten. Also beginne.«

»Hoheit, ich bin nur ein geringer Knecht mit dem hochtrabenden Titel eines königlichen Rates. Für Eure Hoheit bin ich nichts. Aber für die dreimalhunderttausend Juden bin ich die einzige Hoffnung. Was bedeutet das Ergebnis meiner Arbeit vor dem Unmaß königlicher Ansprüche? Ich bin ein armseliger Mensch, dem es selten gelingt, Eure Zufriedenheit zu erringen. Aber wenn ich nach Hause komme, finde ich meinen Tisch mit Bittschriften überhäuft. Nicht um meiner Eitelkeit, sondern um der Hoffnung meiner Brüder willen, bitte ich um Gehör.«

Ferdinand empfand heftigen Zorn. Er war entschlossen, den Juden keinesfalls zu Worte kommen zu lassen.

»Wir wollen nicht die Ermordung des großen Märtyrers Arbues büßen. Wir haben ihn weder ermordet, noch an seiner Ermordung auch nur den geringsten Anteil genommen.«

»Genug!« schrie Ferdinand. »Nimm deinen Entwurf und laß die Kanone sofort in mindest zwanzig Stücken herstellen. Du bist entlassen.«

Abravanel verneigte sich tief. Dann ging er mit schleppenden Schritten aus dem Zelt. Aber kaum hatte er den Vorhang des Zeltes hinter sich fallen lassen, als Ferdinand ihn zurückrief. Vor dem Zelt stand eine große Versammlung von Granden und Edelleuten. Don

Isaak machte kehrt und beugte sein Knie. König Ferdinand legte in Gegenwart der vielen Wartenden Don Isaak huldvoll die Hände auf die Schultern.

9

Am nächsten Tag kamen viele Bittsteller zu dem Finanzminister. Abravanel empfing mit seiner gewohnten Ruhe. Er hörte die Berichte der Steuerbeamten, berechnete die Abgaben, die man den neubesetzten Gebieten auferlegen konnte, und ließ zum Schluß auch eine Deputation der Juden aus Baza vor, die um das Wohlwollen des mächtigen Beraters der Könige warben.

Der Älteste der Judenschaft von Baza verglich Don Isaak mit Elia, dem Propheten. Abravanel lächelte. »Wer hat Elia gesehen?« sagte er. »Der eine glaubt, daß er in einem feurigen Wagen angefahren kommen müsse. Der andere kann sich ihn nicht ohne Macht und Herrlichkeit vorstellen. Und vielleicht befindet er sich unter den Gefangenen, die in den Kerkern der Inquisition verfaulen.«

Die Besucher sahen den Minister betroffen an. »Ihr habt doch des Königs Ohr, Don Isaak. Wann wird Granada fallen? Und werden wir unter der Christenherrschaft leben können?«

»Ich habe des Königs Ohr«, versetzte Abravanel bitter. »Er folgt mir, wenn ich ihm rate, wie er seine Feinde überwinden kann. Aber wenn ich versuche, für meine Brüder tätig zu sein, dann ist sein Ohr taub.«

Abravanel hatte sich nach langen Höflichkeiten und Wechselreden endlich über die von Baza zu leistende Kontribution mit den Judenältesten geeinigt und versuchte eine Weile zu ruhen, als ihm Colon gemeldet wurde.

Der Genuese glaubte, eine Vorrede sparen zu können. »Ich brauche Eure Fürsprache, Don Isaak. Ich stehe vor dem Ziel. Ich verlange Eure Intervention nicht umsonst. Ich will sie hoch bezahlen.«

»Was bietet Ihr?« fragte Abravanel übellaunig, entschlossen, sich des Zudringlichen rasch zu entledigen.

»Ihr wollt doch kein Geld?« Colon sah den Minister durch halbgeschlossene Augen pfiffig an. »Ich biete euch mehr, ich biete Euch Raum.«

»Raum?« wiederholte Abravanel befremdet. »Für wen?«

»Ihr seid ein großer Gelehrter, Don Isaak«, bemerkte Colon mißbilligend. »Und Ihr wißt nicht, daß Euer Prophet Jeremia gesagt hat: Darum will ich ihre Weiber den Fremden geben und ihre Äcker denen, die sie verjagen werden. Und anderswo heißt es in dem Buch desselben Weissagers: Ich will einen mit dem anderen, die Väter mit den Kindern verstreuen, spricht der Herr. Und will weder schonen noch übersehen, noch barmherzig sein angesichts ihres Verderbens.«

»Ihr wendet diese Prophezeiung auf uns an? Gilt sie nicht für vergangene Tage?«

»Jede Stelle der Heiligen Schrift hat zwei Bedeutungen, eine für die Vergangenheit und eine für die Zukunft. Daß aber Spanien eine unsichere Heimat für euch Juden darstellt, weiß ich nicht nur aus der Heiligen Schrift.« Colon lachte plötzlich, und seine Augen flammten böse auf. »Man flüstert bei Franziskanern und Dominikanern, daß bald eine große Judentaufe beginnt. Und wer nicht sein Haupt über das Taufbecken beugt, der kann sich eine Lagerstatt außerhalb der Länder ihrer beiden Hoheiten suchen.«

»Ihr seid außerordentlich gut informiert«, spottete Abravanel. »Jeremia und die Dominikaner arbeiten einander in die Hände. Glaubt Ihr wirklich, daß irgendein Machthaber in den spanischen Königreichen den Mut hätte, die Juden auszuweisen?«

»Kann sein, daß die Austreibung der Juden erst in hundert Jahren kommt. Da aber Seine Eminenz, der Kardinal Pedro de Aliaco, und seine Hoheit, König Alfons von Portugal, der Welt nur noch hundertfünfundfünfzig Jahre Bestand geben, fürchte ich, daß diese oder die nächste Generation Zeuge sein wird, wie das Wort der Bibel sich erfüllt.«

»Ihr seid ein Narr, Herr Colon!« sagte der Minister. »Ein unangenehmer und lästiger Narr.«

»Mancher hat meine Worte nicht ernst genommen. Aber er hat sich bald davon überzeugt, daß ich weniger Narr war als er selbst. Noch lasse ich mit mir verhandeln. Ich werde von Ihren Hoheiten Rang und Würde eines Vizekönigs für alle in Indien und den benachbarten Inseln von mir zu entdeckenden Ländern fordern. Ich werde Gebiete erschließen, die zehnmal so groß sind, wie Kastilien und Aragon zusammengenommen. In Indien gibt es keine Inquisition. Juden und Neuchristen können unter meiner Regierung unangefochten leben. Vorausgesetzt, daß wir handelseins werden.«

Abravanel stand auf. Die heisere und selbstgefällige Stimme des grauhaarigen Spaßmachers aus Genua verletzte ihn. Er gab seinen Bedienten Auftrag, Colon aus dem Zelt zu führen. Noch auf der Straße war die Stimme des Seefahrers zu hören. Er bedauerte so viel Hartnäckigkeit und Verstocktheit und wünschte Abravanel, er möge sich bald von der eigenen Kurzsichtigkeit überzeugen.

Abravanel war über die Frechheit und den Unverstand des von der Königin geduldeten Phantasten fassungslos. Was konnte der Lügner und Aufschneider wirklich von ihm erwarten? War die beabsichtigte Verabredung leeres Gaukelspiel, oder erwartete der sonderbare Mensch, daß die Juden auch diese groteske Hoffnung bezahlten?

Der Finanzminister der Könige legte sich auf das breite Ruhebett, das aus einer der Burgen Isabellas stammte. Eine überhöhte Kopfwand mit Faltwerkfüllung zeigte geschnitzte Bilder aus dem Leben Marias. Wie wäre Abravanel erschrocken, wenn er seine Verwandte aus Nazareth wahrgenommen hätte, in der seltsamen Gesellschaft eines Engels, der ihr die Geburt des Messias verkündigt. Er hätte es vorgezogen, auf dem mit arabischen Teppichen bedeckten Boden zu liegen, statt zu Füßen des abgöttischen Bildwerks. Aber er hatte niemals auch nur einen Blick auf sein Bett geworfen, hinter dessen farbigen Vorhängen er schlaflose Nächte verbrachte.

Colon bot Raum in unentdeckten Gebieten an. Ein Geschäft, das kein ehrlicher Kaufmann mit einem Gaukler schließen würde. Freilich, die Juden hatten schlechtere Geschäfte gemacht. Sie hatten Versprechungen teuer bezahlt und waren immer betrogen worden. Trotzdem war dieser Colon auf das höchste suspekt: ein Mensch, dessen Schuldverschreibung kein ehrlicher Makler annehmen durfte. Er war von der Sorte jener Gaukler und Traumdeuter, deren Weissagungen man mit Goldstücken bezahlte, wenn man guter Laune war, und die man an den Pranger stellte, wenn sie allzu frech betrogen.

Don Isaak zog die Vorhänge langsam zu. Er wollte eine Stunde ruhen. Der Lärm des Lagers verwandelte sich in ein langgezogenes und klagendes Summen. Im weiten Geviert des Lagers war es völlig dunkel. Einige Mücken schwirrten am Ohr des Liegenden vorbei. Sooft sie sich seinem Gesicht näherten, klang es wie ein heller und stechender Schrei. Und auf einmal brannte Abravanels Gesicht. Er fühlte, wie die Blutsauger auf seinen Schläfen saßen und ihre feinen Rüssel in seiner schmerzenden Haut versenkten. Don Isaak rührte sich nicht. Was lag an diesem Unbehagen und dem Verlust einiger Tropfen Blut. Wenn er nur diese anderen Blutsauger auf sich lenken und mit einigen Tropfen befriedigen könnte! Aber was waren die kriegerischen Schreie von Mosquitos gegen das mörderische Gebrüll der Feinde des Judentums. Und ihre Gier nach Blut war unersättlich.

Der Minister fand keinen Schlaf. Immer kreisten die tollen Prophezeiungen des genuesischen Betrügers durch sein Hirn. Und sein Gelächter gellte kreischend durch den Raum, schattenhaft und mit der gespenstischen Eindringlichkeit einer Fiebervision.

VIERTES KAPITEL

Benito Garcia

1

Thomas Torquemada, Generalinquisitor, saß in seiner Zelle im Kloster Santa Cruz. Aus dem runden Fenster sah man weithin in die reiche Landschaft. Irgendwo hinter den Weinbergen lag die Stadt Avila, wo der große Kriminal- und Inquisitionsprozeß gegen Benito Garcia, Johann von Ocana und die Brüder Franco wegen Schändung einer Hostie tagte.

Auf dem grob zugeschnittenen Eichentisch in Torquemadas Zelle lag ein Bündel Akte. Diego de Padillo, Fiskal zu Avila, stand vor dem Tisch und betrachtete aufmerksam die Züge des großen Ketzerrichters, der, in den Akten blätternd, von Zeit zu Zeit aufblickte, seine welken Hände betrachtete und dann einen raschen Blick auf seinen schweigenden Besucher richtete. Torquemadas Gesicht trug neben den Zeichen des hohen Alters die Spuren überstandener Krankheit. Die Stirn war gelb und von bläulichen Adernknäueln durchsetzt, die unter der erdfarbenen Haut zuckten. Die blutlosen Lippen entblößten die Reste eines schmutzigen Gebisses. Aber wenn sich die entzündeten Lider hoben, gaben sie wunderbare Augen frei. Diese Augen starrten jetzt ins Leere. Es wurde in der Zelle langsam dunkel. Die nackten Wände schimmerten bläulich.

Der junge Fiskal fühlte, wie das Blut in seinen Gliedern allmählich erstarrte. Er bewegte sich und veränderte seine Stellung. Torquemada bemerkte nicht, daß Padillo müde war. Er fuhr langsam mit seinen greisenhaften Händen über die Aktenbündel, und seine Gebärde glich einem zärtlichen Streicheln.

Von draußen wurde leise an die Tür geklopft. Ein Laienbruder näherte sich in gebückter Stellung und hielt eine Öllampe hoch. Der Großinquisitor nickte. Da stellte der Bruder die Lampe auf den Tisch und kroch lautlos aus der Zelle, geduckt, mit ängstlichem Gesicht, als erwarte er, daß der andere ihn mit Worten töten könnte.

Das kleine Licht in der Zelle reichte nicht über den Tisch hinaus. Der Fiskal hatte sich hinter einen Bücherschrein gestellt und wartete ergeben, bis der Dominikaner zu reden beginnen würde.

»Seid Ihr da, Fiskal?« sagte endlich der Großinquisitor. »Kommt näher, Herr Padillo.«

Der junge Mann schob erschrocken seinen Degengurt höher, warf den seidenen Mantel hastig über die Schultern und trat in höfischer Haltung vor.

»Ich lasse an das Gericht zu Avila folgende Weisung ergehen. Gebt wohl acht, Fiskal. Und wenn es Euch paßt, dann zeichnet meine Botschaft auf. Hier ist Tinte und eine neugeschnittene Feder. Hier Papier.«

Der Fiskal trat gehorsam an den Tisch, tauchte einen

Federkiel in ein halbleeres gläsernes Tintenfaß und schrieb.

Und diese Botschaft las noch in derselben Nacht der Vorsitzende des Inquisitionstribunals zu Avila:

»Gott und die heilige Trinität haben Euch eine wunderbare Gelegenheit geschenkt, Juden und Judenchristen zu entlarven. Ihr habt sie nicht bemerkt. Das Ergebnis Eurer bisherigen Untersuchung ist ungenügend. Hier liegt keineswegs eine bloße Hostienschändung vor. Durch zwei unverdächtige Zeugen ist erwiesen, daß die Angeklagten an einem christlichen Knaben nahe der Stadt La Guardia ein Verbrechen verübt haben. Trotz dieser vollgültigen Zeugendepositionen habt Ihr keinerlei Erhebungen über dieses Verbrechen eingeleitet. Ich befehle Euch, das Martyrium eines kastilischen Knaben auf das genaueste zu erforschen. Der geistige Urheber des Verbrechens ist Garcia. Besonders er ist mit Ausdauer peinlich zu befragen.«

Ein Blatt, zwei Zeugenprotokolle enthaltend, hatte der Großinquisitor aus dem Aktenbündel hervorgezogen und zuoberst gelegt. Bisher hatte niemand diesem Blatt Beachtung geschenkt.

Ein Spitzel – getaufter Jude, als Rabbi verkleidet – hatte am Lager eines schwer erkrankten Gefangenen gesessen. Unter anderen abgerissenen Worten war in den Fiebervisionen des Kranken von einem Kreuz die Rede gewesen. Dann hatte sich der Kranke eines Knaben erinnert, ohne seinen Namen zu nennen. Später war der Ort La Guardia erwähnt worden. Und zum Schluß hatte der Fiebernde zu seinem vermeintlichen Tröster Worte geflüstert, die rätselhaft und drohend klangen, deren Bedeutung aber nicht aufgehellt wurde. Die Protokolle verzeichnen einmal das Wort Tod, das andere Mal das Wort Mord.

Der Gefangenenhausarzt hatte jede Äußerung des Kranken aufgezeichnet. Die Aussagen des Spitzels und des Arztes stimmten völlig miteinander überein.

2

Benito Garcia lag in einem reinlichen Zimmer des Inquisitionsgefangenenhauses zu Avila. Er war mit einer soliden Stahlkette an die Wand geschmiedet. Das Bett war mit frischem Stroh gefüllt. Zu Füßen des Bettes stand ein Wasserkrug und ein Laib Brot. Vor dem Fenster waren riesige Gitter angebracht, die an lichten Tagen große Schatten warfen.

Benito Garcia, ein Mann von zweiundsechzig Jahren, lag mit wachen Augen auf dem Bett und dachte an die letzten Verhöre. Sie waren mit Sanftmut, aber ausdauernd geführt worden. Garcia war feige. Eine Wasserfolter hatte genügt, ihm ein Geständnis abzupressen. Und so hatte Garcia zu Protokoll gegeben, daß er, obgleich getauft, insgeheim Jude sei, daß er die jüdischen Gebräuche mit Sorgfalt beachte und daß er sich von einem Konvertiten und zwei Juden zur Apostasie und Hostienschändung habe verleiten lassen.

Garcia hatte mit dem Leben abgeschlossen. Das Definitivgutachten der Qualifikatoren konnte nicht anders, als auf Übergabe an die weltlichen Gerichte lauten. Man hatte bisher gar nicht versucht, ihn zur Abschwörung zu veranlassen. Der Marrane dachte schaudernd und zähneklappernd an den Tod in den Flammen. Er hatte wirklich seit Jahren nach den Gesetzen des Judentums gelebt, die Sabbate geachtet, Schweinefleisch gemieden und womöglich die rituellen Waschungen angewendet. Unfaßbar war es, auf welchem Wege die Hostie in sein Gepäck gelangt war. Garcia lächelte verzerrt. Was sollte ein Jude, der dieses von den Christen angebetete Ding für eine bloße Mischung von Mehl und Wasser hielt, mit einer Hostie beginnen? Wer hatte gewußt, daß Garcia ein schlechter Christ sei? Aber da fielen dem Gefangenen die von ihm mitbeschuldigten zwei Juden und der Converso Johann Ocana ein. Und brennende Reue durchfuhr ihn wie eine Stichflamme. Er hatte alle drei denunziert und fürchterlichen Strafen preisgegeben. Was für eine Schmach, seine Mitschuldigen anzugeben! Der Schmerz wäre zu ertragen gewesen. Aber das Gefühl unauslöschlicher Schande war ärger als die stärkste Folter.

Benito Garcia betete um den Tod. Aber nach einer Weile stand er von seinem Lager auf, ergriff den Krug und das Brot und aß den halben Laib schmatzend und gierig bis auf die letzte Krume auf, wobei er immer ein paar Schluck des wohlschmeckenden Wassers nachtrank.

Er war noch kräftig und ohne jede Krankheit, trotz seiner Jahre. Er hatte gern gelebt. Der Glaube hatte ihn nicht sonderlich beschwert. Nie hatte er unter seiner Zwitterstellung gelitten. Er war in Kirchen zuhause und fühlte sich keineswegs bedrückt, wenn er unter dem Segen des christlichen Priesters das Haupt beugen oder gezwungenermaßen das Kruzifix mit den Lippen berühren mußte. Aber er empfand in jüdischen Häusern, wenn die christliche Maske von ihm fiel, eine leise Befriedigung, die um so stärker wurde, je öfter er jüdische Gebräuche übte. Von den Segenssprüchen seiner Väter ging ein mächtiger Zauber aus, dem er sich nicht entziehen konnte. Und die mystische Gewalt gemeinsamen Gebetes zu dem jüdischen Gott erschien dem Marranen erst als wirklicher Glaube.

Hatte Benito Garcia Haß gegen die Christen empfunden? Niemals, bis zu dem ersten Autodafé, dem er beigewohnt hatte. Damals erwachte in ihm ein stärkeres Empfinden als Frömmigkeit. Er fühlte sich eins mit den Verurteilten. Die Henker, die den Opfern den Sanbenito anlegten, sie öffentlich auspeitschten oder an den Holzstoß fesselten, erregten einen solchen Ansturm von Haß in ihm, daß er zu ersticken glaubte. Die ausbrechenden Flammen verhängten seine Augen mit roten Schleiern. Er fühlte sich versucht, auf die Bühne des Autodafés zu stürzen und an den Henkersknechten das zu vollziehen, was sie seinen Brüdern zufügten. In dem letzten Jahr vor seiner Verhaftung hatte Benito Garcia angefangen, auch außerhalb bestimmter Zufluchtsstätten die jüdischen Gesetze zu erfüllen. Ja, er machte sich Sorgen, wenn er auf einer der vielen unternommenen Geschäftsreisen außerstande war, dem Gesetz zu entsprechen. Der alte Franco hatte ihn getröstet und ihm erzählt, auch Abraham habe sich bemüht, das Gesetz zu erfüllen, wiewohl zu den Zeiten Abrahams noch gar kein Gesetz bestanden habe. Und auf die Frage Garcias, wie Abraham ein noch nicht verliehenes Gesetz befolgen konnte, hatte ihm Franco gesagt, daß es nicht auf den Buchstaben ankomme. Abraham habe sich bemüht, seinen Körper so zu läutern, daß er von selber nach dem Gesetz Gottes lebte, ohne es überhaupt zu kennen. Diese talmudische Legende bewegte den Marranen. Und sooft er mit seinen zwei Dienern und dem Packesel durch die Dörfer und Städte zog, um Tuch zu verkaufen, dachte er an den eigenen Körper und bemühte sich, ihn dem Gottesgedanken zu unterwerfen. Er dachte mit Lust an die Heiligung seiner Glieder und lud Hunderte Gefahren auf sich, um in den Einkehrhäusern und Schenken der Provinzen sein Bad zu nehmen, wie es Juden und Mauren durch ihren Glauben aufgetragen war.

Ob diese Gewohnheit es verschuldete, daß man in dem Flecken Astorga sein Gepäck untersucht hatte?

Garcia atmete schwer. Immer wieder dachte er an die von ihm mitbeschuldigten drei Personen und verfluchte seine mangelnde Standhaftigkeit, die ihn veranlaßt hatte, Namen zu nennen und Mitmenschen der Inquisition auszuliefern.

Nachmittag wurde er zum Verhör gerufen. Der Promotor des Offiziums, ein Mann von Haltung, der Garcia auch während der kurzen Wasserfolter immer freundlich und gütig begegnet war, schien verwandelt. Man wiederholte mit ungewohnter Eile das bisherige Ergebnis des Verhörs. Und man stellte die typische Frage, ob Garcia nichts weiter zu gestehen habe. Aber man begnügte sich nicht mit dem Kopfschütteln des Gefangenen. Der Promotor ließ Garcia näher treten. Die übrigen Mitglieder des Offiziums beugten die Köpfe vor. Es waren drei alte Köpfe und ein junger Kopf. Die alten Gesichter sahen mitleidlos aus, wie immer. Aber sie zeigten einen neuen Zug. Eine spähende Schadenfreude saß in ihnen. Der Promotor blätterte in einem Bündel von Protokollen. Und plötzlich gab er den Akt an den Fiskal weiter. Dieser legte sein junges, ebenmäßiges Gesicht in ernste Falten und stand auf. Er schwang ein Blatt in seinen Händen und sah den Angeklagten triumphierend an.

»Du hast uns noch nicht die Ermordung des christlichen Knaben aus der Stadt La Guardia eingestanden. Hast du vergessen, daß ihr das Opfer ans Kreuz geschlagen, daß ihr sein Blut abgezapft, daß ihr es gegeißelt und ihm das Herz aus dem Leibe gerissen habt, um mit dem Herzen an der geweihten Hostie Zauberkünste zu treiben und so den Satan für die Vernichtung der heiligen Inquisition und die Zerstörung der katholischen Kirche zu gewinnen?«

Benito Garcia blickte den Fragenden blöde an. »Wer sagt das?«

»Drei Zeugen und die bis jetzt verhafteten drei Angeklagten. In diesem Augenblick werden die übrigen Mitschuldigen verhaftet.«

»Kein Wort ist wahr. Und wann soll dieser Knabe von uns ermordet worden sein? Wer ist der Knabe? Wie heißt er? Wer sind die Zeugen?« Benito Garcia hatte noch niemals so schroff und so wütenden Tones mit seinen Richtern gesprochen. Er ballte die gefesselten Hände, und seine Stimme klang wie das Heulen eines Hundes.

»Du weißt, daß du nach den Vorschriften des heiligen Offiziums keinen Anspruch darauf hast, die Namen der Zeugen zu erfahren. Und alle übrigen Umstände wirst du uns sagen.«

»Ich verzichte auf die Namen der Zeugen. Ich will nur meine Mitschuldigen wissen.«

Der Promotor schüttelte den Kopf. Aber der Fiskal las die Namen von einem Blatte ab. Und nach dieser Bekanntmachung des Fiskal waren an der Ermordung des Knaben neben Garcia und dem Marranen Ocana fünf Juden aus dem Hause Franco beteiligt.

»Ich gestehe nichts«, schrie Garcia. »Alles ist erfunden. Niemals habe ich oder haben andere einen Knaben ermordet. Ich fürchte mich, eine Fliege zu zertreten oder einen Hund zu schlagen, aus Angst, es könnte ihm wehe tun. Und ich sollte einen Knaben ans Kreuz schlagen geholfen haben? Mich ekelt vor Blut. Ich kann keine Wunde sehen. Und ich weiche den Ständen der Metzger von weitem aus, weil der Anblick rohen Fleisches mir Übelkeiten hervorruft. Ich würde in Ohnmacht fallen, wenn ich einem andern eine Wunde zufügen müßte. Und mir sind Zauberkünste fremd. Ich glaube nicht an Satan.«

»Wir glauben dir gern, daß du weichherzig bist. Und da du ein abtrünniger Christ bist, kann es auch sein, daß du die Existenz der Hölle nicht wahrhaben willst. Aber der Haß der Juden und vieler Scheinchristen gegen die Kirche und die rechtgläubigen Christen ist so groß, daß ihr selbst euer weiches Herz und euren Abscheu vor Wunden überwindet, um die heilige Kirche zu treffen.«

»Bin ich nicht schon zum Tode verurteilt?« klagte Garcia mit erlöschender Stimme. »Was kann mir noch geschehen?«

»Du irrst«, belehrte ihn der Promotor sanft, »du bist noch gar nicht verurteilt. Die Untersuchung hat erst begonnen. Das heilige Offizium ist ohne Vorurteile. Die Qualifikatoren haben noch nicht einmal einen Antrag gestellt. Wie wäre es auch möglich, zu verdammen, ehe man die Angeklagten gehört hat.«

»Ich möchte sterben –«, stöhnte der Marrane hoffnungslos.

»Lege ein Geständnis ab!« riet der Promotor. »Erleichtere dein sündhaftes Herz. Vielleicht kannst du dir dein Schicksal erleichtern.«

Der Promotor brach ab. Denn der Fiskal schüttelte heftig den Kopf. Und nach einigen kurzen Formeln wurde das Verhör auf den nächsten Morgen vertagt.

3

Torquemadas Einfall war fruchtbar gewesen. Was der Arzt des Gefangenenhauses und der Konfident angedeutet hatten, war die Ahnung eines Verbrechens, wie es in der Geschichte religiöser Untaten noch nicht verzeichnet war. Wozu war die Inquisition geschaffen worden, wenn nicht zur Erforschung von Begebenheiten, deren Verborgenheit ungewöhnlicher Mittel bedurfte, um ans Tageslicht gelockt zu werden? Dieses eine Wort, von dem Spitzel gehört und vom Arzt bestätigt, hieß Mord. Wenn Conversos mordeten, so konnte dieser Mord nur an einem Christen begangen worden sein. Ein solcher Mord bedeutete Fortsetzung des im Jahre 30 zu Jerusalem begangenen Justizmordes. Der Gekreuzigte sollte in Gestalt eines gleich unschuldigen Märtyrers noch einmal geschändet werden. Und wer konnte mehr im Stande völliger Unschuld sein als ein Kind? Durch die Kreuzigung eines Christenknaben sollte das Erlösungswerk des Gekreuzigten zunichte gemacht oder zumindest die vor anderthalb Jahrtausenden begangene Beleidigung der Gottheit erneuert werden.

Torquemada hegte an diesem Ergebnis seiner Erwägungen nicht den leisesten Zweifel. Immer wußte die Inquisition mehr von Dingen als die Wirklichkeit. Die Menschen logen Tag und Nacht. Ihre Worte waren falsch, ihre Träume trügerisch, selbst ihre Gedanken maskierten sich. Die Handlungen und Motive verkrochen sich im Schatten der Vergangenheit. Wer konnte aus unauffindbaren Spuren ein vergangenes Geschehen rekonstruieren? Die Inquisition vermochte es. Sie baute aus leisesten Silben, aus einer schwachen Vermutung, aus einem lächerlichen Einfall ein Abbild jedes Geschehens auf. Und Schmerz und Todesangst machten jenes Abbild wirksam. Auf einmal war alles, was längst vergangen war, von neuem vorhanden. Es gab Beweise für seine Existenz. Es war eingestanden, aufgezeichnet, bezeugt und aktenmäßige Wahrheit. Und keine Gewißheit war stärker, als das, was in den

Akten stand. Daraus schöpfte man Sicherheit, darauf baute man Gerechtigkeit auf, daran fand Gott und seine Welt ein Wohlgefallen.

Thomas Torquemada löschte in dieser Nacht seine winzige Nachtlampe nicht aus. Immer hatte er gewußt, daß Juden und Neuchristen insgeheim verbunden waren. Aber die Könige hatten es nicht geglaubt. Er konnte nunmehr den untrüglichen Beweis erbringen, daß unstillbarer Haß gegen alles Christliche den Conversos immer aufs neue aus dem jüdischen Lager zugetragen wurde und die Neuchristen mit Vernichtungswillen förmlich durchsetzt waren. Er konnte beweisen, daß jeder Neuchrist wie durch eine unzerreißbare Nabelschnur mit den mosaischen Lehrmeistern des Hasses verbunden war und von ihnen ununterbrochen mit gottesleugnerischen Ideen versorgt wurde, bis Körper und Seele dieses vermeintlichen Katholiken völlig vergiftet und von den Dämonen des Antichristentums erfüllt waren. Torquemada sah diese Dämonen vor sich. Sie erfüllten die Zelle mit ihren kleinen giftgeschwollenen Schattenleibern. Er sah, wie sie aus jedem Judenhaus herauskrochen, giftige Widerhaken an den Händen. Wie sie Brunnen und Seelen verpesteten und die wächsernen Abbilder aller Häupter der Kirche mit Nadeln zerstachen. Er sah, wie die Dämonen sich in Kirchen und Klöster einschlichen, wie sie selbst den Königshof einkreisten und die Könige für jedes Wort getreuer Diener der Kirche taub machten.

Und er schlug einige Male das Kreuz. Er lag auf hartem Stroh, dieser kleine und gebrechliche Körper. Im Klosterhof kampierte Torquemadas Leibwache, die ihm von Ferdinand und Isabella zugestandenen zweihundertfünfzig Familiaren der Inquisition, von denen fünfzig beritten waren. Man hörte ihre frommen Gesänge, vermischt mit trunkenen Ausrufen. Der Generalinquisitor aber glich einem alten Bettler, der in einem primitiven Bette liegt. Das Stroh knisterte, wenn der greise Dominikaner seine Glieder bewegte. Um das kleine Licht huschten viele Mücken und erfüllten das Zimmer mit eintönigem Summen. Torquemada betete leise das Angelus. Und während unten der gedämpfte Lärm verstummte, überkam ein dumpfer Halbschlummer den Liegenden, wirre Träume vermochten das Bewußtsein der Wachheit nicht völlig zu überwinden, aber sie fügten sich zu Schattenbildern zusammen. Und Torquemada sah die verzerrten Fratzen einer Anzahl Teufel, wie sie die frommen Sprüche an den Wänden der Zelle mit hebräischen Inschriften übermalten. Der Gekreuzigte selbst erschrak unter der Flut von gotteslästerlichen Worten. Er hing mit geschlossenen Augen an seinem Pfahl. Und Torquemadas heiserer Atem bewegte leicht die schmale Flamme der immer tiefer herabbrennenden Öllampe.

4

Der Generalinquisitor befand sich auf dem Wege nach Avila. Fünfzig Mann seiner Leibwache begleiteten ihn. Sie ritten in zwei dichtgedrängten Kreisen um die Sänfte, in der sich Torquemada befand. Die Hufe klapperten dumpf auf dem steinigen Boden. Niemand sprach ein Wort. In der Sänfte saß der Gefürchtete, allen Augen sichtbar. Er hatte die Lider geschlossen. Durch die welken Hände liefen die gelben Kugeln eines elfenbeinernen Rosenkranzes. Obwohl sich die Lippen leise bewegten, glaubte man einen Toten zu sehen, dessen einbalsamierter Leichnam Reliquie geworden war.

Man passierte Dörfer, überragt von pompösen und zerfallenen Schlössern. Einsame Wälder warfen tiefgrüne Schatten über den Weg. Heiligenbilder forderten kurzes Verweilen. Und nach zwei Wegstunden gab die Wache zu Avila kniend das Tor frei. Das Haus des heiligen Offiziums war der Pavillon eines unbewohnten Adelshauses. Ein riesiges Wappen stand senkrecht auf der Mauer, einen schreitenden Löwen darstellend, der in seinen Pranken einen Spangenhelm trägt.

Die Väter des Gerichts hatten sich in der Vorhalle versammelt. Sie waren erregt und voll fiebernder Erwartung. Was konnte es bedeuten, daß Torquemada selbst zu einem Verhör erschien? Mißtrauen blinzelte aus allen Augen. Jeder zitterte vor einer Denunziation des andern. Man sah, zu Boden gebückt, immer noch die kleinen stechenden Augen des Generalinquisitors, die mit leisem Hohn erfüllt waren. Torquemada hieß die beiden Inquisitoren, den Promotor und den Fiskal, sich aufzurichten. Er hob leicht die beiden winzigen Hände, um zu segnen. Dann hörte er unbewegt die Namen der geistlichen Mitglieder des Gerichts, es waren Dominikaner von hohem Alter und großem Ansehen, die Brüder Jakobus aus Teruel, Michael Morillo und Johannes de Saint Martin. Als man ihn in das Gerichtszimmer führen wollte, wehrte er mit leichtem Lächeln ab. »Ich bin nicht gekommen, um zu richten und mich in Eure Amtsgeschäfte zu mischen«, sagte er beschwichtigend. »Ich will sehen und hören. Dieser Garcia interessiert mich.« Er befahl, es so einzurichten, daß er aus dem Nebenzimmer alle Vorgänge verfolgen und das Gesicht des Inquisiten sehen könne.

»Wir wußten nicht, Exzellenz, daß Garcia so wichtig sei«, stotterte Jakobus, der Promotor. »Er war bisher gefügig, als es sich um das Geständnis der jüdischen Häresie handelte. Aber den Mord an dem Knaben will er nicht eingestehen.«

Torquemada ließ sich auf keine weiteren Erklärungen ein. Er besichtigte die Nebenräume, suchte sich einen passenden Beobachtungsort aus und verfügte, daß der Fiskal während der Vorbereitungen zum Verhör nicht von seiner Seite weichen sollte. Dann ließ er sich einige Früchte reichen. Er zerpflückte sie mit spitzen und wachsgelben Fingern. Und während der Großinquisitor aß, nahmen seine Züge einen seltsamen Zug von Kindlichkeit an. Er hörte die Erzählungen des Fiskals an, betrachtete aufmerksam den reichverzierten Knauf seines Degens, ließ den Saft eines Granatapfels von den blutleeren Lippen tropfen, und seine Augen versteckten sich wie hinter Schleiern. Von nebenan hörte man das Lärmen rasch herbeigerufener Handwerker. Torquemada redete nichts. Er nickte zu den Worten Diego Padillos, und dieser merkte erstaunt, daß die Blicke des Alten sekundenlang warm und nicht ohne Wohlwollen auf ihm ruhten. Plötzlich aber trat nebenan Stille ein. Der Promotor meldete, daß alles nach Wunsch des Generalinquisitors geordnet sei. Er zeigte die eben geschaffene Öffnung in der Wand, die geschickt von einem Feigenstock maskiert war. Torquemada reichte dem Promotor und dem Fiskal die Hand zum Kuß. Dann wurden seine Blicke plötzlich kalt und vereinsamt. Während die beiden Mitglieder des Gerichts sich langsam entfernten, schien ihnen, als wäre der Alte meilenweit. Nur seine halbgeschlossenen Augen verfolgten sie bis ins andere Zimmer. Man verspürte durch das Loch in der Wand ihre befehlende Kraft.

Aber schon begann das Verhör mit dem herbeigerufenen Gefangenen. Benito Garcia war immer noch entschlossen, sich zu wehren. Die vier Mitglieder des Offiziums aber waren entschlossen, ihn zu unterwerfen.

Torquemada beobachtete aufmerksam das Gesicht des Gefangenen. Es war sehr ausdrucksvoll, kein ausgesprochen orientalisches Gesicht. Es mochte einem bescheidenen andalusischen Kaufmann gehören, der nach Jahren der Arbeit an der Schwelle eines geruhigen Alters stand. Man konnte auf dem Gesicht lesen, was hinter der mit blauen Adern umwundenen Stirn vorging. Haß und Angst spiegelten sich überdeutlich in ihm. Und Torquemada war Menschenkenner genug, die Heimlichkeiten dieses Gesichts zu durchschauen und seine Rätsel aufzulösen.

Man hörte die beschwörenden Worte des Promotors. Dann antwortete Garcia immer rascher und in immer kürzeren Pausen. Und plötzlich drang ein Stöhnen durch die Spalte in der Wand, das sich allmählich in ein

Brüllen verwandelte. Aufmerksam verfolgte der Großinquisitor die ohne Hast durchgeführte Prozedur. Und jetzt begann wieder das Frage- und Antwortspiel, mit immer demselben Ergebnis. Garcia leugnete den Mord.

»Nein«, schrie er. »Und wenn ihr mich zerreißt, kann ich es nicht eingestehen. Ich habe es nicht getan. Ihr glaubt es auch gar nicht. Warum wollt ihr mich zwingen, etwas zu gestehen, was ihr gar nicht glaubt? Wir sollten ein schuldloses Kind ermordet haben? Aus Haß gegen Jesus? Wir hassen ihn doch gar nicht. Wir hassen nur euch, weil ihr uns haßt. Ich habe es nicht getan. Ich werde es nie gestehen. Niemals.« Und der Großinquisitor betrachtete aufmerksam die zerstörten und schweißbedeckten Züge des Gefolterten, von denen eine seltsame Hoheit ausging.

Aber der Promotor gab sich nicht geschlagen. Das Bewußtsein von Torquemadas Nähe zwang ihn, einen neuen Ansturm auf die Widerstandskraft des Inquisiten zu unternehmen.

Das Brüllen des Opfers gellte unerträglich durch das Haus. Und wieder setzte man mit der peinlichen Frage aus, um freundlich ein Geständnis zu erbitten.

»Ich weiß nicht, ob euer Jesus so gelitten hat«, stöhnte Garcia.

»Unser Jesus«, verbesserte der Dominikaner Michael Morillo sanft. »Er ist auch für dich gestorben, Verstockter!«

»Und für wen sterbe ich?« fragte der Marrane. »Ich fürchte, ihr wollt mich zu einem Geständnis zwingen, um andere zu strafen –« Garcias Augen blickten aus tiefen und wie von Fäulnis ausgelaugten Höhlen. Und sein Kopf bewegte sich gleich dem Kopf eines Auferstehenden. Eine Stunde Qual hatte ihn in einen Totenschädel verwandelt.

»Nein«, rief Garcia, und seine Stimme gellte durch den Raum. »Nein. Ich bin unschuldig. Ich habe niemals Hand an einen Knaben gelegt –«

Dieser Mann ist wirklich des Mordes unschuldig! erkannte Torquemada. Er wollte die Hand heben, um durch das verabredete Klopfen den Fiskal hereinzurufen. Aber er ließ die Hand wieder fallen.

Dieser Mann war unschuldig. Seine Züge wiesen alle Merkmale der Unschuld auf. Aber was bedeutete Unschuld? War das Volk Spaniens nicht gleichfalls unschuldig? Und doch drang das Gift fremden Glaubens immer von neuem in seinen arglosen Körper. Gift ließ sich nur durch Gift bekämpfen. Feuer durch Feuer. Tücke durch Tücke. Dieser Mann war unschuldig. Wie viele Unschuldige aber waren schon geopfert worden. Und Torquemada ließ seine Augen lange auf dem gelben und von Krämpfen geschüttelten Körper des Juden ruhen. Eine Art Mitleid kroch wie ein Kälteschauer über den Greisenkörper des Großinquisitors. Der Alte fuhr mit seinen pergamentenen Händen langsam über Brust und Hüften. Wer war ein Märtyrer? Der für die rechte Sache zu sterben verstand. Er erwarb Seligkeit im Himmel und Anbetung auf der Erde. Dieser Judaist hatte eine Hostie geschändet. Um der Hostie willen sollte er für die Ermordung eines Knaben büßen, der von Unbekannten zu Tode gefoltert worden war. Oder hatte dieser Knabe nie gelebt? Um so besser. Legenden vertrugen nicht, mit der Wirklichkeit konfrontiert zu werden. Legenden gediehen bloß im mystischen Dunkel. Garcia litt für eine gute Sache.

Torquemada betrachtete die Leiden des getauften Juden Garcia mit plötzlich wohlgefälligen Augen. Ein Glanz umhüllte das Marterwerkzeug, auf dem der Angeklagte lag. Gewiß war dieser Abtrünnige auserwählt, um die anderen neugewonnenen Christen zu retten. Das Mönchshabit lag ganz leicht und seidig auf den Schultern des Wartenden. Ihm war zumute, als sei er um dreißig Jahre jünger und blicke nach einer durchwachten und mit Gebeten verbrachten Nacht wohlgemut in einen neuen Tag.

Auf der Decke der Halle, in der Torquemada wartete, war eine Folterung des Satyrs Marsyas durch den Sonnengott dargestellt. Der Dominikaner verglich das verzerrte Gesicht des Heiden mit dem großen Aufblick des wunden Marranen. Garcia schien den Schmerz überwunden zu haben. Seine Augen waren kalt und beherrscht. Aus den Lippen, die er vor Schmerz zerbissen hatte, quollen Blutstropfen, die er langsam mit der Zunge ableckte. Ein spöttisches Lächeln kroch über den Mund, als der Promotor aufs neue mit seinen Fragen begann.

Da bemerkte Torquemada, wie die Männer des Offiziums leise untereinander flüsterten. Dann stand der Promotor auf und ging hinaus. Ehe er unter tiefer Verneigung an den Großinquisitor eine Frage richten konnte, hatte Torquemada sie bereits beantwortet.

»Er wird reden«, sagte er beschwichtigend. »Verlaß dich auf mich, Bruder Jakobus. Du darfst nicht müde werden. Mitleid? Laß dich nicht vom Teufel verblenden! Die Hölle liebt es, mit den absonderlichsten Waffen zu kämpfen. Manchen Frommen macht Satan durch Mitleid seiner geschworenen Pflicht abspenstig.«

Eine Handbewegung veranlaßte den Promotor, jede weitere Bemühung einzustellen. Und der Zuhörer weidete sich ohne Grausamkeit an dem Fortgang der Prozedur. Er wußte, daß Gott mit ihm war und bewirken würde, daß Benito Garcia gestand, um dem reinen Glauben zu einem ungeahnten Triumph zu verhelfen. Langsam fiel er in einen leichten und wohligen Schlaf des Alters, aus dem ihn nicht einmal die gellenden Schreie des von neuem gefolterten Inquisiten erweckten.

5

Gegen die Beharrlichkeit eines Thomas Torquemada war Garcias Wille gering. Aus den Gerichtsakten zu Avila wuchs das Bild eines Ritualmordes. Zuerst lachten viele, als sie hörten, daß die getauften Juden Benito Garcia und Johannes de Ocana im Verein mit fünf ungetauften Juden aus der vielköpfigen Familie Franco einen Knaben unbekannter Abkunft nach einem fürchterlichen Zeremoniell entkleidet, ans Kreuz geschlagen, gepeitscht und ihm mit einem geheimnisvollen Messer, das man zum Entbluten der Tiere verwendet, das zuckende Herz aus seinem Leibe geschnitten hatten, um in dem blutenden Opfer Jesum zu verspotten.

Aber in Kürze erweckte die immer mehr und mehr verbreitete Anklage Begrabenes in den Seelen. Während nach Feststellung des fürchterlichen Tatbestandes durch das Gericht zu Avila das Offizium seine Tätigkeit aussetzte, um eine Entscheidung des Erzbischofs und des Statthalters über seine Zuständigkeit für Ungetaufte einzuholen, hüllte der Tatbestand wie eine schattenhafte Wolke alle Länder und Königreiche Spaniens in ein wachsendes Dunkel. Man schlug, wenn man von den furchtbaren Martern des Knaben von La Guardia hörte, mit fliegenden Pulsen ein Kreuz nach dem andern. Und mit vor Schreck geblendeten Augen hörte die große Masse von dem unausrottbaren Haß der Juden gegen alles Christliche und dem unbegreiflichen Gelüste dieses Volkes nach Menschenblut. Überstieg diese Grausamkeit menschlicher Wesen nicht jede Vorstellung? Und konnte Gott ein Volk erwählt haben, das die Unschuld auf tierische Weise folterte und mit dem noch klopfenden Herzen eines Knaben blutrünstiger verfuhr als das blutrünstigste Tier?

Die Judenschaft der vereinigten Königreiche begann zu zittern. Auf den blitzenden Scheiben der Judenhäuser spiegelte sich der rote Abglanz künftiger Plünderungen und Volksaufstände. Noch war das Urteil nicht gesprochen. Aber die verachtungsvollen Augen des Pöbels verrieten den Juden, welche Gesinnung im Herzen des gemeinen Mannes reifte. Langmütig wartete die Masse auf das endgültige Ergebnis der Untersuchung. Die Stimmung wurde immer gefahrvoller. Zu Toledo stand eine stumme Menschenmenge um die Synagogen. Ohne Laut umgab sie die prunkvollen Gotteshäuser und verfolgte jeden Eintretenden mit bösen und blutunterlaufenen Augen. Es war eine Demonstration, deren Einzigartigkeit fassungslos machte. Man behelligte niemand. Und doch zeigten alle wartenden Christen eine Sicherheit in ihrem Haß, die man noch niemals erlebt hatte. Ohne Ungeduld betrachtete man jeden der Synagogenbesucher und musterte seine Gestalt und seinen Schmuck, als wollte man sich ihn einprägen. Die Juden aber begriffen, daß der Haß ihnen nachging und sich an sie klammerte, um sie nie mehr loszulassen. Sie schlugen die Blicke zu Boden und hielten die Mäntel an sich. Es roch um den Palast Gottes nach bösen und gefährlichen Leidenschaften. Doch diese Belagerung der Synagogen war nur das Vorspiel der kommenden Ereignisse. In den nächsten Tagen fanden die Reichen an ihren Häusern Zettel angeheftet, in denen die Leiden des Knaben von La Guardia in glühenden Farben geschildert wurden. Einem Arzt, der Patienten besuchte, wurde an den Sattel seines Maulesels ein grellgemaltes Plakat gehängt, das in rohen Konturen den Kreuzestod des Knaben darstellte. Das Gemeindehaus wurde mit Leinwandfetzen geschmückt, die blutrote Herzen trugen. Und in jedem Herz stak ein Dolch, dessen Schneide mit hebräischen Worten bezeichnet war. Man konnte unschwer erkennen, daß sich Apostaten zu dieser Propaganda hergegeben hatten. Die Galerien in den jüdischen Basaren wurden mit Schmähschriften verklebt. Christliche Käufer wurden vom Besuch der Basare abgehalten. Wer jüdische Wechsler oder Waffenschmiede aufsuchte, lief Gefahr, von der aufgeregten Menge mißhandelt zu werden.

Eine tiefe Stille senkte sich über die jüdischen Quartiere, die einer von unsichtbaren Feinden belagerten Stadt glichen.

Isaak Aboab entschloß sich, unverzüglich zu Don Abravanel zu reisen. Er verhängte die Fenster seiner Sänfte, die von einigen Bewaffneten umgeben war. Wohl fürchtete er nicht um sein Leben. Aber Böswillige konnten ihm ein Übel zufügen und seinen Plan vereiteln. Hatte man doch schon in zwei Dörfern, in denen Aboab rastete, ihn Mörder und Bluttrinker genannt. Und Mütter hatten ihre Kinder entsetzt fortgerissen, als sie ihn gewahrten. Rabbi Aboab hatte seine Augen mit beiden Händen zugedeckt und einen Spruch hergesagt, um sich zu beruhigen. Aber seine Hände hatten so sehr gezittert, daß er die Finger ineinander verschränken mußte.

In Cordoba blieb er zwei Tage, um sich auszuruhen. Die Ältesten der Gemeinde empfingen ihn. Er unterhielt sich eine Nacht in der mit Alabastersäulen geschmückten Halle, die gelehrten Gesprächen diente, mit seinen Gastgebern.

Man redete vom Haß. Eine erregte Gruppe debattierte über die Ursachen des Hasses. Manche leiteten ihn aus der Andersartigkeit ab, die wiederum die Konsequenz der Befolgung komplizierter, das ganze Leben beeinflussender Gesetze war. Andere bewiesen, daß man einfach die Justifizierung des Sektierers aus Betlehem nicht vergessen wollte und alle Nachkommen seiner Richter für diesen Justizmord verantwortlich machte. Die Dritten erklärten die Verfolgung der Juden mit wirtschaftlichen Motiven.

Perez, der Richter der Gemeinde, machte eine abwehrende Geste. »Täglich sehen sie uns in die Fenster und glauben doch, daß hinter den Scheiben Zauberei getrieben wird. Sie nehmen keinen Anstand, in unsre Töpfe zu gucken. Trotzdem behaupten sie, daß wir kleine Kinder verspeisen. Manche essen und trinken sogar mit uns. Obwohl sie uns bei bestem Wohlsein verlassen, erzählen sie der Welt, daß wir Giftmischer sind.«

»Rabbi Eleazar«, erinnerte der Prediger Josef Valenciano, »erwähnt in der Mischna, daß es Menschen gibt, die miteinander tafeln und einander nichtsdestoweniger mit der Zunge erstechen.«

»Der Haß wiegt drei Sünden auf«, sagte Aboab. »Im Traktat Joma nennt Rabbi Jizchak diese drei Sünden. Es sind Götzendienst, Unzucht und Blutvergießen.«

»Wir werden den Haß nie beseitigen«, behauptete der Prediger. »Deshalb ist es zweckmäßiger, an den Prozeß zu Avila zu denken.«

»Wenn das Urteil so gesprochen wird, wie man allgemein erwartet«, sagte der Richter, »dann können wir uns alle als Verurteilte ansehen.«

»Alle«, wiederholte Valenciano und schloß die Augen. »Man wirft doch den Angeklagten vor, einen Knaben ermordet zu haben, der nie gelebt hat. Warum sollen nicht alle andern Juden angeklagt werden, Menschen umgebracht zu haben, die nicht existieren? Unsre Feinde sind sehr wohl imstande, uns allen den Prozeß zu machen, weil wir ungeborene Kinder ans Kreuz geschlagen haben.«

»Es darf kein Urteil gesprochen werden«, bestätigte Aboab.

»Wie wirst du die Urteilsfällung verhindern?« erkundigte sich mißtrauisch der Richter. »Die Justizmaschine arbeitet seit Monaten. Das Protokoll füllt Bände. Man hat einen eigenen Senat geschaffen, mit den Kompetenzen eines Kriminal- und Inquisitionsgerichtes. Wer hat die Macht, ein Urteil zu verhindern?«

»Abravanel«, gab der Rabbi von Kastilien zuversichtlich zur Antwort.

»Torquemada sollte sich diese Einmischung gefallen lassen?« warf der Richter ein.

An diese Worte erinnerte sich Aboab, als er in Gesellschaft des Portugiesen nach Segovia reiste, um mit Torquemada zu verhandeln.

Don Isaak liebte auf seinen Reisen Prunk und Bequemlichkeit. Tragtiere, Dienstleute, Berittene und Quartiermacher begleiteten ihn. Wenn der Troß in dem geräumigen Gastzimmer zechte, saßen Abravanel und Aboab in einer abgesonderten Stube, bei niedergebrannten Fackeln, und erwogen die Aussichten ihrer Mission.

Abravanel schüttelte eines Tages mutlos den Kopf. »Ich werde nichts ausrichten. Er ist mir in allem überlegen.«

»Er ist der Teufel«, sagte der Alte verbissen. »Und du hast Gott auf deiner Seite.«

Don Isaak seufzte. »Wenn alles so einfach wäre. Der Sohn des Zimmermanns ist für uns ein Apostat, für jene der Messias. Aber Elias ist wirklich gekommen. Und niemand hat ihn erkannt.«

»Torquemada kennt jeder«, schrie Aboab. »Er wird sich vor dir in die Erde verkriechen. Und du wirst ihn zertreten.«

Eines Tages standen sie wirklich in der Zelle des Großinquisitors.

6

Der ehemalige Prior von Santa Cruz saß nach seiner Gewohnheit im Schatten. Ein junger Dominikaner wies den beiden Besuchern bequeme Lehnsessel, die dem Fenster zugekehrt waren.

Nicht ohne Befangenheit nahm Rabbi Isaak Platz. Abravanel war es gewohnt, mit Großen zu verkehren. Er prüfte die Lehne seines Stuhles, die mit reichem gotischen Maßwerk verziert war, breitete seinen Samtmantel über das Schnitzwerk, das in schwerer erhabener Arbeit die heilige Dreifaltigkeit darstellte, und füllte den Stuhl mit seinem massigen Körper aus.

»Was führt die Fürsten der Judenheit zu dem geringen Bruder des Ordens vom heiligen Dominik?« Torquemada strafte seine eigene bescheidene Frage durch einen strengen Aufblick Lügen. Faßt euch kurz! befahl dieser Aufblick. Und hoffet nicht, daß ich mich mit euch gemein machen könnte.

Don Abravanel beeilte sich nicht, zu antworten. Er musterte die Zelle des Großinquisitors. Inmitten der weißen schmucklosen Wände fiel ihm ein bemalter

Schrank auf, dessen Mittelfeld den Kampf Georgs mit dem Drachen darstellte, während die beiden Seitenflügel mit Kampfszenen bedeckt waren, die den Zusammenstoß sarazenischer und christlicher Reiter verkörperten. Die Reiter beider Parteien unterschieden sich nur durch ihre Fahnenembleme voneinander. Von beiden Seiten siegten und unterlagen gleichviel Männer. Beider Rüstungen waren gleich kostbar. Und in seltener Unparteilichkeit hatte der Künstler sogar die Gesichter einander so ähnlich gemacht, daß die Kämpfenden, wenn sie aus der Reihe getreten wären, selber nicht mehr gewußt hätten, zu welcher Gruppe sie eigentlich gehörten.

»Ein herrlicher Schrank«, sagte der Minister. »Er stammt aus Sevilla. Ich habe ein gleiches Stück in meinem Besitz.«

Torquemada musterte erstaunt seinen Besucher. Abravanel aber fuhr mit äußerer Kaltblütigkeit fort. »Dieser christliche Meister kennt keinen Unterschied zwischen Christen und Heiden. In seinen Augen sind beide aus gleichem Stoff gemacht. Glaubt Eure Exzellenz, daß Juden und Christen im Fleisch und Blut, in Gelüsten und Abneigungen sich sehr voneinander unterscheiden?«

»Alle Geschöpfe sind gut, ehe sie Böses gelehrt worden sind!« sagte der Großinquisitor kalt. »Was habt Ihr mir sonst zu sagen?«

»Wir kommen im Namen einer Anzahl dieser Geschöpfe. Was man sie gelehrt hat, haben sie bisher für gut gehalten. Vor allem hat man sie gelehrt, mit ihren christlichen Mitbürgern in Frieden zu leben. Warum sollen jetzt diese Mitbürger glauben, daß sie reißende Tiere sind, denen Mord in den Augen geschrieben steht?«

Torquemada zog die Augenbrauen hoch. »Ich verstehe Eure Exzellenz nicht ganz.«

»Wozu führt Ihr, Hochwürdigster, diesen Prozeß zu Avila wegen Mordes an einem christlichen Knaben, der nie gelebt hat?«

»Das heiße ich deutlich gefragt«, stellte der Dominikaner fest. »Aber ich bin euch keine Rechenschaft schuldig.«

»Wir verlangen keine Rechenschaft.« Die zitternde Stimme des alten Aboab wurde hörbar. »Wir kommen als Bittsteller zu dem großmächtigen Herrn der Inquisition. Es steht geschrieben: Heilig sollt ihr sein, denn heilig bin ich! Wir sind kein Volk von Mördern. Und es steht geschrieben: Du sollst falscher Anklage nicht glauben! Warum zwingt man Juden, haarsträubende Dinge zu gestehen, trotzdem man weiß, daß ihnen durch das Gesetz verboten ist, Blut zu vergießen?«

»Ich bitte Eure Exzellenz«, sagte Torquemada mit Nachdruck, »den würdigen Rabbi aus Toledo zu belehren, daß die Gerichte dazu dienen, Unrecht aufzudekken und zu bestrafen. Hat doch Moses befohlen: Wo jemand an seinem Nächsten frevelt und ihn mit List erwürgt, so soll man ihn von meinem Altar nehmen, daß man ihn töte!«

Aboab schüttelte den Kopf. »Unrecht aufdecken!« sagte er bitter lachend. »Glaubt die heilige Inquisition selber an dieses Unrecht?«

Der Großinquisitor blickte milde und schwieg.

»Unser König Salomo hat nicht nur für uns Juden gesprochen: Ungerechtigkeit verwüstet die Länder, und böser Vorsatz stürzt die Stühle der Gerechtigkeit.« Der kleine Rabbi hatte seine Stimme zu sänftigen versucht. Aber sie erfüllte mit ihrem klagenden und heiseren Kreischen den Raum. Torquemada setzte sich bequem und umfaßte das Bild des Alten mit ruhigen und ausdruckslosen Augen.

Abravanel fühlte sich bemüßigt, einzugreifen. Er zog den Alten, unter bittenden Blicken auf den Großinquisitor, zu seinem Sitz zurück.

»Fürchtet nicht, daß ich euch etwas übelnehme«, sagte Bruder Thomas. »Es interessiert mich, die Meinungen angesehener Personen unter der Judenschaft zu vernehmen. Ihr glaubt nicht an die Schuld dieses Garcia. Ich kann euch den Glauben nicht aufzwingen. Aber laßt uns in aller Ruhe untersuchen, was glaubhaft ist und was nicht. Daß Garcia eine Hostie geschändet hat, glaubt Ihr?«

»Wir glauben, daß man sie bei ihm gefunden hat«, gab Don Isaak zur Antwort. »Und selbst dies mit der Einschränkung, daß man sie bei ihm finden mußte, weil man sie vorher in sein Gepäck eingeschmuggelt hat.«

»Glaubt Ihr, daß er trotz der Taufe ein Judaist ist und dem christlichen Glauben nur äußerlich anhängt?«

»Das ist möglich«, sagte Abravanel.

»Gut. Dann kann ein Mord an dem Knaben keineswegs außerhalb des Bereiches der Wahrscheinlichkeit liegen. Garcia hat ebenso wie die anderen Angeklagten ausgezeichnete Verteidiger. Sie sind nicht müßig. Ihre

Argumente halten zwar vor einer höheren Erkenntnis nicht stand. Aber sie werden an der Geltendmachung jeder Art von Einwänden gegen die Zulässigkeit der Anklage nicht behindert. Was wollt ihr noch? Soll ich der Justiz in den Arm fallen?«

»Mein Begleiter, der würdige Rabbi Aboab, hat uns ein wenig von dem eigentlichen Zweck unseres Besuches abgelenkt.« Abravanel war wieder Finanzminister. Er hielt mit Würde die Hände auf den Armlehnen und lächelte dem Dominikaner vertraulich zu. »Wir werden uns nicht anmaßen, dem Gericht Vorschläge zu machen, wie es entscheiden soll. Aber dieser Prozeß wird doch nicht um den unbekannten Juden Garcia geführt, auch nicht um diese obskure Familie Franco.«

Abravanel wurde ernst. Er konnte, als er die unbewegte und eiskalte Miene des andern betrachtete, nicht hindern, daß sich in seinen höflichen Tonfall ein Unterton von Angst mischte. »Wir wollen verhindern, daß dieser Prozeß statt der Angeklagten alle Juden trifft. Wenn es sein muß, so urteilt über die Angeklagten, Juden und Christen, daß sie schuldig sind. Aber urteilt nicht über alle Juden und Neuchristen. Geruht Eure geschickten und furchtbaren Hände von diesem Prozeß zu lassen, Exzellenz. Verlaßt Avila, damit wir nicht glauben, daß hier ein Prozeß gegen uns alle geführt wird, ohne daß wir uns verteidigen können. Macht mit uns Frieden, und nennt Euren Preis. Wir wollen das heilige Amt nicht bestechen. Aber wir wollen seine Bedingungen hören, damit es uns eine Zeitlang in Ruhe läßt.«

Torquemada betrachtete den bemalten Schrank und

ließ seine Augen langsam über die lange Reihe kämpfender Christen und Sarazenen wandern. Dann blickte er Don Isaak spöttisch an. »Heute wurde schon so viel aus dem Alten Testament zitiert, daß Ihr mir auch ein kleines Zitat erlauben müßt. Irgendwo sagt Hiob: Siehe, ich halte euch für kluge Leute. Warum kommt ihr mir mit so unnützen Anträgen?«

Abravanel nickte. Er nahm zur Kenntnis, daß jede Verhandlung abgelehnt wurde. Er strich mit der rechten Hand seinen gepflegten grauen Bart und konnte nicht verhindern, daß das Zittern dieser Hand merklich wurde.

»Ich will einen so werten Besuch nicht mit Redensarten abspeisen. Dieser Prozeß zu Avila muß durchgeführt werden. Hinter ihm stehe ich mit der Macht der Inquisition und der königlichen Regierung. Gebt euch keine Mühe, ihn zu verhindern oder seine Wirkung abzuschwächen. Ich leugne auch nicht, daß ich selber die Fäden lenke. Ich verbürge mich mit meiner ganzen Person für die Schuld der Angeklagten. Und diese Schuld ist die Schuld aller Juden.«

»Ich danke Euch für Eure Aufrichtigkeit!« Abravanels Stimme war tonlos und brüchig. »Ich habe es gewußt.«

»Und dennoch seid Ihr gekommen, mir einen faulen Pakt anzubieten? Ich muß mich über Eure Exzellenz wundern. Mit der heiligen Inquisition gibt es keine Kompromisse. Ich hoffe euch Juden mit diesem Prozeß schwer zu treffen. Soll ich mir diesen Erfolg abkaufen lassen? Es gibt einen Kaufpreis, den ihr allerdings kaum werdet zahlen wollen.«

Der Rabbi aus Toledo stand auf. Hoffnung belebte seine Mienen. »Wieviel?« fragte er hastig.

Don Isaak kannte seinen Gegner besser. Er wartete und rührte sich nicht.

»Seit tausend Jahren macht ihr uns Schwierigkeiten. Gewinnen wir eine oder die andere von euren verstockten Seelen, schon versucht ihr uns diese Seele wieder zu entreißen oder zumindest zu stehlen. Und nun habt ihr es so weit gebracht, daß ihr die Kirche beherrscht. Denn jeder von euch, der die Taufe genommen hat, bleibt einer von den euren. Es ist so, als ob ihr Spione in eine feindliche Festung entsenden würdet, um sie durch Verrat zu bewältigen.«

»Ihr habt sie zu Christen gemacht«, murmelte der Rabbi von Toledo. »Wer Zwang anwendet, den trifft die Verantwortung, keineswegs aber den Gezwungenen.«

»Ich habe immer die Könige gewarnt, euch zu vertrauen. Denn ich habe ihnen gesagt, daß eure freundschaftlichen Gesten Betrug sind und euer Patriotismus eine Maske. Petrus von Epila, der Märtyrer durch eure Schuld, hat vor dem Tode den Königen geraten, das Land von euch ewigen Fremdlingen zu säubern. Ihr werdet sagen, daß ihr tausend Jahre, vielleicht noch länger im Lande sitzt. Das ist völlig belanglos. Denn wenn eure Vorfahren auch vor zehntausend Jahren eingewandert wären, so seid ihr doch in keiner Weise mit diesem Land verwachsen. Unaufhörlich müßt ihr etwas vor der großen Masse voraushaben, und wäre es auch nur euer Gesetz. Die Römer wurden mit euch nicht fertig. Daß ihr ihren Göttern nicht opfern wolltet, war gewiß lobenswert. Aber in eurer verdammten Anmaßung habt ihr euch von ihnen abgesondert. Eure Wüstenregel war euch wichtiger als das Zusammenleben mit Römern und Goten. Schon daß ihr euch stets mit den Ungläubigen besser verstandet als mit uns, beweist, daß ihr dorthin gehört, woher ihr und die Ungläubigen gekommen seid. Der Prozeß zu Avila gibt mir den Beweis, daß jeder von euch täglich imstande ist, das grausige Ritual der Kreuzigung aufs neue an Jesus oder an einem lebenden Ersatzmann zu vollziehen.«

Abravanel und Aboab erstarrten.

Der Großinquisitor lächelte entschuldigend. »Ihr dürft meine Worte nicht völlig wörtlich nehmen. Keineswegs will ich behaupten, daß Seine Exzellenz und der würdige Rabbi von Kastilien den Heiland zu kreuzigen im Sinne haben.«

»Genug!« bat Abravanel. »Wir sind nicht gekommen, uns und die Juden zu verteidigen. Wir wollen Frieden. Welche Bedingung stellt die Inquisition?«

Torquemada lehnte sich zurück. Er sah zuerst Aboab, dann Don Isaak prüfend von der Seite an. Abravanel schien ruhig, wenn auch kleine Schweißtropfen auf seiner Stirn standen. Der Hirte der kastilischen Juden aber saß ganz geduckt. Sein Gesicht war verzerrt. Aus seinem Munde kam ein Röcheln.

»Meine Antwort wäre zu erraten gewesen«, sagte Torquemada behutsam. »Die Taufe.«

Aboab röchelte stärker. Sein Gesicht war verfärbt, als könnte ihn jeden Augenblick der Schlag wegraffen.

»Versprecht mir, euch innerhalb einer bestimmten

Frist der Taufe zu unterziehen. Über die Länge der Frist läßt sich reden. Ich bin sogar bereit, bestimmte Städte mit begrenzter Bewohnerzahl von der Verpflichtung auszunehmen.«

»Wie kann Euch die Taufe der Juden erwünscht sein«, entgegnete Abravanel mit trockenen Lippen. Die Zunge lag ihm schwer und wie verbrannt zwischen den Kiefern. »Ihr mißtraut doch den Neuchristen?«

»Der Juden wegen«, antwortete Torquemada rasch. »Und warum? Weil ihr unverschämt genug seid, die Neuchristen für euch zu reklamieren.«

»Nehmen wir an«, sagte der Portugiese, »es wären alle Juden getauft.« Er atmete schwer. Das Herz machte ihm plötzlich zu schaffen. Es klopfte unregelmäßig, zuerst sehr heftig, dann ganz lässig, als wolle es seine Tätigkeit einstellen. »Es gäbe immer noch zwei Sorten von Christen, wie heute.«

»Falsch. Daß es Neuchristen gibt, ist die Schuld der Juden. Gibt es keine Juden, dann tilgt die Inquisition in zwanzig Jahren alle Unterschiede zwischen alten und neuen Christen so radikal aus, daß nicht einmal Gott sie auseinanderkennt.«

»Vielleicht. Aber dann müßten zuerst jene vernichtet werden, bei denen die Unterschiede nicht ausgemerzt werden können. Glaubt Eure Exzellenz, daß die Wälder so viel Holz liefern, um den riesigen Bedarf an Holzstößen zu befriedigen?«

»Ihr wollt also nicht.« Torquemada spielte mit seinen Fingern. Er verschlang sie langsam ineinander, um dann die Hände rasch voneinander zu lösen. »Ihr bleibt dabei, unser Angebot abzulehnen. Ihr verzichtet darauf, eure sogenannte Heimat richtig zu verdienen?« Die frei in der Luft schwebenden Hände ballten sich zu Fäusten. Torquemada blickte den Portugiesen durch halbgeschlossene Augen nachdenklich an.

Eine Pause dehnte sich. Die Schränke verschwammen in der fortschreitenden Dämmerung. Aus ihren Flügeln und Leisten kam zuweilen ein hochmütiges Knacken. Die kämpfenden Christen und Sarazenen vereinigten sich zu einer halbdunklen Masse. Jede Gruppe schien das Spiegelbild der andern zu sein. Die Stille rann wie ein unaufhaltsamer Wasserfall von den Wänden. Ab und zu dröhnte das Fenster vom aufflakkernden Lärm, den die im Hof kampierende Truppe verursachte. Abravanel empfand das Schweigen peinlich. Er sah, daß der Großinquisitor ihn zu einer Antwort zwingen wollte. Aber er senkte die Augen und wartete. Nur eine Sekunde lang hob er die Augen mühsam auf. Da merkte er, daß Torquemadas Blick eine spöttische und feindselige Note angenommen hatte.

»Ihr seid nicht bei Verstand«, sagte Torquemada endlich und ließ die Hände sinken. Sie lagen welk und tot in seinem Schoß. Und sein Blick war ganz verschleiert, »wenn ihr einen Frieden ablehnt, den ich euch biete.«

»Unmöglich!« flüsterte der Portugiese.

»Unmöglich?« lachte Torquemada. »Wollt Ihr mich glauben machen, daß von den zehnmal zehntausend getauften Juden sich keiner freiwillig der Taufzeremonie unterzogen hat?«

Abravanel schüttelte den Kopf. Er mußte auf eine Antwort verzichten. Torquemada wußte genau, welche Erwiderung die Juden seinem Vorwurf entgegensetzen würden. Und er, Abravanel, hörte schon die zornige Gegenrede des Großinquisitors.

Eine Debatte war unnütz. Der Stärkere brauchte sich nicht überzeugen zu lassen. Und wie konnte man Torquemada überzeugen?

»Ihr zieht es vor, euer Eigendasein fortzusetzen? Eines Tages wird es euch schwer ankommen, anders zu sein. Man wird in der Welt für eure ewigen Separationsgelüste immer weniger Verständnis haben. Was dann? Möglicherweise werdet ihr der Welt eines Tages eure Taufe anbieten. Die Kirche wird sie natürlich annehmen. Aber die Welt wird vielleicht finden, es sei zu spät.«

»Niemals!« murmelte Abravanel.

»Sagt das nicht, Exzellenz! Vielleicht entschließt sich eines Tages Gott, alle verlorenen und hartnäckigen Splitter auszumerzen. Was werdet ihr dann tun?«

»Es ist kein Gott, als der Gott Jesuruns!« sagte Aboab mit verblichener Prophetengebärde. »Israel wird am sichersten allein wohnen –«

»Ist dies Eure Antwort?« wandte sich der Großinquisitor verbindlich an den Portugiesen.

Don Isaak nickte. Alle standen auf. Abravanel nahm seinen Mantel von der Lehne und hing ihn um seine gebeugten Schultern.

»So wird das Gericht urteilen. Aber macht mir keinen Vorwurf, wenn das Urteil nicht bloß an den unmittelbaren Angeklagten, sondern an euch allen vollzogen wird.«

»An uns allen.« Don Isaak kämpfte mit einem Frösteln. Die Stimme des Großinquisitors klang fremd und unirdisch. »Ihr habt kein Mitleid. Das habt ihr uns bewiesen. Fürchtet ihr aber nicht unseren Einfluß?«

»Ich fürchte niemand«, sagte Torquemada mit einer wilden und verzückten Heiterkeit. »Und wenn ihr mir selbst das Schicksal meines Bruders Arbues bereiten wolltet, es sind andere da, die für mich einspringen.«

»Wir sind keine Meuchelmörder!« knurrte der Rabbi aus Toledo. »Und Ihr traget, wie ich mir sagen ließ, ein Panzerhemd.«

Torquemada lächelte. Er streifte die Kutte ab. Man sah seinen nackten Körper. »Das sind Legenden. Ich brauche kein Panzerhemd. Aber euch will ich eines leihen. Ihr werdet es bald nötig haben.«

Torquemada klatschte in die Hände. Draußen rührten sich Sänftenträger und des Ministers Eskorte.

»Lebt wohl, Ehrwürdiger –« Abravanel verneigte sich tief. »Und macht es den armen Angeklagten nicht zu schwer. Sie wissen nicht, daß sie für uns leiden müssen.«

»Ich werde sie gewiß nicht quälen lassen. Vor dem Feuer sind sie nicht zu retten.«

Isaak Aboab und der Dominikaner standen einander gegenüber. Der Großinquisitor machte eine grüßende Gebärde. Aber der Rabbi verhüllte sein Haupt, als ginge von dem leichten und lächelnden Greis ein böser Zauber aus und als hauche sein Atem verzehrendes Feuer.

7

Sechs Juden und fünf Marranen standen vor dem Gericht zu Avila, um nach Verlesung ihrer Aussagen ihr bisher gemachtes Geständnis zu bekräftigen. Der Fiskal las die langen und immer aufs neue sich wiederholenden Protokolle vor. Die Angeklagten durften sitzen. Dicht aneinander gedrängt hockten sie auf einer niedrigen Bank, mit weißen, ausgemergelten Gesichtern. Benito Garcia war der letzte in der Reihe. Er hatte die Augen geschlossen. Die monotone Stimme Padillos, der angesichts der Länge des Aktenmaterials mit seiner Energie hauszuhalten gezwungen war, schläferte ihn ein. Eine unendliche Gleichgültigkeit erfüllte ihn. Er hatte so vieles gestanden und war so unendlich oft einvernommen worden, daß die Worte keinen Sinn mehr zu enthalten schienen. Sie drangen auf ihn ein wie die Wellen einer leichten Brandung und entfernten sich wieder. Ab und zu erschienen durch die halbgeschlossenen Lider die Konturen eines der Beisitzer.

Auch sie saßen wie Steinbilder. Eine drückende Schwüle drang von außen in den Saal des Gerichts. Die Stimme des Fiskals glich einem monotonen und traurigen Gesang.

Während Garcias Lider langsam zufielen, bemächtigte sich seiner ein mattes Traumgesicht. Er sah sich in dem heimatlichen Dorf als Kind mit anderen Kindern spielen. Ein breiter Fluß strömte langsam an dem väterlichen Hause vorbei. Viele Kähne belebten ihn. Am Abend befuhren ihn Verliebte. Man hörte die ganze

Nacht langgezogene Klänge von Gitarren. Eines Tages lag ein totes Mädchen am Ufer. Sie trug ein Messer im Herzen. Und ihre geöffneten Augen, auf denen das klare Flußwasser stand, blickten ernst, aber keineswegs erschreckt nach oben. Ein langer, hellroter Blutstreifen umgab die runden Brüste. Der zehnjährige Benito starrte die Tote wie eine wunderbare und niegesehene Erscheinung an. Unten auf dem Fluß, an Weiden angebunden, schwamm ein herrenloser Kahn. Und jeder, der vorbeikam, schlug ein Kreuz. Aber man wollte die Tote, anscheinend eine Selbstmörderin, nicht begraben.

Garcia hatte zweimal geheiratet und von beiden Frauen Kinder gehabt. Aber er hatte jenes tote Mädchen nicht vergessen. Er erinnerte sich noch, daß dessen Leichnam zwischen bunten Beeten lag. Die eine der beiden kleinen Hände trug einen schmalen goldenen Ring, der kein Zeichen enthielt, an dem man die Tote erkennen konnte. Die andere Hand war seltsam offen, als warte die Tote auf eine Gabe.

Schließlich hatte Garcias Vater die Tote in seinem Garten begraben. Die Christen hatten ein Paternoster gebetet, und der Vater Garcias hatte einen Segensspruch gesagt, dessen Wortlaut Garcia längst vergessen hatte.

Immer noch klang die Vorlesung der Protokolle wie eine lange Litanei durch den Raum. Garcia öffnete die Augen. Alles schien zu schlafen. Ein Duft von Vergilbtem und Fäulnis erfüllte den Saal. Der Promotor stützte den Kopf in beide Hände. Und der Fiskal las immer langsamer. Seine Stimme wurde rauh.

Plötzlich wurde Garcia wach. Er hörte die Beschreibung des Mordes, den er mit Zustimmung, ja über Auftrag jüdischer Gemeinden an dem Knaben begangen haben sollte, dessen Namen noch immer niemand wußte. Auf schleichenden Sohlen schien jemand durch den Saal zu gehen, ein Unsichtbarer. Jetzt griff er Garcia an die Kehle. Garcia fühlte, wie eine hagere würgende Hand sich um seinen Adamsapfel krampfte. In der nächsten Viertelstunde würde er zum letzten Mal die Wahrheit seines Geständnisses zu bekräftigen haben. Jetzt gestand er in seinen Protokollen zu, das Christentum nur zum Schein angenommen zu haben. Er erklärte, zu bereuen. Er versprach, bis zum letzten Atemzuge nie mehr den Wahrheiten der christlichen Religion untreu zu werden. Er verwünschte das Judentum und diejenigen, die ihn zur Rückfälligkeit beredet hatten.

Einer der Angeklagten stand nach dem andern auf und sagte mit trockener und müder Stimme seine Formel, nach der er die Richtigkeit und Aufrichtigkeit seines Bekenntnisses bestätigte und seine tiefe Reue eingestand. Der Protokollführer führte die Kielfeder mit geübter Hand über das graue Kanzleipapier, und die Stille wurde um so tiefer, je künstlicher die kurzen Sätze klangen, die rauh und kreischend aus den Kehlen lebender Leichname kamen. Als letzter wurde Garcia aufgerufen. Er erhob sich erschrocken. Denn die Stimme des Protokollführers hatte ihn aus einem Wachtraum gestört, der ihn in das väterliche Haus geführt hatte. Noch lebte seine Mutter, eine Neunzigjährige. Und Benito Garcia glaubte sie reden zu hören, während oben der Notar seine knappen Sätze las. Ihre Stimme hörte sich nicht weicher an als die rauhe Stimme des Notars. Die Frau hatte die Gabe der Prophezeiung. Zuweilen besuchten sie Menschen in Not, um sie weissagen zu hören. In ihrem kleinen Zimmer mit der Aussicht auf den Fluß saß sie sibyllenhaft, mit halbgeschlossenen Augen, und konnte sich der Worte nicht erwehren, die aus ihrem Munde strömten.

Plötzlich hörte sich Garcia reden. Aber es war die Stimme seiner Mutter, die aus ihm sprach. Sie sagte laut seine Gedanken.

»Vor vierzig Jahren«, rief er mit einer Stimme, die an das Bellen eines Wolfs erinnerte, »wurde ich getauft. Aber erst vor kurzem ist das Licht über mich gekommen. Alles, was in diesen Protokollen steht, ist erlogen, ausgenommen, daß ich Jude bin.«

Mit weit geöffneten Augen hörten die Richter zu. Da raffte sich der Promotor auf und wollte dem Alguazil läuten, damit der Wahnsinnige zum Schweigen gebracht werden könne. Aber Padillo packte den Mönch an seinem weiten Ärmel. »Befehl des Großinquisitors!« flüsterte er. »Schwere Strafe wird über den verhängt, der ihn unterbricht.«

»Ich habe Juden gesehen, Männer, Weiber und Kinder, den Strick um den Hals, die brennende Fackel in der Hand und die papierene, mit Fratzen beschmierte Mütze auf dem Kopf. Ich habe den Großinquisitor gesehen, angetan wie ein Pontifex, umgeben von den Exzellenzen des Rates von Kastilien, die hündisch zu seinen Füßen krochen. Ich habe gesehen, wie die zum Feuer Verdammten dem Henker übergeben und um

Mitternacht verbrannt wurden. Da habe ich das Christentum mit meiner ganzen Seele hassen gelernt.«

Benito Garcia blickte um sich und holte tief Atem. Die fünf Gesichter um ihn starrten ihn grau vor Entsetzen an. Er dampfte vor Empörung. Die funkelnden Augen durchbohrten unerbittlich seine Richter.

»Ich habe erkannt, daß wohl der getaufte Jude ein Mißgeschöpf ist, gemieden von den Menschen und ausgestoßen von Gott. Aber die wirklichen Antichristen sind die Inquisitoren. Und der Große Antichrist ist niemand anderer als Er selbst, der alte Mann, den sie den Torquemada nennen.«

Die Mitglieder des Tribunals erhoben sich. Sie hielten entsetzt ihre Ohren zu. Die vom Fiskal empfangene Weisung mißachtend, läutete der Promotor nach der Wache.

»Ihr habt mich wochenlang wegen des Corpus Christi gefoltert!« schrie Garcia, Schaum vor dem Munde. »Aber wenn ihr mich in diesem Augenblick zu Asche verbrennt, so kann ich doch nicht zugeben, daß es etwas anderes ist als ein Gemisch von Mehl und Wasser.«

Jetzt trat die Wache ein. Sie packte den Marranen. Der Promotor bereute unter dem drohenden Blick des Fiskals seine Weisung. Aber es war zu spät, um der Wache Gegenbefehl zu geben.

»Ich bin Jude«, stieß Garcia triumphierend aus, »und kenne nur ein Gesetz –«

Er umklammerte eine mitten im Saal stehende Steinsäule. Man hatte ihm das Gewand abgerissen. Er stand nahezu nackt. Seine weißbehaarte Brust preßte sich gegen den Stein.

»Ich habe es befolgt –«, brüllte Garcia, als sollten alle Juden und Marranen es hören. »Ich werde es immer befolgen.«

Da man ihm seine eigenen Kleiderfetzen in den Mund zwängte, verstummte Garcia. Die Mitglieder des Tribunals erhoben sich bleich. Der Notar hatte befehlsgemäß jedes Wort des Gefangenen notiert und reichte sein Protokoll voll Genugtuung dem Fiskal. Während man Garcia aus dem Saal schleppte, las Padillo halblaut den Wortlaut des Protokolls.

»Welcher Abgrund an Verderbtheit!« murmelte der Promotor.

»Der Großinquisitor hat auf diesen Ausbruch gewartet«, sagte der Fiskal.

»Leider können wir keine schwerere Strafe verhängen, als sie einem hartnäckigen Relapsus gebührt.«

»Kränkt Euch nicht, Bruder Promotor!« lächelte Padillo.

Die beiden traten in die Vorhalle hinaus, wo die Mitglieder des Gerichtes warteten. Der Fiskal hielt das Protokoll mit hocherhobenen Armen wie eine wundertätige Reliquie in die Luft.

FÜNFTES KAPITEL

El Chico

1

Juan Fonseca hatte ein Schreiben Ihrer Hoheiten in der Tasche, das er dem König zu Granada überreichen sollte. Man hatte ihn auserwählt, weil er arabisch sprach. Zur Feier des Tages hatte man ihm eines der Pferde aus den Stallungen Ferdinands gegeben, mit goldbeschlagenem Sattelzeug und silbernem Gebiß. Er selber hatte eine Rüstung aus bläulichem Stahl angelegt, die zwar in der Sonne Glutwolken um den geplagten Körper legte, aber einen dunklen und drohenden Glanz verbreitete. Die Sporen, schwarz mit Gold, klangen hell zwischen den Hufschlägen. Ein Fähnrich und ein Reitknecht folgten. Von Santa Fé, der auf den Trümmern des Dorfes Atquah im Jahre 1491 neuerbauten Stadt, führte der Weg an dem Feldlager des kastilischen Heeres vorbei durch die verwüstete Vega. Eine halbe Stunde weit gab es nichts als Ruinen. Da stand eine kleine Hütte, die eine Wand war beseitigt. Ein Stück des Herdes stand noch immer zwischen verkohlten Mauertrümmern. Ein Gefäß aus Fayence lag funkelnd neben der Herdplatte, in so lebhaften Farben, als käme es eben aus der Werkstatt des Töpfers. Auf dem Fußboden lagen die Leichen zweier Frauen, schon halb verwest, aber noch erkennbar. Die eine war alt. Ihr graues und aufgelöstes Haar, vom zertrümmerten Schädel ausgehend, breitete sich auf dem Ziegelboden aus. Die zweite, jüngere, auf einem Bündel zerrissener Kleider ruhend, hatte offenbar eine Anzahl Mißhandlungen erdulden müssen, ehe ihr das übliche Schicksal beschieden wurde, zuerst vergewaltigt und dann ermordet zu werden. Juan hielt sein Pferd an und starrte auf die Leichen, die entsetzlich stanken. Die Überreste der jungen Person waren zum Teil unversehrt. Ein Stück der Stirn glänzte bräunlich und wie Bernstein. Unter einer Spur Lippe klafften, vollkommen in ihrer Weiße, die beiden Zahnreihen. Die Brüste klebten wie vertrocknete Granatäpfel auf den schmalen Rippenbogen. Und an den dürren Knochen der Arme und Gelenke saßen zwei Hände, die wunderbar erhalten waren. Beide waren offen, mit gespreizten Fingern, die zum Teil wie im Krampf gekrümmt waren. Ein Finger trug einen dünnen goldenen Reifen mit einer Perle. Die schmalen und wohlgeformten Nägel waren violett. Juan starrte auf den Leichnam und fühlte, wie unter der Rüstung eiskalter Schweiß aus allen Poren der Haut strömte. Der Fäulnisgeruch wurde übermächtig. Das Pferd sträubte unruhig die Mähne und drängte weiter. Juan hielt mit einer Hand die Nase zu und riß mit der anderen an den Zügeln. Die leeren Augenhöhlen starrten ihn herausfordernd an. Ihm war plötzlich, als müßte er ersticken. Der Fähnrich und der Reiter hinter ihm schüttelten die Köpfe und fluchten. Da riß Juan sich los und ritt weiter durch die Vega, zwischen verkohlten Gehöften und zierlichen Wohnhäusern.

Kleine Moscheen mit abgetragenen Dächern standen auf niederen Hügeln und glichen geschändeten Reliquienschreinen. Von den Resten des Gebälks hingen metallene Ampeln. Schmale Säulen mit überraschenderweise ganz und gar griechischen Kapitälen trugen tiefe Nischen, unter denen bemalte Kacheln glänzten. Auch in einer solchen Nische lag ein Leichnam. Es war ein Spanier, den bei der Plünderung des Heiligtums der Tod ereilt hatte. Seine Gesichtszüge waren unerkennbar. Aber die Uniform verriet sogar den Truppenkörper. Der Küraß trug das Abzeichen der Stadt Jaen. In den mumienhaften Händen staken goldene oder bronzene Leuchter.

Wieder kamen Häusergruppen, die immer dichter und stattlicher wurden. Man konnte infolge der fürchterlichen Verwüstung aller dieser Vororte von Granada die Innenseite der meisten Häuser sehen. Alle Wände waren liebevoll mit Arabesken und Ornamenten geschmückt. Die Farben strahlten, als wären sie gestern aufgetragen worden. Die Trümmer des Mobiliars verrieten großen Wohlstand und Freude an der Form. Sogar die Häuser, in denen arme Leute wohnten, waren nicht traurig oder vernachlässigt. Allen prägte sich der Reichtum des Landes auf. Das Gebälk war mit Spruchbändern aus dem Koran bedeckt. Und jeder Fensterrahmen schien gemacht, um Lebensfreude einzulassen.

Noch ein breiter Streifen Verfall und Zerstörung. Und plötzlich befand man sich unmittelbar vor der

Stadtmauer. Man sah die Türme der Stadt Granada, den runden Turm Babul difaf und das marmorne Flaggentor Babul bonud. Das Fallgatter des Vorwerks Almaida ging hoch. Der Diensthabende prüfte das königliche Siegel und die Adresse des breiten seidenen Umschlags, in dem Ferdinands Handschreiben an den Emir stak.

Dann gab man den drei Spaniern den Weg frei. Und nach einigen Minuten befanden sie sich inmitten der Stadt. Trotz den Spuren der Verwüstung war noch immer so viel Glanz und königliche Anmut über diese Stadt gebreitet, daß der Beschauer geblendet wurde. Unerschöpflich schien der Reichtum, aus dem Generationen geschöpft hatten, um so liebenswürdige Pracht aufzubauen. Die Menschen in den Straßen, ein wenig bleich und mit resignierten Gesichtern, trugen noch immer mehr innere Freiheit zur Schau als die meisten Bürger der vereinigten Königreiche. Edelleute blieben auf den Straßen stehen, um die drei Emissäre des Feindes zu betrachten. Sie lächelten spöttisch und ohne Illusionen. Das Ende war da. Aber man trauerte nicht. Jedes Volk hat seinen Termin, sagte der Prophet. Und wenn sein Termin gekommen war, hatte es keinen Sinn, die Zeit überlisten zu wollen. Man vermochte weder eine Stunde zu gewinnen, noch zu verlieren. Die Junker trugen ihre kurzen Mäntel mit Anstand und zogen die Gürtel mit den Dolchen fester um den Leib, um sodann die kastilische Standarte, von dem Fähnrich hochgehoben, höflich zu grüßen. Ärzte suchten Verwundete in ihren Häusern auf. Sie trugen rote Barette auf dem Kopf und ein Köfferchen mit Messern und Salben an schmalen Lederbändern auf dem Rücken. Sie taxierten die Ankömmlinge nach ihren Gesichtern auf die mutmaßliche Bedeutung ihrer Botschaft. Luftige Säulenhallen beherbergten die große Masse der Verwundeten, in denen Frauen die Verbände wechselten und den Ärzten bei ihren Handreichungen halfen. Juden kamen vorbei. Sie verrieten weder Demut noch Angst. Aber man merkte ihnen an, daß sie die Spanier haßten. Ihre Frauen glichen den stolzen Frauen der Mauren, die Daraja, Xarifa, Zaida oder Galiana gerufen wurden. Ruhe und Schweigen lagerte auf ihren Brauen. Sie konnten eine glückliche und ungetrübte Kindheit nicht verleugnen.

Auf dem Markt wurde die Abordnung vom Geheimschreiber des Emirs, einem kleinen, sehr beweglichen Mann, empfangen, der sich Malik nannte und aus dem Haus Alabez zu stammen vorgab. Er freute sich, Leute durch die Stadt führen zu dürfen, die von der Vergangenheit der Stadt wenig wußten. Und er prunkte mit der Geschichte von dem mutigen Zaide und der wunderschönen Zaida, deren romantische Liebe vor zweihundert Jahren beinahe den Untergang des Staates zur Folge gehabt hätte. Er zeigte den Platz Vivarambla, wo die Turniere zwischen Abencerragen und Zegri oder beiden mit christlichen Rittern stattgefunden hatten. Er erzählte, wie der Gründer der granadischen Dynastie, Mohammed ibn Achmar, vor zweihundertfünfzig Jahren sein Reich auf nicht gerade ehrenhafte Weise begründete.

Er bewies in seinem Verhalten, auf welche zuweilen unmoralische Weise ein Geschlecht zur Macht gelangt.

Ibn Achmar, der Sohn des Roten, aus dem Hause der Benu Nasr in Arjona, hatte zuerst dem Herrn von Andalusien, Ibn Hud, Treue geschworen. Als die Kastilier durch einen Handstreich die Zierde der Welt, die damals größte Stadt des Abendlandes, Cordova, eingenommen hatten, huldigte Ibn Achmar den Abassiden von Bagdad. Aber auch diese konnten sich um die allzu entfernten Länder des Westens nicht kümmern. Da nahm Ibn Achmar seine noch nicht befestigte Herrschaft von Abu Sakarija, dem Herrn von Tunis, zu Lehen. Aber die Kastilier waren nicht aufzuhalten. Darauf beschloß Ibn Achmar, sich König Ferdinand als tributpflichtiger Vasall zu unterwerfen und ihn bei der Belagerung von Sevilla tatkräftig zu unterstützen. Auf solche Weise erkaufte er die Erlaubnis, Granada und die erst zu erobernden Teile des neuen Königreiches zu besetzen.

»Aber Allah hat diese Politik gebilligt«, sagte der Geheimschreiber, »denn hätte er sonst dem Reich Ibn Achmars bis heute Bestand gegeben?«

Juan betrachtete die reichen und kostbaren Gebäude, an denen sie vorüberritten.

»Die Bibliothek«, bemerkte Malik, »in der wir nicht nur die Werke unserer Schriftsteller verwahren, seitdem die Bibliothek zu Cordova verwüstet ist. Wir haben auch manchem Christen Unterschlupf gegeben, der bei euch als Ketzer verfolgt wird.«

Man kam durch die Quartiere der Handwerker. Der Geheimschreiber zeigte den Spaniern eine Werkstatt von feinen Geweben, deren Anfertigung ein Geheimnis der dortigen Arbeiter war. Sie war in der Vorhalle eines großen Hauses untergebracht, das unmittelbar an der Stadtmauer lehnte.

Juan, vom vielen Schauen müde, ließ seine Augen ohne besonderes Interesse über die zarten Farben gleiten. Aber mit der Zeit nahm ihn die wechselnde Folge von geheimnisvollen Mustern gefangen. Man wurde in eine Reihe von Bildern eingewirrt, von denen die einen deutlich waren wie breite Sommerabende, während die andern an die Gänge und Korridore in den Häusern der Inquisition erinnerten. Immer künstlicher und verschlungener waren die Motive, bis man in einer winzigen Zeichnung gefangen war, ohne Hoffnung zu entrinnen. Wenn man von Bild zu Bild tastete, wurde man an die Verhöre des heiligen Offiziums erinnert. Denn eine Linie wiederholte sich mit schmerzender Monotonie. Dazwischen waren andere Linien eingezwängt, die abseits führten. Und auf einmal war man ausgestoßen und allein.

Dann kamen Teppiche, die wie die Gärten des Paradieses blühten. Die Beete waren viereckig, zwischen ihnen wuchsen groteske Bäume, auf deren Zweigen seltsame Vögel saßen. Löwen hoben die fürchterlichen und unnatürlichen Köpfe, und Gazellen flohen, ohne sich durch das Gewirr von Büschen und Zweigen hindurchfinden zu können.

Vom Turm des Platzes Vivarambla hörte man den Mittag rufen.

»Es ist Zeit«, sagte Malik und gab den Torhütern ein Zeichen. Sie öffneten und gaben den Weg zur Burg frei.

2

Malik, der Geheimschreiber, glaubte die Mittagstunde für besonders geeignet, um den Emir mit der Botschaft der Könige bekanntzumachen. Denn El Chico schlief des Nachts nicht. Morgens war er daher übernächtig und gab sich voll Inständigkeit trübsten Depressionen hin. Dann weinte er stundenlang. Vormittag sank er in Schlaf, um erst beim Mittagsruf aufzuwachen.

Um diese Stunde konnte man am leichtesten mit ihm sprechen. Malik ließ sich daher sogleich melden. Der Emir saß im Bad. Zwei Frauen gossen duftendes Wasser über seine schmalen Schultern. Eine dritte massierte seine ein wenig fetten Hüften. Er ließ, halb liegend, halb sitzend, alles mit sich geschehen und hörte kaum der Vorlesung des Briefs der Könige zu, in dem ihm Gold versprochen wurde, Friede, eine Provinz in den Alpuxarren mit der Hauptstadt Andarax, Schutz seines Eigentums, Ende der kriegerischen Schrecken.

Er versank in schwermütige Gedanken. Neun Jahre war es her, als Ponce de Leon, der Führer der Christen, unter Anrufung San Jagos und der heiligen Jungfrau Alhama, die Schatzkammer der maurischen Könige, erobert hatte. Damals hatte das Glück den Emir und alle Abkömmlinge aus dem Hause Nasr verlassen. Er war selber in Gefangenschaft geraten und hatte, um die Freiheit zu erkaufen, mit dem verschlagenen Ferdinand einen Geheimpakt geschlossen. Scham erfüllte den

Emir, wenn er sich erinnerte, wie leicht er von dem klugen Christen übertölpelt worden war.

Der Vorleser des Briefes unterbrach sich und wartete. El Chico weinte. Der Emir liebte die Tränen und schämte sich nicht, sie reichlich zu vergießen.

»Diesen Brief hat ein Bote Ferdinands überbracht«, sagte der Geheimschreiber endlich nach einer langen Pause. »Er ist ermächtigt, einen Termin zu bestimmen, an dem unsere Unterhändler in das Lager Ferdinands oder seine zu uns kommen sollen.«

»Wie sieht er aus?« fragte El Chico. »Was spricht er?«

»Er ist schweigsam.« Der Geheimschreiber seufzte. »Ihm ist gewiß nicht entgangen, daß Eure Stadt vom Hunger entkräftet ist.«

»Führe ihn durch meine Burg«, befahl der Emir, »und bring ihn dann zu mir.«

Alle Nasriden liebten die Burg. Sie war ihnen teurer, als irgend etwas in der Welt. Und wenn sie einen ihrer Gegner nicht besiegen konnten, dann entwaffneten sie ihn durch den Anblick des aus rotgebrannten Steinen erbauten Wunders.

Juan Fonseca war durch das hufeisenförmige Gesetzestor in die Alhambra eingezogen. Jetzt saß er in der Halle, unter dem Bogen der Gerechtigkeit, und seine Augen glitten über die blauen und goldenen Arabesken, in denen sich der Spruch der Nasriden »la galiba illa 'llahu« verbarg.

Der Geheimschreiber El Rey Chicos legte dem Träumenden seine Hand auf die Schulter. »Der Emir elmuslimin hat mir befohlen, Euch wie einen werten Gast zu empfangen. Wollt Ihr zuerst ausruhen oder die Burg besichtigen?«

»Zeigt mir die Burg!« bat Juan und folgte dem Geheimschreiber durch eine Reihe luftiger Galerien, deren Säulen sich weiß in dem Fischteich spiegelten, in die Halle der Segnung. Von da gelangten sie in den Saal der Gesandten, dessen Wände von rotgoldenen, blauweißen und blausilbernen Mosaiken bedeckt waren. Das Holztafelwerk der Decke verwirrte den immer kleiner und demütiger werdenden Blick. Die Bäder blieben dem Fremden verschlossen. Aber nach dem Durchgang durch einen langgestreckten Korridor öffnete sich der Saal der beiden Schwestern. Aus den acht Fenstern der wie aus Bienenzellen geformten Kuppel fiel gedämpftes und unendlich weiches Licht auf bleichen Marmorboden. Die Säulen funkelten in allen Farben. Die Wände des Saales waren von erhabenen Zeilen eines Gedichtes geschmückt, dessen Buchstaben golden auf azurblauem Grunde aufglühten.

Im Löwenhof deutete der Geheimschreiber dem Gesandten die arabische Inschrift, deren zwölf Verse die große zwölfeckige, von archaischen Löwen getragene Alabasterschale bedeckten. Die geisterhafte Musik der Verse wurde vom Rinnen der Wassersäule begleitet, die zuerst in eine kleinere Schale strömte, um sich dann bläulich strahlend in das größere Becken zu ergießen und aus diesem durch die Löwenrachen in das Bassin zu rinnen. Der Text der Verse beschrieb das Wunder des Brunnens und pries den Ruhm des nasridischen Geschlechtes.

Leise ging Juan hinter dem Geheimschreiber her, der ihn in die Halle der Abencerragen führte. Hinter ihm klang das Rauschen der Fontäne, und eine unerklärliche Traurigkeit lähmte seine Schritte.

»In diesem Saal«, flüsterte der alte Maure und zog seinen Mantel enger über der Brust zusammen, »mußten vor neun Jahren sechsunddreißig Abencerragen sterben. Ihre Häupter wurden in diesen Brunnen geworfen.«

»Ich habe davon gehört. Waren sie schuldig?« Juan dämpfte seine Stimme. Seine Lider wurden schwer. Er glaubte ersticken zu müssen. Die Stille und die schwermütige Pracht des Saales machten seine Knie zittern.

»Der Emir hat sie verurteilt«, sagte der Geheimschreiber. »Sie waren untreu. Und in der dritten Sure steht geschrieben, daß niemand sterben kann, außer zum aufgezeichneten Termin mit Gottes Erlaubnis.«

»Man hat bei uns erzählt, daß der König Unrecht hatte, dieses edle Geschlecht auszumerzen.«

»Siehe«, murmelte der Alte, »Allah kauft von den Gläubigen ihr Leben und ihre Habe, auf daß ihnen das Paradies gehört. Man tötet auf seinen Wegen und läßt sich töten.« Sie gingen an den Gräbern der Nasriden vorbei. »Und jetzt kommen wir in den Gerichtssaal«, betonte der Beamte. »Dort wird Euch Seine Hoheit, der Emir, empfangen.«

3

Juan sah zuerst nichts in dem langgestreckten Raum, als einige auf Tierhaut aufgezeichnete Gemälde. Auf mattem Goldgrund standen zwei aufgebäumte Löwenpaare und hielten in dem Rachen je einen Balken aus dunklerem Gold, an dem ein rotes Wappenschild hing.

Eine Linie von blauen Sternen verband beide Schilder. Rechts und links aber saßen je fünf Alte mit Turbanen und Schwertern, Stammeshäupter aus Granada, und schienen Gericht zu halten. Andere Bilder stellten Jagdszenen dar, Kämpfe zwischen Christen und Arabern, die sich nicht im Kostüm, sondern nur in der Haltung voneinander unterschieden, und schöne Frauen, die sich ungezwungen mit Gläubigen und Ungläubigen unterhielten.

Der Geheimschreiber versetzte seinem Gast einen sanften Stoß. Da gewahrte Juan Fonseca auf einem niederen Thronsessel eine schmale und zierliche Gestalt, die unbeweglich den Brokat der Lehne berührte und auf eine ferne Stimme hinzuhorchen schien.

»Seiner Hoheit«, sagte der Maure laut, »melde ich den Eintritt des kastilischen Unterhändlers, des Ritters Fonseca.«

Don Juan verneigte sich. Und Mohammed abu Abdallah lächelte sein weiches und betörendes Lächeln, um dessen willen er weibisch gescholten wurde. Dieses Lächeln und sein weizenblondes Haar ließen den Beschauer an ein Bild des Heiligen denken, das in einer Kirche nahe bei Saragossa aufgestellt war, das Werk eines flämischen Malers, der gleich viel männliche und weibliche Elemente vermischt hatte, bis der schlanke und verführerische Körper seines Märtyrers Sebastian ebenso sehr einem Apoll wie einem Büßer glich.

Juan redete den Emir höfisch als Beherrscher der Gläubigen an und erbat seine Botschaft an den König.

»Nenne mich nur den Beherrscher der Gläubigen«, spottete der kleine Fürst, »du weißt sehr gut, daß ich nichts anderes bin als der Knecht der Ungläubigen. Muß ich wirklich diese Burg übergeben?«

Juan Fonseca erklärte seinen Auftrag. Er sollte den Emir lediglich zur Einleitung der Verhandlungen auffordern und die Bereitschaft der Könige aussprechen, dem keineswegs verhaßten, vielmehr als ritterlichen Gegner anerkannten Feind jedes nur mögliche Entgegenkommen zu beweisen.

»Nicht einmal töten wollt ihr mich?« sagte El Chico mit klagendem Gelächter. »Seitdem ich Gefangener Ihrer Hoheiten war, haben sie mich förmlich in ihr Herz geschlossen. Einen so sanften Widersacher findet man nicht wieder. Ich habe allerdings ein Wort des Propheten für mich, das die Eiferer immer verschweigen: Bekämpfet auf Allahs Wegen diejenigen, die euch bekämpfen. Doch übertreibet nicht! Allah liebt nicht die Übertreibenden.«

»Ihre Hoheiten«, fuhr Juan fort, »wollen kein Blut mehr vergießen. In diesen zehn Kriegsjahren ist genug Blut geflossen.«

»Nicht einmal um der Religion willen?« spottete El Chico. »Wird die Kirche euch erlauben, mit mir Frieden zu schließen, ohne daß wir alle Christen werden?«

»Vielleicht«, sagte Juan. »Ich hoffe es.«

»Ich bin feige und schwach –« Tränen liefen über El Chicos Wangen. »Ich hätte längst unter den Mauern der Burg fallen müssen. Statt dessen empfange ich einen Unterhändler.«

Juan versuchte den Emir, für den er eine leise Sympathie empfand, zu trösten. »Ihre Hoheiten werden eine ausreichende Frist bestimmen. Während der Dauer dieser Frist darf man keinen Mauren zur Annahme des Christentums zwingen. Wer seiner Religion treu bleiben will, kann unangetastet auswandern.«

»Das genügt mir nicht«, erklärte El Chico sanft. »Muslimen, Juden und selbst Renegaten müssen Freiheit haben, zu glauben und nicht zu glauben. Dies war immer so unter der Herrschaft meiner Väter.«

Fonseca errötete. »Juden und Renegaten müssen jedenfalls außer Betracht bleiben. Weiß Eure Hoheit von der letzten Untat der Juden? Sie haben Jesum in Gestalt eines unschuldigen Knaben unsagbar beleidigt.«

»Ich glaube nichts Derartiges. Niemand darf glauben ohne Allahs Erlaubnis. Insbesondere glaube ich nicht, daß Gott sich beleidigen läßt.«

»Es ist mir nicht erlaubt«, erklärte Juan verletzt, »mich mit Eurer Hoheit in theologische Erörterungen einzulassen.«

»Ich achte deine Zurückhaltung, mein Ritter.« El Chico lächelte verführerisch, wie eine Frau vor dem Spiegel. »Aber ihr müßt auch meine Bedingungen achten. Sie sind bescheiden. Die mir angebotene Provinz nehme ich an. Ich will nichts, als in der Stille meines Hauses sitzen und über den Untergang meines Geschlechtes trauern. Aber damit mich meine ehemaligen Untertanen nicht verfluchen, müssen sie volle und dauernde Glaubensfreiheit erhalten.«

Juan schüttelte den Kopf. »Ich habe keine Vollmacht, irgendeine Bedingung zu stellen oder anzunehmen. Aber ich glaube, daß Glaubensfreiheit in dem Ausmaß, wie Eure Hoheit sie verlangt, niemals zugestanden werden kann.«

»Dann bekommt ihr eine Ruine!« schrie der Emir. »Dann will ich diese Stadt eigenhändig anzünden.«

Juan zuckte die Achseln. Er fühlte sich befangen.

Der Geheimschreiber sah den Kummer seines Herrn. Er entschloß sich, ihm ein Stichwort zu reichen, damit El Chico einlenken könne. »Einer unserer weisesten Lehrer, der große Abu Hammid Mohammed Ibn Mohammed El Chazali hat uns ein Wort des Gottgesegneten überliefert. Wer den Streit abbricht, wenn er abgeführt ist, dem baut Allah ein Haus in der Mitte des Paradieses. Wer aber den Streit abbricht, wenn er im Recht ist, dem baut Allah ein Haus an der höchsten Stelle des Paradieses.«

»So anmaßend bin ich nicht«, seufzte der kleine Fürst, »daß ich behaupten wollte, im Recht zu sein. Aber ich breche den Streit ab.«

Juan verneigte sich. Die großen und blauen Augen des Nasriden verfolgten ihn mit ersterbendem Glanz, bis er die Halle verlassen hatte.

4

Juan Fonseca ritt durch die Vorstädte Granadas. Bis zur halbzertrümmerten Mauer, dort, wo das Niemandsland lag, begleiteten ihn zwei Edelleute, Herren vom Hof El Chicos. Sie waren jung und unbekümmert. Ihre Rüstung saß wie angegossen auf ihren Leibern. Die Pferde waren von tadelloser Abstammung. Und ihre Waffen hatten jede eine lange Geschichte, die sie voll Stolz erzählten. Sie erkundigten sich nach den höfischen Sitten zu Sevilla und Toledo und hielten mit ihrer Hoffnung nicht zurück, in Bälde Dienst bei der kastilischen Königin nehmen zu dürfen. Das Stadttor war von wenigen Soldaten besetzt. Fonseca bemerkte, daß sie ohne Waffen waren.

»Wozu auch?« sagte der eine Edelmann. »Wir alle wissen, daß wir verloren sind. Wir verhandeln nur zum Schein mit euch. In Wirklichkeit sind wir entschlossen, nicht mehr zu kämpfen. Wenigstens nicht gegen Kastilien.«

»Ihr dürft nicht glauben, daß wir feige sind!« bemerkte sein Kamerad. »Wir haben uns seit vielen Jahren mit euch herumgeschlagen. Es war ein Vergnügen, mit euch zu kämpfen. Aber seit vier Jahren ist es nur ein Scheinkrieg, den wir führen. El Chico hat sich und uns an die Spanier ausgeliefert. Er hat uns verkauft.«

Zwischen halbverbrannten Hütten und künstlich zugrunde gerichteten Weinbergen nahmen die zwei Herren herzlichen Abschied von Juan, der, von Fähnrich und Reitknecht gefolgt, über verwüstete Felder und vernichtete Bewässerungsanlagen weiterritt. Jetzt begegnete er der ersten kastilischen Schildwache. Sie fragte ihn respektvoll nach der Losung. Und Juan Fonseca zeigte lässig seinen vom König eigenhändig unterzeichneten Passierschein. Er griff an seine Brust. Dort war ein Brief des Emirs.

Das Papier knisterte unter seinem festen Griff. Von allen Seiten wurde er gegrüßt. Er lachte laut und sagte zu dem Nächsten, daß der Feind entschlossen sei, sich zu ergeben. Jubel flammte in den Lagergassen auf. Flaggen umgaben ihn, die das Wappen der königlichen Unterführer trugen. Ein Wald von Fahnen flatterte von den Zeltgiebeln. Über den dunklen, die einzelnen Lagerplätze umzäunenden Lanzen stand licht der Abendhimmel. Plötzlich öffnete sich die grüne Dämmerung riesiger Zeltwände. Gewebte Bilder wurden zur Seite geschoben. Man nannte mit feierlicher Betonung Juans Namen. Eine einzelne Gestalt glänzte vor ihm auf. Sehr nah und deutlich winkten ihm Augen zu, vor denen er noch niemals seinen eigenen Blick aufzuschlagen gewagt hatte. Er kniete nieder und überreichte der Königin den Brief des Emirs. Isabella lächelte gewinnend. Sie brach das duftende Siegel auf, auf dem in erhabener Schrift der Wahlspruch der Nasriden stand: La galiba illa 'llahu. Dann setzte sie sich in einen tiefen Stuhl, während ihr Kleid achtlos über den Teppich fegte, in den blaue Monde und rote Sonnen eingewebt waren. Juan sah zu, wie sie den Brief las. Ihre Stirn bedeckte sich mit einer leichten Wolke von Mißtrauen. Ein Windstoß bewegte die an den Zeltwänden hängenden Gobelins. Isabella lächelte. Und ihr Lächeln schien sich in dem farbigen Halbdunkel des Zeltinneren aufzulösen.

»Es ist gut«, sagte die Königin. Und während Juan Fonseca aus dem Zelt ins Freie trat, nahm er den Eindruck dieser letzten Augenblicke mit. Seine Hände hatten der Königin einen Brief überreicht. Ihre Augen hatten zwei oder mehr Sekunden auf seinem Gesicht geruht. Sein Herz klopfte stürmisch. Der Lärm des Lagers tönte ihm wie aus weiter Ferne und ganz verweht entgegen.

5

Nach dem Kronrat, der zu keiner Einigung geführt hatte, behielten die Hoheiten den Kardinalerzbischof und Kanzler Mendoza bei sich. Es tat wohl, ihm zuzuhören. Er sprach niemals laut. Seine winzigen Hände waren von emailfarbigem Weiß. Sie lagen wie die Hände eines toten Heiligen auf dem Kardinalspurpur.

»Wenn ich auch gezwungenermaßen den ganzen Vertrag unterschreibe«, sagte Isabella unmutig, »jenen Punkt, laut welchem den Mauren Glaubensfreiheit zugestanden wird, lehne ich ab.«

»Der Punkt wird nicht gestrichen werden«, erklärte der König.

»Wie kann ich den Heiden Glaubensfreiheit versprechen?« klagte Isabella.

»Bestätigt Ihrer Hoheit, Eminentissime«, lachte der

König, »daß es keine schwere Sünde sein kann, Heiden zu betrügen.«

Der Kardinal preßte seine Lippen aufeinander. Er hob den Kopf und betrachtete die Darstellung auf dem vor ihm hängenden Wandteppich, einen Orpheus, der schmalgliedrig zwischen Felsen stand und wilde Tiere durch die Klänge seiner Leier zähmte. Dann streifte sein vorsichtiger Blick die Königin. Er zuckte ernst die Achseln und schwieg.

»Findet mir erst den Juristen, der aus der Zusicherung der Glaubensfreiheit einen Vorwand ableitet, die Glaubensfreiheit zu beseitigen!« Isabella sah den Erzbischof herausfordernd an.

»Er wird sich finden«, versicherte der König. »Dieser Vorwand, die Glaubensfreiheit wieder abzuschaffen, muß ja nicht gleich im ersten Jahr geboten sein.«

»Also doch Glaubensfreiheit!« Isabella faßte den Kardinal ins Auge. »Gebt zu, daß ein Kreuzzug nicht mit dem Sieg des Unglaubens enden darf!«

»Kreuzzüge«, erwiderte Ferdinand, »endeten selten mit einem Sieg. In der Regel mit einem Verzicht. Sehr oft mit einer Kapitulation. Ich aber will Granada bekommen. Ist die Stadt mit einer Notlüge nicht billig erkauft?«

Mendoza entschloß sich zögernd zu einer Stellungnahme. »Wenn das Leben einer Anzahl christlicher Ritter durch die unblutige Übergabe der Stadt bewahrt werden kann, dürfte die göttliche Vorsehung Seiner Hoheit recht geben.«

»Ein außerordentlich großzügiger Standpunkt«, sagte Isabella unzufrieden. »Ich glaube, daß unser Großinquisitor ihn nicht zu teilen vermag.«

»Ich bin wohl nicht gerufen worden«, versetzte der Kardinal mit leisem Hohn, »um die Anschauungen des Priors von Santa Cruz den Hoheiten zu verdolmetschen!«

»Ich will in zwei Monaten Granada haben!« schrie der König mit funkelnden Augen. »Und deshalb muß der Friedensvertrag von mir und der Königin heute noch gefertigt werden.«

Isabella zuckte unter der wütenden Gebärde ihres Gatten zusammen. »Ich werde unterschreiben!« sagte sie nicht ohne Überwindung. »Aber ich möchte meinen Gatten in Gegenwart unseres Kanzlers etwas fragen.«

»So frage!« Ferdinand hatte sich verwandelt. Er neigte sein Gesicht zu der Königin, und jeder seiner Gesichtszüge war Bereitschaft und Entgegenkommen.

»Wir haben ein Versprechen um des Glaubens willen gegeben. Es ist nach der Einnahme Granadas fällig. Torquemada wird nicht zögern, die Erfüllung des Versprechens mit größter Pünktlichkeit einzufordern. Beabsichtigst du, auch ihn zu betrügen?«

»Nicht ich, sondern du hast Torquemada ein Gelübde abgelegt. Es ist daher nicht meine Sache, über seine Einhaltung schlüssig zu werden.« Ferdinand hielt noch immer den Kopf außerordentlich höflich vorübergeneigt. »Ich fürchte, du hast nicht den Mut, Torquemada mit gleicher Münze zu bezahlen wie den kleinen Mann in der Alhambra.« Er stellte sich in Gedanken beide nebeneinander vor, den Großinquisitor und Abu Abdallah. Der Gedanke, den Dominikaner dem Fürsten von Granada gleichzusetzen, entlockte ihm ein lautes Lachen.

Isabella blickte den Kardinal bittend an. »Sagt ihm, daß man die Religion nicht beleidigen darf. Ihr liebt Thomas ebensowenig, wie ihn Ferdinand liebt. Aber kann man sich vor sich selber zum Gespött machen? Ich habe Torquemada ein schwerwiegendes Versprechen gegeben. Muß ich es nicht halten?«

Mendoza betrachtete die Königin mit leisem Mißtrauen. »Wenn es den wahren Glauben betrifft, muß Eure Hoheit es halten. Aber ob ein Gelübde den wahren Glauben betrifft, steht nicht immer fest. Manchmal hält man etwas für eine Glaubenssache, was nur Sache des Ehrgeizes oder der Herrschsucht ist. Ich möchte auch nicht den Dominikaner zum Richter darüber machen, ob Euer Gelübde Glaubenssache ist.«

Isabella schüttelte den Kopf. Plötzlich war Mendoza nicht mehr da. Auch Ferdinands Gestalt wurde in dem halbdunklen Raum undeutlich. Vor ihr schien an Stelle des Kanzlers der Dominikaner zu sitzen. Seine schwarze Kutte füllte genau die Stelle aus, die Mendozas roter Kardinalsmantel eingenommen hatte. Das gutproportionierte und freundliche Gesicht des Erzbischofs war durch eine bleiche und bösartige Maske ersetzt. Die glaskalten Augen des Großinquisitors blickten sie unbarmherzig an. Warum hatte sie doch dieses Versprechen gegeben? Damals war so viel über sie hereingebrochen: Der Bericht über den Prozeß zu Segovia, eine Anzahl fürchterlicher Träume, die vielleicht aus einem bösen Gewissen kamen, und die tägliche Mahnung des Alten, die mißtönend und wie ein schmerzerregender Klang in den Ohren gellte.

Isabella hielt beklommen die Hand vor die Augen.

Da hörte man Ferdinand etwas sagen. Der König war über die Zusage seiner Gattin, den Vertrag zu unterschreiben, sehr zufrieden. Er sprach anerkennende Worte zu der neben ihm sitzenden Gestalt. Diese aber nahm die Hand vom Schoß fort. Ihre weiße, vom Bischofsring überragte Fläche blendete. Und mit einem Male war Mendoza wieder Mendoza, die Kutte Torquemadas verwandelte sich in die mit Spitzenmanschetten besetzte purpurrote Robe des Kardinals, und dieser setzte seine Rede fort.

»Man sollte mit seinem dem Glauben gegenüber abgelegten Gelübden mäßig sein. Niemand weiß, ob nicht in kürzester Frist Verhältnisse eintreten, die Gelübde, wie Verträge hinfällig machen. Der wahre Glaube verlangt kein Gelübde. Er ist mit der demütigen Hingabe zufrieden.«

»Sehr gut, Eminentissime!« sagte Ferdinand. »Dieses Wort gilt für den Friedensvertrag wie für alle anderen, übereilten oder allzulange überlegten Versprechungen.«

6

Gonzales, der Beauftragte der Kronen Kastilien und Aragon, ging zwischen zwei Herolden durch den Saal der Segnung. Er blickte nicht rechts, noch links. Die Herrlichkeiten der durchschrittenen Räume ließen ihn kalt. Erst als er vor dem Emir stand, beugte er leicht sein Knie, entrollte die Friedensurkunde und legte sie vor El Chico nieder.

Abu Abdallah wartete geduldig, bis Malik das mit goldbrauner Tinte geschriebene und mit unförmigen Siegeln beschwerte Dokument zu Ende gelesen haben würde.

Malik bemühte sich, seinem Herrn über die Qual der Stunde fortzuhelfen. »Der König von Aragon«, rekapitulierte er, »verspricht uns volle Sicherheit. Nicht nur uns, sondern allen in den bereits besetzten und den noch zu besetzenden Gebieten wohnenden Personen, für sich und ihre Weiber, Kinder, Tiere, Grundstücke, Gärten, Äcker, und alles, was sie besitzen. Sie sollen keine andere Steuer zahlen als den Zakat und den Zehnten vom Ertrag ihrer Pflanzungen.

Dies gilt für alle, die ihren Aufenthalt in Granada fortzusetzen wünschen. Wer die Stadt verlassen will, ist berechtigt, seinen Grundbesitz an Christen oder Muslimen um den ihm genehmen, im Wege freier Vereinbarung festzusetzenden Preis zu verkaufen. Sein Wille ist keiner Beschränkung unterworfen, eine Übervorteilung ist ausgeschlossen.«

Der Emir nickte wie im Traum.

»Wer nach Afrika auswandern will, kann nicht nur seinen Grundbesitz verkaufen, sondern auch alle seine Habseligkeiten mit sich nehmen und zu Schiff bringen, nach jedem beliebigen Punkt der moslimischen Gebiete, ohne Frachtgeld oder Abgabe zu bezahlen. Für diese Vergünstigung ist eine Frist von drei Jahren gesetzt.«

Abu Abdallah blickte den Gesandten mit halbgeschlossenen Augen an. »Alles?«

»Und überdies genießt der Muslim, der zu Granada bleiben will, volle und unbeschränkte Sicherheit.«

Der Emir lächelte maskenhaft. »In diesem Papier sind viele Vorteile enthalten. Ich muß zugeben, daß Gott die Könige der Christen mit Mitleid gegen uns erfüllt hat. Denn er hat sich und andern Barmherzigkeit vorgeschrieben.« Das Lächeln auf dem Gesicht El Chicos verstärkte sich. »Ihm glauben nur diejenigen nicht, die sich selbst verderben wollen. Aber darf man einem Versprechen der Könige glauben?«

Der Gesandte war auf diesen Zweifel gefaßt. »Der Vertrag, und zwar jeder Punkt dieses Vertrages, soll auf die Hostie von den Hoheiten beschworen werden.«

»Ich bin für Frieden«, versicherte der Emir. »Wir alle sind müde. Wir haben siebenmal um den Turm der Saline gekämpft, der jetzt in Trümmern liegt. Viermal habe ich den Turm von Roma zurückerobert. Jetzt ist er eine Ruine. Das Castell von Allauzat habt ihr dreimal zerstört, die Festung Salobrena zweimal. In den Gebieten von Alfacar, Maracena, Yamur, Aljadwa, Rabit und im Wadi Monachil sind Saaten und Felder, die dank der unerschöpflichen Gnade Gottes dreimal im Jahr Ernte gaben, derart verwüstet, daß sie erst wieder nach Jahren ertragreich gemacht werden können.«

Gonzales versuchte den Emir zu beruhigen. »Wir werden mit möglichster Schonung die Kriegsschäden zu beseitigen versuchen. Alle verwüsteten Gebiete sollen ehestens wieder urbar gemacht werden. Niemand soll Hunger leiden.«

»Ich glaube es«, sagte El Chico dumpf. »Warum sollten Ihre Hoheiten nicht bemüht sein, dieses Land für

schen. Hierauf werdet Ihr unverzüglich den Weg nach dem Euch zu Lehen gegebenen Fürstentum der Alpuxarren antreten. Das erwähnte Tor wird auf ewige Zeiten vermauert.«

»Ich werde knien«, sagte der Emir blaß, »und Ihrer Hoheit die Hand küssen. Die Königin ist eine majestätische Frau und hat sehr schöne Hände. Aber muß mir diese Erniedrigung angetan werden?«

»Vasallen dürfen sich über die Zumutung nicht beklagen, dem Lehensherrn die Hand zu küssen.«

»Ich bin zu gering, der großen Königin die Hand zu küssen«, entgegnete El Chico. »Aber ich bin doch nicht gering genug, um ihr Granada kniend auszuliefern. Kann mir die Schande des Fußfalles und des Handkusses nicht erspart bleiben?«

»Der Kanzler besteht darauf«, sagte Gonzales. »Die ganze Stadt muß sehen, wie Eure Hoheit den Handkuß leistet.«

»Warum soll ich mich nicht demütigen?« murmelte der Emir. »Auch die Alhambra wird einmal zerfallen. Diese Kuppel wird einmal einstürzen, die in Marmor eingegrabenen Zeichen unseres Wahlspruches werden zerbrechen, und vielleicht wird man irgendein andres Gebäude aus diesen roten Steinen bauen.«

Der Geheimschreiber fiel in die Knie. Er legte schweigend seinen Mund auf die offenen Hände El Chicos.

»Ich habe nicht einmal den Mut, nach Afrika auszuwandern«, gestand Mohammed abu Abdallah. »Ich will versuchen, in diesem Lande zu bleiben. Begreift ihr meinen Mangel an Stolz? Aber ich ziehe die Einsamkeit in den Alpuxarren dem Lärm einer Stadt wie Fez, Marokko oder Tunis vor. Ich will nur noch wenige Jahre leben. Niemals habe ich das Land so geliebt, wie jetzt, da ich es verlassen muß.

Ich werde knien, mein Herr Gesandter. Und wenn es mir aufgetragen werden sollte, werde ich auch Almosen sammeln als Pilger oder Bettler. Ich hoffe, daß keiner lachen wird, wenn er mich knien sieht.«

SECHSTES KAPITEL

Abraham Senior

1

Am 2. Jänner des Jahres 1492 standen Don Isaak, der Direktor der Finanzen Kastiliens, und Don Abraham, der Fiskal des kastilischen Hofes, an den Zinnen der Alhambra. Von unten tönten dumpf und vom Wind zerstreut die Lobgesänge der einziehenden Mönchs- und Nonnenorden. Zwischen Gewölk wurde hie und da ein Streifen Sonne sichtbar. Eben verschwand die traurige Karawane des in die Alpuxarren abziehenden Emirs hinter einer Hügelkette. Die Stadt Granada lag wie ein Opalgeschmeide in dem wechselnden Licht. Das dunkle Rot des vielfach verwendeten Porphyrgesteins wurde von dem Weiß marmorner Brunnen, dem Blau des Wasserbeckens, dem zarten Grün winterlicher Bäume und dem Ockergelb hochgetürmter Dächer unterbrochen.

»Es ist vorüber«, sagte Senior. Er verzog sein Gesicht zu einer Grimasse des Überdrusses und betrachtete seinen eigenen Prunkmantel, der steif und goldstarrend an ihm niederhing.

»Die Könige haben gesiegt«, entgegnete Abravanel. »Wir haben bezahlt. Aber die Juden Granadas haben Frieden.«

»Heute«, sagte Senior und lachte.

Abravanel wandte erstaunt den Kopf. »Wurde nicht hundertachtmal in den Kapitulationen von beiden Königen versichert, beteuert, beschworen und versprochen, jede einzelne Bedingung der Kapitulationen jetzt und später, heute und in alle Ewigkeit befolgen und befolgen zu lassen?«

»Beschworen.« Senior hörte nicht auf zu lachen. »In alle Ewigkeit, Amen.«

»Warum lachst du, Rabbi Abraham? Ich möchte gerne den Grund deines Gelächters wissen.«

»Weil du an die Ewigkeit glaubst, die abgelaufen ist, ehe sie noch begonnen hat. Weil du ein Versprechen des Hauses Transtamare ernst nimmst. Weil du ein Narr bist, Don Isaak.«

Isaak Abravanel schüttelte den Kopf, als hätte er die Worte des Hoffaktors gar nicht verstanden.

»Aber selbst wenn du Recht hättest«, fuhr Senior fort, »was haben wir Juden Kastiliens davon? In Granada, obwohl es weit kleiner ist, wohnen nicht viel weniger Juden als in Kastilien. Weißt du, was das bedeutet? Wir haben den Juden in Granada mit Hilfe des armen El Chico günstige Bedingungen erpreßt. Und wir selbst gehen dabei zugrunde.«

Aus der Tiefe wehten Kreuzesfahnen. Unter wallenden Brokathimmeln schritten Kirchenfürsten langsam zwischen schwarzen Kutten. Räucherbecken schwangen an langen Silberketten und warfen Wolken weißen

Rauchs über die Köpfe der Schreitenden. Und während sich die Prozession dem Tor der Burg näherte, konnte man das Heiligtum sehen, das zwanzig blutige Kriegerfäuste trugen, eine hölzerne und primitiv bemalte Muttergottes, deren Haupt eine winzige Krone bedeckte. Sie blickte mit puppenhaften Augen vor sich hin, die wie von einem großen Staunen in eine einzige Richtung gezwungen wurden. Rings funkelte es von hocherhobenen Monstranzen, deren Strahlenkränze zackig um kleine goldene Rahmen standen.

Abravanels Augen folgten der Prozession. Man erkannte die Fürsten der Kirche, die hinter dem Allerheiligsten schritten, den sanften Bischof Talavera, den in Glanz und Majestät gehüllten Kardinal Mendoza und den Großinquisitor, dessen Kutte die bunten Farben seiner Begleiter wie ein Streifen Nebel bedeckte. Plötzlich taumelte Torquemada und sank in sich zusammen. Sein hageres Gesicht wurde fahl. Ein junger Offizier der Leibwache sprang vor und stützte den Großinquisitor.

»Torquemada ist sehr krank«, bemerkte Abravanel, »vielleicht hilft uns der Ewige von ihm.«

»Ehe er uns nicht noch manches Böse angetan hat«, lachte Abraham Senior, »gönnt er sich nicht, sich zur Ruhe zu legen.«

»Wer ist der junge Mann, der ihm Beistand leistet?« fragte der Portugiese.

»Ein Edelmann aus Saragossa.«

Die Prozession kam immer näher. Jetzt dröhnte der Gesang von tausend Stimmen wie ein Gewitter um die Ohren der beiden Juden. Weihrauch stieg in strengen und aufrechten Säulen langsam gegen Himmel. Immer strahlender wurde der Glanz von Gold und zu blitzenden Kränzen geballten Juwelen. Eine Fülle von Gesichtern strömte vorüber. Mönche zeigten ihre unzugänglichen und harten Mienen. Edelleute bändigten fröhlich ihre ungeduldigen arabischen Pferde. Baldachine schwankten in glühenden Farben vorüber, wie große Vögel, deren Schwingen an der Erde klebten.

»Wie sie sich freuen!« sagte Don Isaak. »Mit Recht. Heute sind sie erst wirklich selbständig.«

»Waren sie es früher nicht?«

»Wir haben den Maurenkrieg organisiert«, schrie Senior Don Isaak ins Ohr, um nicht vom schrillen Chorgesang der Prozession übertönt zu werden. »Solange der Krieg dauerte, hingen sie von uns ab. Sie brauchten uns. Seit gestern sind wir überflüssig geworden, mein Freund. Dreimalhunderttausend Juden, die man nicht mehr benötigt.«

Isaak Abravanel verschränkte seine Arme, und seine Augen drückten Zweifel aus.

»Du kannst dir das nicht vorstellen, Don Isaak? Man wird es dir bald beweisen. Ich habe von Rabbi Meschullam aus Rom Nachricht erhalten.«

»Was weiß er?«

»Bei Seiner Heiligkeit, dem Papst Innozenz, ist ein Brief aus Toledo eingelangt. Er enthält eine Reihe von Anklagen gegen uns. Wir werden arger Dinge beschuldigt. Soll ich dir die einzelnen Anklagepunkte vorlesen?« Abraham Senior zog ein Papier aus der Tasche und begann ein seltsames Verzeichnis vorzulesen. Ab und zu unterbrach er sich und verzog sein Gesicht. Sein

Grinsen glich einem Zerrbild aus Angst und Hohn. »Die Liste beginnt mit dem Jahre 1250. Damals soll der heilige Dominik de Val, ein Kind aus Saragossa, von unseren Leuten gekreuzigt worden sein.«

»Ein Greuelmärchen. Der kleine Dominik de Val hat nie gelebt. Aber trotzdem haben unsere Feinde durchgesetzt, daß König Alfons fünf Jahre später das Gesetz de las Partidas gegen uns erließ.«

»Zu Segovia soll im Jahre 1406 von den Juden zugestandenermaßen eine Hostie entführt und beschimpft worden sein.«

»Sie haben«, unterbrach Abravanel den Hoffaktor, »unter der Folter gestanden. Drei Tage lang hat man ihnen zugesetzt.«

»Vier Jahre später wurde der Hofarzt und Großrabbiner von Kastilien, Meier Alguadez, schuldig erkannt, König Heinrich vergiftet zu haben.«

»Heinrich starb an Schwindsucht«, murmelte Abravanel. »Alguadez hat ihn mit unglaublichen Künsten zwei Jahre über seine Zeit am Leben gehalten. Das hat Salomo Halevi, der sich nach der Taufe Paul von Burgos nannte, ausgenützt, um ihm den Prozeß zu machen.«

»1410 sollen außerdem die Juden mehrere Hostien geschändet und es eingestanden haben.«

Der Portugiese nickte. Sein Kopf sank schwer auf die Brust und blieb dort eine Weile liegen.

»Dann weiß der Brief von einer Pulververschwörung, die im Jahre 1445 zu Toledo stattfand. Man beabsichtigte, ein geheiligtes Bild der Muttergottes samt Tausenden von Gläubigen in die Luft zu sprengen.«

»Beabsichtigte«, wiederholte Don Isaak leise. »Die Folterbank liefert unwiderlegbare Informationen –«

»Ein Jahr später sollen die Juden zu Tabara und Benevente Feuersbrünste gegen Kirchen gelegt haben.«

Abravanel antwortete nicht mehr. Er starrte wie in tiefem Nachdenken zum Komaresturm hinüber.

»In den Jahren 1452 und 1454 wurden zu Valladolid und auf dem Gut Almarza neue Kinderkreuzigungen entdeckt.«

»Mach ein Ende«, flüsterte Don Isaak.

»Willst du nicht die Liste zu Ende hören? Noch drei Kreuzigungen, eine Hostienschändung, vier Beleidigungen des Kreuzes –«

»Nein!« schrie Abravanel.

»Du hast nicht einmal Geduld, diese Bezichtigungen anzuhören. Andere mußten sie eingestehen und ihretwegen sterben. Deine zarten Ohren verletzt die Vorlesung dieser tollen Fabeln. Aber Menschen mit ebenso zartem Gemüt wurden so lange gefoltert, bis sie sich zu ihnen bekannten.«

Der Portugiese schrak zusammen, als wäre er aus einem bösen Traum geweckt worden.

»Um uns die Verübung weiterer Untaten unmöglich zu machen, schlagen die Könige dem Papst Ausweisung aller Juden aus den christlichen Ländern, insbesondere Kastilien, Leon, Aragon, dem Kirchenstaat und Neapel, vor.«

»Wenn du die Wahrheit sagtest!« stöhnte Abravanel.

»Meschullam versichert uns, daß Innozenz über die Anklagen gelacht hat.«

»Wer lacht nicht darüber? Sind wir Werwölfe? Tauchst du gern deine Hände in noch rauchendes Kinderblut?« Abravanel schloß die Augen. Er klammerte sich an einen Pfeiler und rüttelte ihn mit beiden Händen, als wollte er sich davon überzeugen, daß die steinerne Mauer noch stand.

»Innozenz hat fünfmal eine Antwort entworfen und seinen Entwurf fünfmal vernichtet. Zuletzt hat er in höflicher Form den Königen seine Mißbilligung ausgesprochen. Nicht so sehr, weil er die Juden liebt.« Senior kicherte. »Aber er haßt den Ratgeber der Könige.«

»Unser Glück«, sagte Abravanel leise.

»Freue dich nicht«, entgegnete der Hoffaktor. »Torquemada ist stärker.«

»Was sollen wir tun?«

»Nichts. Was immer wir tun, es nützt uns nichts.«

»Wir müssen uns doch wehren!«

»Womit? Haben wir Waffen? Uns bleibt nichts anderes übrig, als unauffällig zu werden. Wenn wir unsichtbar sind, übersieht uns vielleicht Torquemada.«

»Ich habe noch niemals einen Juden gesehen, dem es gelungen wäre, unauffällig zu werden. Wir schwimmen immer wie Öl auf der Oberfläche.«

Der Hoffaktor nickte. »Wie bitteres und starkriechendes Öl. Ein Tropfen gibt einem ganzen Faß seinen Geruch. Wir müssen uns geruchlos machen.«

»Was bedeutet diese Rede, Abraham?«

Seniors Gesicht war plötzlich alt geworden. Zahlreiche Falten zerschnitten es. Die Augen lagen müde in den tiefen Höhlen. »Jeder von uns muß sich vom andern separieren.«

»Wir sollen einander verleugnen?« Don Isaak, bebend, trat zurück und stand mit dem Rücken gegen die Mauer, die sich von seiner verkrümmten Gestalt hoch und strahlend abhob. »Ich verstehe dich nicht.«

»Immer hat man den einen von uns verbrannt, während der andere zur Rechten des Königs sitzen durfte. Jeden Tag hat man einige Dutzend von uns erschlagen und ausgeplündert. Und was hast du bisher für deine Brüder getan, Isaak? Du hast Sammlungen veranstaltet, um Gefangene loszukaufen.«

Der Portugiese richtete sich auf. Seine Hände zitterten noch immer. »Ich habe Sammlungen für andere veranstaltet. Und du, Abraham, hast dein eigenes Vermögen vermehrt. Wozu?«

»Um mich selber loszukaufen!«

»Dich?«

Senior blinzelte verwirrt und wich dem Blick des andern aus.

Die Prozession war in die Vorhalle der Burg eingetreten. Die feierlichen Klänge des ambrosianischen Lobgesanges erschollen.

»Überläufer«, flüsterte der Portugiese. Man hörte ihn kaum. Aber auf seinen Lippen bildete sich das Wort groß, drohend und voll furchtbarer Beschwörung.

2

Juan Fonseca ritt am selben Abend kreuz und quer durch die Straßen der Stadt. Noch lag der Lärm und das Triumphgeschrei des Einzugs in der Luft. Die dünne und klare Atmosphäre war mit fremden Düften erfüllt. Es war die Stunde des Gebetes, in der sonst die Sure des Rauchs gesprochen wird oder die Sure »Gesegnet sei die Herrschaft«. Der ungewohnte Klang der Glocken vermischte sich mit dem Rufen des Muezzin. Von den flachen Dächern der maurischen Paläste wurden heimlich die Kreuzesfahnen niedergelassen, die man zum Schutz gegen Plünderung aufgezogen hatte. In manchen Fenstern stand noch ein vergessenes Marienbild.

Aus den offenen Türen der Schenken tönten kastilische Flüche, während nebenan ein einsam wohnender Gelehrter mit lauter Stimme die Worte hersagte: »In deinem Namen, o Herr, legte ich mich nieder. Und in deinem Namen will ich mich morgen erheben. Vergib mir meine Schuld.«

Ritter Juan ließ seinen Gaul traben. Niemand hielt ihn auf. Niemand störte ihn. Ein offener Garten zog ihn an, den der südliche Winter keineswegs entblättert hatte. Breite und hochstämmige Palmen standen im Kreise um einen Rasenplatz. Auch hier gab es Brunnen. Das Wasser umschloß wie ein Gefäß aus grünem Glas die flachen Becken und ergoß sich lautlos und in breiten Bändern von Brunnenrand zu Brunnenrand, matt leuchtend und von dem immer dichter werdenden Dunkel nicht berührt.

Tiefer im Park, wie mit einem zarten und unkörperlichen Pinsel auf silbernen Hintergrund gezeichnet, stand ein Haus. Das Tor, von zweimal gebogenen Marmorwindungen überkrönt, war hell. Der offene Eingang wurde von keinem Torhüter beschützt.

Juan band sein Pferd an eine der Säulen und betrat vorsichtig die Halle. Über zwei auf- und absteigende Treppen kam er wieder in einen Hof. In dem Wasser eines viereckigen Beckens spiegelte sich der klare Abendhimmel. Und während Juan sein Bild in dem ruhigen Wasser betrachtete, schien ihm, als wäre die ganze Stadt Granada vergangen. Hinter den geschmückten Mauern standen die Wipfel hoher Bäume. Das Geräusch der aus Entsetzen und Spannung sich langsam in Schlaf einwiegenden Stadt war zu einem sanften Flüstern geworden.

Juan trat wieder in einen Korridor und erkannte jetzt, daß er in ein von einem riesigen Park umgebenes Bad geraten war. Durch sechseckige Öffnungen sah man oben den gestirnten Himmel. Das Wasser in den Becken gurgelte leise, und eine einzige Fackel erhellte den einsamen Saal. Aber weitergehend kam Juan in eine kleinere Halle. Und in dieser saßen in weißen Leinenröcken eine Anzahl Männer auf bunten, winzig gemusterten Teppichen. Höflich von den Anwesenden begrüßt, ließ sich Juan seitwärts nieder. Der Marmor des Bodens war kühl. Aber Juan war erregt und seine Stirn von Schweißtropfen bedeckt.

Ein junger Mann, den man Achmed nannte, führte aufreizende Reden.

»Ist Allah allmächtig?« fragte er den Badehausbesitzer, einen Mann mit tatarischen Schlitzaugen und langem dünnen Bart, der gerade seine Besucher mit Konfekt versorgte.

»Wer kann daran zweifeln?« entgegnete der Hausherr.

»Verabscheut er den Islam?«

Der Badehausbesitzer knurrte Unverständliches.

»Und doch hat er Granada aufgegeben?« sagte Achmed. »Granada, Cordova, Sevilla, Toledo? Was folgt daraus?«

»Laß dich nicht hinreißen, Achmed!« bat der Tatar. »Sag nichts Ungehöriges.«

»Ich werde doch noch behaupten dürfen, daß Allah uns im Stich gelassen hat. Abu Hanifa sagt, er führt zuweilen irre aus Gerechtigkeit. Und ich sage, daß er sich einen Dreck aus uns allen macht.«

»Du weißt nicht, was du redest!« schrie der Badehausbesitzer.

»Die Götter treiben ebensolchen Handel mit unseren Seelen wie die Könige. Der Beherrscher der Gläubigen hat uns an Kastilien verschachert. Und da soll ich nicht auf die Rechtgläubigkeit pfeifen?«

»Jetzt hast du dich um deinen Kopf geredet!« schrie der Hausherr.

»Mach dich nicht lächerlich«, grinste Achmed. »Im schlimmsten Falle laufe ich zu den Christen über. Ihr glaubt mir nicht? Alle werdet ihr noch überlaufen. Oder wollt ihr vom Baume Zakum essen und Feuer verschlingen, wenn Torquemada über euch kommt?«

»Torquemada hat kein Recht über uns!« sagte ein alter Mann und zerbiß schmatzend ein Stück Konfekt.

»Der Vertrag schützt uns vor ihm. Und wie lange dauert es, bis aus Marokko und Fez Ersatz anrückt, um uns aus den Händen dieser Teufel zu befreien.«

»Was für ein kindliches Gemüt!« spottete Achmed. »Uns befreit niemand. Alle warten schon darauf, mit den Christen zu schachern. Ich höre, die Spanier haben kein Talent, Handel zu treiben. Warum sollten wir nicht auch verdienen?«

»Du warst immer ein Lump, Achmed«, sagte der Badehausbesitzer. »Du wirst die Geistlichen der Christen ebenso betrügen, wie du Allah betrügst.«

»Ich habe nur vor einem einzigen Ding auf der Welt Respekt«, erklärte Achmed. »Das ist die Inquisition.« Er brach plötzlich ab und wandte langsam den Kopf.

»Ich glaube, ich habe schon zuviel gesagt. Hinten sitzt einer. Wenn ich mich nicht täusche, ist er ebenso schlau, wie er einfältig aussieht.« Er stand auf und trat auf Juan zu. »Hast du gut aufgepaßt und dir jedes meiner Worte eingeprägt? Ich habe nichts gegen die Kirche gesagt. Ich habe wohl erklärt, auf die Rechtgläubigkeit zu pfeifen. Aber damit habe ich nicht euren Glauben, sondern den unseren gemeint!«

Alle Anwesenden starrten Juan an, der unbefangen seinen Mantel öffnete, und seine kastilische Uniform sehen ließ.

»Ich habe wirklich mit der Inquisition nichts zu schaffen«, versicherte er. »Ich habe mich verirrt.«

»Gerade in dieses Haus?« erwiderte Achmed. »Du bist ein Spitzel!«

Der junge Mann brach ab. Der Hausherr erhob sich und winkte dem Fremden mit den Augen. Juan grüßte höflich und folgte dem Bärtigen auf den Korridor.

Er glaubte, daß er dem Ausgang zugeführt würde. Aber plötzlich sah er sich in einer kleinen Badezelle. Eine gelbe Ölflamme sprang hoch. Auf dem Tisch stand Brot und Wein. Und aus einem Rohr ergoß sich murmelnd rauschendes Wasser in ein Marmorbecken.

Kaum hatte sich Juan erstaunt zum Mahl gesetzt, als die Tür leise aufging. Ein junges Mädchen trat ein. Es stand eine Weile vor Juan und betrachtete ihn mißtrauisch. Juan aß mechanisch seinen Bissen zu Ende. Dann rückte er ein Stück fort, um seiner Besucherin Platz zu machen. Das Mädchen öffnete zögernd das leichte Gewand.

Juan schüttelte den Kopf. Ihn verlangte nicht nach Liebe. Die Erschütterungen des Tages hatten ihn in eine dumpfe Bestürzung versetzt, die ihn gegen die Lockungen eines Frauenkörpers unempfindlich machte.

»Du magst mich nicht?« sagte das Mädchen erstaunt. »Warum hat man mich zu dir geschickt?«

»Du scheinst froh zu sein, daß ich dich nicht berühre.« Juan merkte plötzlich, daß sein Arabisch spröde klang. »Wozu kommst du hierher?«

»Ich bin Bademädchen«, erklärte Juans Gesellschafterin mit fremdartigem Dialekt. »Und da ich Eigentum des Hausherrn bin, steht es ihm frei, über mich zu verfügen.«

»Und ich«, versetzte Juan, »bin Gefangener.«

»Was hast du mit mir vor, Christ?«

»Nichts«, konstatierte Juan beinahe belustigt. »Warum hast du solche Angst vor den Christen?«

»Eure Religion flößt mir durchaus keine Angst ein.« Das Mädchen wurde zutraulicher und setzte sich in einiger Entfernung von Juan nieder. »Aber – ich bitte um Entschuldigung – eure Ungewaschenheit. Man behauptet bei uns, daß die Christen hundert verborgene Krankheiten haben, die sie auf die Frauen übertragen. Und alles kommt davon, weil die Imams der Christen ihnen strenge das Baden verboten haben. Angeblich werden alle, die Bäder nehmen, als Ketzer verbrannt.« Das Bademädchen schüttelte sich. »Kommt ihr wirklich schmutzig zu euren Frauen? Und ist es bei euch ein solches Verbrechen, seinen Körper warmem Wasser anzuvertrauen?«

Juan verstand nur zur Hälfte, was sie sagte. Er machte eine abwehrende Handbewegung. »Man hat dir ein albernes Märchen erzählt.«

»Verzeih«, sagte die leichtbekleidete junge Person. Ihr Körper strömte einen Geruch von wilden Blumen aus. »Möchtest du nicht in die Wanne steigen? Ich will dir gerne alle notwendigen und vorgeschriebenen Handreichungen leisten.«

Der Mann aus Saragossa antwortete nicht. Er starrte vor sich hin ins Halbdunkel. Der kaum sichtbare warme Mund neben ihm plauderte leise hin und wieder einige Worte, die Juan kaum verstand. Es mußte eine afrikanische Mundart des Arabischen sein, die man in Kairuan oder Merrakesch redete. Zarte Finger reichten ihm auf silbernem Teller einige seltsam geformte Früchte. Er aß eine von ihnen, die wie bitterer Honig schmeckte.

Als er nach einer Weile die Hände nach dem Mädchen ausstreckte, griff er in die leere Luft. Denn plötzlich schienen die Mauern des Hauses auseinander zu treten. Die Stadt lag offen und durchsichtig vor ihm. Ein leichter Rausch umfing den Gefangenen. Aber er beschwerte ihn nicht. Vielmehr schien er ihn emporzuheben. Juan sah den Glanz kostbarer Bibliotheken, die teppichverhangene Stille von Moscheen, die marmorne Einsamkeit altersgrauer Adelshäuser. Eine Stimme sang filigrane Verse Ibn Zaiduns. Juan hatte sie oft gehört. In altertümlichen, kunstvollen und doch quälend eindringlichen Rhythmen rollte die Legende von der schönen Wallada ab, bildhaft und voll verborgener Glut.

Von neuem legten sich Schleier auf Juans Hirn. Er glaubte den Körper des Bademädchens neben sich zu verspüren. Sie schien ihre Lippen den seinen entgegenzuhalten. Allmählich sank er in einen tieferen Rausch, der trauervoll süß war und von einer Melancholie, die an die Nächte seiner Jugend erinnerte.

Am Morgen wurde Juan wachgerüttelt. Zwei Kastilier von der Wache des Königs gossen ihm Wasser auf die schmerzenden Augen.

»Auf, Herr! Es hat lange gedauert, ehe wir Euch wachgekriegt haben!«

»Was gibt's?« fragte der Ritter Fonseca schlaftrunken. »Was wollt ihr?«

Der eine der Männer roch zu der Schale, die vor Juan stand. »Haschisch!« sagte er.

3

Nur mit größter Zurückhaltung nahm der Hof von der Alhambra Besitz. Isabella schritt mißtrauisch durch den Königssaal im Löwenpalast, als ob sie fürchtete, die Fülle blühenden Rankenwerks, die tausendmal umgestaltete Schrift an den Wänden, könnten einen Zauber ausüben, dem gegenüber die Anrufung der Dreieinigkeit und die Weihe durch christliche Priester machtlos wären. Man stand vor einer erregenden Landschaft verführerischer Ornamente, deren Weichheit alle Grundsätze abtötete. Die Stalaktitenkuppel im Abencerragensaal war voll unausdenkbarer Heimlichkeiten. Das Lustschloß Generalife stand in der Mittagssonne unchristlich strahlend und wollustatmend da und schien selbst dem finsteren Besucher ein leises Glück einzuhauchen. Niemand wollte es sich eingestehen, aber alle empfanden das Verlangen, unter dem Bogen der Eingangshalle die Stufen zu erklimmen und zwischen blassem Blau und gedämpftem Gold in die schweigenden Räume einzutauchen, um nie mehr zum Vorschein zu kommen. Mancher Pavillon, getragen von schmächtigen und blumenstengelhaften Säulen, war wie ein Liebesversprechen. Der Myrtenhof lockte zu immer weiteren Teichen und immer klareren Wasserspiegeln. Der weiche Rasen der Gärten streichelte die Fußspitzen und machte selbst den einfachsten Gang zu einer heimlichen Lust. Jedes Rondell in den Parks lud zur Sünde ein.

Eines Tages kam ein schwarzer Schatten durch die

riesigen Säle. Torquemada ging allein. Ganz entfernt schlichen zwei Leibwächter auf den Fußspitzen, angstvoll bemüht, den Generalinquisitor in seiner Betrachtung nicht zu stören.

Der Prior von Santa Cruz schloß zuweilen die Augen. Der Wanddekor blendete ihn. Aber er wandte sein Gesicht nicht ab. Er wollte ergründen, ob die ganze Hölle in diesem heiteren Glanz enthalten war oder doch ein Streifen Himmel. Aber immer wieder fühlte er sich von dem Übermaß von Köstlichkeit gegeißelt und mißhandelt. Er keuchte und mußte mit den Händen nach dem Adamsapfel greifen, um durch langsames Streicheln des Halses Gleichmaß in die Arbeit seiner Kehle zu bringen.

»Ein Leichnam«, murmelte er. »Ein stinkender und pestkranker Leichnam. Man muß ihn verbrennen, damit er seine Krankheit nicht überträgt.«

Er stand lange im Abencerragensaal und schüttelte den Kopf, als wollte er andringende böse Geister vertreiben. Aber das lautlose Leben der mit blumenhaften Gebilden überdeckten Wände begann Besitz von ihm zu nehmen. Aus hundert Wolken stürzte silbernes Licht auf ihn. Die Wände strömten wehmütigen Glanz aus. Der Stein schien zu duften. Und selig schienen sich Rosenbeete aufzuschließen und den Stuck der Wände in blühende Blätter zu verwandeln.

»Verbrennen«, wiederholte er.

Einer der Leibwächter machte schüchtern ein Zeichen. Man hörte, wie das Geräusch von Schritten hallend sich aus den benachbarten Bogengängen näherte. Torquemada achtete nicht darauf. Er sah nichts, als den schmerzenden Glanz der mit heidnischen Sprüchen bedeckten Wände.

»Ich habe mich verspätet.« Die Stimme der Königin brach sich an den Wänden und war von einem vielfachen Widerhall begleitet. Isabella lächelte freundlich. Die Marquise von Moya nahm ihr den Mantel ab. Niemand war sonst bei ihr. Man hatte das Gefolge in einem Nebensaal zurückgelassen. »Aber keines meiner vielen Geschäfte hat mich abgehalten, Euch die geheime Audienz zu bewilligen, um die Ihr mich gebeten habt.«

Torquemada verneigte sich. Er hatte aufgehört, seine Umgebung zu betrachten. Er sah die Königin an. »Ich muß mit Eurer Hoheit unter vier Augen sprechen.«

Isabella winkte. Die Marquise von Moya trat zurück.

»Wie gefällt Euch diese Burg, mein Vater?«

»Diese Burg muß zerstört werden!«

Isabella lächelte. »Wirklich? Und warum?«

»Merkt Ihr denn nicht, daß sie vom Buhlteufel oder zumindest mit seiner Hilfe erbaut worden ist.«

»Ihr wollt doch nicht gegen Steine kämpfen, Hochwürdigster?«

Torquemada blickte unwillig um sich. Dieses Triefen von Glanz, der von den Wänden rann, tat seinen Augen weh. Es glitzerte wie ein Gewirr von Milchstraßen, in denen unzählige Sterne verborgen waren. Die höllischen Zierate glichen Spinnennetzen, in denen sich Seelen fingen.

»Ich sehe schon, daß Eure Hoheit mir diese Burg nicht opfern will. Sie bedeutet ein Spielzeug für Euch, das Euch zu gut gefällt, um preisgegeben zu werden.«

Isabellas Lächeln hatte immer noch etwas Bezauberndes. »Ich danke Euch, mein Vater, für Eure Geduld.«

Der Großinquisitor strich die Kutte straff. Er blickte die Königin aus tiefliegenden Augen an. »Ich habe fünfzig Jahre den Herrn gelobt und mich zu seiner Ehre gegeißelt. Ich habe sieben Jahre das Geschrei von Gefolterten gehört. Manchmal glaubte ich, trotzdem verdammt zu sein.« Torquemadas Augen nahmen einen fahlen Glanz an. »Aber ich bin ein Werkzeug.«

»Ich verkenne Eure göttliche Sendung nicht, mein Vater. Aber für uns, die sich mit mehr irdischen Angelegenheiten beschäftigen, ist es nicht immer leicht, göttliche Aufträge zu besorgen.«

»Habe ich Euch nicht den Fall Granadas auf das Jahr vorausgesagt? Habt Ihr nicht ein feierliches Versprechen gegeben, einlösbar nach dem Fall Granadas?«

»Trotzdem stößt die Erfüllung auf Schwierigkeiten. Seine Heiligkeit will unserem Beispiel nicht folgen.«

»Der Heilige Vater macht mit den Juden lieber Geschäfte.«

»Auch wir haben mit den Juden Geschäfte gemacht.«

»Aber Torquemada macht mit niemand Geschäfte.«

Isabella schüttelte den Kopf. Sie begann plötzlich Torquemadas Anmaßung als unerträglich zu empfinden. »Die Vorsehung«, sagte sie mit leisem Spott, »hat uns bisher vor dem schlimmen Einfluß der Juden bewahrt. Weder Abraham, unserem Faktor, noch Don Isaak, unserem Finanzdirektor, ist es gelungen, uns Schaden zuzufügen.«

»Ich muß Eure Hoheit an die Geständnisse des Marranen Garcia erinnern!« Der Dominikaner schob sich näher an die Königin heran. »Garcia nannte mich den Antichristen. Die Hostie bezeichnete er als ein Gemisch von Mehl und Wasser, nichts anderes wert, als ausgespien zu werden –«

Isabella erblaßte. »Solche Worte darf nicht einmal der Großinquisitor wiederholen.«

Torquemada widersprach. Er schüttelte sich, als ob ihn fröstelte. Und während er mit zitternden Händen die Falten seiner Kutte bewegte, schienen Dämonen aus ihnen herauszukriechen, die der Dominikaner mit zornigen Füßen zerstampfte.

»Schon bei der Lektüre der Akten Garcia –« gestand Isabella, »konnte ich nicht glauben, daß Menschen so schlecht sind.«

»Die Worte Garcias sind authentisch. Sie wurden in Gegenwart von zwanzig Zeugen aufgezeichnet. Und Garcia hat nichts anderes gesagt, als was jeder Marrane denkt.« Torquemada prüfte mit mißtrauischen Augen, wie seine Worte auf die Königin wirkten. »Die Marranen«, fuhr er behutsam fort, »sind nicht so schuldig wie die Juden. Denn die Neuchristen wiederholen nur, was die Juden ihnen beibringen. Von ihnen allein gehen alle bösen Handlungen der Conversos aus.«

Torquemada nahm die Hand der Königin und küßte sie ehrfürchtig. »Ich muß Eurer Hoheit weiteren Kummer bereiten. Ich muß noch viel Ärgeres von den Juden sagen. Sie hassen uns. Da sie sich durchschaut sehen, beeilt sich ihr Haß, Böses anzurichten.«

Torquemada schwieg eine Weile. Seine Augen verbreiteten einen dunklen Glanz. Er wartete. Die Königin wich seinen Blicken aus.

»Das Leben Tür an Tür mit den Juden ist unerträglich. Da sie sich weigern, die Taufe zu nehmen, hat die Inquisition keine Macht über sie. Kann eine Regierung dulden, daß wir an unserer schwächsten Stelle unaufhörlich bedroht werden? Die Neuchristen sind unsere schwächste Stelle. Sie sind ein Teil von uns und gehören doch den Juden –«

Isabella hörte regungslos zu. Torquemadas Augen glitten über sie hinweg. Sein saugender Blick wirkte wie das Tasten eiskalter und gespenstischer Finger.

Torquemada bückte sich. Seine Stimme kam dumpf und anklagend von unten. »Mit Hilfe der Conversos wird die Kirche von den Juden grausam erwürgt. Sie wird wie ein wehrloses Geschöpf mißbraucht. Die Juden treiben mit ihr Unzucht. Kann Eure Hoheit dulden, daß man sie täglich aufs neue vergewaltigt?«

Die Königin lehnte abgewandt an einer Säule. Ein leichtes Übelsein überkam sie. Ihr Atem ging schwer. Das Blut schien in den Adern langsam zu erstarren.

»Jeder Mensch«, flüsterte Torquemada, »hat einen Zufluchtsort, wohin er vor seinen Widersachern flüchten kann. Wohin aber kann die Kirche flüchten? Wo sie sich am sichersten glaubt, dort wird sie am häufigsten überfallen. Sie schlägt ihren Wohnsitz in den Kathedralen auf. Aber die von den Juden aufgehetzten Conversos entheiligen die Messe. Die verfolgte Religion flüchtet in die Klöster. Auch dort lauern ihr Judenchristen auf. Als Mönche und Nonnen verkleidet, wehren sie ihr den Eintritt. Selbst in den Grüften und Katakomben ist sie nicht sicher.«

Isabella deckte die Ohren mit den Händen zu. Sie glaubte sich nicht mehr imstande, dem Dominikaner zuzuhören. Seine Worte verwundeten ihre Ohren. Man mußte ihn zum Schweigen bringen.

»Unheimlich, wie sie selber sind, so unheimlich ist ihre Zähigkeit. Man hungert sie aus. Sie werden fett.« Torquemada lächelte verzerrt. »Man treibt sie zehnmal mit Feuer und Geißel aus. Die Vertriebenen schleichen zehnmal auf Hintertreppen in ihre versperrten Häuser. Man schlägt sie mit Knüppeln tot. Ihre Leichname stehen wieder auf. Man schnallt sie an die Garotte. Christen ersticken in den Halseisen. Die Knochen der Juden sind unverwüstlich. Sie überstehen jede Folter.«

Isabella warf einen flüchtigen Blick auf den Dominikaner. Er war gekommen, die Einlösung eines Versprechens zu erzwingen. Sein Vorsatz war nicht zu erschüttern. Gewiß, es gehörte Mut dazu, die Königin zwingen zu wollen, ihr Wort zu halten. Aber was hatte dieser Mensch zu verlieren? Er stand da wie eine schwarze Wolke und verdunkelte den Saal. Alles, was lebte, war schwach und hoffnungslos gegen seinen Vernichtungswillen. Was lag ihm am königlichen Zorn? Wie konnte man glauben, ihn mit neuen Versprechungen zu ködern? Er mißtraute jeder Geste. Er durchschaute jeden Betrug.

»Man hat versucht, die Juden in ihren Stadtvierteln zu erschlagen.« Torquemada lachte laut. »Man hat kein Glück gehabt. Je mehr Menschen unter ihnen umkamen, desto mehr Säuglinge wimmelten in der engen

Judenstadt. Selbst ihre toten Frauen sind behext. Sie verhöhnen das Wort Gottes, der ihnen befohlen hat, fruchtbar zu sein und sich zu mehren. Sie sind fruchtbar wie Maden, die aus einem Leichnam kriechen.«

Isabella stampfte mit dem Fuß auf den Marmorboden. »Genug!« schrie sie. Tief atmend winkte sie der Gräfin Moya. »Es ist nicht mehr nötig, diese Rede fortzusetzen«, sagte sie zu Torquemada.

Man brachte der Königin einen Stuhl. Sie ließ sich erschöpft und mit geschlossenen Augen nieder. Dann lehnte sie sich zurück, öffnete die Augen und betrachtete lange ihre weißen Hände. Eine Viertelstunde verging.

Erst als Isabella völlig Herrin ihrer Nerven war, wandte sie sich dem Großinquisitor zu.

Sehr sachlich wurden die notwendigen Maßnahmen erörtert. Das Edikt, womit die Ausweisung der Juden kundgemacht werden sollte, mußte verfaßt und vorbereitet werden. Man war sich darüber klar, daß Senior und Abravanel erst im letzten Augenblick von diesem Dokument Kenntnis erhalten durften. Denn Isabella hatte nicht nur ein böses Gewissen und schämte sich ein wenig, ihre Vertrauten hinters Licht zu führen. Sie fürchtete auch die Wankelmütigkeit ihres Gatten, der käuflich war und bare Münze liebte.

Torquemada versprach, das Edikt in seinen Kanzleien verfassen zu lassen und es Ihren Hoheiten zur Prüfung und Genehmigung seines Inhaltes persönlich zu übergeben.

Die Königin stand auf. Als bereute sie, zu viel versprochen zu haben, raffte sie hastig die Schleppe ihres

Kleides zusammen. Die Marquise von Moya schlug sorgfältig ein schwarzes Spitzentuch über das Gesicht ihrer Herrin. Nach kurzer Abschiedszeremonie huschte der Schatten des Dominikaners aus dem Saal, die Augen auf den Boden geheftet, mit kleinen, trippelnden Schritten.

4

In diesen Tagen sanken Colons Aussichten so tief, daß er nahezu verzweifelte. Die Königin weigerte sich, den Seefahrer zu sehen. Santangel bemühte sich vergebens für seinen Schützling. Colon versuchte es, den jüdischen Finanzminister für sich zu gewinnen. Abravanel war von einer fremden und ungewohnten Härte. Wenn er sich zeigte, waren seine Züge verkrampft und in sich gekehrt. Er hörte nicht zu. Man konnte ebensogut in eine Leere einreden.

Da wurde Colon vom Obersteuerpächter Senior empfangen. Dieser hatte ihn immer verlacht und seine Bitten um Geld oder Fürsprache mit eindeutigem Hohn von sich gewiesen. Um so erstaunter war der Genuese, als er von Senior Botschaft erhielt, er möchte ehestens mit seinem ganzen Material vorsprechen.

Senior sah nicht gut aus, als Colon bei ihm eintrat. Er hatte ein gelbes, eingefallenes Gesicht. Zuweilen mußte er ein Medikament nehmen, das in einem Elfenbeinkasten verwahrt war. Dann griff er in die Schatulle, die mit zierlichen Jagdbildern bedeckt war, und entnahm ihr eine kleine schwarze Pille, die er hastig in den Mund steckte.

»Es ist mir eine große Freude«, begann der Genuese, »daß Ihr mich anhören wollt, Don Abraham. Wünscht Ihr, daß ich Euch einen einführenden Vortrag halte, wie in Salamanca. Oder soll ich einiges bereits als bekannt voraussetzen?«

»Ich möchte, daß wir uns nicht mißverstehen«, bemerkte Senior. »Ich habe Euch einen kleinen Vorschlag zu machen.«

»Ausgezeichnet«, unterbrach ihn Colon. »Aber nicht, ehe Ihr mich nicht angehört habt. Oder wollt Ihr in meinem Material blättern? Ich habe es sehr übersichtlich und klar zusammengestellt. Ich stelle keine Hypothesen auf, die ich nicht beweisen kann. Ich bringe Argumente, soviel Ihr haben wollt, Don Abraham.«

Senior blätterte in der voluminösen Denkschrift. »Erspart mir Eure Argumente. Da finde ich Aussprüche meines gelehrten Stammesgenossen Benjamin ben Jonah aus Tudela. Rabbi Benjamin würde sich wundern, Euch als Zeuge zu dienen. Und Jean Charlier de Gerson, der Kanzler der Pariser Universität, auf den Ihr Euch gleichfalls beruft, hätte Euch ebenso sicher verbrennen lassen, wie den böhmischen Ketzer Hus.«

»Ich wollte, man hätte mich verbrannt!« murmelte Colon. »Ich würde nicht wie ein Verhungernder herumirren müssen, zwischen bösartigen und ungläubigem Gesindel, das seine gute Laune an mir erprobt.«

»Meint Ihr mich, mein guter Gaukler?« fragte Senior, ohne dem Genuesen seinen Ausfall übelzunehmen. »Ich möchte nur wissen, was Ihr tätet, wenn man Euch wirklich die Ausfahrt ermöglichen wollte. Ich glaube, Ihr würdet mit dem Vorschuß rascher verschwinden, als Ihr gekommen seid.«

»Daß sich diese Juden, die doch die Heilige Schrift empfangen haben, so blind und taub stellen!« Colon lehnte sich müde in seinem Stuhl zurück. »Wenn ich den hundertachtzehnten Psalm vor mich hinspreche, reißt mich die Zuversicht immer aufs neue hoch.« Und der grauhaarige Seefahrer senkte die Lider, so daß es aussah, als schlösse er die Augen, und deklamierte mit den Gebärden eines Verzückten die Verse: »Es ist gut, dem Herrn zu vertrauen und nicht den Fürsten. Nichts als Heiden umgeben mich. Aber im Namen des Herrn vernichte ich sie. Von allen Seiten dringen sie auf mich ein. Aber im Namen des Herrn überwältige ich sie. Sie umgeben mich wie ein Bienenschwarm. Aber dem Feuer in den Dornen ähnlich ersticken sie. Im Namen des Herrn lösche ich sie aus –«

»Meine Anerkennung«, sagte Abraham Senior trokken. »Ihr habt Eure Bibel vortrefflich im Kopf. Und wie ist es mit Esra, Eurem Hauptzeugen?«

»Im vierten Buch, und zwar im sechsten Kapitel, heißt es, daß Gott am dritten Tage den Gewässern geboten hat, sie hätten sich auf dem siebenten Teil der Erde zu versammeln.«

»Auf ein solches Zeugnis gebe ich keinen Piaster«, versicherte der Steuerpächter. »Ebensowenig wie auf die Geschichte von den sieben Bischöfen in den sieben Städten, die vor den Sarazenen in das Weltmeer geflohen sind. Und wenn Ihr mir gar noch mit dem schottischen Abt St. Brandan kommt, der mit seinem Schüler St. Malo die paradiesischen Inseln entdeckt hat, dann werfe ich Euch vor die Tür.«

»Ich kann Euch keine Hypothek auf Indien oder Zipangu bestellen«, knirschte Colon. »Wenn ihr Juden so dumm seid, euch für den Glauben an einen Gott zu opfern, der in den letzten fünfzehnhundert Jahren für euch noch nicht den kleinen Finger gerührt hat, so könntet ihr doch zwei Millionen Maravedi in meinen Glauben investieren. Ich tue kein Wunder. Aber es ist möglich, daß ich euch ein neues gelobtes Land schenke, in dem nicht nur Milch und Honig fließt, sondern Gold auf der Straße liegt.«

»Wenn Leute von Eurem Schlag Gold versprechen, dann nehmen nur Narren solche Versprechungen an. Ich borge kein Geld auf Bibelsprüche. Aber ich würde zweitausend Realen opfern, um Euch über Wasser zu halten, wenn Ihr mir einen kleinen Gefallen tätet.«

»Wollt Ihr vielleicht die Steuerpacht von Indien übernehmen? Da müßtet Ihr erst mit dem Großchan einig werden.«

»Ich bin mit Aragon zufrieden. Aber ich benötige eine kleine Feststellung. Die Königin findet Euch sympathisch. Sie spricht mit Euch sehr offenherzig, Ihr seid weder Jude, noch Neuchrist. Daher seid Ihr geeignet, eine bestimmte Erkundigung einzuziehen.«

Colon blickte den Steuerpächter mit einer hochmütigen Gebärde an. »Was wollt Ihr? Aber vergeßt nicht, daß der künftige Vizekönig und Generalgouverneur aller neuentdeckten Provinzen vor Euch steht.«

»Wir hatten bisher das Vertrauen der Königin. Es

gibt keine Geldangelegenheit, die sie nicht mit mir oder Don Isaak bespricht. Seit einiger Zeit aber hat sie ein Geheimnis. Sie hat wiederholt mit dem Großinquisitor Unterredungen abgehalten, deren Gegenstand wir Juden waren. Torquemada hat die Königin für seine Pläne gewonnen. Stellt mir diskret und mit aller gebotenen Vorsicht Näheres fest.«

»Ich bin kein Spitzel«, erklärte der Genuese bestimmt. »Beauftragt einen anderen. Christobal Colon sucht sich weder in das Vertrauen Ihrer Hoheit einzumischen, noch mißbraucht er es, wenn es ihm geschenkt wird.«

»Zweitausend Realen«, sagte Senior, »oder dreißig Mark Silber oder sechsunddreißigtausend Maravedi oder fünfzehnhundert Castillanos. Eine anständige und leicht zu verdienende Summe für eine gute und anständige Sache. Überlegt es Euch!«

»Nein. Ich suche ein Darlehen für meine Reise nach Indien. Ich zahle jüdische oder maurische Zinsen. Wer mir borgt, gewinnt das Tausendfache. Aber ich handle nicht mit Nachrichten, die ich erst durch einen Vertrauensbruch erlangen kann. Warum fragt Ihr nicht die Königin selbst?«

»Die Königin«, knirschte Abraham Senior, »ist zu feige, sich uns zu offenbaren. Alles, was in Spanien geschieht, ist für uns durchsichtig wie Glas. Die geplante Aktion aber bleibt uns verborgen. Wir erfahren nichts. Ich weiß, daß die Königin Euch für einen gutmütigen und arglosen Narren hält. Narren haben die Freiheit, zu fragen. Vor Narren nimmt man sich nicht in acht. Man läßt sich vor ihnen gehen. Bringt die Königin dazu, sich vor Euch gehen zu lassen. Gebt mir Nachricht. Ich erhöhe mein Anbot auf fünftausend Realen.«

»Nein!« schrie Colon. »Ich will mein Leben vollenden. Ich will die Königin für meine Pläne gewinnen. Mich interessieren nur meine eigenen Möglichkeiten. Helft mir, und ich verdoppele Euer Vermögen.«

»Was kümmert mich Euer Zipangu! Mit Phantasien will ich nichts zu tun haben. Seid Ihr kein Kaufmann, Colon? Habt Ihr keinen Sinn für ein ehrliches Geschäft?«

»Ich kann Eure Angst verstehen. Ich weiß, was Angst ist. Ich habe selber namenlose Nöte erlebt. Ich habe meine Seele hergegeben. Sie gehört nicht mehr mir. Ich kenne weder Mitleid, noch Geldgier. Ich will nichts verdienen. Laßt mich in Ruhe. Und wenn Ihr mir nicht helfen wollt, werden mir andere helfen.«

»Geht zur Hölle!« sagte Abraham Senior wegwerfend. Colon stand auf. Er begab sich ernst und stolz zur Tür, ohne zurückzublicken.

Der Steuerpächter blickte ihm wütend nach.

Colon ging mit kleinen Schritten durch den Korridor des von Senior bewohnten Hauses. Die Stadt Santa Fé lag in tiefem Schlaf. Unweit lag die Herberge, in der der Seemann als Gast der Könige wohnte. Er suchte sein Zimmer auf. Beim Schein einer schwachen Öllampe breitete er die Weltkarte aus und fuhr mit heißen, trokkenen Fingern über das blaue unbekannte Weltmeer, kniend, mit brennenden und sehnsüchtigen Augen.

5

Noch in der Nacht erhielt Colon Befehl, sich am nächsten Morgen der Königin zu stellen. Gewohnt, in den Zügen der Menschen zu lesen, bemerkte der Genuese, daß die letzte Nacht nicht nur für ihn, sondern auch für andere entscheidend gewesen sein mußte. Isabella hatte rosige Wangen, aber müde und tiefliegende Augen. Sie schlug ihm vor, ihm den Titel eines Gouverneurs für alle neuentdeckten Gebiete zu verleihen und ihn mit einem Zwanzigstel am Handelsgewinn zu beteiligen. Colon schüttelte den Kopf. Sein schöner, genau und deutlich angelegter Mund, der Mund eines großen Eigensinnigen, war bitter zusammengepreßt. Er schwieg. Seine blauen und schwermütigen Augen sahen die Königin vorwurfsvoll an.

»Warum redest du nicht? Paßt dir mein Angebot nicht? Sind alle Schiffsleute aus Genua so unverschämt?«

»Ich will Eure Hoheit nicht überreden. Ich bitte auch um Verzeihung, wenn mein Schweigen von Eurer Hoheit unrichtig gedeutet wird. Aber ich habe nichts zu sagen, als daß ich auf meinen Bedingungen bestehe, als da sind Rang und Würde eines adeligen Almiranten, erblich für mich und meine Söhne, Ernennung zum Vizekönig für alle neuentdeckten Gebiete, Verleihung des inappellablen Amtes des Obersten Richters dortselbst und ein Achtel Gewinnanteil.«

»Unverschämter Mensch!« sagte Isabella und schlug ein Bündel Akten auf den Tisch. »So wagt man es, mit der Königin zu reden? Ich will dir helfen, und du dankst mir so? Ich werde dich in Eisen schließen lassen.«

»Eurer Hoheit wird es gefallen, mich ins Gefängnis werfen oder an den Pranger stellen zu lassen.« Colon lächelte beinahe vor hellem Zorn. »Ich werde und kann mich nicht wehren. Ich würde gegen eine solche Strafe kein Rechtsmittel ergreifen, selbst wenn ich hiezu rechtlich im Stande wäre. Aber niemand kann mich zwingen, einen Vertrag zu schließen. Ein Vertrag setzt Gleichheit beider Teile voraus. Zwang kann Eure Hoheit gegen mich anwenden, um mich zu nötigen, etwas zu gestehen oder etwas zu leugnen. Mit Zwang kann man verhalten werden, seinen Glauben zu wechseln. Aber den Seeweg nach Indien kann ich nur entdecken, wenn ich mich freiwillig in dieses Abenteuer einlasse.«

»Du glaubst, ich kann dich nicht zwingen?«

»Nein«, sagte Colon entschieden. »Aber Eure Hoheit wird auch gar nicht versuchen, mich zu zwingen, Eure Hoheit will nur Ihren geringen und demütigen Diener auf die Probe stellen. Eure Hoheit hat sich nicht getäuscht. Ich bin kein Feigling.«

»Vizekönig, Don, Oberster Richter, Admiral und ein Achtel Gewinnanteil? Was würden meine Granden dazu sagen, wenn ich einen Straßenräuber zu ihresgleichen mache?«

»Ich bin kein Straßenräuber, Hoheit. Ich war zwar eine Woche lang Korsar, aber mit Genehmigung seiner portugiesischen Hoheit. Ich habe niemals einem Menschen Unrecht zugefügt. Ich bin aus reinem und adeligem Blut. Und ich bitte Eure Hoheit, mir Urlaub zu geben.«

»Du drohst mir?« schrie Isabella. Ihr Aufschrei war so gellend, daß die Markgräfin von Moya niederknien und die Bitte aussprechen mußte, die Königin möge sich für ihre Völker aufsparen. »Du drohst mir?« fügte Isabella hinzu und mußte über sich und den genuesischen Seefahrer lachen. »Du bist deiner Sache allzu sicher. Warum glaubst du, daß ich dich jetzt brauche?«

Colon war sehr hellhörig. Er sagte nichts. Aber er dachte angestrengt nach. Gestern hatte ihm Senior die Rolle eines Spions zugedacht. Was Senior befürchtete, mußte offenbar schon vollzogene Tatsache sein.

»Ein Engel hat es mir zugeflüstert, Hoheit.« Colon blickte zu Boden. »Er hat mir gesagt, daß Hoheit heute nacht schwerwiegende Entschlüsse fassen würde.«

»Und was hat dir dieser Engel noch gesagt?«

»Ich weiß Geheimnisse zu wahren. Ich bitte um Erlaubnis, zu schweigen. Niemand soll von mir eine Silbe hören. Insbesondere kein Jude.«

»Seltsam«, sagte Isabella und betrachtete Colon aufmerksam. »Eine Mischung von Schwindler und Prophet. Ich werde nachdenken, ob ich mein Anbot aufbessern kann. Aber was die Juden anbelangt, hüte deine Zunge! Sonst hast du es mit der Inquisition zu tun!«

6

Acht Tage später wußten es alle Eingeweihten. Santangel hatte es von der Marquise von Moya erfahren.

Und er hatte nicht unterlassen, Abravanel sogleich davon zu verständigen, daß in der Geheimschatulle der Königin das Ausweisungsdekret der Juden lag, vorläufig noch ohne Datum und Unterschrift, aber jederzeit zur Veröffentlichung vorbereitet.

Der jüdische Nachrichtendienst erfüllte wie immer seine Aufgabe. Kuriere durcheilten Kastilien und Aragon.

Die Juden in Granada erfuhren es selbstverständlich zuerst. Und Saadia ben Maimun, das Oberhaupt der Juden Granadas, schüttelte ungläubig den Kopf. Wie vertrug sich die Ausweisung mit dem Friedensvertrag?

Aber man wartete mit jeder Stellungnahme, bis der aus Toledo herbeigerufene Isaak Aboab erscheinen konnte, der Führer und Lehrer der kastilischen Juden, dessen Stimme, so leise und brüchig sie war, das stärkste Gewicht und den lautesten Widerhall hatte.

Isaak Aboab reiste langsam. Er mußte in jeder Gemeinde auf seinem Weg haltmachen, um sein erschrecktes und fassungsloses Volk zu trösten. Einen Tag und eine Nacht hielt er sich in Cordoba auf. Dort beschlossen die Judenältesten, eine Steuer auf jedes Vermögen zu legen, um den Königen den Ausweisungsbefehl abzukaufen. Über die Höhe konnte man sich lange nicht einigen. Manche nannten unerträglich hohe Ziffern, die das Mißfallen und den Zorn der Anwesenden erregten. Andere waren geizig und wollten sich zu keinem Opfer entschließen. Aber zum Schluß hatte man berechnet, daß man in allen Ländern beider Kronen eine Steuer insgesamt von dreimalhunderttausend Golddukaten werde aufbringen können, zahlbar innerhalb von zehn Jahren, mit einer sofort flüssig zu machenden Anzahlung von dreißigtausend Goldduka-ten.

Das Judenviertel zu Granada lag unweit der Handwerkerquartiere zwischen Fayencefabriken, Brokatwebereien und Wirkwarenwerkstätten. Die alte Synagoge stammte aus den Tagen des Emirs Yussuf. Sie hatte hohe Bogengänge und ihr Schmuck war sparsam, wie von Reichen, die den Neid des Nachbarn nicht erregen wollen. Man hatte ein eintägiges Fasten angeordnet, das den Beratungen der Alten vorauszugehen hatte. Einige junge Männer verbrachten die ganze Fastenzeit von vierundzwanzig Stunden hindurch in dem riesigen Betsaal, dessen Wände mit Versen aus den Psalmen geschmückt waren. Zwischen Gebeten hockten sie auf dem teppichbedeckten Fußboden und diskutierten über die gestrigen und morgigen Ereignisse. Rafael Hamon, der Sohn des verstorbenen Leibarztes des Emirs, spielte mit den buntbemalten Blättern einer alten Gebethandschrift. Er stritt mit Saul Gawison, dem einzigen und nachgeborenen Erben des reichsten Juden zu Granada, der Landgüter, Schiffe, Plantagen in Afrika und Lustschlösser im Gebirge hinterlassen hatte. Ein Kreis junger Zuhörer blieb respektvoll im Hintergrund.

»Der Vertrag«, sagte Saul Gawison und verriet, daß er sich keinen Illusionen hingab, »ist wie alle Verträge ein Fetzen Papier. Der Vorwand, uns außerhalb des Vertrages zu stellen, ist bereits gefunden.«

»Sie haben alle Angeklagten zu Avila verbrannt«, gab Rafael Hamon zu. »Aber wer glaubt an das Urteil?«

»Die Menschen glauben alles. Man muß ihnen nur

möglichst einprägsame Schlagworte in die Ohren schreien.«

»Das hat man getan«, kicherte der zwanzigjährige Salomo Sefardi. »Man hat unser Verbrechen in Verse gesetzt. Man hat die Wände mit den Versen beschmiert. Man hat hübsche junge Mädchen beauftragt, sie unaufhörlich zu wiederholen.«

»Dann wird uns wohl nichts übrig bleiben, als unser Bündel zu packen und auszuwandern.« Rafael Hamon lachte bitter. »Ich kann mir allerdings das Leben eines Emigranten nicht vorstellen. Aber vielleicht nützen mir meine ärztlichen Kenntnisse in der Fremde etwas. Natürlich kann es vorkommen, daß die Konkurrenz mich trotz des Namens meines Vaters ausweisen läßt.«

Salomo Sefardi beschwichtigte. »So weit ist es noch nicht. Torquemada hat zwar vorläufig das Übergewicht. Aber unsere Leute haben bedeutende Summen mitgebracht. Gold wiegt schwer. Wirft man auf die eine Waagschale den Dominikaner und auf die andere das entsprechende Gewicht in Feingold, dann dürfte sich unser Ruf möglicherweise bessern.«

»Man will die Könige bestechen?« murmelte Hamon. »Man will unsere Ehre erkaufen?«

»Guter Knabe«, spottete Salomo Sefardi, »es geht keineswegs um unsere Ehre. Unsre geliebten Mitbürger wollen unsere Geschäfte selber besorgen. Der eine möchte gerne die Zinsen einstecken, die uns bisher zuflossen. Der andere glaubt das Frachtgeschäft zur See ebensogut ausüben zu können wie wir. Natürlich können wir nicht jeden einzelnen überzeugen. Aber Gold ist ein schwer widerlegbares Argument.«

»So korrupt ist man bei uns nicht«, versicherte Hamon. »Man traut der christlichen Propaganda keineswegs.«

»Ich will annehmen, daß die Leute in Granada vorläufig noch anständig sind. Aber sie werden bald kastilische Sitten annehmen.« Salomo Sefardi streichelte wohlwollend die Schultern des jungen Arztes. »Bei uns hat der recht, der am lautesten schreit. Wenn alle, die mich kennen, sagen werden: Sefardi ist kein Mörder! werden sie doch hinzufügen: Denn ihm wurde bisher noch kein Mord nachgewiesen. Aber er stammt aus einem Geschlecht von Mördern. Wenn ich meine Hände zehnmal täglich wasche, so werden sie doch Blutflecken an ihnen finden.«

»Ihr lebt in voller Öffentlichkeit«, grübelte Hamon. »Sicher schmarotzen hundert Christen an eurem Tisch. Wenn ein Fremder wirklich gegen euch aufsteht, würde er nicht von diesen hundert niedergeschlagen werden?«

»Nein«, schrie Sefardi. »Die hundert Schmarotzer werden sich hüten, für mich einzutreten. Sie schmarotzen nur so lange an meinem Tisch, als ich angesehen bin. Verdächtigt mich jemand, dann zeugen sie als erste gegen mich. Geh zu diesen hundert und frage sie unter vier Augen, wie sie über mich denken. Sie werden dir zuflüstern, daß ich ein braver Kerl bin. Bringe aber diese hundert in eine Volksversammlung, dort werden sie mich Hostienschänder und Kinderkreuziger nennen und die andern ins Judenviertel führen, damit mein Haus als erstes angezündet werde.«

7

In der Schatzkammer der Gemeinde überwachte der Hauptsteuerpächter Ben Arrayo die Zählung der von den Gemeinden geleisteten Summen. Der Rentmeister Simon Zacuto trug jede Teilsumme in sein Hauptbuch ein und verzeichnete die Art der Währung, Stückzahl und Gewicht. Man stellte Geldkatzen vor ihn hin, und zwei alte Männer entleerten die Lederhüllen. Nach Ablösung des Siegels rollten die Goldstücke schwerfällig über die marmorne Tischfläche. Goldtaler jeder Prägung fielen dumpfklirrend nebeneinander und zeigten ihre mehr oder weniger deutlichen Zeichnungen. Gewappnete Könige aus den Häusern Asturien, Navarra und Transtamare wechselten mit den großäugigen Gesichtern der letzten Paläologen. Dazwischen gab es vereinzelte Golddirhems der Kalifen, Florentiner Goldgulden, sizilische Augustalen des zweiten Friedrich und bizarre Stücke aus Goldblech, die marokkanischer Prägung entstammten.

Simon Zacuto hielt seinen langen weißen Bart mit der linken Hand an die Brust und malte ernsthaft Zahlen in sein Buch. Die hageren Alten reichten ihm gebückt die Beutel hin. Manchmal mußten sie knien, um aus seltsam geformten Kisten die Geldrollen auszuschütten. Sie sagten mit singenden Stimmen die Namen der Gemeinden an, Ben Arrayo diktierte die Seelenzahl der Gemeinde, ihre Steuerleistung und verglich sie mit der eingezahlten Summe. Mit der fortschreitenden Nacht wuchs der Goldberg auf den Tischen. Eine Stunde nach Mitternacht war die Summe von zwanzigtausend Goldstücken erreicht.

Ben Arrayo gestattete eine Pause. Die zitternden Hände der beiden Alten baumelten wie tote Äste zu Boden. Das Licht der kleinen Lampe spiegelte sich in Gold. Zacuto senkte den Kopf und massierte seine brennenden Augen mit beiden Händen. Ben Arrayo ging durch das weite Kellergewölbe, schwenkte eine Kerze, betrachtete die Kisten und Truhen, prüfte Siegel und Verpackung und ergötzte sich an der wachsenden Summe Goldes. Zwischen Goldstapeln sah ihm das verzerrte Gesicht des Rentmeisters zu. Zacuto sagte kein Wort. Aber man konnte von seinem Munde ablesen, daß er nicht viel Gutes über die vor ihm liegenden Goldhaufen zu sagen wußte. Seine Lippen malten die im Golde steckenden vergeudeten Jahre, vergeblichen Hoffnungen, mißlungenen Projekte. Er sagte flüsternd ein abschließendes Wort über das verlorene Tagewerk der Leute, die das Gold aufgehäuft hatten. Statt Pfeffer aus Indien, Tuch aus Flandern, Elfenbein aus Afrika und Seide aus China dafür einzutauschen, hatten sie es in gepanzerten Kellern aufgestapelt und sich an seinem Klang berauscht, diesem dünnen und fremdartigen Geräusch auf Holz oder Stein auffallender Dukaten.

Wie viele Märkte, Wechselstuben, Karawansereien und Stapelplätze hatte das Gold passiert, um endlich in eisenbeschlagenen Truhen zu Valencia oder Toledo begraben zu werden.

Das Gold hatte seine Gefangenschaft nicht länger ertragen. Es hatte seine Herren gezwungen, die stählernen Schlösser zu öffnen. Es hatte selber die Türen seiner Kerker gesprengt und strömte dorthin zurück, von wo es gekommen war. Ratlose Schätzesammler aber, um den Inhalt ihres Lebens betrogen, warteten zitternd und mit leeren Händen auf das vielleicht furchtbare Ende.

8

Die hundert Delegierten der Judengemeinden Kastiliens und Aragons tagten seit dem frühen Morgen. Sie saßen in prächtigen Ziersesseln und vor ihnen stand Wein auf den Tischen. Manche der Trinkgefäße stammten noch aus Römerzeiten, andere aus gotischen Werkstätten. Die zierlichsten aber waren von Goldarbeitern aus Almeria verfertigt. Die Abgesandten trugen bunte Mäntel aus schwerem Samt. Pelzbesetzte Kragen lagen auf gebückten und niederhängenden Schultern. Goldene Agraffen blitzten von den schweren Hüten.

Wenn man die Gesichter betrachtete, dann konnte man von jedem das Bewußtsein des Unfaßbaren ablesen. Die wohl gehörte, aber nicht begriffene Mitteilung, daß das bisherige Leben abgebrochen und ein Weg ins Unbekannte angetreten werden mußte, höhlte die Schläfen aus und warf graue Flecken auf die faltigen Wangen. Jeder der Delegierten hatte bereits ein Leben voll Arbeit, Enttäuschung und Verzicht hinter sich.

Man war niemals lange jung gewesen, denn der Kampf um die eigene Position hatte ungeheure Anstrengung gekostet. Die Stirnen waren von unzähligen Falten überquert, die alles Frohe und Gutmütige ausstrichen. Um die Mundwinkel waren Krankheiten, weite Wege, jahrelanges Grübeln, Haß und Verbitterung eingezeichnet. Die Augen waren von langen Nachtwachen, Krämpfen und Herzanfällen gerötet. Die Tränensäcke unter ihnen waren groß und ausgebaucht. Angst beherrschte zähe und häßlich die Gegend unterhalb der Augen.

Zwanzig Redner hatten bereits gesprochen. Nicht alle waren mit dem Plan einverstanden, die Könige zu kaufen. Einige vertraten die verzweifelte Idee, Gott durch Fasten und Beten zu zwingen. Andere waren der Meinung, daß man das Edikt abwarten und es mißachten sollte. Denn niemals würden die Könige ernsthaft auf Vertreibung der Juden bestehen, die so alt waren wie die Welt und in Spanien so seßhaft wie die Flüsse und Gebirge. Vereinzelte Stimmen waren für Verhandlungen mit dem Papst, der allein im Namen der gesamten Christenheit sprechen und die wahnsinnigen Verdächtigungen der Juden zurückweisen durfte.

Alle waren fassungslos über das ihnen zugedachte Schicksal. Wohl war man gewohnt, vom Leben hart angefaßt und für schnell erworbenen Reichtum mit hundert Strafen bedacht zu werden, wie Demütigungen, Plünderung der Judenstadt, Entrechtung, Vermögenskonfiskation. Trotzdem war man von unsagbarer Zähigkeit. Man stand auf seiner Erde wie einer, der in langen und dämmernden Jahrhunderten aus ihr emporgewachsen war und sich mit ihr verbunden wußte.

Mit einmal war das Ende da. Es war ärger als Totschlag und Plünderung. Parteiische Justiz, die Mord war, tausend Justizmorde hatte man überstanden. Aber jetzt wurde man mit einem Federstrich ausgelöscht.

Wer vermochte sich vorzustellen, was nachher kam? Es war ärger als der Tod. Im Tode gab es vielleicht ein Jenseits. Wenn aber dreihunderttausend Menschen sich an einem Tag in Staub verwandelten, in Staub auf den Straßen Frankreichs und Italiens, gab es jenseits der Straßen eine Art Leben? Gab es Luft, die man atmen konnte? Gab es eine Sprache, die anders als Arabisch und Kastilianisch klang?

Der Abend war längst hereingebrochen, als Aboab mit Zustimmung der überwältigenden Mehrheit vorschlug, eine aus zwei Personen bestehende Abordnung an die Könige zu entsenden, um mit ihnen Verhandlungen wegen Rücknahme der Ausweisungsbeschlüsse anzuknüpfen. Nach seiner Meinung kamen als Unterhändler nur zwei Personen in Betracht, Abravanel und Senior. Beide waren die Vertrauten des Königs. Sie erschienen täglich bei Hof und durften mit den Königen reden, als wären es ihresgleichen. Nur diese beiden konnten gegen Torquemada aufkommen, der seine Macht als ehemaliger Beichtvater der Königin ausnützte, um seinen Einfluß auf Isabella aufrechtzuerhalten.

Don Isaak Abravanel erklärte sich einverstanden. Aber er blickte seinen Partner mit sonderbarem Lächeln an und fragte ihn, ob er wirklich gesonnen sei, mitzutun. Alle Blicke richteten sich auf Senior, der gelassen seinen Becher ergriff und ihn langsam in seiner waagrechten linken Hand drehte, wie um die in seinen Rand eingravierte Inschrift zu lesen. Diese Inschrift verriet, Ibn Zeyan zu Huenca habe im Jahre 417 der Hedschra das zierliche Meisterwerk verfertigt. Der Hoffiskal hielt die Inschrift an die Augen, um die schön geschwungenen Buchstaben zu bewundern. »Ich bin einverstanden«, sagte er. »Aber ich verlange unbeschränkte Vollmacht.«

»Dreißigtausend Golddukaten sind vorhanden«, erklärte Samuel Benjamin Chacon, Regidor von Vittoria. »Mehr können wir nicht geben.«

Senior drehte weiter den Becher in seiner Hand. Er funkelte im eben entzündeten Licht der vielen Kerzen. Einige Tropfen Wein fielen auf den Tisch. »Ich sage unbeschränkte Vollmacht. Und Vollmacht, nicht nur Geld zu bieten.«

Die Versammlung wurde unruhig.

»Was könnten sie noch verlangen?« rief Ibn Danan. »Willst du ihnen vielleicht unsere Seelen anbieten?«

Plötzlich wurde es still. Man wartete auf die Antwort des Hoffaktors.

»Warum nicht?« antwortete Senior. »Wenn es sein muß?«

»Wenn ich dich richtig verstehe«, fragte der Rabbi von Granada weiter, »rechnest du sogar mit der Taufe?«

Abraham Senior hatte seinen Becher langsam fortgeschoben und die feuchte Hand mit einem seidenen Tuch abgewischt. Dann faltete er sein Tuch zusammen.

»In den letzten sechs Generationen haben hunderttausend Juden unter mehr oder weniger sanftem Zwang die Taufe genommen. Ihren Urenkeln gehört heute ein Achtel von Kastilien. Wie kann ich die Taufe aus meinen Erwägungen ausmerzen?«

»Ich halte Rabbi Abraham als Unterhändler nicht für geeignet.« Don Isaak schüttelte müde seinen Kopf. »Soll ich wirklich mit ihm zu den Königen gehen?«

»Ich bleibe bei meinem Vorschlag«, schrie Aboab. »Er ist der beste Kaufmann von Cadix bis Konstantinopel. Wir können ihn nicht hindern, überzulaufen. Aber vorher muß er versuchen, uns auszulösen.«

Der Hoffiskal trank mit ruhiger Bedachtsamkeit seinen Wein aus. »Ich werde meine Pflicht tun. Aber wenn mein Geschäft mißlingt, dann überlasse ich niemandem von euch die Entscheidung, ob ich meinen Körper oder meine Seele retten will.«

Ibn Danan lächelte bitter. »Ich habe immer Brüder verteidigt, die in Gefahr des Todes oder unter Zwang Christen wurden. Aber du stehst doch weder unter Zwang, noch bist du in Gefahr.«

Abraham Senior legte seine Hände flach auf den Tisch. Er betrachtete die dicken und bläulichen Adern. Und er verweilte bei einem großen Rubin, der an seinem Zeigefinger stak. »Niemand nimmt gern die Taufe. Aber die meisten Abtrünnigen haben mit der Taufe die Freiheit gekauft. Und die Freiheit hat wirklich einen außerordentlichen Wert. Ich schätze sie höher, als mein ganzes Vermögen.«

Die Versammlung erhob wütenden Protest. Man

wollte keine Freiheit. Freiheit war eines von jenen Worten, die unter Juden verpönt waren. Es roch nicht weniger nach Ketzerei, als die Annahme christlicher Sitten.

»Ich habe so lange auf die Freiheit verzichtet, als ich nach unseren Gesetzen und in eurer Mitte leben durfte. Aber wenn die Könige euch austreiben –«

»Euch?« sagte Ibn Danan. »Nicht auch dich?«

»Ich gehe nicht«, erklärte Senior und ließ seinen rubingekrönten Finger auf der Brokatdecke des Tisches spielen. »Ich kaufe mir die Freiheit. Ehe ich in die Fremde gehe, nehme ich lieber mit meinen Söhnen, Töchtern und Schwiegersöhnen die Taufe.«

»Bleibt ruhig!« bat der Rabbi von Granada. Er breitete die Arme aus, um die tobende Versammlung zu besänftigen. Seine kühnen und strahlenden Augen wanderten unverzagt im Kreise. »Wie ich sehe, glaubst du mit den Königen zu keinem für uns tragbaren Abkommen gelangen zu können?«

»Ein unsicheres Geschäft«, bestätigte Don Abraham. »Unsere dreißigtausend Dukaten sind kein sehr verlockender Preis. Vielleicht zahlt ein anderer Kontrahent besser. Und wenn er auch nicht besser zahlt, so hat er immerhin bessere Verhandlungsmöglichkeiten. Wir bieten Geld, er bietet die ewige Seligkeit. Wir knien und bitten, er befiehlt im Beichtstuhl.«

Gemurmel unterbrach ihn. Die Angst um das eigene Schicksal machte die Empörung über die früheren Worte des Hoffaktors vergessen. Immer noch hatte man sich nicht mit der Vorstellung, ausgetrieben zu werden, völlig vertraut gemacht. Aber mit einem Male erkannten alle, daß sie wahrscheinlich ganz zwecklose Versuche unternahmen. Sie duckten die Köpfe und stöhnten. Abravanel betrachtete seinen Gefährten im königlichen Dienst. Ihm fiel das Bild ein, das die Christen vom letzten Abendmahl unzählige Male dargestellt hatten. Sitzt er nicht wie Judas da? dachte er. Und diese Versammlung, gleicht sie nicht dem Abendmahl? Und doch war Senior dem Judas unähnlich. Wenn er auch verriet, so verriet er doch sich selbst. Wenn er auch verkaufte, so war es doch kein heimliches Geschäft. Und er verdiente nicht nur dreißig Silberlinge, sondern Macht, Reichtum und Freiheit.

Aber da ergriff Saadia ben Maimun Ibn Danan das Wort: »Du bist sehr offen zu uns, Rabbi Abraham. Trotzdem deine Rede bitter anmutet, wollen wir sie nicht überhören. Du hast uns versprochen, alles aufzubieten, um die Könige umzustimmen. Aber du hast erklärt, daß ein Mißlingen eures Versuchs deinen Abfall zur Folge haben wird. Ist noch einer unter euch, der so denkt wie Rabbi Abraham?«

»Keiner!« schrien die um den Tisch Sitzenden. Sie starrten in ihre Becher.

Und während die Kerzen trüber brannten, stieg wirklich das Bild des Abendmahls auf, ein anderes, als die christlichen Maler malten, aber doch ein wahrhaftes Bild des Abendmahls.

Jeder sah dem andern in die Augen und fand brüderliches Vertrauen in ihnen. Alle gelobten einander Hilfe und fühlten, daß keiner den andern im Stiche lassen würde. Sie sagten den alten Spruch: Höre Israel! Und sie fühlten, wie eine uralte Flamme in ihnen zu brennen begann. Mit niedergeschlagenen Augen gaben sie sich ihrem Feuer hin und schwiegen.

»Ich gehöre zu euch«, sagte Abraham Senior trokken, »ob ihr hier oder in der Verbannung seid. Aber ich will nichts von Selbstvernichtung wissen. Wenn Gott, gelobt sein Name, unseren Stamm erhalten will, dann wird er die Könige in unsrem Sinne lenken. Wenn aber nicht, dann sollen meine Kinder nicht das bittere Brot der Verbannung essen.«

»Ob du dich zu uns zählst oder nicht, das steht bei dir, Rabbi Abraham.« Ibn Danans aufrechte Gestalt ragte in die wachsende Dämmerung. »Wir aber wollen für die Lehre einstehen. Wie könnten wir unseren Kindern und einander selbst in die Augen sehen, wenn wir Gott verrieten?«

Das »Amen« der Versammlung tönte lange und feierlich nach. Der nahezu körperlose Isaak Aboab lächelte beglückt. Nichts mehr von Haß lag auf den Gesichtern. Jeder schöpfte aus den Mienen des andern ein Übermaß von Zuversicht. Man vergaß, daß man zusammengekommen war, eine furchtbare und drohende Gefahr abzuwenden. Man berauschte sich an dem Glanz, der aus den Augen des Nachbarn strömte. Man hob unter Segenssprüchen den Wein, brach das Brot und reichte einander die brüderlichen Hände.

9

Wenn Isaak Abravanel sich später an die Unterredung erinnerte, die er und Senior am 20. April mit den Königen geführt hatte, dann wurde er sich seines eigenen Fehlers bewußt. Er war einem grundlegenden Irrtum unterlegen. Nicht Senior hatte falsch gerechnet, sondern er, der geborene Hofmann und Diplomat, Enkel und Urenkel von Ministern und Hofleuten. Er hatte insgeheim immer noch geglaubt, daß zweitausend Jahre des Nebeneinanderlebens irgendeine Gemeinsamkeit zwischen Juden und Spaniern erzeugt hatten. Er hatte an eine menschliche Verbundenheit mit seinen königlichen Dienstgebern geglaubt. Dieser Glaube war falsch.

Senior, der Kaufmann, operierte mit Ziffern. Er bewies, daß es ein schlechtes Geschäft sei, die Juden auszuweisen, und daß es ein besseres sei, sich ihr Bleiben bezahlen zu lassen. Ferdinand spottete. Aber hinter seinen derben Witzen war die Bereitschaft versteckt, Vorschläge zu erwägen. Keinesfalls war vorauszusehen, ob eine Einigung möglich gewesen wäre. Denn wenn Ferdinand mehr verlangte, als die Juden besaßen, dann war diese Möglichkeit trügerisch, dieser Weg ungangbar. Aber schon die Bereitschaft, die Juden anzuhören, war ein Erfolg. Falls man mit ihnen verhandelte, konnte man zu einer Einigung kommen. Und wer verstand es besser zu feilschen, als Abraham Senior? Niemand als Ferdinand selbst, der große Habgierige.

Don Isaak erinnerte sich, mit welcher Passion die

zwei Meister des Geschäfts einander Ziffern entgegenschleuderten. Ihre Augen wurden hell. Senior zog sich ganz hinter einer ehernen Ruhe zurück und nannte seine Zahlen leise, als traute er ihnen nicht. Ferdinand lächelte pfiffig. Er schien immer neue Scherze vorzubereiten, Possen, deren Mittelpunkt die beiden jüdischen Staatsmänner sein sollten. Er machte sich über Seniors Zahlen lustig und verblüffte den Steuerpächter durch das Nennen von Ziffern, die so hoch waren, daß dem Hörer schwindelte. Das Ganze schien sinnlos und Zeitverlust. Später begriff Abravanel, daß Seniors Taktik die einzig richtige gewesen war. Er wollte die Spottlust und die Grausamkeit des Königs ermüden, aber seinen Sinn für Ziffern und seine Liebe zum Gold so lange reizen, bis Ferdinand wirklich verhandlungsbereit war.

Das Experiment konnte gelingen. Man mußte nur genug Ruhe und hinreichende Reserven an Gold aufzubieten imstande sein. Es konnte auch mißlingen. Aber damit rechneten ja alle jüdischen Repräsentanten, die zu Granada versammelt waren und riesige Summen in der Schatzkammer des Gemeindehauses von Granada hinterlegt hatten, um die erste Rate des zu vereinbarenden Lösegeldes zu bezahlen.

Senior und Ferdinand schienen einander zu verstehen. So oft Ferdinand von der Taufe redete, als dem einzigen Mittel, der Austreibung zu entgehen, besserte Senior die angebotene Anzahlung auf. Seine Worte klirrten von Gold. Er nannte die Ziffern der jüdischen Erzeugung an Stoffen, geschmiedetem Stahl, an Seide und verarbeitetem Holz. Er berechnete die Steuerkraft der Judengemeinden und verblüffte die Könige durch

Statistiken, die vielleicht falsch waren. Aber man konnte sie im Augenblick nicht widerlegen.

Es kam ein kritischer Augenblick, in dem Isabella ihre dichten Brauen zusammenzog und ihren Gatten beschwörend ansah. Offenbar bemühte sie sich, ihn von einer Zusage abzuhalten, die zu einer schweren Kollision mit bestehenden Vereinbarungen führen mußte.

Ferdinand stand unschlüssig auf. Senior regte sich nicht. Er wartete mit lächelndem Gesicht. Seine Mienen verrieten nicht, ob er das Gefecht aufgab, oder ob er noch ein starkes Argument in Vorbereitung hatte, um es im letzten Augenblick auszuspielen.

Aber da glaubte Don Isaak das Wort nehmen zu müssen. Er, der Mann des Gefühls, griff plötzlich und unvermutet ein. Er redete von Menschlichkeit. Er bildete sich ein, die Könige seien von Seniors unablässigen materiellen Argumenten abgestoßen, und versuchte den schlechten Eindruck zu verwischen, den ein so plumpes Anerbieten wie Gold, Zinsen und erhöhte Abgaben machen mußte. Er begann kniend den Königen die Nöte der jüdischen Seele zu enthüllen. Niemals hatte der Denker Abravanel besser und ergreifender gesprochen, als in dieser Viertelstunde. Er stürzte sich in die Sätze mit der Inbrunst eines Trunkenen. Er legte in sie die ganze Demut eines hoffnungsvollen und freudigen Herzens.

Plötzlich verwandelte sich das Gesicht der Könige. Ein leichter Ekel legte sich über Ferdinands Mienen. Isabella zeigte Langeweile. Die Unterredung hatte unvermutet nur mehr formellen Charakter.

Man begegnete einem Minister höflich, auch wenn er Jude war. Man versicherte Abravanel und Senior des unauslöschlichen Wohlwollens der Hoheiten. Man erklärte gewiß zu sein, daß beide Herren schon aus Liebe zum Königshause und um diesem weiter dienen zu dürfen, die Taufe nehmen würden. Und man lächelte freundlich, als Abravanel Jude zu bleiben erklärte. Man hatte natürlich nicht erwartet, daß ein Mann von Charakter so schnell seine Gesinnung wechseln würde. Aber je schwerer der Entschluß, um so größer die Anerkennung. Isabella machte den beiden Bittstellern klar, daß die Frage des Ausweisungsediktes nicht mehr Gegenstand einer weiteren Audienz sein könne. Im übrigen seien sie und ihr Gatte den beiden jüdischen Finanzleuten nicht nur wohlgesinnt, sondern auch von ganzem Herzen dankbar und freuten sich, nach ihrem Eintritt in die christliche Gemeinschaft innigere Beziehungen mit ihnen aufzunehmen, was doch selbstverständlich sei, da man seine wirklichen Herzensangelegenheiten nur mit einem Christen besprechen könne.

Das alles kam kühl und unbeteiligt aus dem schönen Munde Isabellas. Senior wollte neuerdings sein Spiel mit Zahlen beginnen. Isabella winkte herrisch ab.

10

Schon am nächsten Tage war das Ergebnis der Unterredung bekannt. Man begnügte sich aber nicht damit, die Vergeblichkeit der Bemühungen Abravanels und Seniors zu verzeichnen, sondern man erzählte einander aufregende Einzelheiten.

Die Inquisition buchte es als Verdienst ihres Oberhauptes, die wankelmütigen Könige vor dem Rückfall in ihre alte Judenfreundlichkeit bewahrt zu haben.

Ferdinand und Isabella – flüsterte man einander zu – waren von den Juden schon gewonnen worden. Man hatte ihnen dreißigtausend bare Goldstücke auf den Tisch gelegt. Dreißigtausend Goldstücke waren gewiß geeignet, das Herz der Könige zu verwirren. Denn sie stellten, insbesondere als Anzahlung auf das Zehnfache ihres Wertes, eine verlockende Summe dar. Man konnte mit ihnen viele Regimenter ausrüsten und ins Feld stellen. Man konnte Paläste aufbauen und drükkende Schulden bezahlen. Sie gaben unausdenkbare Macht und Sicherheit.

Da erschien Torquemada. Er kam gerade in dem Augenblick, als Ferdinand den ihm vorgelegten Widerruf des Ausweisungsediktes unterschrieben hatte und Isabella die Feder reichte, damit auch sie unterschrieb.

Der Dominikaner hielt ein Kruzifix, das aus dem Schlafzimmer der Königin stammte. Es war ein Werk des Burgunders Felipe Vigarni, und für die Königin aus Gold und Elfenbein verfertigt. Der Gekreuzigte hing zart und gebrechlich am Marterholz. Sein Körper war schmal, wie der Körper eines jungen Mädchens. Aber sein Gesicht war von Schmerz durchfurcht. Die zusammengepreßten Lippen schienen die Frage, warum Gott seinen Sohn verlassen habe, zu unterdrücken.

Torquemada schwenkte das Kunstwerk, das die Königin besonders liebte. »Judas«, sagte er langsam und schneidend, während Isabellas rechte Hand die Feder fallen ließ, »hat seinen Herrn für ganze dreißig Silberlinge verkauft. Der Preis, den er damals erzielte, war gering. Dreißigtausend Goldstücke sind ein respektabler Kaufschilling. Glauben aber Eure Hoheiten, daß die Strafe milder sein wird, wenn für die Ware ein zehntausendmal besserer Preis erzielt wurde?«

So lautete nach der einen Version die Rede Torquemadas. Nach der andern hatte sich der Generalinquisitor wesentlich kürzer gefaßt.

»Judas«, hatte er gesagt, »verriet für dreißig Silberlinge den Herrn. Eure Hoheiten verlangen für seine Preisgabe eine zeitgemäßere Summe. Da ist er. Geruhen Eure Hoheiten, ihn zu verschachern!«

Aber alle Erzähler waren sich in der Schilderung der Wirkung einig, die die Worte des Dominikaners auf das Königspaar ausübten.

Den Juden Abravanel und Senior blieb nichts anderes übrig, als sich davonzustehlen. Sie hatten erkannt, daß ihr Versuch ganz und auf immer gescheitert war. Ferdinand verstummte. Isabella brach in Tränen aus.

Das Gerücht zögerte eine Weile, ehe es die Pforten des königlichen Hauses zu Santa Fé überschritt. Aber, als es einmal Einlaß erlangt hatte, gab es keine Zurückhaltung mehr. Plötzlich wußte der ganze Hof davon. In den Warteräumen bildeten sich Gruppen von nachdenklichen Hofleuten, die mit heftigen Gebärden die Szene ausmalten. Mit jeder Stunde gewann die Erzählung neue Spannungsmomente. Schließlich war die Legende in allen Zimmern des Schlosses herumgekommen. Immer aber hatte sie sich noch vor den Königen verborgen.

Am dritten Tage wurde Ferdinand von seinem Sekretär unterrichtet. Der schlaue Moriske aus Saragossa hatte, ohne sich zu übereilen, alle Einzelheiten in Erfahrung gebracht. Er hatte sich lange besonnen, ob er mit seinen Kenntnissen herausrücken solle. Denn er rechnete mit dem Jähzorn des leicht verletzbaren Königs und trug Bedenken, sich selbst zu gefährden.

Aber Ferdinand machte dem Sekretär die Sache leicht. Aufmerksam hatte er drei Tage lang das Getuschel der Hofleute verfolgt, ohne zu ahnen, daß er selbst der Gegenstand des Geflüsters sei. Dann packte ihn Ungeduld. Mißtrauisch versuchte er, in den Zügen des Morisken zu lesen. Der geschmeidige Clerk kam der Frage des Königs zuvor. Mit leiser und ganz behutsamer Stimme begann er zu erzählen. Hiebei bediente er sich des Zettels, auf dem die beiden Versionen der Äußerung des Generalinquisitors nach Angaben zahlreicher Gewährsleute aufgezeichnet waren.

Ferdinand schwieg. Eine eigentümliche und lastende Stille breitete sich aus. Man konnte fühlen, wie der König zornig wurde und seinen Zorn langsam in seinem Inneren erstickte. Er entließ den Junker ohne ein Wort des Tadels oder des Dankes.

Abends erschien Ferdinand sehr früh im Schlafzimmer Isabellas. Er zog langsam den Zettel seines Sekretärs aus dem Wams, las seinen Inhalt vor und gab einen ergänzenden Bericht.

Isabella hörte aufmerksam zu und blickte ihren Gatten an.

»Glaubt er«, sagte Ferdinand, »einen Freibrief für Unverschämtheiten zu haben, weil wir ihn zum Generalinquisitor gemacht haben?«

Isabella behauptete mit schwachem Lächeln, Torquemada sei so unschuldig, daß er nicht einmal ahne, welche Rolle das Gerücht ihm zuwies.

Ferdinand war anderer Meinung. Er behauptete, daß der Inquisitor durch sein hoffärtiges und anmaßendes Wesen die Bildung einer derartigen Legende ermöglicht habe.

Die Königin lag lange mit geschlossenen Augen. Sie dachte laut. Und während eine Art Scham ihr Gesicht rötete, gestand sie, über den Mangel an Ehrfurcht verwundert zu sein, der aus solchem Gerücht sprach. Sie leugnete nicht ihr Befremden darüber, daß die Menschen ihr so wenig Gesinnung zumuteten.

Ferdinand hatte sich beruhigt. Er schien zu bereuen, daß er die Juden unverrichteter Dinge fortgeschickt hatte. Er deutete an, daß das Gerücht an Boden verlor, wenn man mit den Juden ein Abkommen schloß, wodurch das Ausweisungsedikt widerrufen wurde.

Isabella weigerte sich. Sie hatte die Hände unter ihrem Kopf verschränkt und starrte auf den Betthimmel aus geflammtem Brokat, der mit prachtvollen Stikkereien geschmückt war. Auf einer Wiese stand eine Hindin mit goldenem Halsband. Über ihr ging die Sonne auf. Wenn man die Augen halb schloß, vermischten sich die Farben Grün, Gold und Rot.

Ferdinand erwärmte sich für seinen Einfall. Man müsse die Juden schon deshalb dabehalten, meinte er, um Torquemada Lügen zu strafen und seine anmaßende Sendung zum Gespött zu machen.

Isabella atmete tief. »Ich habe immer für uns beide Gewissen gehabt!« sagte sie. »Und ich bleibe bei meinem Entschluß. Weder dreißigtausend Dukaten können mich umstimmen noch verletzte Eitelkeit.«

Ferdinand ließ noch nicht locker. Er stellte sich das bare Gold in aufeinander getürmten Säulen vor. Ihm wurde so heiß dabei, daß er den Spitzenkragen öffnen mußte. »Nicht einmal hunderttausend Dukaten?«

Isabella schüttelte den Kopf und nahm zärtlich die Hand ihres Gatten. »Niemals weiß ich, ob es dir völlig ernst ist oder nicht. Würdest du wirklich hunderttausend Dukaten nehmen?«

»Nicht unbedingt«, sagte Ferdinand kühl; denn er erkannte, daß seine Gattin nicht mehr umzustimmen war, »wenn ich dreimalhunderttausend bekommen könnte.«

»Und weshalb hast du den Handel mit den beiden Juden abgebrochen?«

»Aus Ekel.« Ferdinand sah seine Gattin spöttisch an.

»Was hat dein Feingefühl verletzt?«

»Wenn sich Kaufleute so weit vergessen, daß sie Empfindungen heucheln, dann überkommt mich Widerwille. Senior ist ein wirklicher Händler. Mit ihm zu handeln, ist auch für Könige lohnend. Abravanel ist ein Literat. Ich bedauere es, mich mit solchem Umgang entwürdigt zu haben.«

»Und doch hat Abravanel dich vor einer Unbesonnenheit bewahrt. Torquemada war wirklich nicht da, als wir die beiden Juden fortschickten. Wir sind uns darüber einig, daß er die ihm in den Mund gelegten Worte nie gesprochen hat. Wir wissen auch, daß er nie den Mut gehabt hätte, sie auszusprechen. Torquemada hat mit den lästerlichen Worten des Zettels nichts zu tun.« Isabella küßte die Hand ihres Gatten. »Aber sie sind doch gesprochen oder zumindest gedacht worden.«

»Von wem?«

»Von mir.« Isabella fuhr fort, die Hand des Mannes zu liebkosen. »Du bist ein Judas, Ferdinand. Nicht nur Jesus wolltest du an die Juden verkaufen. Du würdest auch mich verkaufen, wenn du ein Anbot erhieltest. Es gibt nichts, das du nicht verkaufen würdest.«

»Vielleicht«, gestand Ferdinand. »Alles hat seinen Preis.«

»Deshalb dulde die Legende. Sei aus Buße demütig und schweig. Und wenn du selbst leugnen wolltest, wer würde es dir glauben?«

11

Am Morgen des 30. April ritt Juan Fonseca mit zwanzig Reitern durch die Stadt.

Nach mühevollem Ritt durch enge und dichtbevölkerte Gassen kam er zu einem freien Platz. Um zu einem beabsichtigten Kirchenbau Raum zu schaffen, hatte man einen Häuserblock niedergerissen. Im verlassenen Hof des noch nicht völlig niedergelegten Häusergevierts stand zwischen zertretenen Rosenbeeten ein freistehendes Bildwerk aus schwarzem Marmor.

Es war eine Säule, die mit Darstellungen bedeckt war: Fürsten ritten mit Elefanten zur Jagd. Ihre Frauen hörten Musik. Tiere folgten einander in gleichmäßigen Reihen. Und hinter jedem Löwen, Greifen oder Elefanten stand eine Blume.

Juan betrachtete lange die Säule. Sie mußte von einem afrikanischen Großen herübergebracht worden sein, zur Zeit, als ganz Spanien dem Islam huldigte. Sie hatte vielleicht siebenhundert Jahre überlebt. Und jetzt, da alle Erinnerungen an die große Zeit vergingen, war auch die Säule reif zum Verfall. Vielleicht würde sie beim Bau eines bescheidenen Hauses als Pfeiler dienen. Oder man würde sie als Träger verwenden und sie zwischen kleinen Hohlziegeln verstecken.

Da hörte man eine Trompete blasen. Trommelschlag folgte. Der kurze heftige Wirbel verriet, daß eine öffentliche Verlautbarung bevorstand. Zwischen Trommler und Trompeter standen zwei junge Männer in der Tracht von Herolden und verlasen eine Botschaft der Könige. Zuerst kam der Kastilier zu Wort. Dann wurde jeder Satz seiner Botschaft arabisch wiederholt. Und Juan hörte zweimal, daß alle in den königlichen Besitztümern und Seigneurieen wohnenden Juden ohne Unterschied des Geschlechtes und des Alters mit allen ihren Söhnen und Töchtern und ihrem jüdischen Hausgesinde die Reiche Aragon und Kastilien samt allen dazugehörigen Gebieten spätestens Ende Juli verlassen mußten und nie mehr, sei es zur Ansiedlung, sei es zur Durchreise oder zu welchem Zweck immer, bei Strafe des

Todes und der Vermögenseinziehung betreten durften.

Juan sah sich von zahlreichen Menschen umgeben, die lautlos zuhörten. Die Mauren blickten verstohlen die neben ihnen stehenden Juden an. Keiner von ihnen regte sich. Nur auf den Gesichtern der Juden wich die Sonnenbräune einem fahlen Gelb. Man bildete mit den Lippen die gehörten Worte langsam nach. Und man vernahm, daß die Juden während der eingeräumten Frist die Geschäfte abwickeln und über ihr Vermögen verfügen durften. Die Könige garantierten ihnen Leben und Besitz, so daß sie bis Ende Juli unangetastet ihr bewegliches und unbewegliches Gut veräußern, tauschen und verkaufen durften.

Als das Edikt das Recht zur Mitnahme des Besitzes durch die Ausgewiesenen auf bestimmte Gegenstände einschränkte, wurde die Stille noch größer. Sooft zwischen den einzelnen Sätzen eine kurze Pause lag, vernahm man schwere und keuchende Atemstöße.

Mit Ausnahme von Gold, Silber, gemünztem Geld und anderen unter das allgemeine Ausfuhrverbot fallenden Gegenständen sollte der jüdische Besitz zu Wasser und zu Lande aus den Königreichen mitgenommen werden dürfen.

»Weder gemünztes, noch ungemünztes Gold«, wiederholte drohend der arabische Dolmetsch. Dann ertönte noch die langgezogene Formel: »auf dem Wasser- oder Landwege.« Und plötzlich hörte man ein dumpfes Murmeln. Männer und Frauen sahen einander an und betasteten einander in grenzenloser Verzweiflung. Man flüsterte mechanisch die letzten Worte des Ediktes nach.

Juan folgte den königlichen Boten. Der arabische Dolmetsch erinnerte ihn an einen Menschen, den er vor kurzer Zeit kennengelernt haben mußte. Seine Sprache klang, als schämte er sich seines Amtes und suchte seine Scham durch überlautes Sprechen zu verbergen.

Plötzlich begegnete Juan den hastig im Kreise wandernden Augen des Eingeborenen.

»Achmed!« sagte er, den Berber erkennend. »Du bist schon Christ?«

»Seit gestern«, sagte der Mann aus dem Badehaus halblaut. »Der Dienst des Königs ist ein kleines Opfer wert. Die anderen werden meinem Beispiel folgen müssen, allerdings unfreiwillig. Sie wissen es nur noch nicht.« Er lachte frech und schwang sein Blatt, während die Trompete klang und die Trommel einen wilden Wirbel schlug. »Die klugen Leute lernen zur rechten Zeit um. Die Dummköpfe sträuben sich so lange, bis man sie zwingt.«

12

An diesem Tage hatte Juan Inspektionsdienst in der Stadt, der von Mittag bis Mitternacht dauerte. Während der ersten Monate nach der Einnahme Granadas fürchtete man immer, es könnte in einem der dichtbevölkerten Quartiere ein Aufruhr ausbrechen. Deshalb waren Truppen bereitgestellt. Ein Offizier der Wache, von Berittenen gefolgt, durchquerte sämtliche äußeren Bezirke.

Juan ritt langsam hinter den Herolden her. Um die aufgeregte Menge nicht zu reizen, ließ er sein Detachement weit zurück. Man passierte einen runden Platz, auf dem vier Brunnen standen. Jeder der Brunnen war mit anderen heraldischen Tieren geschmückt, die seinen Rand bewachten. Wappentragende Löwen, Kronen auf den Häuptern, fletschten die Zähne. Greife schwangen flatternde Fahnen mit den Emblemen der Nasriden in den Klauen. Ihre Flügel waren ausgebreitet, als wollten sie sich im nächsten Augenblick zum Flug erheben. Ein Adler hockte in großer Einfachheit auf den Stufen des größten Brunnens. Seine Krallen ruhten auf einer steinernen Truhe.

Von weitem klang die Vorlesung des Edikts. Die Stimmen der Lesenden wurden immer schriller. Ab und zu übersprang der Spanier eine Zeile oder der Berber verlor ein Dutzend Silben. Niemand schien es zu bemerken. Hinter kleinen Fensterscheiben krochen puppenhafte Köpfe hervor und drehten sich langsam den immer dichteren Gruppen zu. Aus einer Karawanserei kam ein Strom Bauern. Sie verstanden nicht spanisch. Und die Worte des Berbers hatten ihren Sinn beinahe schon eingebüßt. Sie glichen einem heiseren Gesang, einer Vorlesung sinnloser Silben. Die Bauern drehten grinsend ihre Köpfe und murmelten Koransprüche. Sie hielten die Kundmachung offenbar für eine religiöse Zeremonie der Christen.

Die strahlenden Türme einer Moschee fingen alle Laute ab, die von den benachbarten Straßen und Plätzen kamen. Ihre mit Ranken und Rosetten bedeckten Blend-Arkaden waren wie ein steinerner Wald, in dessen Dickicht man sich verlieren konnte. Der Abend spiegelte sich auf dem steinernen Spitzengewebe. Ganz von ferne klang die Vorlesung. Sie verursacht nicht mehr Lärm, als das Rinnen glitzernden Sandes in den Schalen einer Stundenuhr. Und ehe Juans Augen sich von den schimmernden Arabesken der Wände losreißen konnte, war das Dunkel hereingebrochen. Juan fühlte sich sonderlich erleichtert. Trotz seiner Befürchtungen war es zu keinem Tumult gekommen. Und je tiefer die Finsternis hereinbrach, um so geringer wurde die Gefahr. Die Juden trieben wie die Blätter eines zerrissenen Buchs über die Straße. Die Dunkelheit gestaltete aus den Menschenhaufen irgendwelche Knäuel einer weichen und schlammartigen Masse, die gurgelnd heranbrandete und ebenso plötzlich wieder vergangen war. Der Schein einer Fackel irrte an den Häuserwänden, kroch ein Stockwerk hoch, erlosch plötzlich und tauchte ganz anderswo wieder auf.

Juan kam zu einem großen und mit vielen Gruppen im Dunkel kaum sichtbarer Leute bedeckten Platz. Ein langgestrecktes Gebäude trug eine goldene Inschrift, die sich im Schein huschender Lichter als zum Teil arabisch, zum Teil hebräisch entziffern ließ. Das offene Tor zeigte ein hellerleuchtetes Stiegenhaus. Plötzlich trat eine Gestalt aus dem Tor. Man schleppte Lasten hinter ihr her und lud sie auf eine aus dem Dunkel heranschwebende Sänfte. Die Gestalt hob grüßend die Arme und verschwand in der Sänfte. Neue Sänften tauchten aus der Finsternis. Aus dem Korridor quollen andere Menschen. Alle hielten Lasten, die sie ängstlich an den Körper preßten. Ihre starren Gesichter trugen ein festgefrorenes Lächeln. Die Menge flüsterte einander immer neue Namen zu. Aber es klang nicht lauter als ein Windhauch. Und als hinter dem letzten Mann, der mit seiner Last das Haus verlassen hatte, sich die Türflügel schlossen, schienen sich die gesamten Menschenmassen in der Finsternis aufgelöst zu haben. Denn auch alle Lichter waren erloschen. Jenseits eines Raums, der kleiner war, als ein Schritt reichte, war Grauen und Furcht. Juan blickte sich um. Alle Sicherheit hatte ihn verlassen. Müde stieg er vom Pferd und setzte sich an den Rand eines Brunnens. Ein frischer und kühler Wind fächelte ihm die Wangen. Aber eine sonderbare Traurigkeit wurde immer stärker. Verliebte Katzen schlichen vorüber und erfüllten die Luft mit langgezogenem Geschrei. Eine Fledermaus berührte Juans Stirn. Über dem Giebel des langgestreckten Hauses gab das Gewölk ein Stück Himmel frei. Der Mond schwamm auf dem Kupferdach und bedeckte es mit mattem grünem Glanz.

Immer noch kreischten die Worte des Edikts durch das Hirn des jungen Ritters. Sie hatten einen klagenden und fürchterlichen Ton. Sie ließen sich nicht unterdrücken. Ihr krächzender Widerhall schien unüberwindlich.

Erst als Mitternacht nahe war, bestieg Juan wiederum sein Pferd und fand nach längerem Suchen den Standort seiner Truppe. Nachdem er ihr den Befehl erteilt hatte, in die Kaserne zurückzureiten, begab er sich allein auf den Heimweg. Das Pferd hatte sich an die

Dunkelheit gewöhnt. Es fand von selbst die Richtung. Langsam wurde der Mond Herr über den Himmel. Alle Häuser lagen in tiefem Schlaf. Die Hufe klapperten gleichmäßig über die hartgehämmerte Erde. Ihr Geräusch verstärkte sich an den hohen Mauern. Während einer halben Stunde begegnete Juan kaum zwanzig Menschen. Eine Fontäne rauschte traurig und melodisch. Juan ließ das Pferd trinken. Die Nacht war unheimlich fremd und dennoch überfüllt mit Bedeutung. Jetzt würden Tausende ihr Nachtgebet flüstern und die Tage bis zum Auszug zählen. Und sie würden sich fragen, was nachher sein würde. »Drei Monate!« murmelte Juan und strich dem Pferd langsam mit der Rechten über die Mähne. »Zweiundneunzig Tage.« Aber dann lächelte er. Was ging ihn diese Zahl an? Er lebte sein Leben einfältig und ohne Doppelsinn. Der Termin des Ediktes störte und erschreckte ihn nicht. Nichts konnte ihn bewegen, die Gedanken jener Menschen zu denken, von denen er sich auf immer losgesagt hatte.

Aber die Nacht war stärker. Juan wußte nicht, daß er, als er seinem Gaul die Sporen gab, dem Urheber jener Gedanken entgegenritt, von denen er sich nicht ohne Anstrengung befreit hatte.

Er war in eine Sackgasse geraten, in die selbst der Mond nicht eindringen konnte. Als er umkehrte, hörte er dicht neben sich das »Wer da?« einer Schildwache. Als ihm aber ein Dolch an die Brust gesetzt und eine Pechfackel vor die Augen gehalten wurde, klärte sich das Mißverständnis auf.

»Hast du eine Meldung für ihn?« fragte der Posten, ein adeliger Fähnrich mit glänzender Rüstung.

»Wen bewachst du?« fragte Juan. »Und mit wieviel Mann?«

Der Fähnrich hielt den beringten Zeigefinger an den Mund. »Mir unterstehen zwanzig Knechte. Weißt du nicht, daß du dich vor Torquemadas Quartier befindest? Er ist noch wach.« Der Fähnrich zeigte auf ein Fenster zu ebener Erde. Von seinem Pferde konnte Juan deutlich den Alten in der Mitte des Zimmers sitzen sehen. Seine Beine waren mit Decken verhüllt. Auf dem Tisch lag ein aufgeschlagenes Brevier. Auf dem Pult nebenan brannte ein kleines Licht. Torquemada las keineswegs. Er starrte in die kleine Flamme.

»Ich hatte Außendienst«, erklärte Juan. »Und wollte nach Hause.« Er starrte verloren in das Zimmer. Man sah nichts als den Kopf des Dominikaners, der mit herabgezogenen Lippen den rötlichen Lichtkegel der Lampe betrachtete und nur zuweilen den Kopf schüttelte, als ob er etwas nicht begriffe.

»Er hat es geschafft«, sagte der Fähnrich.

»Er sieht gar nicht fröhlich aus«, stellte Juan fest. »Zumindest macht er kein sehr zufriedenes Gesicht.«

»Amtsmiene«, kicherte der Fähnrich. »Große dürfen niemals zufrieden aussehen.«

Juan starrte immer noch in das Zimmer. Torquemada saß allein. Seine Züge waren alt und welk. Ihr deutlichstes Merkmal war eine große Müdigkeit.

Vielleicht hatte er nicht einmal gewollt, was er mit seinem Namen decken mußte. Vielleicht hatte man seinen Namen mißbraucht. Oder er hoffte, daß die Juden Vernunft annehmen und sich taufen lassen würden.

Aber da irrte der Großinquisitor. Niemals würden die Juden nachgeben. Sie konnten gar nicht nachgeben. Irgend etwas in den Juden band sie mit ihrem verdammten Glauben zusammen. Zerbrach man diesen Glauben, dann konnten die Juden nicht länger leben.

»Du mußt gehen!« sagte der Fähnrich. »Er wird jetzt gleich ans Fenster treten.«

Und wirklich erhob sich der Großinquisitor und schritt langsam zum Fenster. Dort drückte er sein morsches und verfallendes Gesicht an die Scheibe. Er schien ein Problem zu Ende denken zu müssen. Aber eine große Müdigkeit schien es zu verhindern. Hoffte dieser Mann, daß seine Drohung wirken würde? Oder hatte er erkannt, daß er von falschen Voraussetzungen ausgegangen war?

13

Um dieselbe Stunde saßen im großen und verlassenen Saal des jüdischen Gemeindehauses Don Abraham Senior und das religiöse Oberhaupt aller kastilischen Juden, Isaak Aboab. Die Kerzen waren nahezu heruntergebrannt. Aboab stützte sein Gesicht auf die kleinen, getrockneten Blumen ähnlichen Hände. Der Hoffaktor saß aufrecht. Sein schwerer goldgewirkter Mantel legte sich in wohlgeordneten Falten um seine imposante Figur.

»Willst du mich nicht endlich loslassen, Rabbi Isaak?

Ich weiß, daß man mich verwünschen und einen Abtrünnigen nennen wird. Ich will es in Kauf nehmen.«

»Willst du dich wirklich zu denen zählen, die seinerzeit verworfen werden?«

Senior lachte. »Ich wußte nicht, daß ich die Ehre habe, einem Beigeordneten des Oberen Gerichts gegenüberzusitzen.«

»Spotte nur, Don Abraham!«

»Mein Namensbruder Abraham sagte zu seinem Bruder Lot: Steht dir nicht alles Land offen? Scheide dich von mir. Willst du zur Rechten, will ich zur Linken!«

»Sei nicht halsstarrig, Rabbi Abraham! Bleib nicht in diesem verfluchten Land!«

»Ich sehe weder einen Grund, dieses Land zu verfluchen, noch es zu verlassen. Kein Mensch von Einsicht kann es Ferdinand verübeln, wenn er fordert, daß sein Volk eine Sprache und einen Glauben hat. Wenn du König über Spanien wärest, würdest du nicht das gleiche tun?«

Aboab faltete seine Hände. »Was quälst du dich mit den Sorgen des Königs Ferdinand? Genügen dir nicht die Sorgen des Juden Abraham?«

Senior kicherte. »Die Sorgen des Königs Ferdinand teile ich mit der Welt. Die Sorgen des Juden Abraham habe ich bloß mit dir gemein. Du aber siehst immer mit den Augen des Isaak Aboab und vergißt, daß die Christen keineswegs mit Isaaks Augen sehen.«

Aboab blickte entsetzt. »Dennoch, Freund Abraham, haben wir alle Völker überlebt, die mit uns über die Erde gingen. Obwohl wir so einseitig sehen und so engherzig messen, waren wir stärker und lebenstüchtiger als sie.«

»Wir haben sie überlebt.« Senior legte seine große Hand auf die kleine, beinahe durchsichtige seines Widersachers. »Aber wofür wurden wir aufgespart? Glaubst du«, sagte er leise, »daß es für ein sterbliches Ding ein Segen ist, den eigenen Untergang zu überdauern? Wer darf leben, wenn alle, die mit ihm jung waren, längst verfault und vergessen sind?«

»Gott hat es uns versprochen«, versicherte Aboab unbeirrt. »Denn es wurde zu unserem Volk gesagt: Der Ewige liebt Israel. Er wird es auf ewige Zeiten aufrichten.«

»Darf ich deinen heiligen Zitaten Beispiele entgegensetzen?« fragte Senior sanft und zögerte eine Weile, als wollte er dem Alten Zeit lassen, zu protestieren. Aber Aboab schwieg.

Da fuhr der Obersteuerpächter fort: »Du berufst dich immer auf Zusagen Gottes. Er hat sein Wort bisher nicht eingehalten. Du wirst mir antworten, daß wir unser Schicksal verdient haben. Ist dir aber nicht aufgefallen, daß immer diejenigen bestraft wurden, die treu geblieben sind, und diejenigen von Strafen verschont wurden, die abfielen? Alle Renegaten und Überläufer hat der Herr gesegnet. Die aber seine Gebote geheiligt haben, waren verflucht. Die Früchte ihrer Arbeit haben immer andere Völker verzehrt. Ihre Söhne und Töchter wurden ihnen genommen. Sie haben Weinberge gepflanzt, aber niemals Wein geerntet. Sie haben Ölbäume gepflanzt, aber mit dem Öl haben sich andere gesalbt. Des Morgens haben sie geseufzt: Daß es doch Abend wäre! Und des Abends: Daß es Morgen wäre! Der Herr gab ihnen, um mit Moses Worten zu reden, ein bebendes Herz, verschmachtete Augen und eine verdorrte Seele.«

»Wie wenig du doch von deinen Brüdern weißt«, versetzte Aboab und schüttelte verwundert den Kopf. »In der Mischna steht geschrieben, daß der Mensch dem Ewigen für das Übel danken soll. Und in der Gemara ist hinzugefügt: Mit Freude und heiterem Herzen.«

Abraham Senior betrachtete sein Gegenüber mit spöttischen Blicken. »Ihr Gotteslehrer habt es immer verstanden, aus der Not eine Tugend zu machen. Aber in Wirklichkeit ist es ein Selbstbetrug. Es ist durchaus kein Glück, ungestraft von Straßenräubern überfallen zu werden und wehrlos die Schändung seiner Töchter mit ansehen zu müssen. Wir alle leben doch nur für unsere Kinder. Und wer nicht darnach trachtet, seinen Kindern ein besseres Los zu verschaffen, ist ein Narr oder ein Schuft.«

Isaak Aboab sah den Hoffaktor aufmerksam an, als wolle er sich jeden seiner Gesichtszüge fest einprägen. »Wir mißverstehen uns, Rabbi Abraham. Ich rede zu dem Gottesgelehrten und mir antwortet der Verstandesmensch.«

Senior verzog seinen Mund zu einem bitteren Lachen. »Gott hat Moses die Lehre gegeben. Wozu hat er sie ihm gegeben?«

»Damit man nach ihr lebe.«

»Du sagst leben. Israel durfte nach dieser Lehre seit fünfzig Generationen nicht mehr leben. Es konnte höchstens nach ihr sterben.«

»Wir sind Gottes Volk. Darum müssen wir uns ihm auch zum Opfer bringen.«

»Gott sprach: Ich habe Lust an der Liebe und nicht am Opfer.«

Aboab blickte müde. Er öffnete seine dunkle Tracht, schwarz mit grauem Pelzbesatz, und griff nach dem Halse, der schmerzte.

Senior betrachtete den winzigen Greis wohlwollend und wie man eine kostbare Rarität betrachtet, von der man sich trennen muß.

»Ich werde dir ein Geheimnis verraten, Rabbi Isaak. Es ist gewiß Seligkeit für den Frommen, Gott zu dienen und sich für ihn erwürgen zu lassen. Aber was muß es erst für Seligkeit sein, frei durch die Jahrhunderte zu gehen, mit heilen Gliedern, ungeduckt, ohne gelben Fleck und nur auf seine Lust bedacht!«

Aboab stand hastig auf. Senior versuchte ihn festzuhalten. Aber der Alte riß sich los. Man hörte den taumelnden Klang seiner kleinen Füße auf den Marmorplatten des Korridors. Abraham Seniors Gelächter verfolgte ihn durch den weiten, mit den Sprüchen Salomonis geschmückten Vorsaal.

Der Hoffaktor selbst setzte sich in einen der beiden Lehnsessel. Er hatte jetzt alles Notwendige gesagt. Er hatte seinen Bund mit dem Judentum zerschnitten, soweit er lösbar war. Die Operationswunde schmerzte gar nicht. Er wunderte sich darüber. Aber da stellte er sich die Zeremonie der Taufe vor. Und ein Unbehagen überkam ihn. Sein Leben würde eine Kette von Widersprüchen werden, von Widerrufen, die er nicht glaubte. Aber wem ersparte Gott, Masken zu tragen? Es war bequemer, die Maske des Täuflings anzulegen, als die Maske des für seinen Glauben leidenden Juden. Und die Taufe war schließlich die letzte Demütigung. Von nun ab, beschloß Senior, würde er hochmütig, hart, rechthaberisch und grausam sein.

14

Sechs Wochen später hielten Abraham Senior, seine Frau und neun Mitglieder seiner Familie in der Mesquita zu Cordoba unter der Kuppel der ehemaligen Mihrabnische die Köpfe über das Taufbecken. Ferdinand und Isabella waren Taufpaten. Kardinalerzbischof und Kanzler Mendoza vollzog den Taufakt. Er erinnerte an die glanzvolle Vergangenheit des Hauses Benvenisti, das den Königen von Kastilien gedient und die talmudischen Lehrhäuser in Kastilien erbaut und unterstützt hatte. Abraham Senior, im Anblick der aus Marmor mit zauberhaftem Meißel herausgetriebenen Blumengewinde der Wand, verspürte Bitterkeit. Die Worte des Kanzlers hatten einen hämischen und ironischen Beigeschmack. Das Lächeln der Könige war nicht ohne Triumph. Die Worte des Taufaktes klangen wie eine Reihe boshafter Lügen.

Aber Seniors Augen wanderten zu seinen Söhnen, Töchtern und Schwiegersöhnen, lauter Menschen mit guter Haltung. Diese waren es wert, daß man um ihretwillen zum Gespött und zur Verachtung der eigenen Blutsgenossen wurde.

Während der Chor einsetzte und hundert klare Knabenstimmen, durch unzählige Säulen der alten Omayadenmoschee gedämpft, ein Tedeum anstimmten, flüsterte der nunmehr katholische Hoffaktor und Obersteuerpächter des Reichs den Segen Judas, der lautet: »Herr, erhöre Judas Stimme. Mache ihn zum Regenten in seinem Volk. Lasse seine Macht groß werden. Er muß Rat wissen über seine Feinde.«

SIEBENTES KAPITEL

Christobal Colon

1

Christobal Colon saß in Pinos Puente, eine Stunde hinter Santa Fé, in einer Schenke. Er versuchte seinen Zorn im Wein zu ersäufen. Da hatte man ihn acht Jahre zum Narren gehalten. Schon im Jahre 1486 glaubte er seinem Ziel nahe zu sein, als er in den kastilischen Hofdienst übernommen wurde. Dann hatte das Collegium zu Salamanca jahrelang mit ihm gespielt. Zuletzt hatte er sich mit einer lächerlichen Rente zwischen Sevilla und Cordoba herumgetrieben, immer hoffend, immer vertröstet. Vor drei Jahren war eine scheinbare Wendung zum Günstigen eingetreten. Die Franziskaner im Kloster zu Rabida hatten den Verzweifelten wie einen Bruder aufgenommen. Von da besserten sich die Aussichten des Mannes aus Genua, bis die Erfüllung an dem Unmaß seiner Forderungen scheiterte. Vor acht Tagen hatte man ihn endgültig ziehen lassen. Er hatte enttäuscht und verzweifelt Santangel mitgeteilt, daß er noch acht Tage in Pinos Puente warten würde, ob Ihre Hoheiten sich nicht doch entschließen konnten, auf Colons unabänderliche Vorschläge einzugehen.

Die acht Tage waren um. Colon hatte vom Morgen bis zum Abend gewartet. Während die Eseltreiber und Kärrner die Stube mit lauten Reden und schlechten Gerüchen erfüllten, hatte der Genuese stumm an seinem Tisch gesessen und seinen Zorn genährt. Heute mußte er sein Versprechen einhalten und endgültig fortgehen. Es war ein heiterer Frühlingstag. Die Leute kamen bereits morgens in die Schenke und verspotteten den Fremden, dessen finsteres Aussehen sie zum Lachen reizte. Eine junge Frau warf dem blonden Hünen ein buntes Tuch zu und riß es ihm wieder fort. Einige Männer hielten ihm Wein entgegen. Eine kichernde Magd servierte ihm geräuchertes Fleisch. Colon nahm aus Höflichkeit und schnitt eine zornige Grimasse. Denn jemand hatte spitze Hölzer in das Fleisch getan, um sein Mütchen an dem Genuesen zu kühlen. In dem darauffolgenden Getümmel wurde Colon zu Boden geworfen. Er stand langsam auf. Sein Kopf dröhnte von Wein und Schlägen. Der Schweiß rann ihm in Strömen von der Stirn. Seine Schläfen schmerzten. Er zwängte sich in den Hof, zahlte die Zeche und befahl dem Wirt, sein Gepäck aufzuladen. Während der Wirt herausgab, überrechnete Colon seine Barschaft. Er hatte gerade noch zwanzig Realen.

Knurrend bestieg er den mageren Rappen. Die Bauern bereiteten dem Fremden mit erhobenen Bechern eine grölende Ovation. Der Seefahrer saß vornübergebeugt im Sattel. Er hatte den Schnappsack und eine Mappe mit Karten umgeschnallt. Sein faltiges und verzerrtes Gesicht verkroch sich hinter ein rotseidenes

Tuch. Die Augen starrten müde vor sich hin. Er bemerkte plötzlich die johlenden Bauern nicht mehr. Sie mochten noch so eifrig mit ihren Händen winken. Die Frauen liefen ein Stück neben dem Rappen und nannten den grauhaarigen Genuesen lachend ihren Schatz. Aber sie gaben es bald auf. Der Mann auf dem Rappen war mit seinen Gedanken schon weit entfernt, obwohl er gerade das Hoftor passierte, um in die Vega hinauszureiten. Die Quälgeister ließen unzufrieden von ihm ab und taumelten auf den Rasen, um über die Tücke dieses Fremden nachzudenken, dem man trotz seiner Einfalt nicht beikommen konnte.

Christobal Colon ritt durch die Vega von Granada. Als er das offene Land erreicht hatte, stieg sein Gesicht aus dem seidenen Tuch und starrte einsam und müde auf die verwüsteten Ländereien, die sich zu beiden Seiten der Straße dehnten. Während der Rappe auf der steinigen Straße in der heißen Sonne stolperte, blickten seine Augen unter den dichten Brauen in das Gebüsch. Aber seine Lippen sagten die Verse aus Senecas Medea, die er in seinen verzweifelten Nächten oftmals ausgesprochen hatte.

»Nec sit terris ultima Thule«, flüsterte Colon und empfand, daß er, wenn auch elend und arm, von der Erfüllung nicht sehr weit entfernt sein konnte. Er war selten mit so wenig Hoffnung ausgeritten wie heute. Aber während er sich selber durch die Verheißung ermunterte, daß die Welt bald über Thule hinausreichen würde, erschrak er aufs neue vor der Auslegung, die er dem Vers gegeben hatte.

In seinem Bewußtsein gestalteten sich schon wieder

die Sätze, die er dem König von Frankreich zu sagen beabsichtigte. Er hatte sie letzte Nacht entworfen. Diese Sätze hatten sich seinem Innern unauslöschlich eingeprägt. Jetzt gehörten sie nicht mehr ihm. Sie gehörten der Welt. Sein Mund sagte sie her. Sie ließen sich nicht zurückhalten und drängten sich schreiend hervor.

2

Er war nunmehr eine halbe Stunde von Pinos Puente entfernt, mitten in der Vega. Der Rappe trabte gleichmäßig vorwärts. Colon konnte sich seinen Gedanken hingeben. Die wenigen bestellten Äcker leuchteten grau. Über den Tamarisken zogen Vogelschwärme. Wilder Rasen überwucherte den Verfall. Der Duft von vielen Blumen vermischte sich mit dem Geruch von Verwesung, der über Dornbüschen stand wie eine kleine, feurige Wolke. Plötzlich überkam den Genuesen eine Vision.

Er sah eine zerklüftete Küste vor sich, hohe Felsen mit steil abfallenden Klippen. Auf den Bergen standen Leuchttürme, die weithinstrahlende Feuer warfen. Ein unübersehbarer Hafen tat sich auf. Über die Molen schritten Neger, schlitzäugige Tataren und sanftblikkende Malayen und schleppten Erz und farbige Hölzer. Unförmige Dschunken, die auf jeder Bugseite große offene Augen trugen, bewachten mit drachenbemalten Segeln den Hafeneingang.

Dann verwirrten sich die Bilder. Nach wirrem Spuk, den Colon nicht enträtseln konnte, sah er sich plötzlich in der Halle eines Palastes, wie ihn Marco Polo beschrieben hatte. Die Wände waren mit den Gestalten lächelnder und auf goldenen Kissen sitzender Patriarchen geschmückt. Die Fliesen des Fußbodens verschwanden unter roten Teppichen.

Der Admiral und Vizekönig tafelte mit den vornehmsten seiner Offiziere an langen, mit seltsamen Speisen bedeckten Tischen. Neben jedem der Gäste saß eine braune Frau. Unter den dünnen Brauen bewegten sich wollüstige Augen. Die Leiber rochen nach duftendem Gewürz. Das glatte und glänzende Haar war von goldenen Pfeilen durchstoßen. Aus geschminkten Lippen quollen gurgelnde Laute. Eine schreckliche und unergründliche Musik erfüllte den Palast.

Aber dann verwandelte sich der Raum auf geheimnisvolle Weise. Weihrauch schwebte aus Vasen von leuchtendem Blau. Ein Bischof thronte neben dem Vizekönig auf erhabenem Stuhl, und hundert Männer und Frauen beugten ihre Köpfe, um die Taufe zu empfangen. Colon blickte durch die hohen Fenster der Halle hinaus. Über der grenzenlosen Stadt wölbte sich azurener Himmel. Eine Kreuzesprozession ging vorbei. Schwarze, braune und gelbe Christen streuten Blumen auf den Weg und trugen die silbernen Stützen eines buntgestickten Traghimmels. Auf dem Wege lagen überall zerstörte Götter.

Ein Sturz warf Colon aus seinen närrischen Träumen auf die harte und schmerzhaft steinige Erde. Das Pferd war über eine der verwesten Leichen gestolpert, die immer noch unbegraben auf der Vega lagen. Der Genuese war aus dem Sattel gefallen. Der Mantelsack lag zerrissen zwischen Häusertrümmern. Und die kostbarste der Karten, eine Skizze des Florentiners Toscanelli, lugte zerrissen aus der völlig zerknitterten Mappe heraus. Colon bemühte sich fluchend, sie zu glätten. Der Mundvorrat im Mantelsack war von Erde beschmutzt. Ob noch die zwanzig Realen vorhanden waren? Der Seefahrer begann seine Kleider zu durchsuchen, in die die Goldstücke eingenäht waren. Aber er fand sie nicht. Er kauerte verzweifelt auf der Erde, blickte mit roten Augen auf die trockenen Ackerkrumen und verwünschte den Tag, der ihn nach Kastilien getrieben hatte. Warum hatte er in Portugal nicht die Geduld gehabt, auszuhalten und seine Idee nachdrücklich zu vertreten. Gewiß hatte der Bischof von Ceuta Colon einen Plagiator des Aufschneiders Marco Polo genannt. Aber wie hatte man ihn in Salamanca beschimpft! Und jetzt saß er nach elf verlorenen Jahren auf der nackten Erde, ärmer als ein Bettler. In seiner Tasche war noch ein Stück trockenes Brot. In Sevilla wartete sein Sohn Diego, der von Klostersuppen leben mußte. Er selber hatte nicht einmal Geld, um seiner Frau einen Grabstein zu setzen. Als mißhandeltes Spielzeug für Geographen und solche, die sich dafür ausgaben, hatte er sein Leben hingebracht, bis seine Haare nahezu weiß geworden waren. Wenn man nur sterben konnte! Man mußte den Mut haben, sich umzubringen. Gott hatte wohl den Selbstmord verboten. Aber konnte die Hölle mehr Hölle sein, als dieses Dasein?

Da hörte er von weitem rufen. Es klang wie: »Don Christobal!« Zuerst duckte er den Kopf. Man hatte ihm oft Steine nachgeworfen. Dann erinnerte er sich, daß er sich in der Vega befand, die heute eine Wüste war. Er wunderte sich und mißtraute seinen Ohren. Wer würde sich die Mühe machen, ihn zwei Wegstunden von Santa Fé zu verfolgen, bloß um ihn zu hänseln.

»Don Christobal!« rief die vorige Stimme aus größerer Nähe. Er drehte hastig den Kopf. Da erkannte er den jungen Ritter Fonseca von der Leibwache. Er saß auf einem sehnigen Berber, dessen dünne weiße Mähne zwischen Tamarisken hervorleuchtete. Seine Rechte schwenkte ein Tuch wie eine Signalflagge.

Colon hob den Kopf. Was wollte ein Mann von der Leibwache? Plötzlich durchfuhr ihn die Hoffnung, es könne etwas geschehen sein, das sein Leben günstig beeinflussen werde. Aber gleichzeitig nahm er sich vor, lieber zugrunde zu gehen, als eine einzige seiner Forderungen zurückzustellen.

Er fletschte die Zähne und dachte hoffnungsvoll und zugleich wütend: Niemals! Ich lasse nicht mit mir handeln!

»Don Christobal!« rief Fonseca und sprang vom Pferde. »Ich komme über Ersuchen des Herrn Santangel.«

»Wer versucht mich neuerlich zum Narren zu machen?« murmelte der Genuese. »Ich glaube niemandem vom kastilischen Hof.«

»Ich bin von Aragon«, lachte Juan.

»Man hat mich oft genug geprellt. Ich reite nach Frankreich.«

»Glaubt Ihr, ich komme, um Euch zu betrügen?«

Colon hob den Kopf. Der junge Ritter war gewiß glaubwürdig. Und der Name Santangel bedeutete Sicherheit. Aber er spielte weiter den Zweifelnden. Er mußte sich erst beruhigen. Sein Herz schlug stürmisch. Und er wußte, daß seine Knie zittern würden, wenn er aufstand. »Ich habe es satt«, knurrte er. »Kein Mensch ist öfter belogen worden als ich.«

»Steht auf und kommt mit mir!« sagte Juan und riß den Seefahrer empor.

»Und was habt Ihr mir zu sagen?«

Juan blickte dem grauhaarigen Mann herzlich in die Augen. »Ihr habt Grund, über die sogenannten Fachleute zu fluchen. Aber Euer Angebot –« Juan nahm die Hände Colons und fuhr langsam über sie hin, »ist angenommen.«

Obwohl Colon auf dieses Wort gewartet hatte, krampften sich seine Hände zusammen. »Angenommen? Ich werde geadelt?«

»Ihr seid es schon«, lachte Juan und führte den Genuesen zu seinem Pferd. »Habe ich Euch nicht Dominus genannt?«

»Ich glaube es nicht«, murmelte Colon. »Ich habe auch andere Forderungen gestellt. Bin ich soviel wie der Admiral Henriquez, der gespreizte und anmaßende Ignorant?«

»Ich kann Euch die einzelnen Bedingungen Eures Vertrages nicht aufzählen. Aber ich bin vom Schatzmeister von Aragon mit Zustimmung Ihrer Hoheiten beauftragt, Euch zu sagen: Kehrt zurück, Don Christobal!« Juan hielt den Steigbügel und half Colon, der plötzlich gealtert und gebrechlich schien, seinen Rappen zu besteigen.

Colon gab seinem Pferde die Sporen. »Endlich«, sagte er. Er ritt eine Stunde schweigend. Ab und zu blickte er seinen Begleiter an, der ihm ermunternd zulächelte und ihn auf Hindernisse aufmerksam machte. Juan empfand für den Genuesen, um den er sich früher nie gekümmert hatte, eine jähe Sympathie. Ein Mensch! dachte er. Wer weiß, was in ihm steckt? Vielleicht sind ihm wirklich die Wunder vorbehalten, die er verspricht. So armselig und zerlumpt sieht er aus! Dabei verspricht er alle Reichtümer Indiens.

Auch der Mann aus Genua beschäftigte sich innerlich mit seinem Begleiter. Er musterte dessen freie und sichere Haltung. Ihm entgingen nicht die verstohlenen Seitenblicke, mit denen der Ritter ihn betrachtete.

»Was denkt Ihr über mich?« fragte Colon.

Sie näherten sich der Stadt Santa Fé. Von weitem sah man ihre niederen Holzhäuser, die zum Teil noch Zelte waren. Über den größeren Zelten wehten bunte Wimpel.

»Ich freue mich über meinen Auftrag«, sagte Juan. »Nach Jahren werde ich Euch an diese Stunde erinnern und Euch um eine kleine Gnade bitten.« Er lachte übermütig.

»Ich werde Euch nicht vergessen«, versicherte Colon. »Vielleicht werde ich Euch in meinem Tagebuch erwähnen. Aber es ist nicht wahrscheinlich. Ich dürfte mein Tagebuch erst mit einem späteren Zeitpunkt eröffnen. Man soll die Nachwelt niemals viel von erlittenen Demütigungen wissen lassen.«

3

In dem königlichen Hause zu Santa Fé wurde am nächsten Tag Colon in geheimer Audienz von Isabella empfangen. Sie betrachtete ihn eindringlich. Dabei schien es, als ob sie ein Lächeln verhielte. Aber ihr Gesicht nahm plötzlich einen veränderten Ausdruck an. Ihre Augen betrachteten das männliche und kühne Gesicht des Abenteurers. Während Colon kniete, sogen sich seine Lippen an der heißen Hand fest, die sich leise bewegte. Ein blitzartiges Selbstvertrauen durchfuhr ihn. Und sein bewundernder Blick, der die Königin streifte, begegnete einem gläubigen Lächeln, das bewies, daß Isabella durch seine Hartnäckigkeit gewonnen war. Er wollte ihre Hände gar nicht loslassen. Sie mußte sie ihm sanft entziehen. Aber da zeigte ihm die Marquise von Moya die von Santangel verfaßten Kapitulationen. Und Don Christobal las, daß er allein in den neu entdeckten Inseln und Ländern Recht sprechen und entscheiden solle, daß ihm von allen Perlen, Edelsteinen, Gold, Silber, Spezereien und anderen Waren ein Zehntel nach Abzug aller Kosten überlassen sei, sein Admiralsamt immerwährend auf seine Erben und Nachfolger übergehe und er berechtigt sei, als Regenten in den neuen Ländern der katholischen Hoheiten drei Personen in Vorschlag zu bringen, aus denen die Hoheiten einen nach ihrem Belieben erwählen würden.

Er unterschrieb und unterließ nicht, aus den Augen aller Anwesenden abzulesen, welche Bedeutung sie diesem Staatsakt beimaßen. Er sagte leise seine Titel her. Und dabei betrachtete er seinen abgeschabten Mantel, dessen Goldborten zerschlissen niederhingen.

Als er seinem Freunde Santangel gegenüberstand, der aus den Renten Aragons einen besonderen Fonds für die Kosten von Colons Expedition gebildet hatte, sahen die beiden einander wie Berauschte an. Der Genuese zeigte mit Herzklopfen den unzähligmal beschriebenen Weg, der auf der Landkarte nach Indien führte. Plötzlich erstanden auf dem schmutzigen Grau des schlecht bemalten Papiers durchsichtige Wogen. Erzengel wiegten sich über riesigen Meeresungeheuern. Fabelhafte Fische umgaben das kleine Schiff. Sternbilder wiesen Wege in immer unbekanntere Fernen. Und als man sich den neuen Küsten näherte, erstanden Wälder und Berge voll geheimnisvoller Gefahren.

Don Luis Santangel betrachtete seinen Seefahrer, wie ein Sammler exotischer Geschöpfe Paradiesvögel oder bunte Papageien bewundert.

»Bist du glücklich, Colon?« fragte er und streichelte den schäbigen Waffenrock des Freundes. »Wirst du mich nicht vergessen, wenn du zur Rechten des Großchans sitzen und ihm den Tribut für unsere Könige abverlangen wirst?«

Colon antwortete nicht. Er war so sehr in den Anblick seiner Landkarte versunken, daß er seine eigene Mutter nicht erkannt hätte. Er hob mit großer Mühe den Kopf und wischte die Vorstellung der großen Seefahrt von den Wimpern.

»Du darfst mir nicht böse sein, Santangel. Aber ich stehe schon an Bord meiner Caravelle und sehe nichts als Meer. Wann kann ich reisen? Wenn du mich liebst, sorgst du dafür, daß ich vom Hafen von Palos ausfahren kann. Dort leben drei seekundige Brüder namens Pinzon. Sie verwahren ein Geheimnis aus den Tagen Salomos. Ein großes Geheimnis, Santangel!«

Der Genuese neigte sein schönes und wildes, von struppigem Grauhaar umrahmtes Gesicht zu dem Schatzkanzler.

»Salomo hat es schon gewußt, daß man nach Spanien fahren muß und von da in einem bestimmten Winkel immer nach Westen.«

Santangel schwieg. Er nahm die Hand des Seefahrers und erinnerte sich einer heimlich überlieferten Legende, die berichtete, daß König Salomo fünf Segelschiffe ausgerüstet hatte, um das Weltmeer von Sonnenaufgang bis Sonnenuntergang erforschen zu lassen. Auf dieser Reise waren viele tapfere Seeleute verunglückt, und von den fünf Schiffen, die Spanien umsegelt und das grenzenlose Meer durchkreuzt hatten, war es nur einem einzigen gelungen, sich zu retten und den Hafen Joppe wieder zu erreichen.

»Ich werde sie aus Gades heimkehren lassen«, murmelte Santangel einen alten Segensspruch, dessen Sinn er plötzlich begriff, »von den Ufern des westlichen Ozeans und von allen Inseln. Auch aus den Tiefen des Meeres werde ich sie holen.«

Er ließ langsam die Hand des Genuesen los und wußte, daß er zurückbleiben würde. Er war zu schwach zu jenem Anlauf, der notwendig war, um sein Dasein mit dem Schicksal des Abenteurers zu verknüpfen.

4

Gegen seinen Willen wurde Colon einige Wochen in Granada zurückgehalten. Es verwundete die Eitelkeit des Seefahrers, daß er schon am Tage nach seiner Ernennung im Hintergrund stehen mußte. Wohin er kam, sprach man von den Juden. Begann er, von seiner Ausreise zu berichten, setzte man das Gespräch fort, indem man der Ausreise der Juden gedachte. Beschrieb er die Schwierigkeiten seiner Expedition ins Unbekannte, erörterte man das Schicksal der Juden, die in nicht weniger unbekannte Länder auswandern mußten.

Redete er vom Meer, so erwähnte man den Weg, den die Juden vermutlich einschlagen würden, um in die Länder der Türken und Ägypter zu gelangen. Beschrieb er die Schiffe, deren er zu seinem Abenteuer bedurfte, dann berechnete man, wie viele Fahrzeuge die Juden aufbringen konnten.

Auch der Hof vergaß Colon über Nacht. Befehle jagten einander. Meldungen über Verschwörungen, Bitten, Interventionen der Juden erfüllten die Stadt. Don Isaak Abravanel machte noch immer königlichen Dienst. Er schritt zuweilen mit einem Gesicht vorüber, das spitz und knochig aus dem Zobelkragen herauskroch. Wurde er gegrüßt, dann kam eine zitternde und faltige Hand hinter seinem Mantel hervor und winkte in unsicheren Linien Dank. Aus allen Teilen Spaniens kamen Deputationen, um mit dem Finanzminister zu reden, schwer, traurig, beinahe schon ohne die geringste Hoffnung.

Der neuernannte Bischof von Granada übernahm seine Diözese. Er hatte das gleiche gute und verzeihende Gesicht wie damals, als er noch Prior von Prado gewesen war und Colon gequält hatte. Er wurde nur witzig, wenn er den Genuesen erblickte, und gab ihm zu verstehen, daß er ihn trotz seines Adelstitels weiter für einen Possenreißer halte. Aber sooft er Juden oder Mauren begegnete, verwandelte sich sein Gesicht. Es zeigte dann die weichen Züge eines Menschenfreundes. Besonders die Kinder der Mauren hatte er in sein Herz geschlossen. Immer griff seine Hand in die schrägen Taschen seines alten Mantels, aus dem sie vielerlei hervorholte, von süßem Naschwerk bis zu den Bildern einer kleinen Bibel. Und wenn er segnete, dann lächelte er herzlich. Er ließ sich selbst herbei, mit den Heidenkindern auf der Straße zu spielen. Mancher Kram lag auf der Straße herum. Denn nach dem Einzug der Spanier waren Tausende Familien aus der Stadt nach Afrika gezogen, und unzählige Kisten hatten ihren Inhalt auf die Straßen und Plätze ausgeleert. Die braunen Kinder der Einheimischen liefen in faltigen Haremshosen, marokkanischen Mützen, behängt mit falschem persischem Schmuck und mit Rosenkränzen aus Damaskus auf die Straße. Ihre Spiele stellten den Einfall der Christen und den Untergang Malagas dar, oder sie markierten die Plünderung einer Stadt mit anschließendem Sklavenmarkt.

Bald liefen die Kinder seiner Sänfte gerne nach. Die Kirche war ihnen eine reizvolle und fremde Wirklichkeit. Die neue Religion ließ sich wie ein Spiel betreiben, bei dem man die alten Masken mit neuen vertauschte. An Stelle der bekannten Kinderlieder wurden neue erlernt, die sich betörend eindringlich anhörten.

So gütig Talavera zu den Kindern war, so grausam erschien er dem Genuesen. Wenn eine Begegnung zwischen beiden unvermeidlich war, ließ der Bischof seine Sänfte halten und lachte. Es focht ihn nicht an, daß Colon auf die ironischen Fragen seines alten Gegners die Antwort verweigerte. Der Bischof lachte immerfort und hielt sich die Seiten vor Lachen, während er seiner Umgebung die Pläne des Seefahrers erläuterte, als wären es törichte Scherze eines Trunkenboldes.

Noch furchtbarer aber erschien dem Seefahrer eine Begegnung mit Torquemada, obgleich dieser von seiner Gegenwart keine Notiz zu nehmen geruhte. Manchmal ging er zwischen Leibwächtern durch die Gärten der Lindaraja, um mit der Königin zu reden. Dann hatte Colon den Eindruck, als bögen sich die Zweige erschrocken zurück und das Gebüsch würde welk, sobald die dunkle Kutte des Dominikaners die Blätter berührte. Selbst das Gras ertrug es nicht, von den Sohlen des ehemaligen Priors zu Santa Cruz niedergetreten zu werden. Während es sich sonst sogleich aufrichtete, blieb es geknickt und wie verdorrt liegen. Tauchte irgendwo zwischen Zweigen das Gesicht des

Großinquisitors auf, dann erschien es dem Betrachter unmöglich, in seiner Nähe zu bleiben. Colon lief vor Torquemada davon. Er rannte durch die verschlungenen Gärten, stolperte über Vorhallen und Treppen, erregte das Erstaunen der Hofleute und Diener und landete endlich in irgendeinem Rondell, zwischen ruhigen Wasserflächen und weißen Statuen.

Oft fragte sich der Genuese, was an Torquemada ihn so heftig abstieß und beleidigte. Er konnte sich keine klare Rechenschaft ablegen. Keinesfalls konnte es der abgewandte und verschlossene Gesichtsausdruck des Dominikaners sein. Denn Torquemada bemühte sich niemals, Eindruck zu machen. Aber vielleicht war es dieses angstvolle Schweigen, das den alten Mann umgab. Die anderen Menschen veränderten ihre Züge in Gegenwart des Dominikaners. Sie taten hastig etwas, um zu verhindern, daß man sie erkannte. Sie verwandelten sich in irgendeine andere Persönlichkeit. Ihr Betragen erinnerte Colon an eine Aushebung von Soldaten, die der Herzog von Medina Coeli in einem seiner Dörfer veranstaltet hatte. Auch dort schienen alle der Musterung unterzogenen Bauern plötzlich vortreffliche Schauspieler geworden zu sein. Ein Riese wurde krumm und lahm. Zwei Männer mit den Körpern von Gladiatoren gaben sich das Aussehen von Schwindsüchtigen. Und ein anderer, der Gesundheit und Kraft beim besten Willen nicht verbergen konnte, spielte einen Idioten. In gleicher Weise bemühte man sich, Torquemada ein falsches Bild seines Wesens zu geben. Sehr ernste Menschen wurden krampfhaft lustig, wenn sie in den Bannkreis des Großinquisitors traten.

Possenreißer gaben sich das Ansehen von Tiefsinnigen, Choleriker gebärdeten sich sanftmütig, und Wüstlinge verwandelten sich in Heilige.

Colon, dem Verstellung fremd war, erschien die Atmosphäre, die eine solche Veränderung bewirkte, unerträglich. Torquemadas Atem schien Gift auszuströmen. Die Luft um ihn war schwer von panischer Angst. Deshalb mied der Admiral den Beichtvater der Königin. Noch stundenlang, nachdem er von weitem des Dominikaners ansichtig geworden war, schien ihm die Stille der täglich von neuen Tausenden geräumten Stadt lastender, die Leere der Straßen gespenstischer. Die Türme neigten sich ihm entgegen, als wollten sie auf ihn herunterstürzen. Die nicht mehr besuchten Moscheen lagen wie Leichname auf den Straßen. Und die Menschen sahen matt und kraftlos aus, als wollten sie sich im nächsten Augenblick hinlegen und sterben.

Nicht einmal die Königin erinnerte sich an ihren Günstling. Sowohl in der Alhambra, wie in Santa Fé ließ man ihn vergebens auf eine Audienz warten. Die Leibwache war schon gewohnt, Colon stundenlang durch das ausgedehnte Gebiet der Vorhalle wandeln zu sehen, mit zusammengepreßten Lippen, ohne jemals Ungeduld zu verraten.

Wenn Juan Fonseca Dienst machte, sprach er zuweilen ein paar Worte mit dem Genuesen. Er empfand für den närrischen Helden eine mit Mitleid gemischte Bewunderung. Immer wollte er wissen, wann die Vorbereitungen beendet wären. Aber es war noch nicht so weit. Am 30. April hatten die Könige die Stadt Palos mit der Bereitstellung zweier Schiffe und deren Besatzung betraut. Die Stadt Palos stellte sich taub. Man verschärfte die Befehle. Die Stadt Palos meldete immer neue Hindernisse. Da betraute der Hof einen Beamten des Hausmarschallamtes, Juan de Penalosa, mit dem Amt des Exekutors. Penalosa wartete mit der Abreise, bis Colon ihn begleiten würde. Und Colon wartete auf die ersehnte Audienz.

Erst nach vierzehn Tagen erhielt er den Befehl, sich bereitzuhalten. Und mitten in einer Nacht wurde er vor das Gesicht der Königin gerufen. Sie war gealtert. Ihre Haare schimmerten grau. Die Gedanken Isabellas schienen irgendwo zu weilen, wo es ihnen nicht gefiel.

Sie reichte Colon mit aufflammendem Lächeln die Hand. Er neigte sich über den weißen Handrücken und küßte ihn wild. Dann sprach Isabella noch ein paar Worte, ohne jeglichen Zusammenhang. Colon zwang sich, seine Traurigkeit zu unterdrücken. Er kniete und sah der Königin unerschrocken in die Augen.

»Ich glaube an dich«, sagte sie unvermittelt und Colon empfand ein brennendes Einverständnis mit der Königin. »Du wirst mir für viele Enttäuschungen Ersatz bieten.«

Im Nebenzimmer wurden Worte laut. Halblaut stritten zwei geschmeidige Stimmen miteinander. Zwischendurch diktierte jemand lateinisch einen Brief. Isabella hörte eine Weile hin und ließ wie in Zerstreutheit ihre Hand ein paar sekundenlang dem Genuesen. Plötzlich sah sie den Knienden an, ihr Gesicht wurde starr und hochmütig. »Ist alles nach Wunsch geordnet?« fragte sie rasch hintereinander. »Sind die Schiffe bereit? Reicht das Geld? Du mußt es dir gut einteilen.

Vorläufig kannst du auf keinen Realen mehr rechnen. Wann wirst du aufbrechen? Ich hoffe bald von dir zu hören.«

Jemand riß den Vorhang zur Seite. Die Königin trat zurück. Man sah Ferdinands lächelndes Gesicht. Er schien zu rufen. Die streitenden Stimmen waren verstummt. Colon fühlte eine Befangenheit, die ihn aufzuspringen veranlaßte. Ehe er sich recht besinnen konnte, war er allein.

5

Noch in dieser Nacht packte der Admiral seine Habseligkeiten. Er glaubte einen salzigen Geschmack auf den Lippen zu verspüren. Ein heftiger Wind riß die Fenster auf. Die Sehnsucht nach dem Meer überwog alle sonstigen Empfindungen.

Zwei Tage später brachen Colon und Penalosa mit ihrem Gefolge nach Palos auf. Es war eine sonderbare Reise. Das Land lag in fieberhafter Unruhe. Vor vielen Häusern war Hausrat, wie nach einem Brande aufgestapelt. Viele Felder lagen unbebaut.

In einem Gasthof vor den Toren des Städtchens Loja wurde übernachtet. Colon trat mit seinem Beschützer in die Gaststube. Man schenkte keinem von beiden irgendwelche Beachtung. Das Gespräch drehte sich um Häuser, Äcker und Weinberge, die niemand kaufen wollte, so billig sie auch angeboten wurden. Ein alter

Mann legte Schmuck auf den Tisch. Es waren Saphire und Perlen in goldener Fassung. Er hatte sie für ein paar Zugochsen erhalten. Er wurde von allen Seiten beschimpft. Denn die Nachbarn hatten ähnliche Geschäfte gemacht. Jetzt hatte jeder Bauer die Truhen voll Schmuck, Gold und geschliffener und ungeschliffener Steine. Aber es fehlten die Zugtiere, um vor den Pflug gespannt zu werden.

Das ganze Dorf hatte sich seines Viehbestandes entäußert. Niemand wußte, mit wessen Hilfe man die Felder werde bestellen können.

»Wo bin ich?« fragte Colon erstaunt. »Das Land ist wie ausgewechselt. Geschieht dies alles wegen einiger Juden?«

»Nicht wegen der Juden, Euer Gnaden. Aber wegen der trostlosen Umstände, in die das Land durch die Schlechtigkeit der Juden versetzt wurde.« Ein alter Bauer betrachtete den Fremden mit seinem Begleiter. Er fand, daß es Leute von Ansehen und Bedeutung waren. Vielleicht hatten sie Beziehungen, die man ausnutzen konnte. »Die Juden sollen am letzten Tage des Monats Juli über die Grenzen sein. Aber man hat ihnen erlaubt, ihre verdammten Geschäfte abzuwickeln und ihren Besitz zu verkaufen. Was ist die Folge? Land ist auf ein Viertel seines Wertes gesunken, Weinberge sind überhaupt nicht anzubringen. Ein Haus kostet weniger, als das Dach gekostet hat. Maulesel müßt Ihr heute mit Gold aufwiegen. Solche närrische Zeiten haben die Juden über uns gebracht.«

»Es kommen bessere!« versprach Don Christobal. »Habt ihr noch nicht davon gehört, daß ich den Seeweg nach Indien entdecken will? Und wenn ich zurückkehre, werden alle Untertanen Ihrer Hoheiten, der Könige von Kastilien und Aragon, reich und mächtig werden. Ihr braucht dann nicht mehr zu arbeiten, um im Schweiße eures Angesichts euer Brot zu verdienen.«

»Wie habt Ihr Euch genannt, Euer Gnaden?«

Der Genuese konnte die Lust an seinem Titel und seiner künftigen Größe nicht verhalten. »Man nennt mich Don Christobal Colon«, sagte er von der eigenen Würde überwältigt. »Ich bin Admiral, Vizekönig und Gouverneur. Ich gehe nach Palos de Moguer, um meine Flotte von dort nach Indien auslaufen zu lassen.«

Die Anwesenden bekreuzigten sich.

Einer der Anwesenden gab sich als Gemeindevorsteher und zugleich Mitglied der Heiligen Hermandad zu erkennen. Er äußerte Zweifel an Colons Persönlichkeit. Aber als Juan de Penalosa seine Papiere vorwies, stammelte er Entschuldigungen. Colon zahlte eine Runde Wein. Die Bauern musterten den hohen und pockennarbigen Mann, dem die Könige die Entdeckung Indiens anvertraut hatten.

»Zwanzig Jahre habe ich allen Mächtigen der Erde die Reiche angeboten, die westlich von Spanien im Weltmeer liegen. Sie haben sie nicht gewollt.« Colon war kein Trinker. Aber er sprach an diesem Abend sehr heftig dem schweren roten Wein zu, den man hier ausschenkte. »Zwanzig Jahre habe ich gebettelt, daß man mich erhören möge.«

»Ihr habt wohl schon viele Länder gesehen, Euer Gnaden?« Der Dorfälteste, jener mißtrauische Bauer, dem die Erzählungen des Seefahrers kaum glaublich erschienen, wollte ihn ausholen.

Colon lachte übermütig und mit weingerötetem Gesicht. »Ob ich viele Länder gesehen habe? Mehr, als ihr euch überhaupt merken könntet. Meine ersten Reisen führten mich von Lissabon nach der Levante, der Küste von Guinea und den Azoren. Dann trug mich der Wind hundert Meilen jenseits der Insel Thule. Ihr wißt nicht, was Thule ist? Ich habe vielleicht mit Unrecht den Namen gebraucht, den Ptolomäus der Insel gegeben hat. Heute nennt man sie Frislando.«

Die Bauern stießen einander grinsend an, als der Admiral ihnen erklärte, daß die südliche Spitze von Thule nicht dreiundsechzig, sondern dreiundsiebzig Grade vom Äquator entfernt sei und keineswegs in jener Linie liege, die den Westen der ptolomäischen Weltkarte abgrenze, sondern weiter westlich. Sie bliesen übermütig die Backen auf und zwinkerten mit den Augen. Das gelehrte Kauderwelsch des Mannes mit den vielen Titeln erregte wieherndes Gelächter. »Gibt es Gold in Indien?« wollten die Bauern wissen. Sie drängten sich mit ihren eckigen Schädeln so nahe an Colon heran, daß er sie zurückstoßen mußte, um Atem schöpfen zu können. Er bemerkte nicht, daß man ihn trotz der Echtheit seiner Titel für einen Schalksnarren hielt, der offenbar den König so sehr belustigt hatte, daß er von ihm mit hochtönenden Namen ausgezeichnet worden war. »Und wie werdet Ihr dieses Gold bekommen, wenn es die derzeitigen Besitzer nicht hergeben wollen?«

Colon spürte nicht den offenbaren Hohn, der in diesen Worten lag. »Wißt ihr nicht«, versuchte er den Dorfbewohnern zu erklären, »daß der Großchan ein inniges Bedürfnis darnach hat, Christ zu werden? Die Brüder Johann von Montecorvino und Odorich von Pordenone haben in den Städten Chilenfu und Cambalech mehrere Kirchen gegründet. Wird der Großchan nicht gerne Tribut zahlen, wenn er der ewigen Seligkeit teilhaftig werden kann?«

Juan de Penalosa gähnte mehrmals heftig. Er war müde. Und die Erzählungen des Genuesen schläferten ein, wenn man sie allzu oft vernehmen mußte. Aber Colon war ein ausdauernder Erzähler. Und er hielt die boshafte Neugier der Bauern für Anteilnahme.

Es war Seligkeit für ihn, erzählen zu dürfen. Das Bewußtsein, in einem Kampf von unendlicher Schwierigkeit mit allen seinen Forderungen Sieger geblieben zu sein, machte ihn immer geschwätziger. Die Nacht verging, während Colon von den zehntausend Marmorbrücken der Stadt Cambalech erzählte. Und mit jedem Glas Wein wurde die Zahl der Diener des Großchans größer, sein Goldschatz reicher und der Umfang der kaiserlichen Paläste großartiger. Langsam verlief sich die Zuhörerschaft. Colon erzählte immer noch, beim Schein einer letzten herabgebrannten Kerze, dem letzten Zuhörer, der seine Augen kaum mehr offen halten konnte. Aber Colons Augen brannten vor Erlebnisgier. Und er lehnte sich in seinen Stuhl zurück, mit gefalteten Händen, blickte zur Decke empor und roch zu den geheimnisvollen Düften, die er ausmalte, schweren und berauschenden Düften, die aus den Gärten des Großchans längs der Mauern aus Malachit und Lapislazuli ausströmten. Er sah sich in dem Hafen von Cambalech landen, Gast des Kaisers, von unabsehbaren Menschenmengen umgeben. Er hörte die Glocken von den Türmen aus weißem Porzellan läuten. Und zwischen Goldbehängen schwankte ihm die Sänfte des Königs der Könige Asiens entgegen, von riesigen Edelsteinen bekrönt, das Wunder der Welt, das zu erleben ihm allein vorbehalten war.

6

Vier Tage später, an einem Freitagabend, ritten Colon und Penalosa mit ihrer Eskorte in Sevilla ein. Die Straßen waren menschenleer, es war noch völlig Tag. Auf dem Fluß schwammen kleine Boote, die mit bunten Hölzern beladen waren. Von der Giralda klang das ununterbrochene Läuten einer schrillen Glocke. Sänften kamen vorbei, deren Träger monotone Warnungsschreie murmelten. Aber trotz dieser Spur von Leben erstickte die Stadt wie unter einer Wolke von schlechtem Gewissen. Der Wind war lau und Colon wischte sich unablässig den Schweiß von der Stirn. Sie passierten das Judenviertel. Die Tür einer Synagoge war offen. Aus dem hohen, von matten Lampen erhellten Schiff kam ein Seufzen, das wie der Angstschrei eines Menschen klang. Auf den Stufen saß ein Mann mit verhülltem Haupt. Während sich Vögel über dem Haupttor wiegten und die Luft mit hellem und munterem Gezwitscher erfüllten, schien knapp über der Erde die Luft lähmend von Schwere und Bedrängnis. Colon hielt sein Pferd an. Eine plötzliche Müdigkeit hatte ihn überwältigt. Er hörte die Worte, mit denen der Prediger die Menge entließ. Und plötzlich waren Colon und sein Begleiter in einer dichten Menschenmasse eingekeilt. Die meisten hielten ihre Mäntel an sich, als hätten sie einen häßlichen Körperfehler zu verbergen. Jeder blickte starr vor sich hin. Und beim Atmen schien es, als zögen sie irgendeinen giftigen Bestandteil der Luft in ihre Kehlen. Manchmal blickte einer in den blassen Frühlingshimmel. Aber bei der kleinsten Bewegung sah er die andern. Und sein Gesicht veränderte sich zu einer Grimasse des Grauens. Manche versuchten sich nicht umzublicken oder sie blickten zu Boden. Aber so sehr sie sich auch zusammennahmen, immer wieder schien sie das Bewußtsein einer fürchterlichen Tatsache zu überkommen. Es nahm ihnen den Atem. Ihr Herz versagte. Und einer mußte sich an den andern klammern, sonst wären sie alle zu Fall gekommen.

Colon, im Grunde gutherzig und voll Mitleid, faßte einen Nachzügler am Rock. »Was ist los mit euch?« fragte er. »Kommt es euch so schwer an, auszuwandern?« Er klopfte dem andern wohlwollend auf die Schultern. »Vorzeiten habt ihr Pharao beschworen, euch auswandern zu lassen. Und er erlaubte es nicht, ehe nicht viele Wunder geschehen sind.«

»Heute geschehen keine Wunder mehr, und wir dürfen nicht bleiben, so gerne wir es möchten.«

»Es gibt noch viele Länder, in denen es euch wohlergehen wird. Ich bin eben im Begriffe, solche zu entdecken.«

»Dann seid Ihr Don Christobal Colon«, rief der Jude, und eine Spur von Interesse flackerte in seinen Mienen auf.

»Endlich einer, der mich kennt.« Die Augen des Genuesen strahlten.

Der Jude verneigte sich tief. »Wenn Ihr die westlichen Länder entdeckt habt, denkt an uns. Vielleicht ist uns der Weg nach Indien nicht zu weit, wenn man uns dort unseres Glaubens wegen duldet.«

»Ist es wirklich so arg, in andere Länder zu reisen? Ich habe nie das Bewußtsein irgendeiner Heimat gehabt. Meine Heimat«, sagte Colon stolz und überheblich, »ist das Weltmeer.«

»Uns Juden sagt man mit Unrecht nach, daß wir heimatlos sind. Wir klammern uns an das Stück Erde, auf dem wir sitzen. Wer wird unsere Gräber hüten?«

»Wer kümmert sich um Gräber?« fragte der Seefahrer erstaunt.

»Gräber sind das einzige, was bleibt«, antwortete der Jude mit schattenhaftem Lächeln.

7

An dieses Wort erinnerten sich Colon und sein Begleiter, als sie nach eintägiger Rast das Weichbild der Stadt verließen und den großen Judenfriedhof passierten. Viele hundert Greise saßen in ihren Totengewändern auf den Grabhügeln und weinten. Die weißen

Mäntel verhüllten ihre Gestalten. Sie ließen nichts als die Gesichter frei. Die alten Männer hockten wie eine Schar riesiger weißer Vögel über den Gräbern. Zuweilen kam ein Windstoß, und dann war es, als versuchten sich welke Schwingen zu bewegen. Aber ihnen schien die Kraft zum Aufschwung zu fehlen. Über dem Friedhof ging die Sonne auf. Sie vermochte die Gespenster über den Gräbern nicht zu verjagen. Stärker erscholl das Totengebet, das die Greise nach einem verschollenen Rhythmus hersagten. Eine Stimme übertönte die andern. Und immer wenn sie endete, kreischte der Chor der übrigen Stimmen aus dem Gräberfeld auf, mit einer irrsinnigen Inbrunst. Man sah, wie die Betenden sich an die Brust schlugen, als wollten sie sich selbst für verjährte Sünden bestrafen. Langsam bewegten sich die Weiden, deren Äste über die hohen und prachtvollen Steine niederhingen. Das ganze Bild erschien in der Morgensonne unwahrscheinlich grell und wie eine Fiebervision.

»Sitzen sie nicht da, wie die Schatten der Verdammten?« bemerkte Colon. »Ein sonderbares Volk. Statt ihre Geschäfte zu besorgen und an den Auszug zu denken, hocken sie auf Gräbern und jammern.«

»Ihr redet nicht wie ein Mensch, der die Schrecken der Verbannung selber ausgekostet hat. Diese Leute waren reich und mächtig. Heute sind sie Bettler. Und morgen werden sie Flüchtige sein.«

»Wenn man an sich glaubt, geht man nicht zugrunde!« sagte Colon heiter. »Für mich bedeutet ein Grab nichts als Staub und Asche. Aber das Wort lebt.«

Drüben auf dem Friedhof erhob sich eine Bewegung.

Durch das Tor kamen jüngere Leute mit Hauen und Schaufeln. Und nachdem sie einen Segensspruch gemurmelt hatten, begannen sie, eines der Grabmäler auszuheben. Auf Seite der Greise erhob sich ein kurzes, gellendes Geschrei, als stießen die Werkzeuge in ihr eigenes Fleisch. Kniend umgaben die Alten den Grabhügel, aus dem der Stein herausgerissen wurde. Es mußte das Mal eines berühmten Heiligen oder Gelehrten sein. Als es gelungen war, ihn niederzulegen, erscholl ein leiser und erhabener Gesang. Colon vermochte sich nicht von der Mauer des Friedhofes zu trennen. Der Gesang berührte ihn tief. Er hatte etwas Mönchisches und doch mit der monotonen Sanftmut der Klosterzellen nichts gemeinsam. So klang der Gesang der Erzengel, wenn sie sich um Gottes Thron stellten. Zuweilen aber erinnerte er an den langgezogenen Ruf der Priester, wenn sie das Opfertier auf dem Altar verbrannten.

Colon vergaß in diesem Augenblick völlig an seine Sendung. Er betrachtete mit aufmerksamem Gesicht die Zeremonie der Grabsteinhebung. Und mit einemmal fühlte er sich mit den verzweifelten Greisen hinter der Mauer eins. Seine Pilgerschaft war nicht völlig verschieden von der Pilgerschaft der ausgetriebenen Juden. Nur daß es ihn trieb, auszuziehen, während die anderen sich flehentlich an den Boden klammerten, der sie nicht mehr tragen wollte.

Und Colon neigte sein Haupt und schlug sich mit den Fäusten auf die Brust, wie die betenden Juden hinter der Gräbermauer. Ihm war zumute, als zerfiele er in Trümmer und müßte sich erst wieder aufsammeln, demütig und mit bebenden Händen. Es verlangte ihn zu knien. Lange Jahre hatte er ein Mönchsgewand getragen, mit dem ihn, der damals zerlumpt und entblößt nach St. Maria de Rabida gekommen war, Pater Juan Perez de Marchena ausgerüstet hatte. Jetzt war ihm bange nach dieser Mönchskutte. Er erinnerte sich an seine verzweifelten und einsamen Nächte, an sein hilfloses Suchen in alten Büchern, an seinen Selbstmordversuch, den er unternommen hatte, als ihm alles fehlgeschlagen war. Und er fühlte sich mit den betenden Juden tiefer und sonderbarer verbunden.

Die Vision seiner Kindheit überkam ihn. Er wandelte durch Kreuzgänge finsterer Klöster. Er fuhr auf kleinen segellosen Schiffen in den Untergang. Das Meer, auf dem er trieb, hatte kein Ende. Es gab kein Vorwärts und kein Zurück. Es gab nur eine ewige Fahrt auf unendlicher Fläche.

8

Im Hafen von Palos, nahe der Stadt Huelva, in der Mündung des Flusses Odiel sah Colon zum ersten Mal die Caravelle Nina, Eigentum der Brüder Pinzon. Ihre schmalen lateinischen Segel hoben sich braun und mit bunten Flecken überdeckt vom tiefblauen Abendhimmel. Die Brüder Pinzon standen lächelnd am Ufer und priesen die Güte ihres kleinen Schiffes an.

Colon war enttäuscht. So klein hatte er sich das

Schiff nicht vorgestellt. Er erinnerte sich der Aufzeichnungen seines lange verstorbenen Schwiegervaters, des Reeders Perestrello. Dieser hatte in seinen nachgelassenen Papieren genau beschrieben, welche Größe und sonstige Eigenschaften ein Schiff haben mußte, mit dem man den westlichen Ozean durchpflügen und die fernen Inseln und Küsten erschließen wollte. Was für ein Ungetüm war Perestrellos Schiffskonstruktion gegen das wirkliche Fahrzeug, mit dem er die Reise ins Unbekannte unternehmen sollte. Er fragte nach den beiden anderen, von der Stadt Palos zu liefernden Schiffen. »Hoffentlich sind sie etwas größer?«

Die drei Pinzon zuckten die Achseln.

»Vorläufig sind sie noch gar nicht greifbar«, sagte der ältere unter ihnen, Martin Alonzo, »denn die Stadt Palos leistet dem Auftrag entschieden Widerstand. Sämtliche Schiffsbesitzer erklären, daß sie doch nicht so dumm sein werden, ihre Schiffe zu verlieren, statt sie zu den höchsten Tagespreisen an die auswandernden Juden zu vermieten.«

»Ich werde den Herren Reedern in Palos Beine machen.« Penalosa wickelte ein unförmiges Blatt mit großen Siegeln aus seinem Futteral. »Ich glaube, der Rat wird nicht zögern, Brachialgewalt anzuwenden. Denn ich bin im Weigerungsfalle ermächtigt, Truppen zu requirieren und für mich und mein Personal Tagesdiäten von je zweihundert Maravedi bei der Stadtkasse einzuheben. Die Sache kann die Stadt zum Schluß mehr kosten als den Herstellungspreis zweier neuer Doppeldeckgalionen.«

»Und die Bemannung?« erkundigte sich Don Christobal.

»An Menschen ist kein Mangel«, beruhigte ihn Franzisco Martin Pinzon, der mittlere der drei Brüder. »Da Ihre Hoheiten für die Teilnehmer an der Expedition Amnestie erlassen haben, haben sich sämtliche Seeräuber und Zuchthäusler der drei südlichen Provinzen in die Liste eintragen lassen.«

»Sogar einige Conversos«, lachte der jüngste der Brüder Pinzon, Vinzente Yanez, »die offenbar der Inquisition durch die Maschen laufen wollen.«

»Schickt mir die Leute auf Deck. Ich will sie mir ansehen.«

Der Genuese erstieg die Caravelle und beschritt das spärliche Verdeck, das unvollständig war. Es war nur über dem Vorderschiff und über einem Teil des Hinterschiffs errichtet. In der Mitte konnte man in das Innere des Schiffes sehen. Die Masten waren schwach. Colon prüfte Segel und Taue. Er versuchte, die Anker aufzuwinden. Dann stieg er mißtrauisch in das Innere hinunter. Kopfschüttelnd stellte er immer neue Mängel fest. Dann stieg er wieder auf Deck und blickte, sich bekreuzend, auf das Meer hinaus.

Hinter sich hörte er viele Schritte. Er wandte sich um. Ein bunter Haufen von Abenteurern nahte. Manche von ihnen staken in Edelmannskleidern und ihre schmutzige Verschnürung glänzte von Gold- und Seidenresten. Sie kamen lässig, mit wiegenden Schritten heran.

Andere trugen nicht nur an den Gelenken Spuren von Ketten und Handschellen. Sie hatten auch den unnachahmbaren Gang von Galeerensträflingen, die ihr Leben auf Ruderbänken verbringen und alle ihre Gedanken, Wünsche und Schmerzen im dumpfen Takt der Ruderschläge betäuben.

Dazwischen gab es Existenzen, die weder in die Kategorie von gestrandeten Junkern, noch unter die Verbrecher eingereiht werden konnten. Sie drängten sich nicht vor, wie die andern. Aber ihre Augen taxierten den neuen Herrn sachverständig und überlegen. Sie nahmen das Abenteuer einer Reise in das Nichts gefaßt entgegen.

Alle drei Gruppen waren ein wenig voneinander gesondert. Wenn sie auch nur ein kaum sichtbarer Zwischenraum trennte, man merkte doch, daß jede Gruppe sich wertvoller dünkte als die andere. Sämtliche hundertzwanzig Menschen hatten ein wenig Angst in den Augen, ein wenig Hohn und sehr viel Gleichgültigkeit. Sie trugen deutlich das Wissen zur Schau, daß der Untergang zur See nicht schlimmer sein könne als der Untergang zu Lande.

Der Admiral nahm von der Truppe vorläufig keine Notiz. Er stand an Bord des Schiffs, das viel kleiner und armseliger war, als er sich vorgestellt hatte. Ein frischer Wind kam vom Canal del Padre Santo. Colon atmete die salzige Luft wie ein berauschendes Parfum.

ACHTES KAPITEL

Torquemada

1

Kaum hatten die Könige mit ihrem Hofstaat Granada in der Richtung gegen Sevilla verlassen, als die Stille der alten Maurenstadt lähmendem Entsetzen wich.

Torquemada war nicht mit dem Rat Kastiliens abgereist. Man hatte vergebens den Abzug des königlichen Trosses verfolgt. Er war unter den Granden und Ämtern nicht zu sehen, die in hundert prachtvollen Sänften Granada durch das westliche Tor verließen. Auch bei den geistlichen Würdenträgern befand er sich nicht, die in gesondertem und feierlichem Zuge den Hoheiten folgten, goldene Kronen auf den Häuptern, in herrlichen und glutgewirkten Stolen, während zu beiden Seiten die getaufte und ungetaufte Bevölkerung sich hingeworfen hatte, die Köpfe zur Erde gebeugt und Stoßgebete flüsternd.

Aber jemand wollte den Großinquisitor gesehen haben, wie er zur Zeit des Abendgebetes vor dem winzigen Bethause Abu Hamids erschien und dem Gesang des Muezzin lauschte. Während der hochgewachsene

Kabyle langgezogen sein Lob Allahs verkündete, sah er plötzlich den hageren und strengen Mönch, der ihm mit hocherhobenen Arm befahl, zu schweigen. Der Ton blieb dem Muezzin in der Kehle stecken. Er starrte den Dominikaner an und kroch in sich zusammen. Die Menschen, die das zierliche Tempelchen zu betreten im Begriffe standen, wagten nicht, näherzutreten. Nach einer Weile war Torquemada, umgeben von zehn Leibwächtern, allein.

Am nächsten Tage stieg der Großinquisitor vor der Großen Moschee aus der Sänfte und trat vor das Portal. Eine getriebene Bronzetür, auf der zwei schreitende Löwen mächtige Kronen hielten, wurde von seinem hageren Körper verdeckt. Er hielt einige Männer an, die eben eine von den zehn Formeln sprachen, wie sie Al-Chazali geboten hat. Die Mauren erschraken. Sie wußten sogleich, daß dieser alte Mann, dessen Frage unduldsam und hart klang, kein anderer sein könne, als der Schrecken Spaniens. Sie duckten sich und stießen den Segensspruch aus: »Gott, niemand verwehrt, was du gibst. Niemand gibt, was du verwehrst. Niemand widerstrebt deinem Beschluß. Nichts nützt dem Eifrigen. Denn von dir stammt der Eifer.« Dann entflohen sie und ließen den Großinquisitor zurück, während seine Stimme wie ein Platzregen über die zitternde Menge niederging und Abkehr vom Heidentum forderte.

Ein anderes Mal betrat Torquemada eine Synagoge. Es war Sabbatausgang. Man hatte eben das Lied der nachts im Tempel wachenden Leviten gesungen. Plötzlich stand der Mönch in dem Mittelgang. Dem Vorsänger blieb die Stimme im Halse stecken. Er verhüllte sein Gesicht mit dem Gebetmantel und fiel lautlos zu Boden. Die Betenden brachen in erstickte Schreie aus, als zöge jemand einen Strick um ihre Kehlen zu. Dann folgten sie dem Beispiel des Vorbeters und duckten sich hinter ihre Gebetstühle. Ein Feld von weißen Mänteln breitete sich aus, unter denen man ein Röcheln hörte. Nur eine einzige Stimme flüsterte ganz leise und doch in der ungeheuren Stille deutlich hörbar den Vers aus dem einunddreißigsten Psalm: »Herr sei mir gnädig, denn mir ist sehr angst.«

Torquemada lächelte ohne Laut. Seine Pupillen bewegten sich langsam und durchwanderten bei unbewegten Mienen das ganze Schiff der Synagoge. Aber da die Menge in dem Raum wie eine schauerliche Gruppe aus Katakomben ausgegrabener Leichen auf dem Boden hockte, drehte er sich um und ging langsam hinaus.

In den nächsten Tagen kam es zu Straßenaufläufen. Militär plünderte jüdische Läden. Mauren kamen zu Hilfe. Die Söldner wurden verprügelt und einige erschlagen.

Juan Fonseca, der als Unterkommandant auf der Alhambra Dienst machte, mußte mit einer Schwadron Berittener eingreifen. Man nahm einige Juden fest und stäupte sie. Einer von ihnen, in dessen Hand man ein Messer gefunden hatte, wurde gehängt.

Der Lehrer der jüdischen Gemeinde, Ibn Danan, intervenierte bei dem Führer der Besatzung. Man wies ihn an seinen Leutnant, Ritter Juan. Er empfing den jüdischen Gelehrten im Turm der Gefangenen.

Juan Fonseca war entschlossen, den lästigen Bittsteller heftig zurückzuweisen. Aber als Saadia eintrat, verwirrte ihn dessen Aussehen, das mehr an einen arabischen Kriegsmann, als an einen Rabbiner erinnerte. Unter dem festen Blick des Eintretenden senkte er den Kopf. Aber dann faßte er sich rasch.

»Ich bin«, sagte er barsch, »beauftragt, der Judengemeinde zu Granada die schärfste Mißbilligung über die erfolgten Ausschreitungen auszusprechen. Seine Gnaden, der Stadtkommandant, verlangt Leistung einer Buße von –«

»Seine Gnaden mögen sich bedienen. Unser Vermögen gehört ja ohnedies der Krone. Welcher Vorschuß ist also gefällig?«

»Ihr versucht dem Generaledikt vergebens eine Mißdeutung zu geben. Es ist von solcher Milde, daß ihr die Großmut der Könige durch euer Verhalten schlecht lohnt.«

»Es ist gewiß von außerordentlicher Milde«, bestätigte Saadia sanft und lächelte. »Ihr müßt aber verstehen, daß wir Juden in Granada sehr engherzige Menschen sind. Wir denken vergebens nach, wie das Generaledikt mit dem Inhalt des Friedensvertrages in Einklang gebracht werden könnte.«

»Über Staatsverträge zu reden bin ich nicht berechtigt. Wendet euch an Seine Eminenz, den Kanzler.«

»Vielleicht geruht Ihr eine andere Beschwerde anzuhören.« Saadia blieb unverändert ruhig. Sein Gesicht war von einer seltsamen Heiterkeit erhellt, die Juan beunruhigte. »Da plagen sich zwanzig Dominikaner im Schweiße ihres Angesichts mit unserer Bekehrung. Die Armen geben sich die größte Mühe. Könnte man ihnen nicht zu verstehen geben, daß ihre harte Arbeit an würdigere Gegenstände gewendet werden müßte?«

»In Glaubenssachen bin ich nicht zuständig. Wendet euch an Seine Exzellenz, den Großinquisitor.«

»Ihr habt mich zweimal abgewiesen«, stellte Ibn Saadia beinahe freudig fest. »Und jetzt wende ich mich ein drittes Mal an Euch.«

»Warum gerade an mich?« erkundigte sich Juan in wachsender Mißstimmung.

»Weil –« Saadia Ibn Danan unterbrach sich und lächelte. Plötzlich errötete Juan. Er fühlte sich bedrückt. Glühende Scham durchströmte ihn. »Sollte ich mich geirrt haben?« hörte er den Juden fragen. Juan schwieg zornig. Er erwartete, an seine jüdische Abstammung erinnert zu werden. Er hatte vor, den unverschämten Frager derart in seine Schranken zu verweisen, daß es ihm nicht mehr einfallen sollte, diesen Gegenstand nochmals zu berühren. Aber Saadia blickte auf die glitzernden Fayencewände und schwieg. Juan wollte das Gespräch brüsk abbrechen. Eine Hemmung, die er nicht überwinden konnte, schloß ihm den Mund.

»Ihr sollt«, erklärte der Rabbiner von Granada mit gleichmütiger Ruhe, »auf den Großinquisitor einen gewissen Einfluß besitzen.«

Juan lachte laut. »Einmal hat er mich eines Wortes gewürdigt. Das war während des Einzuges in die Stadt. Ich befehligte einen Zug königlicher Leibwache. Dem Großinquisitor wurde plötzlich übel. Und da stützte er sich auf meine Schulter.«

»Man hat es bemerkt. Man hat auch bemerkt, daß er Euch mit Augen ansah, die sehr freundlich waren.«

»Großartig!« Juans Heiterkeit stieg. Schon mehrmals hatte man ihm Andeutungen gemacht, daß geheimnisvolle Beziehungen zwischen ihm und Torquemada bestehen müßten. Die Juden wußten alles. Sie wußten sogar von diesem lächerlichen Gerücht. »Was soll ich Seiner Exzellenz bestellen?«

Saadia neigte seinen Kopf näher zu den Ohren des Ritters. Er blickte unverändert trostvoll und gelassen. »Wie Ihr wißt, ist er vor einigen Tagen in unsre Gawisonsynagoge gekommen, um uns zu predigen. Unsere Leute wußten sich über die ihnen erwiesene Ehre nicht zu fassen. Ein alter Mann wurde vor Schreck vom Schlage gerührt, und der Vorbeter ringt seit einer Woche mit dem Tode. Sagt ihm doch, er möge seine unvergleichlichen Gaben nicht an uns verschwenden.«

»Und wenn ich ihm eure Botschaft überbrächte«, fragte Juan mit Ironie, »glaubt ihr, daß ich sehr viel Eindruck machen würde?«

Saadia ben Maimun legte seinen Finger an den Mund. »Darf ich Euch ein Geheimnis verraten? Der Großinquisitor wird es bald erfahren. Er hat leider einen Fehler gemacht.«

Juan blickte von neuem beunruhigt in die heißen und undurchsichtigen Augen des Juden. Saadias Gelassenheit wirkte wie ein aufreizendes Gift.

»Schade, daß ein so alter Mann so wenig Geduld hat.«

Juan schüttelte den Kopf. Er begriff seinen Besucher nicht ganz. Aber er glaubte zu erkennen, daß Saadia sich und die Seinen nicht für geschlagen erklärte.

»Hätte er Geduld gehabt«, flüsterte Saadia, »er hätte

seinen Willen durchgesetzt. Aber er entfaltet zuviel jugendliches Ungestüm. Ich kannte ihn nicht. Wir haben ja erst seit kurzer Zeit die Ehre, Untertanen Ihrer katholischen Hoheiten zu sein. Aber jetzt kenne ich ihn. Er ist ein großer Mann. Er hat die Kraft eines Löwen und die Willensstärke eines Heiligen. Aber er versteht die Juden nicht. Er weiß nicht, daß sie verloren sind, wenn sie ungehemmt von Verboten und Einschränkungen sich ausleben dürfen. Er hat diesen wunden Punkt des Judentums nicht erkannt. Keiner von den Judenfeinden hat ihn bisher erkannt. Man vernichtet die Juden nicht, wenn man sie unterdrückt, sondern indem man sie gewähren läßt.«

Juan war müde. Der hinter Gleichmut verborgene Widerstand des andern beirrte ihn.

»Er hat die Juden arm gemacht. Arme Leute sind hartnäckig. Er hat die Juden verächtlich gemacht. Verachtete sind tapfer. Feige und schwach sind nur die Menschen, die etwas zu verlieren haben.«

Saadia lächelte sein starkes und hinreißendes Lächeln. Er verließ den Turm der Gefangenen und ließ einen verwirrten Menschen zurück.

2

Seit dieser Unterredung waren vier Tage vergangen, als Juan in eine neue Verwirrung gestürzt wurde. Er war in Torquemadas Quartier gerufen worden.

Der Großinquisitor saß vor einem mit Briefen und Papieren bedeckten Tisch. Er hustete und wischte mit einem seidenen Tuch den Speichel von den dünnen Lippen. Vor ihm lagen Berichte aus Toledo. Man meldete ihm, daß Abravanel neue Versuche gemacht habe, die Hoheiten zu beeinflussen. Man nannte ihm Ziffern von unglaublicher Höhe. Der Fiskalprokurator zu Toledo bemerkte, er könne die Möglichkeit nicht von der Hand weisen, daß Ferdinand nachgiebig werde. Der Inquisitor in Toledo fügte hinzu, daß Isaak Aboab mit einem günstigen Vertrag aus Lissabon gekommen sei. Die Einreisebewilligung habe dem König Juan fünf Millionen Cruzados, der Hälfte der ausgewiesenen Juden aber eine Aufenthaltbewilligung von acht Monaten in den Ländern der portugiesischen Krone eingetragen. Torquemada zerknitterte die Briefe mit zitternden Händen und hustete. Er schien die Gegenwart Juan Fonsecas nicht zu bemerken. Dieser stand regungslos auf der Türschwelle, von abergläubischer Furcht erfüllt. Sooft Torquemada hustete, kam ein Stöhnen aus seiner Brust, das sich mit dem Geräusch des Hustens zu einem quälenden Laut von martervoller Monotonie verbündete.

Endlich blickte Torquemada auf. Juan machte seine Meldung und beugte sich bis zur Erde.

»Ritter Juan Fonseca?« fragte Torquemada mit einer vom vielen Husten rauhen Stimme.

Juan verneigte sich noch tiefer.

»Wir reisen morgen ab. Ich habe dich mir vom Gouverneur der Stadt als Kommandanten meiner Bedekkung ausgebeten.«

Juan blickte von der Seite schüchtern nach dem Großinquisitor.

»Die Zeiten sind unruhig und die Wege unsicher. Wirst du deine Pflicht tun?«

»Mehr als meine Pflicht, Exzellenz«, wagte Juan zu sagen und hinzuzufügen, daß er die Ehre nicht verdiene, die Eskorte des Großinquisitors zu befehligen.

Den ganzen Nachmittag hielt Torquemada den jungen Mann unablässig in Atem. Die Pferde für die Mannschaft mußten ausgewählt werden. Der Marstall des Emirs beherbergte noch ein halbes Dutzend arabischer Zuchttiere. Niemand wagte es, den Großinquisitor von der Beschlagnahme königlichen Eigentums abzuhalten. Die Wagen mußten geprüft und beladen werden.

Spät des Abends kam Juan zu Bett. Am nächsten Morgen warf er einen letzten Blick auf Granada. Die Stadt lag gläsern und voll sprödem Glanz in der Frühsonne. Zwischen hundert Minaretten stieg der Rauch aufrecht aus flachen Dächern. Die Kuppeln brannten rot. In der klaren Luft hoben sich spitze Turmzinnen von dem Schiefergrau der Berge ab. Um die Türme liefen luftige und strahlende Galerien. Man sah in weite Höfe, in denen sich fieberhaftes Leben regte. Die Waffenschmiede stellten ihre Ware vor die Läden. Kupferne Rüstungen und breite spiegelnde Schilde reflektierten die Sonnenstrahlen auf die weißen Wände.

Torquemada verließ pünktlich das Quartier. Er reiste in einer bequemen Sänfte, die er aus den königlichen Rüstkammern requiriert hatte. Vierzig Mann eröffneten den Zug, vierzig Mann beschlossen ihn. Die auf dem Steinpflaster klappernden Hufe lockten manche Zuschauer vor die Türen. Wenn sie aber Torquemadas Gesicht aus den Fenstern der Sänfte blicken sahen, verschwanden sie unter heftigem Geschrei. In einer engen Gasse fiel ein Stein vom Dach. Man hielt und umstellte die Häuser. Aber niemand wollte den Attentäter gesehen haben. Der Großinquisitor befahl die Weiterreise. Man kam durch ärmliche Quartiere, in denen sich zerlumpte Kinder um die Sänfte drängten. Sie sangen arabische Kinderreime, in denen der Teufel vorkam. Er hieß Torquemada und deckte seine Klauen mit den Ärmeln einer Kutte zu. Der Großinquisitor lächelte. Er warf einige Maravedi aus den Sänftenfenstern.

»Sie fürchten mich schon jetzt«, sagte er zufrieden. »Wie werden sie mich später fürchten!«

Plötzlich war das Tor da, ein enges, von zwei hohen Türmen flankiertes Tor, über dessen geschmückten Bogen zwei vergitterte Fenster angebracht waren. Und jetzt führte der Weg durch verbrannte und zerstörte Gehöfte und schuttbedeckte Weingärten. Man konnte noch die Spuren des ehemals intensiv betriebenen Akkerbaues wahrnehmen, die Kanäle, Bewässerungsgräben, Pumpen und Spaliere. Auf hohen Pfeilern standen die Hütten der Wächter. Auch sie waren Brandstätten. Am Wege lagen verweste Tier- und Menschenkadaver.

Die Eskorte überholte einen wandernden Judentrupp. Es schienen die ersten der Auswanderer zu sein, die lange vor dem Endtermin nach Norden gingen, offenbar um sich in Valencia nach dem Reich des Großtürken einzuschiffen. Es waren einige jüngere Männer und Frauen, die alle auf Mauleseln ritten. Auffällig war die Zahl der Kinder. Man konnte aus gewissen Einzelheiten merken, daß die Auswanderer reich gewesen sein mußten, wenn auch alles Auffällige in Kleidung und sonstigen Einzelheiten vermieden worden war. Einer der Reiter Torquemadas ritt an ein Maultier heran, auf dem ein etwa dreizehnjähriges Mädchen saß und warf es aus dem Sattel. Das Kind fiel unglücklich auf ausgestreute Steine und verletzte sich. Blutend stand es ohne Laut auf und brachte seine Kleider in Ordnung. Dann hob es mit einer rührenden Gebärde seine Augen zu dem Knecht und sah ihn verwundert an, während das Blut langsam aus der beschädigten Hand tropfte. Es war offenbar nie in die rauhe Welt gekommen. Und in diesem Augenblick machte es mit ihr zum ersten Male Bekanntschaft. Der Landsknecht wußte nicht, wie er sich benehmen sollte, und gab dem Kind in seiner Verlegenheit einen zweiten Stoß. Das Mädchen kämpfte mit den Tränen, aber es unterdrückte sie. Dann nahm es die Zügel des Maultieres, das stehen geblieben war, und streifte den Mann mit einem kurzen Blick. Da hielt auch schon Torquemadas Sänfte.

»Schmeiß dich zu Boden, Gezücht!« schrie der Landsknecht, weil er sich schämte. »Seine Exzellenz, der Großinquisitor, blickt dich an!«

Das Kind kniete gehorsam nieder. Es blickte ohne Furcht zu den Fenstern der Sänfte, an denen sich das hagere Gesicht des ehemaligen Priors von Santa Cruz zeigte.

»Warum hast du das Kind geschlagen, Lümmel?« fragte Juan Fonseca und hieb dem Knecht mit dem Knauf des Degens über seine Hand.

»Es soll sich bekehren!« sagte der Geschlagene ratlos, wie er sich aus der unangenehmen Situation befreien könnte. »Ein gutgemeinter Rippenstoß wird doch einem alten Christen erlaubt sein.«

»Ihr wandert aus?« fragte Torquemada und streckte seine gelbe Hand aus dem Fenster. »Küsse sie und sag mir, warum du das Land verlassen mußt.« Das Kind schüttelte den Kopf, worauf der Großinquisitor seine Frage auf arabisch wiederholte.

»Wir werden vertrieben«, sagte das kniende Mädchen und blickte den Alten an. »Die Königin hat uns ausgewiesen.«

»Und warum weist sie dich und deine Eltern aus? Was habt ihr verbrochen?«

Das kleine Geschöpf musterte ernsthaft den Großinquisitor, als wüßte es, daß die Frage keineswegs gestellt war, um Antwort zu erhalten, sondern um eine neue Frage stellen zu können. »Wir haben nichts verbrochen. Wir wollen nur keine Christen werden.«

»Und warum wollt ihr keine Christen werden?« fuhr Torquemada lehrhaft fort. »Kann ein Mensch so unvernünftig sein, lieber in die Verbannung zu gehen, als die Botschaft des Heils zu hören?«

»Ich weiß es nicht«, sagte die zarte Jüdin und schlug die Augen nieder.

Der harte Boden unter den Knien schmerzte. Aber sie wagte unter dem strengen Blick des mächtigen alten Mannes nicht aufzustehen. »Wir sind Juden, Herr.«

»Auch für die Juden ist unser Erlöser gestorben!« Torquemada prüfte die Züge des Kindes. Aber er fand keinen Zweifel und keinen Widerstand in ihnen, sondern nichts als Staunen. Das Kind war verstockt, wie alle Juden. »Weißt du das nicht?«

»Darf ich gehen?« bat die Kleine. »Meine Eltern würden sonst in Angst um mich geraten.«

»Nicht, ehe du mir versprichst, deine Eltern zu bitten, sie möchten dich taufen lassen. Das Christentum ist eine Wohltat, deren Wert du heute noch gar nicht ermessen kannst. Du bist nicht nur hier unten geborgen, sondern auch in deinem anderen und wirklichen Leben.«

Das Mädchen starrte den Greis erschrocken an. »Ich bin eine Jüdin, Herr«, sagte sie, dem Weinen nahe. »Wir dürfen solche Reden nicht hören.«

»Wer Ohren hat, der höre!« schrie der Großinquisitor. »Ich bin verpflichtet, dich zu belehren. Gott will es so. Und verstockte Sünder werden auf dem Scheiterhaufen bestraft. Weißt du, was die ewige Seligkeit bedeutet?«

»Nein«, schluchzte das Kind. »Ich bin eine Jüdin.«

»Unglaublich!« bemerkte Torquemada wütend zu seinem Begleiter. »Man hat ihr in den Kopf gehämmert, daß sie eine Jüdin ist. Sie hört nichts und denkt nichts anderes. Dieses von Gott gezeichnete Volk hat sein ganzes Dasein darauf gestellt, daß Moses einmal ein Gesetz empfangen hat. Und davon leben sie seit zweitausend Jahren. Sie wollen nicht einmal etwas von der ewigen Seligkeit wissen. Daß sie Juden sind, genügt ihnen.«

»Ich bitte, laßt mich gehen!« Das Mädchen faßte nach der Hand, die immer noch aus der Sänfte hing.

»Ich könnte sonst meine Eltern aus dem Gesicht verlieren.«

»Warst du niemals in einer Kirche?« examinierte der Großinquisitor weiter. »Hast du niemals Gottes Wort gehört?«

»Juden dürfen in keine Kirche. Und Frauen dürfen nicht einmal in eine Synagoge.«

»Ausgestoßen sind sie«, eiferte der ehemalige Dominikaner. »Man spricht ihnen die Seele ab. Aber das ist ihnen gleichgültig. Sie sind Juden. Und das macht sie verstockt. Sie sind wie ein Bodensatz. Niemals wollen sie sich auflösen. Dieses Kind sieht aus, als könnte man eine gute Christin aus ihr machen.« Er zog ein kleines Madonnenbild aus seiner Tasche, auf Seide gemalt. »Da, das schenkt dir Vater Thomas. Es kann dir einmal nützen!«

Das Mädchen, vor dessen Gesicht Torquemada das Heiligenbild bewegte, bog den Kopf zurück, als würde eine Erscheinung der Hölle vor ihm heraufgerufen. Es schloß die Augen. »Ich kann es nicht nehmen!« flüsterte es. »Ich bin eine Jüdin.«

»Fort!« befahl der Großinquisitor und schloß ingrimmig das Fenster der Sänfte.

»Ich habe den Leuten kein Unrecht getan. Sie sind so, wie ich sie erkannt habe. Sie verdienen, daß man sie in die Wüste jagt.« Aber eine Viertelstunde, nachdem der Trupp die alte Straße verlassen und einen neugebahnten Weg zu den Höhen eingeschlagen hatte, öffnete Torquemada wieder das Fenster und rief Juan zu sich heran. »Du denkst an die kleine Jüdin, wie?«

Juan hatte sich wirklich die Eltern des Kindes und das

Leben vorgestellt, aus dem die Familie in die Verbannung ging. Er schüttelte verwirrt den Kopf.

»Lüge nicht!« sagte der Großinquisitor. »Du hast an sie gedacht. Hast du an sie als Weib oder als Jüdin gedacht. Oder lassen sich die beiden Begriffe nicht von einander trennen?«

»Ich habe an das Weib gedacht«, gestand Juan. »Sie weiß noch nicht, was ihrer in der Verbannung wartet.«

»Du bemitleidest sie, nicht wahr? Du bemitleidest sie alle?«

»Als Mensch empfinde ich Mitgefühl mit ihnen. Als Christ muß ich sie verurteilen.«

»Was sind das für neumodische Unterscheidungen? Du bist zweigeteilt? Zur Hälfte Mensch, zur Hälfte Christ? Eine Hälfte deines Körpers ist unchristlich? Weißt du, daß du Ketzereien aussprichst, die dich auf den Scheiterhaufen bringen können?«

Juan errötete. »Ich rede manchmal Unsinn, Exzellenz. Ich habe mein Mitgefühl bereits unterdrückt.«

»Für wie lange, mein Sohn? Schließ einmal die Augen! Siehst du sie nicht vor dir? Ihre Augen haben es dir angetan, wie? Lasse das Fleisch nicht Herr über dich werden! Fleisch ist eine böse Sache, besonders dann, wenn es«, Torquemada blinzelte, »schlechtes Blut enthält.«

Juan schwieg. Ihn verletzte es, immer wieder an seine Abstammung erinnert zu werden. Es war ermüdend, die abwechselnd brutalen und freundlichen Greisenlaunen zu ertragen.

»Anfechtungen sind keineswegs von vornherein Sünde. Man muß sie nur rechtzeitig niederhalten.

Hast du eine Anfechtung verspürt, als die kleine Jüdin vor mir kniete? Hast du nicht Lust verspürt, sie langsam aufzuheben und in deine Arme zu nehmen?«

»Gewiß nicht, Exzellenz!«

»Du versuchst schon wieder, mich zu belügen!« polterte der Alte. »Warum leugnest du? Gott hat auch die fleischlichen Triebe geschaffen. Nur hat er befohlen, sie in den Grenzen zu halten, die Gesetz und Glaube gezogen haben. Daß du die Kleine begehrt hast, ist somit noch keine Sünde. Aber hast du sie besonders begehrt, weil sie eine Jüdin ist?«

»Eure Exzellenz«, entgegnete Juan beleidigt, »wird mir nicht verübeln, wenn ich auf diese Frage nicht antworte. Ich habe mit den Juden nichts zu schaffen. Meine Erinnerungen an das Judentum sind mit allen Wurzeln ausgemerzt. Und über die Regungen des Fleisches hätte ich, wenn sie sich fühlbar machen würden, keine Macht.«

»Falsch!« schrie Torquemada. »Dein Fleisch gehört zuerst Gott, dann dir. Und Gott hat dir Macht gegeben über dein Fleisch. Hüte dich, mit mir Versteck zu spielen!«

Juan errötete. Er sah, wie sich die Hände des Greises aus der Sänfte streckten, um sich an die mit einem Seidenteppich belegte Brüstung des Fensters anzuklammern. Diese Hände waren unerbittlich. Sie streichelten den Samt. Und die weißen Nägel bohrten sich langsam in die rötliche Seide.

»Ich will dich nicht weiter fragen«, fuhr Torquemada fort, »um dich nicht zu einer Unwahrheit zu verleiten. Ich habe gewußt, daß du noch das Blut verspürst.«

»Nein!« versicherte Fonseca heftig. »Ich kenne keine Stimme des Blutes. Ich unterscheide nicht Neuchristen und Altchristen nach ihrem Geruch, was manche Spürnasen angeblich vermögen.«

»Es gibt feinere Erkennungszeichen. Ich weiß um sie. Da gibt es Menschen, die wie harmlose Bettler aussehen. Aber aus der Art, wie sie in ihren Mantel greifen, erkennt man, daß sie einem geheimen Orden angehören. Judenchristen haben seltsame Gewohnheiten. Manche blinzeln einander mit den Augen zu. Deshalb beobachte ich auch so oft deine Blicke! Andere wechseln Händedrücke von einer besonderen Art. Und ganz besonders, wenn sie das Kreuz schlagen, verraten sie sich. Sie sind nicht imstande, die Linien des Kreuzes in gerader Richtung zu beschreiben. Sie müssen einen Umweg machen. Nimm dich in acht, daß deine Hand nicht zittert, wenn du das Kreuz schlägst!« Torquemada kicherte und betrachtete nicht ohne Wohlgefallen den finsteren Blick des jungen Ritters. Seine Art, Freundlich zu sein, war immer noch grausam genug.

3

Diese Mischung von Grausamkeit und Wohlwollen konnte Juan einige Tage später beobachten. Man war in ein kastilisches Städtchen eingezogen, das von vielen Juden bewohnt war. Es war ein glasheller und durchsichtiger Abend. Eine Judenhochzeit führte mehrere

Wagen und Sänften vor einem stattlichen Haus zusammen. Von innen hörte man Musik. Torquemada war ein wenig ungehalten, weil man erst Platz für seine Sänfte schaffen mußte. Er winkte herrisch einen Träger zu sich heran.

»Was treibt man in diesem Haus?«

»Man heiratet, Gnaden«, berichtete der Träger eingeschüchtert. »Der Grundbesitzer Montero gibt seine Tochter dem Sohn des reichen Verga. Sie ist zwölf und er ist zehn Jahre alt.«

»Zeitig. Man sollte solchen Unfug verbieten.«

»Es ist wegen des Auszuges«, erklärte der Träger. »Verheiratete kommen leichter durch.«

Im Haus flammten die ersten Lichter auf. Und die Menge der Eingeladenen, es mochten mehr als zwanzig Personen sein, stimmte einen Psalm an. Zu der ungewohnten Begleitung von Flöten und Harfen hörte man den langgezogenen Gesang, der traurig und eintönig aus den offenen Fenstern schallte.

»Ich möchte diese Leute sehen.« Torquemada hatte niemals einen Einfall, ohne ihn sogleich auszuführen. Er klopfte an die Wand der Sänfte. Juan mußte die Eskorte aufhalten. Ein Fackelträger erhielt Auftrag, Einlaß für den Generalinquisitor zu fordern. Und schon stand der Mönch vor der offenen Haustür, die von einem schreckensbleichen und vor Angst röchelnden Haushofmeister gehalten wurde. Torquemada stieß ihn zur Seite und nahm Juans Arm. Die geräumige Freitreppe des Hauses war von Blumen bedeckt. Innen war es ganz still geworden. Man hörte einige Stühle knarren. Dann regte sich kein Laut mehr. Im Saal wurden Atlasvorhänge zurückgeschlagen. Stehend erwartete die Gesellschaft der Hochzeitsgäste den Feind. Im Vordergrunde standen die Brautleute. Das Mädchen hatte schon ein fertiges Gesicht, dem nur der letzte Ausdruck fehlte. Es war dunkel, ernst, beinahe wissend. Der Knabe konnte seine zehn Jahre nicht verleugnen. Er fürchtete sich sehr. Und neben seiner jungen Gattin hätte man ihn für ihren Sohn halten können. Der alte Verga stützte sich auf den Tisch. Sonst wäre er niedergefallen. Dagegen zeigten die Monteros, wohlbeleibte Landwirte, die mit Familienschmuck behangen waren, Fassung und Gleichmut.

»Gelobt sei Jesus Christus!« sagte der Großinquisitor und ließ seine glühenden Augen durch den Saal wandern. Alle Blicke wichen ihm aus. Niemand antwortete. Der Atem des ehemaligen Dominikaners ging rasch. Aber die Stille war so groß, daß man die Herzen schlagen zu hören glaubte.

»Sagt niemand Amen?« Torquemada schüttelte den Kopf. »Nicht einmal die als Brautpaar maskierten Kinder?«

»Wir sind sämtlich Juden, Eure Exzellenz!« sagte der alte Montero fest. »Und wir haben unsere Kinder verheiratet, damit sie als Mann und Frau in die Fremde gehen, da wir ja über Befehl Eurer Exzellenz das Land verlassen müssen.«

»Nicht über meinen Befehl!« Der Großinquisitor lächelte gefahrdrohend. »Und niemand muß das Land verlassen –«

Die Gesellschaft im Hause Verga hob bebend die Köpfe.

Torquemada witterte Spannung in der Luft. »Niemand«, sagte er langsam, »der mir auf meinen Gruß geziemend zu antworten entschlossen ist.« Aber seine Aufforderung blieb unbeantwortet. Das Kind im Brautkostüm sah den Inquisitor voll an.

Seine Lippen preßten sich auf einander. »Verstockte!« sagte Torquemada. »Und Narren! Wollt ihr wirklich alle diesen Weg ins Ausland machen, weil ihr Jesus haßt?«

»Wir hassen ihn nicht«, sagte die Schwester des Bräutigams, eine Frau von Zwanzig, üppig, ein verzehrendes Feuer in den Augen, »aber wir können ihn nicht lieben.«

»Ihr solltet es versuchen. Er schenkt euch eure Heimat. Er rettet euch euer Vermögen. Und für alles dies könntet ihr nicht versuchen, ihn zu lieben?«

»Laßt uns doch!« stammelte der alte Verga. »Wir geben alles her. Laßt uns noch diese letzten sechs Wochen. Die Königin hat uns ihren Schutz zugesagt, bis zum einunddreißigsten Juli.«

»Richtig. Aber ich stehe hier nicht im Namen der Königin. Ich stehe hier im Namen Gottes. Und Gott gewährt euch keinen Schutz, wenn ihr ihn verleugnet.«

»Nur noch sechs Wochen«, wiederholte der reiche Verga und verneigte sich tief. »Die Königin hat sie uns bewilligt. Sie hat uns garantiert, daß wir bis Ende Juli ruhig in unseren Häusern leben dürfen. Wir bitten Eure Exzellenz um gnädigste Beachtung des Generaledikts.« Er duckte sich nach diesen Worten, als erwarte er, daß ihn ein Schlag zu Boden werfen könnte.

»Ich tue euch ja nichts«, sagte Torquemada beherrscht. »Ich halte mich an das Generaledikt.«

Da faßte der Hausherr, der vor seiner eigenen Kühnheit erschrocken war, noch mehr Mut.

»Gestattet Eure Exzellenz, daß wir mit der Trauungszeremonie fortfahren?« Er wies auf ein im Hintergrunde stehendes Baldachin aus türkischer Seide. »Die Eheschließung ist noch nicht vollzogen und der Ehevertrag noch nicht unterzeichnet.«

»Diese Heirat kann euch nichts nützen.« Torquemada hatte seine zornige und verachtende Haltung abgelegt. Er versuchte es mit ruhiger Überredung. »Wollt ihr wirklich diese Kinder hinaustreiben, statt in eurem bequemen und guteingerichteten Hause zu bleiben?«

»Das Haus ist verkauft«, berichtete Verga. »Es gehört schon einem andern, der mir bloß seine Benützung bis zum ersten August zugesichert hat. Und die Kinder müssen fort, da es Ihre Hoheiten allergnädigst zu befehlen geruht haben.«

»Als Juden müssen sie fort. Aber sie sind es in diesem Augenblick nicht mehr, wenn ich –« Torquemada lächelte maskenhaft, »das Sakrament der Taufe an ihnen vollziehe.«

Die Gruppe der Juden wurde plötzlich von einem Krampf gepackt. Die beiden Elternpaare rissen ihre Kinder auseinander und schleppten sie in die entferntesten Winkel, um sich schützend vor sie zu stellen.

Der Dominikaner lachte zornig. »Gebt euch doch keine Mühe, verstocktes Pack! Draußen hab ich Kriegsleute genug, um mit euch in wenigen Augenblicken fertig zu werden. Wollte ich Gewalt anwenden, dann wärt ihr schon alle getauft und Eigentum der Inquisition. Aber seht ihr denn nicht, daß ich allein bin und niemand rufe? Begreift ihr denn nicht, daß ich Gewaltanwendung verschmähe? Bereitwillig sollt ihr euch bekehren. Ich werde euch kein Haar krümmen, wenn ihr es nicht tut. Denn es wäre gegen das Gesetz.«

Juan stand unbeweglich im Hintergrunde. Er empfand eine sonderbare Sympathie für den Dominikaner, der in diesem Augenblick weder grausam, noch herrisch war. Er begriff, daß die Haltung der Juden das Fassungsvermögen des Alten überschritt. Aber auch der Anblick der Juden trieb ab und zu eine leise Wärmewelle durch sein Fleisch. Wie sie hartnäckig waren! Zu welchem Zweck? Die Juden duldeten für ihren Gott, ohne Lohn. Sie hielten ihm Treue, obwohl er sie verriet.

Die Judengruppe hatte sich wieder gefaßt. Die Kinder standen betend unter dem Baldachin. Und ringsherum standen die Verwandten und hielten ihre Köpfe hin, als wären sie bereit, im nächsten Augenblick für den rechten Glauben zu sterben.

Torquemada wartete eine Weile. Eine leichte Müdigkeit kroch über sein Gesicht. »Ihr werdet an mich denken«, versprach er, »wenn ihr an irgendeiner feindseligen Küste oder in einer Stadt auftauchen werdet, wo man Sklaven aus euch macht. Ihr werdet euch dann fragen, warum ihr den Rat des Dominikaners nicht befolgt habt.« Und als ihn die erstaunten Augen der Juden betrachteten, verblüfft, ungläubig und maßlos erstaunt, nahm sein Gesicht wieder den gewohnten Zug von Verbissenheit an. »Ich bin ein strenger Arzt. Ich habe meist mit dem Feuer als Medikament die besten Erfahrungen gemacht. Manchmal versuche ich es mit Güte. Aber kein Mensch ist wert, daß man gut zu ihm ist. Euch wollte ich bekehren, um eurer armen Kinder willen. Ihr wollt nicht. Es ist gut. Komm, Fonseca!«

Und während die Juden mit weitaufgerissenen Augen den Teufel Torquemada betrachteten, der so menschlich mit ihnen redete, hatten die Soldaten schon die Türen aufgeschlossen und den Großinquisitor in ihre Mitte genommen.

»Du hast dich über mich gewundert, gestehe es!« Juan Fonseca nickte. Sie ritten im Rathaus ein, dessen Prunkräume man dem Rat des Königs zur Verfügung gestellt hatte. Im Hof brannten Fackeln. Der Regidor öffnete die Tür der Sänfte, der Torquemada schwerfällig entstieg. Ohne den Regidor zu beachten, stützte sich Torquemada, während man steile Stiegen erklomm, auf Juans Schulter. »Du hattest wirklich Grund, dich über mich zu wundern. Ich weiß nicht, woher diese Milde kommt.«

Torquemada setzte sich an den Kamin, in dem trotz der Wärme des Mai ein schwaches Feuer angezündet worden war, und entließ sein Gefolge bis auf Juan.

»Das Alter kann es nicht sein. Denn ich fühle mich nicht altersschwach. Sollte es Mitleid sein? Und verdient dieses Pack Mitleid?«

Juan wußte, daß er nicht antworten durfte. Er wurde ja nicht gefragt. Er war nur Zeuge eines Monologs.

»Ich habe ehrlich mit ihnen gerungen. Sie hatten zuerst die weit bessere Position. Durch dich und deinesgleichen beherrschten sie das Land. Dann hab ich euch Marranen schachmatt gesetzt.«

Der Großinquisitor blickte in die kleinen Flammen, die sich an einem Pinienscheit emporringelten. »Hattest du gedacht, daß sie ernstlich auswandern würden?«

»Ja, Euer Exzellenz.«

»Das sagst du so kaltblütig. Kennst du die Juden so viel besser als ich? Du hast es ihnen wirklich von Anfang zugetraut?«

»Von Anfang nicht, Exzellenz. Aber einen Tag vor unserer Abreise aus Granada kam der Judenrichter zu mir, und ich hatte mit ihm eine kurze Unterredung. Von diesem Augenblick erkannte ich, daß die Juden nicht nachgeben würden.«

»Sag mir Näheres.«

»Der Judenrichter freute sich über den Inhalt des Generalediktes.«

Torquemada verfolgte das Spiel der Flammen im Kamin. Die Wärme kroch unter seine Kutte und zwang ihn, seinen Pelzrock abzulegen. Die Glut tat seinen Augen weh. »Dann habe ich recht, wenn ich sie austreibe. Sie sind Geschwüre, die man aus dem Körper schneiden muß, um nicht zu sterben.« Torquemada streifte die Schuhe ab, riß die Kutte vom Körper und schloß die Augen. »Es wird eine schwere Operation.«

4

Lärm und Verwirrung begrüßten Torquemada und seine Begleiter, als sie am Nachmittag des siebzehnten Mai in der königlichen Stadt Toledo einzogen. Das Geschäft stockte völlig. Manche Läden waren ganz und gar geschlossen. In anderen bewegten sich Meister und Gehilfen und debattierten untätig über den Rückgang der Verkaufspreise. Nur bei den wenigen Wechslern, die im großen Basar ihren Sitz hatten, standen die Menschen Schlange. Man suchte Wechsel und Anweisungen auf Lissabon, Rom, Mailand und Venedig zu erwerben. Aber die hageren zwei Männer aus Pisa und Florenz, die den Wechselstuben vorstanden, schüttelten energisch die Köpfe. Was nützte die Nachfrage mangels jeglichen Angebotes? Gemünztes Geld war in allen Sorten vorrätig. Aber was an Devisen vorhanden gewesen war, hatte die Panik der letzten Tage aufgeschluckt. Und die Käufer schlichen mit vollen Geldsäkken traurig auf die Straße und starrten auf den Tajo, dessen blaue Fläche ein leichter Wind furchte. In den engen Straßen der Innenstadt konnte man nicht hindurch. Vergebens rief der Führer der Eskorte den Namen und die Titel des Großinquisitors aus. Juden und Spanier duckten sich wohl hastig oder warfen sich völlig zu Boden. Aber niemand kroch wie sonst zur Sänfte und küßte den niederhängenden Teppich. Und niemand wich aus. Man hätte über eine dichte Mauer von menschlichen Körpern steigen müssen. Wie Irre versteckten die Menschen ihr Gesicht in den Händen.

Die Stadt lag in einem Delirium. Zuweilen zuckte sie auf, brüllend und wie verwundet. Dann warf sie sich wieder hin, gelähmt und starr. Einer ging in einem goldübersäten Mantel barfuß und mit schwärendem Gesicht. Ein anderer zeigte seine nackte Brust. Sie war von Nägeln aufgerissen. Aus einem Fenster flog ein Bündel seidener Gewänder. Niemand hob sie auf. Andere schleiften kostbare Behälter hinter sich her. Und blickten nicht einmal hinter sich, wenn man sie aufmerksam machte, daß sich der Inhalt des Behälters auf die Erde ergoß. Auf dem Platz nahe dem Palast der Familie Illan fand eine Versteigerung von Hausrat statt. Zwanzig Reihen von Zuschauern umsäumten die Tribüne des Ausrufers. Und sie reckten die Hälse, als ihnen Elfenbeingegenstände geboten wurden, deren Verzierungen verführerische Landschaften und ganze Reiher- und Falkenjagden darstellten. Aber niemand machte ein Angebot. Man pries ihnen vergeblich Silberampeln, goldgewirkte Mäntel und Waffen mit den eingravierten Namen von Kalifen an. Die Zuhörer lachten, als der Ausrufer ihnen antrug, die Gegenstände an sie zu verschenken. Aber sie hoben nicht einmal die Hände.

Torquemada stieg im königlichen Palast ab. Obwohl seine Reise beendet war, zeigte er noch keine Lust, den Führer seiner Eskorte zu entlassen. Juan streifte die nächsten zwei Tage in der Stadt umher, und die lastende Atmosphäre von Ruhelosigkeit legte sich auch auf sein Gehirn. Am erträglichsten war es noch, an den Ufern des Flusses zu reiten. Dort begegnete man wenig Juden. Aber sooft man den Weg eines von ihnen kreuzte, schien es, als wäre der Platz, auf dem er stand oder ging, von einem schweren und unbeweglichen Gegenstand verstellt. Wer da kam, Mann oder Frau, trug einen Umkreis von Nebel mit sich herum, den man weder mit Augen noch mit Ohren durchdringen konnte. Sie hausten noch in ihren Häusern und Straßen. Aber sie waren von ihrem Alltag schon weit entfernt. Sie hatten Toledo noch nicht verlassen und gingen in Gedanken schon durch die Wüste oder fuhren auf Meeren, deren Ufer man nicht kannte.

Eines Morgens ließ sich Juan mit einem Strom von Menschen treiben. Daß es Juden waren, erkannte er nicht an dem Äußeren. Aber er hatte schon gelernt, in diesen Tagen Juden und Nichtjuden an ihrer Haltung zu unterscheiden. Der Strom mündete in ein prachtvolles Haus, das man ihm als die von Samuel Halevi Abulafia, dem Hauptschatzmeister Pedros des Grausamen, vor hundertvierzig Jahren erbaute Synagoge bezeichnete. Vor dem Tor wollte er umkehren. Denn was hatte ein Fonseca in dem Bethaus der Juden zu suchen! Aber die Menge preßte ihn unaufhaltsam nach vorwärts. Er stand plötzlich in dem riesigen Schiff und las die zu Ehren des Königs und des Stifters an die Wände gelegten hebräischen Inschriften. In der Masse eingekeilt, konnte er sich nicht bewegen. Vor ihm wiegte sich ein dicker alter Mann, von dessen edelsteinbesetzter Kopfbedeckung ein Moschusduft ausging. Zu seinen beiden Seiten schufen sich junge Leute mit harten Ellenbogen Platz und warfen hie und da ein lautes Gebetwort in die Luft. Auf der Frauenempore wogte es von dunklen und helleren Gesichtern, von denen manche Juan an seine Kindheit erinnerten. Er konnte nur wenige deutlich erkennen. Aber Weichheit und ein Geruch von Jungfrauenschaft ging von ihnen aus.

Jetzt setzte der Chor ein. Das ganze Haus stimmte einen feierlichen und kriegerischen Lobgesang an. Juan fühlte seine Pulse klopfen. Er hatte Angst. Trotzdem fühlte er sich in der Synagoge nicht völlig fremd. Ein Priester ging seinen Weg zu der Bundeslade. Die Tür sprang auf, und hinter dem Blitzen ihrer blanken goldenen Beschläge standen die in Brokat und Samt gekleideten Rollen der Schrift. Der Prediger hob eine von ihnen wie ein Tabernakel auf und ging durch die Menge, die sich ehrfürchtig teilte. Und jeder, in dessen Nähe die Schrift vorbeigetragen wurde, küßte die brokatene Umhüllung mit einem symbolischen Kuß.

Jetzt kam die Schrift auf Juan zu. Über ihrer Brokathülle standen zwei goldene Glocken, die einen dünnen und zerbrechlichen Klang gaben. Juan versuchte, auszuweichen. Die Schrift kam trotzdem immer näher. Und auf einmal wurde sie vor seinem Gesicht hochgehalten. Die Umstehenden führten zwei Finger an die Lippen und berührten die Umhüllung. Die Schrift bewegte sich nicht fort. Offenbar wartete sie, daß Juan sie küßte. Der Ritter wurde bleich. Er empfand, daß er Verrat beging, wenn er jetzt die Schrift küßte. Er machte eine furchtbare Anstrengung. Es gelang ihm, nach rückwärts gehend, zur Tür zu gelangen. Zwischen ihm und der hocherhobenen Schrift blieb eine schmale Gasse. Und während er zitternd den Ausgang erreichte, hörte Juan aufgeregtes Tuscheln. »Spion!« rief man ihm nach. Und ganz von weitem hörte er die schmerzenden und lange nicht gehörten Silben: »Apostat!«

5

»Was wolltest du in der Synagoge?« erkundigte sich am nächsten Tage der Großinquisitor, als Juan, zu ihm befohlen, seine Meldung erstattete. »Wolltest du prüfen, zu welchem Übermut die Juden fähig sind? Der Stifter des Hauses hat seinem König Millionen gestohlen. Aber er war fromm genug, eine Synagoge zu errichten. Was hat dich veranlaßt, die Messe der Juden zu besuchen?«

»Beim Gekreuzigten«, schluchzte Juan auf und warf sich zu den Füßen des Dominikaners, »ich wußte nicht, was ich tat.«

Torquemada lächelte spöttisch. »Wenn du nicht mein Beschützer wärst, Junker Fonseca, hätte ich dich schon der heiligen Behörde ausgeliefert. Und nicht einmal der König hätte gewagt, sich für dich zu verwenden.«

»Ich schwöre, daß ich nicht an die Schrift gedacht habe.«

»Genug«, sagte Torquemada. »Du bist deiner Pflichten gegen mich entbunden. Geh nach Saragossa und melde dich dort bei der Inquisition. Sie wird dir auferlegen, durch ein Jahr alle Sonntage fünfmal das Paternoster und das Avemaria zu Ehren der fünf Wunden des Herrn Jesu Christi zu sprechen.«

Man brachte dem Großinquisitor einen Brief. Er betastete das wuchtige Siegel, roch daran und hielt den Umschlag lange vor die Augen, ehe er ihn aufbrach. Dann begann er zu lesen. Plötzlich breitete sich auf seinem Gesicht eine fahle Blässe aus. Kleine Schweißtropfen bedeckten seine Stirne.

»Dieser Nepotist«, murmelte er halblaut und starrte auf die winzigen Buchstaben, die wie rötliche Ameisen in langen und dichten Reihen über das graue Papier krochen. »Gott straft ihn mit fürchterlichen Krankheiten für die Frechheit, sechzehn Kinder in die Welt gesetzt zu haben, und für seine anderen Sünden. Trotzdem wagt er es, meine Methoden zu mißbilligen –«

Er unterbrach sich und sah Juan zornig in die Augen. »Was wollte ich von dir? Ich glaube, daß ich dich noch einmal warnen wollte. Solltest du noch eine einzige Unbesonnenheit begehen, dann bist du verloren. Und nicht einmal der Supremo kann dich retten.«

Torquemada wandte sich wieder dem Brief zu. Er wiederholte einige Sätze in feierlichem Singsang, als parodiere er das Lesen einer Messe. Ein Satz klang großartig und voll strafender Entrüstung. Der Großinquisitor schmeckte seinen Laut und prüfte jede seiner Silben, bis er ihn verwarf. »Ich bin mit den Dämonen fertig geworden«, sagte er und vergaß aufs neue seinen Besucher. »Ich habe die Hölle aufgehalten. Und ich soll mich über die lächerlichen Bosheiten dieses Briefes kränken? Gott ist gerecht und hat ihn dieses Breve nicht überleben lassen.« Der Großinquisitor sann eine Weile nach. »Er ist gewiß schon tot. Denn jede Zeile riecht nach Leiche. Ich aber lebe noch, und der Herr läßt mich gelten.«

Torquemada hob den Kopf und musterte Juan erstaunt. »Du bist noch da?« Er tauchte seine Kielfeder tief in das Tintenfaß, dessen Höhlung eine künstliche

Arche darstellte, und strich die Seiten des Briefes mit feuerfarbener Tinte durch.

»Fort damit!« sagte er mit tiefem Ingrimm.

Juan wartete, bis der Großinquisitor ihn wieder zu bemerken geruhte, und begann zu stottern, daß Seine Exzellenz ihn noch nicht entlassen habe.

»Höre«, sagte der Prior von Santa Cruz. In seiner Stimme zitterte eine leise Wärme. »Es könnte mir ja gleichgültig sein. Aber ich möchte dich nicht gerne brennen sehen. Leb wohl!«

Juan beugte sich über die heiße und trockene Hand des Dominikaners. Dann bewegte er sich tief gebückt, den Blick unausgesetzt auf den Alten heftend, langsam zur Tür.

Der Großinquisitor hatte das Schreiben des Papstes Innozenz des Siebenten, der in dieser Minute eben zu Sankt Peter aufgebahrt wurde, fortgeschleudert. Seine Blicke verloren sich in einer unbestimmten Ferne. Seine Lippen preßten sich schmerzvoll aufeinander.

NEUNTES KAPITEL

Das Volk

1

Es war nicht leicht für Juan Fonseca, sich an die neue schrankenlose Freiheit zu gewöhnen. Niemand erteilte ihm Befehle. Niemand unterbrach seinen Ritt mit seltsamen und dringlichen Wünschen.

In den Dörfern ging das Leben seinen normalen Gang. Aber in den Städten schienen das Uhrwerk der Zeit und die Maschinerie des täglichen Lebens zerstört.

Als Juan am dritten Tag sich der Stadt Calatayud näherte, mußte er die Augen schließen. Denn schon in den Vorstädten tönte ihm das gewohnte Geschrei vergeblicher Lizitationen entgegen. Ohne aufzublicken, wußte er, daß vor einem prachtvollen Hause eine dichte Menschenmenge versammelt war. Eine klagende Stimme nannte stöhnend immer niedrigere Ziffern. Niemand antwortete. Juan sträubte sich dagegen, ein verzweifeltes Gesicht zu sehen. Wenn er schon aufblicken mußte, sah er geflissentlich zur Seite. Grinsende Gesichter überall. Aber hinter den pfiffigen und triumphierenden Augen lauerte trotzdem Besorgnis.

Immer neue Kirchen, Paläste, Gärten. Und immer wieder Leute, die stumpf Wagen vor sich herschoben, voll kostbarem und dennoch wertlosem Hausrat. Vor einem Haufen antiker Teppiche stand eine häßliche und pockenübersäte Frau. Neben ihr hockte ein blinder Mann auf einem kleinen Taburett und stieß zuweilen die Aufforderung aus, einen dieser Teppiche um Gottes willen zu kaufen, um irgendeinen Preis oder für irgendeinen nützlichen Reiseproviant zu tauschen. Hie und da blieb einer stehen und streichelte mit gierigen Händen die Wolle der Teppiche. In der grellen Sonne breiteten sich die verblaßten Farben aus, die eckigen Muster, die verzerrten Symbole, die verschlungenen und abgestandenen Blumenränder. Auf einmal war die Vergangenheit da, man spürte sie deutlich, die letzten hundert oder dreihundert Jahre waren weggeweht. Und man erkannte die Wappen der Benu Kassi, der Benu Hud von Saragossa und der Aftassiden von Bajadoz.

Juan stieg vom Pferde und erstand zwei kleine Seidendecken mit dem Namenszug Motadids von Sevilla. Er warf dem Weibe einige Kastillanos hin und quittierte ihren Dank mit einem kräftigen Fluch. Ihm wurden die bösen und neugierigen Augen der Menge lästig. Dann bestieg er hastig das Pferd. Es war Zeit, eine Herberge zu suchen. Aber jeder der Gasthöfe, bei denen er um ein Nachtlager fragte, war von Auswanderern besetzt.

Die Nacht brach immer tiefer herein. Juan ging suchend durch die langsam verstummenden Straßen. Ein breites Tor, das von zwei helleuchtenden Öllampen beschienen war, reizte ihn, nach einem Nachtlager zu fragen. Flur und Stall waren offen. Niemand hinderte ihn, das Pferd einzustellen und ihm Hafer vorzuschütten. Auf einmal kam ein Mann, prächtig gekleidet, aus einer der Türen. Juan nannte seinen Namen. Er zeigte auf seinen Diener und bemerkte, daß dieser seine einzige Begleitung darstelle. Der Besitzer des Hauses schwankte einen Augenblick. Dann lud er den Ritter Fonseca ein, in seinem Hause Quartier zur Nacht zu nehmen. Auf einmal waren Diener da, seltsam festlich gekleidet. Sie nahmen die Gäste in Empfang und zeigten ihnen im oberen Geschoß des Hauses die für Fremde und ihre Dienerschaft bereitgestellten Zimmer. Juan bemerkte, wie der Hausherr ihn wiederholt zögernd betrachtete und sich dann entfernte. Kaum hatte Juan in seinem Zimmer die Waffen abgelegt und sich gewaschen, als er klopfen hörte. Wieder stand der Hausherr vor ihm. Er konnte ihn jetzt genau betrachten. Es war ein etwa sechzigjähriger Mann mit weißem kurzgeschorenem Haar und gebräuntem Gesicht. Er zögerte, als Juan ihn erstaunt ansah. Dann lächelte er mit blinzelnden Augen, als erwarte er ein Geheimzeichen von seinem Gast. Juan schwieg und gab höflich seinem Gastgeber Gelegenheit, sich auszusprechen.

»Ihr seid doch ein Fonseca«, erkundigte sich der Hausherr, »aus der Familie der Fonseca zu Saragossa? Ihr seid doch der Junker Juan, der Enkel Pedros, der sich vor der Taufe Salomo ben Elia nannte –«

»Laßt meinen Großvater«, bat Juan und sein Herz begann erregt zu klopfen.

»Schon gut.« Der Hausherr lachte erlöst und nahm die Hand seines Gastes zwischen seine warmen Hände.

Juan zog seine Hände langsam aus der heißen Umklammerung und durchforschte das Gesicht des andern, der für einen Fremden allzu vertrauensselig und offen redete.

»Ich habe Euch meinen Namen nicht genannt. Ich bin ein Exea. An mir hat die heilige Inquisition keinen Tadel gefunden. Trotzdem mußte ich abschwören und eine Abgabe von solcher Höhe leisten, daß mir nichts als dieses Haus und einige Pachthöfe geblieben sind.« Der Hausherr verzog sein Gesicht zu einem breiten Lachen. »Ich habe Euren Großvater gut gekannt. Ihr habt sein Äußeres. Er ließ keinen Sabbateingang ungefeiert vorübergehen.« An der Tür zeigte sich ein mahnendes Gesicht. »Und jetzt, da wir einander kennen, kommt mit mir!« Rücksichtslos schob er Juan aus dem Zimmer. Das Stiegenhaus war plötzlich völlig dunkel. Aber in einem weiten Raum, in den Juan gestoßen worden war, brannten die Sabbatlichter. Etwa zehn Männer, unter denen sich auch die Dienerschaft befand, standen an die Wand gelehnt und sagten mit geübten Stimmen die Formel: »Gelobt sei du, Ewiger. Unser Gott, König der Welt! Du hast uns durch deine Gebote geheiligt und uns befohlen, Lichter anzuzünden für den Sabbat!«

Der Hausherr verneigte sich und präsentierte seinen Gast, dem die Anwesenden grüßend die Arme entgegenstreckten. Dann schenkte er ihm einen Becher Wein ein. Juan nahm den Becher nicht. Er fühlte, wie seine Knie zitterten. Nichts verband ihn mit dieser Gemeinschaft von Wahnsinnigen, die alles für ein Phantom opferten. Aber sooft er aussprechen wollte, daß man ihn mißverstünde, hemmten ihn plötzliche Überlegungen. Vielleicht würde man ihn töten, wenn er seine Gedanken aussprach. Vielleicht aber würde man ihn leben lassen und die anderen würden vor Angst vergehen. Es war besser zu schweigen. Aber wenn er schwieg, ohne der Inquisition zu Saragossa Mitteilung zu machen, war er mitschuldig. Er starrte mit brennenden Augen in die Sabbatlichter, die mit unruhigen Flammen gegen die silberne Wand standen. Die Schatten der Männer sprangen steil nach oben und überkrochen die mattglänzende Wandbespannung. Langsam tropfte Wachs von den Kupferleuchtern. Die bernsteingelben Flammen flackerten. Und manchmal war der Raum ganz dunkel, wenn ein Windstoß die Lichter niederlegte.

Da stimmte der Hausherr das Lied von der Prinzessin Sabbat an, das Jehuda ben Samuel Halevi in Granada vor dreihundertfünfzig Jahren gedichtet hatte. Plötzlich dachte der Mann aus Saragossa an seinen Großvater. Aber erst als die Versammlung der Männer sich auflöste und die zehn Beter sich auf einmal in Herren und Diener verwandelten, wurde Juan sich dessen bewußt, daß er rückfällig geworden war. Eine jähe Todesangst überkam ihn. Er ging mit kleinen und zögernden Schritten hinter dem Hausherrn in das Speisezimmer und setzte sich an den Tisch. Man stellte Wein vor ihn und wartete, daß er die Segensformel sagte. Juan schwieg. Da nahm der alte Exea mit sonderbarer Gebärde den Kelch und hielt ihn dem Gast entgegen.

»Wollt Ihr nicht die Heiligung des Weins vornehmen?« fragte er.

Juan schüttelte den Kopf. »Ich weiß die Formel nicht mehr«, sagte er mit zusammengezogenen Brauen.

»Ihr wißt sie nicht mehr?« Der Hausherr stellte den Wein nieder und murmelte halblaut das Lob Gottes, weil er die Frucht des Weinstocks geschaffen hatte. Dann wandte er sich neuerdings an seinen Gast.

»Aber wenn Ihr auch diese Formel vergessen habt«, bemerkte er anzüglich, »so werdet Ihr doch das Wort wissen, das im Pentateuch steht, im fünften Buch. Jeder Jude kennt es. Und es beginnt mit dem Wort – Höre –«

»Höre Israel«, stotterte Juan und griff sich an die Kehle, »der Ewige, unser Gott ist einzig, und kein Gott ist neben ihm. Du sollst den Ewigen, deinen Gott, mit deinem ganzen Herzen, deiner ganzen Seele und aller deiner Kraft lieben.«

Der alte Exea nickte. Und seine beiden Söhne sprachen mit ihm im Chor: »Gelobt sei sein Name. Die Herrlichkeit seines Reichs ist von ewigem Bestand.«

Juan trank. Ihm war, als müsse er verdursten. Was waren das für Schauer, die in seiner Seele aufstiegen? War es der Glaube an den Gott der Juden oder war es Angst? Existierte dieser jüdische Gott? Es gab keinen einzigen Beweis für seine Existenz. Hatte er doch nicht nur sich selbst verleugnet, sondern auch seine Bekenner im Stich gelassen. Und wenn dieser Gott wirklich war und Wohlgefallen an seinem Volke hatte: Wie konnte man es ertragen, ihm zu dienen? Juan wollte nichts von ihm wissen. Er hatte nicht das Herz, ihm anzuhangen. Er hatte nicht die Kraft, sich selbst zu verleugnen.

»Ich habe schon gezittert«, sagte der alte Exea, »daß ich den Feind in meine Mauern eingelassen habe und wir alle verloren sind.«

»Sehe ich aus wie ein Feind?« lachte Juan mühsam und hielt seine Finger um den silbernen Kelch. Dieser alte Becher war kühl und seine Zierate fühlten sich wohltuend an. »Ich dachte, daß Ihr mich erkannt habt?«

»Niemand kann wissen, ob ein Sohn oder Enkel nicht aus der Art schlägt. Es gibt genug Verräter unter uns.«

»Das ist wahr!« bekräftigte Juan.

An diesem Abend wurde viel von dem Schicksal derjenigen gesprochen, die zurückbleiben durften. Juan berichtete seine Abenteuer in Granada und Toledo. Aber er verschwieg, daß er Begleiter des Großinquisitors gewesen war. Und die beiden Söhne des alten Exea, der eine stand bei der Stadtwache zu Calatayud und der andere war stellvertretender Richter, erzählten von ihren Reisen und welche Länder die auswandernden Juden würden aufsuchen müssen. Man nannte die Staaten des Morgenlandes, die bereit waren, flüchtigen Juden Unterkunft zu gewähren. Und der jüngere der beiden Exea, ein kundiger Geograph, beschrieb die Pläne des Genuesen, dessen Flotte demnächst auslaufen sollte, um die westliche Zufahrt zu den Reichen Zipangu und Indien zu finden.

Nachts schlief Juan nicht. Sein Rückfall ins Judentum, wenn er auch kein ernstlicher gewesen war, ließ ihn nicht zur Ruhe kommen. Er sagte, teils um sich zu beruhigen, teils um die Wirkung auf sich auszuprobieren, zuerst ein Paternoster, dann das jüdische Glaubensbekenntnis, das auszusprechen ihn der alte Exea genötigt hatte. Die Worte kamen durcheinander. Und Juan wußte nicht mehr, ob er zu dem unteilbaren Gott Jahwe oder dem dreiteiligen Gott der Kirche sprach.

Sein Leben war bisher deutlich in zwei Teile getrennt verlaufen. Zuerst war er von seinem Vater wie ein richtiger Marrane aufgezogen worden. Dann hatte er sich vom Judentum losgesagt und sich mit allen seinen Gedanken der Kirche zugewendet. Und jetzt brachen irgendwo aus seinem Hirn die begrabenen Erinnerungen heraus, nicht gerade überstürzt, aber doch deutlich. Er empfand noch immer katholisch. Aber da machte sich in einer Ecke seines Bewußtseins dieses unausrottbare Judentum breit und ließ sich mit dem Christentum in eine Meinungsverschiedenheit ein. Verschollene Prophetenworte wurden laut. Dagegen klangen Stellen aus den Korintherbriefen. Ein Satz verwickelte sich in den andern. Moses redete gegen Lukas. Der hochmütige und zornige Josua übertönte die Worte der Bergpredigt. Heilige stritten mit den Königen der Schrift. Johannes wurde plötzlich zu Elia.

Juan wußte nicht mehr, wie er in seine Gedanken Ordnung hineinbringen könnte. Er bereute. Aber er wußte nicht mehr, was. Er betete. Aber er wußte nicht, zu wem. Und er hatte ein heftiges Verlangen, zu beichten. An diesem Verlangen erkannte er, daß er noch immer mehr Christ als Jude war. Und befreit schlug er immer aufs neue Kreuze über Brust und Gesicht. Und er begann mit der Buße, die Torquemada ihm aufgetragen hatte.

Am anderen Morgen sahen die Dinge viel einfacher und leichter aus, als sie ihm des Nachts erschienen waren. Wozu hatte Gott dem Menschen die Gabe der Verstellung gegeben?

Der alte Exea fragte Juan beim Abschied, wie lange er in diesem Lande bleiben wolle? Er selbst würde mit seinen Söhnen ausreisen, sobald die Realisierung ihres Vermögens es gestatte.

Juan antwortete nicht. Er bestieg, mit seinen Gedanken scheinbar sehr beschäftigt, sein Pferd und schlug überaus deutlich drei Kreuze, was angesichts der vor der Tür vorübergehenden Menschen von den drei Männern mit einem leisen Lächeln zur Kenntnis genommen wurde.

2

Juan Fonseca wohnte noch keine Woche in seinem Hause zu Saragossa, als er schon eine Einladung erhielt, in der Kathedrale zu San Salvador zu erscheinen. Der alte Diener, der ihm die Ladung überbrachte, wurde bleich. Denn in der Regel bedeutete der Empfang einer solchen Schrift Abschied von Zuhause und Verschwinden in den Gefängnissen der Inquisition. Auch Juan erschrak. Er legte die Kleidung eines Offiziers der königlichen Wache an und erschien zur festgesetzten Zeit im Kreuzgang der Kathedrale, wo Dutzende Vorgeladene warteten. Der Dominikaner Caspar Juglar ließ ihn als ersten vor. Er war noch älter und gebrechlicher geworden. Seine stechenden Augen musterten den Offizier.

»Ich glaube, es ist acht Jahre her, daß Ihr in diesem Hause Abschwörung de levi geleistet habt. Das Verfahren gegen Euch wurde gegen Bürgschaft suspendiert. Der Heilige von Epila hat Euch vor dem Sanbenito gerettet!«

Juan senkte die Augen. Vielleicht kam das Ende, das er verdient hatte.

»Seine Exzellenz, der Generalinquisitor, hat uns befohlen, auf Euch achtzuhaben.« Juan atmete auf. »Die Güte Seiner Exzellenz gibt Euch weitere Frist zu Buße und Besserung.«

Juan hob die Augen. Der Dominikaner betrachtete ihn noch immer böse und mit verhaltener Neugierde. Er begriff offenbar nicht, welche Gaben diesen jungen Mann immer wieder vor der schwersten Strafe schützten.

»Glaubt nicht, daß uns irgend etwas verborgen bleibt. Ihr könnt welchen Namen und welche Verkleidung immer annehmen, wir begleiten Euch, wir wissen alles aus Eurem Leben. Ihr seid entlassen.«

Juan tastete durch die finstere Vorhalle, die in den Garten führte. Selten stand einem Vorgeladenen dieser Rückweg in die Freiheit frei. Die Gefahr, der er entgangen war, umgab ihn wie ein strahlendes Licht. Draußen war Sonne und das Leben der Stadt. Er betrachtete die an den Wänden hängenden Bilder von Heiligen und Märtyrern und beschloß, auf der äußersten Hut zu sein und seine Gönner nicht zu enttäuschen. Eine wütende

Lebensgier erfüllte ihn. Er entschloß sich, alles, was an seine Abstammung und seinen früheren Glauben erinnerte, unbarmherzig auszurotten.

Aber wenige Tage später ließen sich die Ältesten der Judengemeinde zu Saragossa bei Juan Fonseca melden. Voll Feierlichkeit erschienen der geistliche Richter, Rabbi Benjamin Leon, der Regidor Menahem ben Abraham und der Procurator Jakob Hanassi.

Der Ritter war sehr erstaunt. Er kannte die Sprecher der Judenschaft. Der Procurator war ein Geschäftsfreund seines Vaters gewesen. Das Haus des Regidors war dem seinen benachbart. Und Rabbi Benjamin Leon wußte viel von ihm, aus der Zeit, als er sich noch insgeheim zum Judentum bekannt hatte.

Man begrüßte einander, wie Spanier von Rang es zu tun pflegen. Für die drei jüdischen Notablen war Juan ein Mann vom Hof des Königs. Und Juan erwies den Gästen den Respekt, den Adelige angesehenen Finanzleuten des älteren Glaubens erweisen.

»Wir haben Euch einen Antrag zu stellen«, begann der Regidor, »der ungewöhnlich ist. Aber wir brauchen ihn nicht zu begründen. Er begründet sich selbst.«

»Handelt es sich vielleicht um ein Geschäft?« erkundigte sich Juan abwehrend. »Ich treibe keinen Handel.«

»Natürlich!« bestätigte der Richter mit leiser Ironie. »Ritter machen keine Geschäfte. Wir hätten auch gar nicht gewagt, Euch ein Geschäft vorzuschlagen, bei dem man Prozente nimmt und Nutzen herausschlägt.«

»Nein«, sagte Jakob Hanassi bestätigend. Er war der vornehmste von allen dreien. Sein Geschlecht war so alt wie das Abravanels. Er strich mit seinen gepflegten

Händen über seinen dünnen grauen Bart und maß nicht ohne Traurigkeit die ebenmäßige Gestalt des jungen Mannes. »Wir haben überhaupt keine Geschäfte mehr vor. Was wir wollen, ist ein Werk der Pietät.«

Juan Fonseca hob erstaunt den Kopf. Was konnte er mit jüdischer Pietät zu schaffen haben?

»Ihr seid bei der Inquisition unverdächtig«, erklärte Rabbi Benjamin Leon. »Man hat Euch vorgestern in die Domkirche San Salvador eintreten und aus dem Tor der Schuldlosen hinausgehen sehen.«

Der Ritter zuckte indigniert seine Achseln. Diese jüdische Unverschämtheit überstieg alle Grenzen. Funktionierte nicht nur eine Überwachung der Conversos durch die Inquisition, sondern auch eine solche seitens der Ungetauften?

»Seid nicht ungehalten!« fuhr der Richter fort. »Wir haben keine Spione. Aber der Pförtner bei der Domkirche zählt die Vorgeladenen. Ihr seid in diesem Jahr der erste, der unangetastet zurückgekommen ist.«

Juan nickte ungeduldig.

»Wir müssen in vier Wochen die Stadt verlassen haben. Leider stehen uns nicht genügend Fahrzeuge und Tragtiere zur Verfügung. Wiewohl die meisten von uns Erinnerungen an ihre Väter mitzunehmen wünschen, müssen wir die Grabsteine bis auf wenige Ausnahmen zurücklassen. Der Friedhof bleibt unbewacht und herrenlos. Wollt Ihr nicht den Friedhof kaufen?«

»Was soll ich mit eurem Friedhof?« fragte Juan gereizt.

»Der Kaufpreis ist gering. Er beträgt einen Maravedi. Weil Ihr aber die Verbindlichkeit auf Euch nehmen müßt, das Betreten des Friedhofs jedermann so lange zu untersagen, bis wir oder unsere Nachkommen zurückgekehrt sind, leisten wir für Auslagen, Prozeßkosten gegen etwaige Störer, Bezahlung eines Wächters und Grundsteuern eine einmalige Abfindung von zweihundert Golddukaten.«

»Nein!« sagte Juan.

»Warum lehnt Ihr ab? Zweihundert Golddukaten sind viel Geld. Wir wollen nichts, als daß das Eigentum über unseren Friedhof einem unverdächtigen und vertrauenswürdigen Manne zusteht, der es übernimmt, die von ihm eingegangenen Verpflichtungen so lange ungemindert auf seine Rechtsnachfolger zu übertragen, bis wir zurückkehren dürfen.«

»Und wenn Ihr niemals zurückkehren dürft?«

»Wir werden zurückkommen«, entgegnete der Procurator Hanassi zuversichtlich.

»Tut doch nicht so fremd, Nachbar!« bat der Vorsteher Menachem ben Abraham. »Wir wissen nicht, an wen wir uns wenden sollen, wenn Ihr uns abweist. Und Ihr seid doch, wenn auch Christ, uns nicht entfremdet.« Der Vorsteher senkte seine Stimme. »Habt Ihr nicht auf Eurer Heimreise im Hause unseres treuen Exea zu Calatayud Sabbateingang gefeiert?«

Juan erschrak. Man wollte offenbar eine Erpressung an ihm begehen. Kaufte er den Friedhof, so machte er sich bei der Inquisition auffällig. Lehnte er ab, so setzte er sich der Gefahr aus, als rückfälliger Judaist bei der Inquisition angegeben zu werden. Er blickte starr vor sich hin in die Luft. »Ich bleibe bei meinem Nein!« sagte er endlich durch die zusammengepreßten Zähne.

»Ich weiß, daß ich in Eurer Hand bin. Ihr könntet mich denunzieren. Aber ich leugne alles. Und ich zweifle, daß Exea die Strafe auf sich nimmt, die auf Verführung eines Christen zu jüdischen Gebräuchen steht.«

Die drei Vertreter der Gemeinde blickten einander verwundert an. Der Richter und Rabbiner schüttelte den Kopf und blickte dem Ritter sanft und gelassen in die Augen.

»Ihr irrt«, sagte er freundlich. »Und es tut uns leid, daß Ihr uns für Erpresser hält. Wir wollen nicht mehr auf unserem Antrag bestehen. Vielleicht habt Ihr Grund, unseren Antrag unannehmbar zu finden. Wir wollen versuchen, einen anderen Käufer zu finden. Fürchtet jedenfalls nicht, daß einer von uns Euch verrät.«

Juan musterte die gealterten Gesichter. Eine plötzliche Reue schüttelte ihn. Er kämpfte mit einem Schluchzen. Aber da merkte er, wie die drei sich taktvoll abwandten. Ehe er, von einer heftigen Angst gepackt, ein Wort herausbringen konnte, hatten die drei Besucher mit höflichem Gruß den Raum verlassen.

3

Das Landhaus im Gebirge war lange unbewohnt gewesen. Juan ließ es eilig instandsetzen. Dann übersiedelte er dorthin, nicht ohne der Inquisition Nachricht gegeben zu haben, welches Ansinnen die Judenschaft an ihn gestellt hatte. Er erhielt keine Antwort. Aber er war froh, nicht mehr lügen zu müssen. Auf seine kurze Reise begleitete ihn niemand als sein Diener, jener christliche Araber aus Granada, ein wortkarger Mensch, der tagsüber fleißig arbeitete, aber des Nachts sich stundenlang im Freien herumtrieb.

Das Landhaus enthielt nur vier Räume. Es lag an einer Schlucht. Die Hitze lag bleiern auf dem flachen Dach. Aber in wenigen Minuten war man in tiefen Eichenwäldern, in denen viele kleine Bäche flossen und einige schattige Weiher mit Wasser versahen. Juan lag ganze Tage in seinem verdunkelten Zimmer, oder er begab sich zu einem der Weiher und hockte an seinem Rand. Nur manchmal trat er in die Sonne und ließ ihre starken und verheerenden Strahlen auf seinen entblößten Armen spielen. Es begab sich im weiten Umkreis nichts. Man hörte weder von den Juden noch von der Inquisition. Der Wald rauschte dunkel und schweigsam. Die Sonne bräunte Juans Haut. Zuweilen ließ er sich ins Wasser fallen und betrachtete die grünen Algenwälder auf dem Grund der durchsichtigen Weiher. Wurde die Hitze zu drückend, dann suchte er tagsüber seine Lagerstatt auf und verschlief den Tag. Nachts begegnete er seinem Morisken. Dieser sang, wenn er sich unbeobachtet glaubte, die verbotenen maurischen Lieder von dem Falken der Koreisch, von Abderrachman, dem Retter, und von Hakam von Cordoba, dem Erbauer der großen Moschee. Der Moriske hatte eine tiefe Stimme. Seine Lieder klangen monoton und traurig. Aber Juan hörte die Lieder gern. Sie beruhigten und schalteten alle Gedanken aus. Man vergaß einige Minuten an die Dinge, die sich draußen ereigneten.

Aber diese Betäubung war nicht von Dauer. Auf einmal lag Juan auf dem trockenen und halb verdorrten Waldboden und begann die Tage zu zählen. Er stellte sich vor, wie die hunderttausend reisefertigen Juden die Zeit ausnützten. Und da er selbst Zeit hatte, machte sich Juan eine Tageseinteilung dieser neun oder zehn Tage und begleitete in Gedanken irgendeinen Juden aus Saragossa auf seinen Verrichtungen.

Wenn man die Nächte abrechnete, die doch zumindest mit acht Stunden anzunehmen waren, blieben einem solchen Auswanderer etwa hundertachtzig Stunden. Was konnte man mit hundertachtzig Stunden anfangen? Wie sollte man sie am zweckmäßigsten verwenden? Juan machte mehrere Stundenpläne. Er berücksichtigte die Tageseinteilung eines Geldwechslers, der Sorge tragen mußte, seine Depots an den Mann zu bringen, die ihm zugekommenen Anweisungen an vertrauenswürdige Adressen gelangen zu lassen und seinen Geldvorrat entsprechend zu verwerten. Ein solcher konnte, wenn er vorgearbeitet hatte, immerhin fertig werden, ohne allzugroße Teile seines Vermögens zu verlieren. Handwerker hatten es schwerer. Wer kaufte ihnen ihre Vorräte und Fertigwaren ab? Und wer befriedigte sie für ihre uneingelösten Forderungen? Am schwersten aber hatten es Gutsbesitzer und Eigentümer von unbeweglichen Vermögen. Ob ihnen Tage oder Wochen zur Verfügung standen, die Zeit war zu kurz, um ihnen die Ordnung ihrer Angelegenheiten zu ermöglichen.

Wie lösten sich die einzelnen Menschen von dem los, was sie am schwersten zurückließen, und wie verwendeten sie die Zeit des Abschiednehmens? Es gab Menschen, die Tag für Tag in Synagogen zubrachten und Gott priesen, trotzdem er sie verstieß. Andere hatten ein Leben damit ausgefüllt, Sammlungen von Juwelen, Münzen oder Handschriften anzulegen. Wer sein Herz an solche Dinge gehängt hatte, fand mit zehn Tagen nicht sein Auskommen, wenn er jedes Stück nochmals zur Hand nehmen und sich an seine lange und ereignisreiche Geschichte erinnern wollte.

Der vorhandene Stundenvorrat nahm rasend ab. Es war qualvoll, sich auszumalen, wie der Augenblick der Ausreise näher kam und nichts von dem getan war, was zu tun man sich vorgenommen hatte. Juan ertrug es schon am dritten Tage nicht mehr, in der Stille seiner Wälder an die Ängste und die Ungeduld der vom Edikt Betroffenen zu denken. Er fand es erträglicher, sich vom Lärm der Wirklichkeit betäuben zu lassen. Als er berechnet hatte, daß der unverbrauchte Rest an Zeit nicht mehr ganze hundertvierzig Stunden betrug, befahl er, alles zur sofortigen Rückkehr in die Stadt bereitzumachen.

Juan ritt am Abend jenes Tages in Saragossa ein, den man als den vierundzwanzigsten Juli christlicher Zeitrechnung bezeichnete. Nach jüdischem Kalender war es der Vorabend des ersten Ab.

4

Hatte sich die Stadt in heftiger Verwirrung befunden, als Juan Fonseca Saragossa verlassen hatte, so ähnelte sie an diesem Sommerabend einem wahren Tollhaus.

An der Audencia bewegte sich ein langer Zug Auswanderer vorüber. Zuerst erschienen Leviten in ihren Sterbegewändern, die schmutzigweiß um fleischlose Knochen flatterten. Dann kamen sehr zögernd Menschen, die wie Lastträger aussahen. Ihr langsames Tempo ließ den ganzen Zug nur schwerfällig und schleppend vorwärts kommen. Immer vier Männer trugen auf ihren Schultern einen riesigen Grabstein, dessen Marmorzierate und barocke Schnörkel mit weißen Blumen umkleidet waren. Diese Grabsteine glichen in ihrem Blumenschmuck den Leichen halberwachsener und frühverstorbener Kinder. Mit schaukelnden Schritten wankten ihre Träger vorwärts und stellten ab und zu die Grabsteine auf den Boden, um zu rasten. Manche dieser Steine hatten die Gestalt von Wiegen, manche sahen wie Altarschreine aus und andere glichen der Form von Gesetzestafeln. Wenn man den Weg fortsetzte, hoben die Träger sie behutsam und sanft empor und legten sie achtsam auf ihre Schultern, als lebten die Steine und müßten sorgfältig vor Erschütterungen bewahrt werden. Hinter den Grabsteinträgern schritten Tragtiere mit Lebensmitteln und Vorräten. Am Schluß folgte die Menge der Vertriebenen, Väter und Mütter, ihre Sprößlinge an den Händen führend, flankiert von Spielleuten. Die Musikanten trugen ihre Instrumente spielbereit, ohne aber zu spielen. Die Auswanderer hielten ihre Köpfe gesenkt. Ihre Gesichter waren vom Weinen gerötet. Die Augen der Männer hefteten sich gierig an jedes Haus und verschlangen das Bild der Stadt, als wäre ihr Anblick geeignet, den größten Heißhunger zu stillen. Plötzlich trat aus irgendeiner Seitengasse ein Trupp Dominikaner hervor. Sie verfolgten die Marschierenden. Einer der vordersten Patres hielt eine Frau an ihrem Mantel fest, um ihr Beschwörungen zuzurufen. Man hörte die wohlklingende und heiße Stimme des predigenden Mönches, der die Auswandernden mit aller Inbrunst beschwor, die Heimat mit einigen Tropfen Taufwasser zu erkaufen. Schon bröckelten aus dem Zug der Auswanderer einige Personen ab. Andere fluchten und hielten sich jammernd und unter Schluchzen die Ohren zu. Da setzten die Musikanten ihre Pfeifen an den Mund, die Trommeln wurden gerührt. Und mit unendlicher Anstrengung versuchte die Mehrzahl der jüdischen Gruppe, sich zu sammeln und geordnet weiter zu gehen. Die Hörner bliesen kriegerische Marschtakte. Und die Trommeln gaben einen jähen und drohenden Laut, der immer stärker die Gebete und Zurufe der Kleriker dämpfte. Immer noch versuchte einer der kecksten Mönche einige schwankende Juden mit sich zu ziehen. Gleich sprangen andere aus den Reihen und jagten die Unschlüssigen auf ihre Plätze. Die Pfeifen, Hörner und Trommeln übertönten jedes Wort. Und die Gefahr war überstanden. Schon blieben die Mönche zurück. Keiner der Juden hatte die Reihe endgültig verlassen. Nur eine Frau in einer der letzten Reihen versuchte im letzten Augenblick, ihrer Gemeinschaft untreu zu werden. Sie nahm ihr Kind, einen etwa fünfjährigen Knaben, auf den Arm und lief den Dominikanern entgegen. Ein anderes Kind bemerkte diesen Fluchtversuch. Der Zwölfjährige sprang der Frau nach und hängte sich an sie. Er umklammerte ihre Beine, damit sie nicht fortlaufen könne. Er bettelte, die Mutter möge bleiben. Und als die Frau trotzdem weiterzugehen versuchte, warf er sich zu Boden und schrie so lange, bis sie hinter dem Zuge her kam. Ihr Gesicht war leer. Plötzlich brach sie in ein heftiges Schluchzen aus, während die Masse der Auswanderer stehenblieb und sie umringte.

Juan hatte, zwischen Zuschauern eingekeilt, das Vorüberziehen des Zuges mitangesehen. Als die Menge sich verlaufen hatte, ging er langsam weiter. Er wußte jetzt, wovor er geflüchtet war. Ohne sich auf das Betreten seines Hauses zu freuen, ging er seinen Weg dorthin.

5

Man schrieb den sechsundzwanzigsten Juli christlicher oder den zweiten Ab jüdischer Zeitrechnung. An diesem Tage machte Abravanel den letzten Versuch, die Könige zur Zurücknahme des Edikts zu überreden. Die Wachen, in feuerroten Röcken, leisteten ihm unter Trommelschlag die Ehrenbezeigung, als wäre er noch Rat der Königin. Don Isaak kniete vor Isabella. Die Herrin Kastiliens lehnte anmutig im traubenblauen Samt ihres Thronsessels. Ihre Hände streckten sich dem Knienden entgegen, der sie ehrfurchtsvoll küßte. Aber seiner tonlosen Bitte um Annullierung oder zumindest Erstreckung des Edikts um ein Jahr antwortete ein lächelndes Nein. Abravanel rechnete den Königen noch einmal vor, daß die Austreibung der Juden einem Verlust von Millionen gleichkam. Er bot den Königen die Hälfte des jüdischen Vermögens. Isabella flüsterte mit Ferdinand. Als sie ihre leise Unterredung beendet hatte, raffte sich Abravanel auf und begann von neuem zu bitten. Er schilderte den Seelenzustand seiner Landsleute und beschrieb, wie sie, auf den Gräbern ihrer Väter liegend, um ihr verlorenes Paradies weinten.

Isabella unterbrach mit einer jähen Bewegung ihrer schimmernden Hand die Rede des ehemaligen Ministers. Dann verlängerte sie nach kurzer Erwägung die Ausreisefrist um zwei Tage. Hierauf vertiefte sie sich in einen Berg Briefschaften, wobei sie die weitere Gegenwart des immer noch wartenden Don Isaak zu übersehen bemüht war.

Abravanel ging endlich unter tiefen Verbeugungen leise hinaus. In der Vorhalle kam ihm ein Page der Königin nach, der ihm befahl, seine Abreise den Hoheiten zu melden.

Am nächsten Tag erschien Abravanel zur Abschiedsaudienz. Man nickte ihm stumm zu. Isabella las in einer Handschrift, und ihre Finger bemühten sich, die schweren Seiten sorgfältig umzuwenden. Ferdinand ging geruhsam durch das hohe, mit Goldbrokat ausgeschlagene Zimmer.

»Ihr seid reisefertig?« erkundigte sich die Königin. Sie betrachtete eine Miniatur in dem pergamentenen Buch, das offenbar ein Franzose gemalt hatte. Denn die

Zeichnung stellte wohl den Tanz ums goldene Kalb dar. Doch in Wirklichkeit war es Paris mit den Türmen von Notre Dame, die im Hintergrunde spitz in den tiefblauen Himmel stachen, während im Vordergrunde sich vornehme Damen und adelige Herren um das goldene Standbild eines Stiers gruppierten. »Hoffentlich findet ihr alle ein Unterkommen.«

»Für kurze Zeit«, berichtete Abravanel. »In Portugal acht Monate. In Fez und Marokko nach Willkür der Küstengemeinden. In Navarra, solang es Eurer Hoheit beliebt. In Neapel dauernd, sofern Seine Hoheit, den König, seine Zusage nicht gereut. In Genua drei Tage, in Venedig und Pisa zwei Wochen. In Rom vielleicht einen Monat. Nur einer hat bedingungslos seine Staaten geöffnet.«

»Der Sultan der Osmanen. Ein kluger Kopf.« Ferdinand verzog spöttisch seine Lippen. »Ihr zieht es natürlich vor, zu den Heiden zu ziehen, statt mit den Christen gemeinsame Sache zu machen?«

»Die meisten von uns gehen nach Portugal«, entgegnete Don Isaak sanft. »Und sie gehen deshalb nach Portugal, weil es den Staaten Kastilien und Aragon am nächsten liegt. Dort wollen sie warten, bis sie zurückgerufen werden.«

Isabella zeigte sich befriedigt. Sie blätterte neuerdings um. Hiebei stieß sie auf ein prächtiges Bild, das sie fesselte. Es stellte die Krönung Mariae dar. Der Festakt spielte sich in einem mittelalterlichen Burghof ab, von zahlreichen Fahnen, Rittern und Musikanten festlich umgeben. Die Blätter leuchteten von Rot, Gold und Blau. Und Isabella las leise den Text mit.

Ferdinand schritt zum Fenster und blickte lange schweigend hinaus. Dann wandte er sich um und nickte Don Isaak zu, der mit Anstrengung sich bemühte, gleichgültig und höflich abzugehen. Eine lähmende Traurigkeit machte seinen Körper so schwer, daß er zusammenzubrechen fürchtete. Während zwei Diener hohe Straußenwedel in Bewegung setzten, verneigte sich Abravanel noch einmal und ging mit regungslosem, der Königin zugewandtem Gesicht durch den leeren und riesigen Raum langsam zur Tür. Der Marmorboden gab unter seinen Füßen ein feines und kratzendes Geräusch. Die Stuckdekore an den Wänden blendeten. Er war noch nicht bei der Tür angelangt und wußte schon, daß man nicht mehr an ihn dachte. Man hatte ihn schon aus dem Bewußtsein gestrichen.

Don Isaak reiste mit seiner Familie in zwei Sänften, von sechs Wagen begleitet. Die erste Sänfte beherbergte seine zwei älteren Söhne, Isaak und Samuel. In der zweiten saß er selbst mit seinem jüngsten Sohn Juda Leon Medigo, der bei Hof sehr geliebt worden war. Denn dieser junge Edelmann beherrschte ebenso vollkommen die Flöte und das Cembalo, wie er schmachtende Verse in Musik zu setzen wußte, deren Wohlklang die Damen des Hofes traurig machte. Juda Leons Hände lagen auf dem elfenbeinernen Degenknauf. Er hatte feuchte Augen, während er an die Freuden des Hofes, an die Reiherbeizen, die Turniere, die Festlichkeiten am Hoflager der Könige und die vielen zurückgelassenen Frauen dachte. Als man das Tor passierte, brach die Nacht herein. Gelber Staub fegte über die Landstraße und ritzte die Haut wie feine Nadeln. Der

Himmel war grau und verhüllt. Ab und zu schlug der Wind an die verhangenen Sänftenfenster. Ferne Geräusche zwangen den Zug, ganze Viertelstunden zu halten. Man begegnete umgestürzten Wagen, verletzten Tragtieren, bei Fackelschein am Straßenrand sitzenden Wanderern. Es schien, als schlichen zahllose Menschen in dieser Nacht auf staubiger und dumpfer Landstraße. Die immer dichter werdende Finsternis erregte das aufgepeitschte Blut. Manchmal glitt man in einen Halbschlaf, aber nicht auf lange. Immer wieder jagte eine unbestimmte Angst die in Müdigkeit versinkenden Träger weiter. Vom Sturm geschüttelt, wußte man bald nicht mehr, ob man sich waagrecht über die löcherbedeckte Straße bewegte, oder ob man nicht am Ende in der Tiefe versank.

6

Am fünften Ab hatte unter Saadia ibn Danans Führung die reisefertige Judenschaft von Granada die Lenden gegürtet, die Wanderschuhe angelegt und Stäbe in die Hände genommen. Man verzehrte das letzte Fleisch in der Heimat. Dazu trank man den schwarzblauen Wein, der an den Hängen der Sierra wächst. Saadias Heiterkeit übertrug sich auf seine gesamte Gefolgschaft. Friedhöfe und Synagogen hatte man der Bürgerschaft anvertraut. Die Schiffe warteten zu Malaga. Als man mit Sack und Pack fertig vor den Häusern stand, empfand man noch nicht das Endgültige der Trennung. Saadia ibn Danan führte mit einer solchen Zuversicht und war so sehr mit Hoffnung erfüllt, als wäre Afrika das gelobte Land. Aber als man zum Tor hinauszog, erschrak man. Die Schritte klangen gespenstisch auf der mit weißem Staub bedeckten Straße.

Auf Saadias Geheiß marschierte man die warme Nacht hindurch. Durch die dünnen Tamariskenzweige sah man die Sterne. Sie sahen dünn und armselig aus, als ob sie an Glanz verloren hätten. Viele verwüstete Gärten lagen am Weg, auf deren aufgewühlten Beeten und zerstörten Lusthäusern der Mond wie schneeiges Silber lag. Von der Anhöhe sah man die stolze Stadt berberischer Könige. Aber ihre getürmten Häusermassen waren von zerbrochenen Mauern und leichenhaften Gehöften umgeben. Über blasse Mauerbogen und heilige, dem Untergang geweihte Türme glitten einige hingepinselte Federwolken.

Man trat in die zerfleischte und bis in die Tiefen ihres Erdreichs zerrissene Vega ein. Beim Anblick dieser Verwüstung füllten sich die Augen der Wandernden aufs neue mit Tränen. Sie erkannten nicht so sehr ihren eigenen Untergang, als daß die Heimat verwest und geschändet war.

Aber da hörte man schon wieder Saadias scherzende und aufmunternde Stimme. Dieser junge Führer hatte den Tonfall des Propheten. Er sprach seiner Gemeinde mit einer lachenden Zärtlichkeit zu, die Wunden und Schmerzen des Abschieds wie Balsam berührte. Allmählich überschattete Ruhe und wunderbare Zuversicht den Zug von zweitausend Menschen, der die Straße gegen Malaga wandelte. Irgendwer begann zu singen. Die einzelne Stimme machte die Masse aufhorchen. Und plötzlich sangen sie alle. Der Sternenhimmel verwandelte sich. Während die Wolken zurücktraten, bedeckte der Himmel sich mit hohem taghellem Glanz. Der Gesang erscholl immer lauter. Es blitzte über den Bäumen zu beiden Seiten der Straße zuweilen plötzlich auf, als breitete ein Engel seine Schwingen aus. Der Zug nahm Ordnung an. Man schritt den Weg nach Malaga wie den wahrhaften Weg in ein neues Leben.

7

Die Auswandererschiffe waren um diese Zeit bereits mit dem größten Teil ihrer menschlichen Fracht beladen. Hochsommerglut verbrannte die Bretter des Verdecks. Immer neue Menschen verließen die Boote. Sie erklommen mühsam die steilen Schiffstreppen und setzten sich in ihre Sterbetücher gehüllt, starr und verzichtend unter die Schatten der Segel.

Manche Schiffe glichen gefräßigen Ungeheuern. Ihre offene Tiefe nahm immer noch Ausgestoßene auf. Aber wenn es Abend war, krochen die Menschen mit verhüllten Gesichtern nach oben, ließen sich auf die Deckplanken fallen und warfen lange und verschmachtende Blicke über die Küste.

Die vor wenigen Tagen noch über viele und eifrige Diener geboten hatten, saßen jetzt auf Tauen und mußten die derben Witze und noch derberen Griffe der Schiffsmannschaft ertragen.

Kaum hatten die Auswanderer die dunklen Winkel der Transportschiffe bevölkert, um das Röcheln ihrer Betrübnis in der Tiefe zu ersticken, als schon Krankheit und Wahnsinn eine blutige Gemeinschaft zu bilden begannen. In irgendeinem armen und gequälten Körper saßen Pestkeime. Er hatte sie auf der Reise oder in einem der Hafenquartiere empfangen. Noch hatten sich die Keime nicht entfaltet. Aber bläuliche Schatten legten sich auf die weißen Gesichter. Unausgebrochene Geschwüre trieben den Menschen das Blut ins Gesicht. Unter den Augen bildeten sich tiefe Höhlen. Die Lippen nahmen schwärzliche Farbe an, und der Blick hatte etwas Verschleiertes, als beschlüge sich die Netzhaut von innen.

Vereinbarungsgemäß warteten die Schiffe in den Häfen bis zum letzten Augenblick. Vielleicht erweichte Gott das Herz des klugen Ferdinand; vielleicht nahmen die Könige noch in der äußersten Sekunde das Gold der Juden und widerriefen ihr Edikt. Und während Minute um Minute verrann, machten die Verdammten gegenseitig Bekanntschaft. Sie begrüßten einander mit der Grandezza kastilischer Edelleute und nannten mit tiefer Verbeugung die Namen ihrer Ahnherren. Mit von Tränen aufgequollenen Augen lobten sie ihre Provinzen und berichteten einander, was für eine Art von Geschäft sie getrieben und zu welchen Preisen sie ihre Warenlager loszuschlagen vermocht hatten.

Aber als der Raum in den Häfen nicht mehr ausreichte, mußte über Befehl der Hafenämter manches

Schiff vorzeitig auslaufen. Sobald das hohe Meer erreicht war, verwandelten die Schiffe sich in schwimmende Kerker und die Passagiere in Gefangene. Im Angesicht weißer Felsenstädte an der afrikanischen Küste erwachten die wildesten Instinkte der Schiffsmannschaft. Das Blut loderte und die Hilflosigkeit der eingesperrten Flüchtlinge reizte bis zur Tollheit. Ein rasender Steuermann hielt Dutzende Männer in Schach. Das Bewußtsein, ausgestoßen zu sein, lähmte alle Kräfte. Die Hände, von den Fesseln der Gebetriemen förmlich wehrlos gemacht, deckten die Gesichter zu. Sterbende lagen nackt unter glühender Mittagssonne, und niemand wagte, ihnen Wasser zu reichen. Trunken schwärmten die Schiffsleute über das Verdeck. Sie hatten noch niemals so willfährige Opfer gefunden. Je grausamer sie mit ihren Opfern umsprangen, desto demütiger winselten diese um Gnade. Die Augen waren in das Mittagslicht gerichtet, blind vor Glanz und stumpf vor Gleichgültigkeit. Wenn man die Frauen auf das Schiffsdeck niederlegte, streckten sie ihre Körper hin, regungslos, ohne Empfindung. Die Gier der Schiffsleute begegnete absoluter Wehrlosigkeit. Nur wenn ein Gewitter zuweilen über die Segel rollte, dann atmeten die Flüchtlinge tief unter dem grünlichen Leuchten.

Nach unendlicher Demütigung, an Körper und Seele geschändet, wurden die Verbannten endlich an irgendeiner Küste, nahe von Algier, Oran oder Mostaganem an Land gesetzt. Man stieß sie an unwirtlichem Riff aus den Kähnen. Sie krochen durch die Brandung, die viele von ihnen erschlug. Hatten sie den Strand erreicht, dann mußten sie noch Stunden gehen, um eine bewohnte Gegend zu erreichen. Man schloß vor ihnen Häuser und Gehöfte zu. Sie lagen auf den Feldern, grau wie Ackererde, und warteten. Aus den letzten und verrufensten Häusern der Dörfer stürzte der Auswurf der Händler, um die Not der Ausgesetzten sich zunutze zu machen. Hartnäckig feilschte man mit den Fremden um Lebensmittel. Mit blutunterlaufenen Lidern wurde der Preis eines Tropfens Wasser umstritten. Selbst der Abfall vor den Dörfern wurde weggeräumt, um die Flüchtlinge auszuhungern. Nach Tagen wurde man handelseins. Kinder wurden gegen schwarzes Brot vertauscht, Frauen gegen ein Stück Wolle, mit der man sich nachts gegen Fieber schützen konnte.

Da lagen Grundbesitzer und Großkaufleute, Bankiers und Erbauer von Palästen im Sand der Küste und lechzten nach dem Tod. Wenn sie sich bis zu den Brunnen zu schleppen vermocht hatten, besaßen sie nicht mehr die Kraft, aus ihnen zu trinken. Der Sand des Bodens füllte ihre Kehlen. Sie hockten in den Mulden des Bodens, bis sie emporgerissen und fortgeschleppt wurden. Wie Gespenster, hager, ausgemergelt, blutlos, standen sie auf den Märkten und ließen sich verkaufen. Wenn aber gutmütige Menschen ihnen Obdach boten, dann kam es vor, daß am anderen Tag eine aufgedunsene, mit schrecklichen Beulen bedeckte Gestalt auf dem Strohlager lag, grinsend, Schrecken verbreitend, nicht mehr zitternd, sondern Grauen erweckend: die Pest war ausgebrochen.

8

In der Nacht auf den 1. August erwachte Juan, ohne daß ihn ein Geräusch erweckt hätte. Er blickte zum Fenster. Der Himmel war klar, aber noch von den Nebeln der vergehenden Nacht verhängt. Aus dem Garten kam ein betäubender Duft. Juans Herz klopfte heftig. Er erhob sich von seinem Lager und fühlte, daß er völlig wach war. Das Datum des Tages prägte sich ihm mit schmerzhafter Deutlichkeit ein. Und während er in Gedanken immer von neuem wiederholte, daß heute der achte Ab sei, verließ er das Bett, zog sich hastig an und raffte leise das vorhandene Geld, wie einige Lebensmittel aus verschiedenen Schränken.

Indessen war die Dämmerung angebrochen. Da die Dienstleute noch schliefen, schlich Juan in den Stall, sattelte mit größter Heimlichkeit sein Pferd, lud einem zweiten die Vorräte auf und entkam wie ein Dieb durch die Hinterpforte seines Besitztums gegen das erste Stadttor zu. Niemand war auf der Straße. Das äußere Stadttor war noch geschlossen. Juan pfiff nach dem Torwächter. Statt des neugierigen und geschwätzigen Alten kam dessen stummer Sohn, schloß wortlos auf und nahm gleichgültig das Trinkgeld entgegen. Juan gab seinem Pferd die Sporen. Es war noch nicht fünf Uhr morgens, und er befand sich auf der großen Heerstraße nach Barcelona.

Erst als er zwischen Feldern und Hecken dem Tag entgegenritt, kam er zur Besinnung und erschrak so sehr über seinen eigenen traumhaften Entschluß, daß die Zügel des Pferdes in seinen Händen zitterten. Aber er dachte nicht daran, zurückzukehren.

Als Juan aufgestanden war, hatte er gewußt, daß er mit den Auswanderern reisen würde. Und dieses starke, wenn auch quälende Bewußtsein ließ mit der aufsteigenden Sonne nicht nach. Es erfüllte ihn und veranlaßte ihn, immer wieder die Schnelligkeit seines Rittes zu steigern, damit niemand ihn zurückholen konnte.

Die Sonne schien auf Juans Hände. Sie gab eine beseligende Wärme. Gelbe Felder huschten vorbei. Von weitem funkelte der Ebro, an dessen Ufern Juan bis zur Einmündung des Segre reiten mußte, um sodann den Weg nach Lérida einzuschlagen. Juan gab sich heißen Hoffnungen hin. Er stellte sich die Ausfahrt vor, auf großem und mit weißen Segeln bedecktem Schiff. Brüderlich standen die Auswanderer nebeneinander. Eine neue Gemeinsamkeit erfüllte alle. Gottes Abglanz lag über dem Verdeck. Hinter ihnen lag das Schicksal. Sie aber fuhren mit einer köstlichen und hochgemuten Sicherheit ihrem Ziel entgegen. Es konnte ihnen nichts mehr geschehen.

Mit solchen Gedanken ritt Juan den Weg nach Barcelona. Er kannte die Richtung kaum. Aber er ritt seine Straße, als hätte er sich sein ganzes bisheriges Leben auf diesen plötzlichen Ritt vorbereitet.

Er übernachtete in dem kleinen Ort Balaguér. Der Gasthof war verödet. Leere Wagen, unbespannt, standen auf der Straße. Als er ein Abendessen verlangte, schüttelte der Wirt den Kopf. Wein war genug da und ein wenig Fleisch. Aber Brot, Mehl, Gemüse und alle

Zugtiere hatten die Juden weggekauft. Man schwamm in Geld. Der Wirt klimperte mit Goldstücken. Eines davon ließ er verächtlich auf den Steinen klingen. Es rollte klirrend im Kreise. Dann hob er es auf, wischte es achtsam ab und steckte es in die Tasche.

Nach dem Abendessen ging Juan bald zu Bett. Er hatte noch eine halbe Tagereise vor sich. Und am nächsten Abend ging die Frist zu Ende. Aber dieser Umstand beunruhigte ihn nicht. Er dachte nicht darüber nach, daß tausend Hindernisse seine Reise aufhalten konnten und die Möglichkeit, in einem der Schiffe einen Platz zu bekommen, gering war. Er schlief vor Müdigkeit sogleich ein und mußte vom Wirt geweckt werden. Es war ein trüber Morgen. Die Berge waren verhüllt. Wiederum war die Straße schwach mit Menschen besetzt. Erst in der Nähe von Manresa wurde der Verkehr dichter. Im strömenden Regen schleppte sich eine Reihe von Ochsenfuhren durch den Kot. Die Kutscher ließen das Wasser von ihren spitzen Hüten niederrinnen. Ihre Peitschen tanzten über den Rücken der kleinen und mageren Zugtiere. Manchmal war die Straße völlig von zwei Fahrzeugen verstopft, deren Plachen sich ineinander verfangen hatten. Aber am Spätnachmittag war doch schon Barcelona in Sicht.

Die Stadt war auffallend still. Alles, was Augen hatte, war im Hafen, um die Abreise der Juden zu betrachten. Acht große Schiffe und ein kleineres Fahrzeug waren abfahrtbereit. Die im Hafen anwesenden Makler wollten nicht einmal Gold für einen Platz im Schiffsinnern nehmen. Erst als Juan dem Herrn zweier Schiffe seine beiden Pferde als Draufgabe anbot, wurde in dem kleinsten der Schiffe ein halber Quadratmeter freigemacht. Mit dem Suchen nach dem Schiffsherrn, dem Verhandeln über den Preis und den sonstigen Reisevorbereitungen waren vier Stunden vergangen. Um zehn Uhr abends betrat Juan den Segler, der nur am Vorder- und Hinterteil ein erhöhtes Verdeck besaß. Alle Räume starrten vor Schmutz. In der Tiefe wimmelte es von Ratten. Zwischen Tauenden lagen Rattenleichname umher. Aus den kleinen Mäulern standen die weißen und spitzen Zähne hervor. Würmer ringelten sich aus den offenen Wunden.

Juan war unter katalanische Juden geraten. Manche ihrer Frauen waren blond und schlank. Die Männer wiesen einen dunklen und hageren Typus auf, der sie Berbern ähnlich machte. Sie musterten den Fremden zornig und stießen ihn wiederholt zurück, als er eine Stelle suchte, wo er schlafen konnte. Sie behaupteten, das ganze Schiff gemietet zu haben und bezeichneten es als Betrug, wenn der Schiffsherr noch einen Platz abzugeben die Frechheit hatte, zumal ihm schon doppelter Preis für den alten und kaum seetüchtigen Segler bewilligt und die übliche Passage wucherhaft überzahlt worden war.

Juan wehrte sich nicht. Er überwand seinen Ekel vor dem Zustand des Schiffs und sein Erstaunen über dessen Passagiere und begab sich zum Oberhaupt der Reisegesellschaft, seine ausdrückliche Bewilligung zu erbitten, die schon bezahlte Reise mitmachen zu dürfen. Der Älteste, Wahlrichter seiner Gemeinde, war ein kleiner, grauhaariger Mann mit stechenden Augen, der Juan lange und mißtrauisch musterte. Nachdem dieser ein Verhör bestanden hatte, erlaubte der Richter ihm, auf dem Schiff zu bleiben. Juan wurde den Gemeinderäten vorgestellt und hatte insbesondere eine lange Prüfung durch den Sittenzensor zu bestehen. Er wurde nach den wichtigsten Artikeln der Lehre gefragt. Die fortwährende Unruhe auf dem Schiff half ihm über seine Verlegenheit hinweg. Knapp vor Mitternacht kam noch der Stellvertreter des Hafenkommandanten an Bord und veranstaltete eine Leibesdurchsuchung zahlreicher Auswanderer nach Gold und edlen Steinen. Juan zog sich in den untersten Schiffsraum zurück. Zwischen Kisten und Truhen hörte er ein Stöhnen. Als seine Augen sich an das Dunkel gewöhnt hatten, bemerkte er eine kranke junge Person, deren Gesicht mit Tüchern verhüllt war. Sie krümmte ihre Glieder zusammen, als ob sie Frost empfände. Juan horchte nach oben. Es war still geworden. Dann hörte man das Kreischen von Tauen und das Rasseln der Ankerketten. Juan erstieg das Hinterdeck.

Auf der mit Fackeln beleuchteten Reede standen viele Hunderte Menschen. Sie schwangen wie im Triumph die Arme und gaben ihrer Freude über die Abreise der Juden in lärmender und wilder Weise Ausdruck. Eine Gruppe nahe dem Leuchtturm stimmte ein Tedeum an. Wie auf ein Kommando sprachen die Männer auf dem Schiffsverdeck das uralte Totengebet, dessen viele dumpfe Vokale schrill und kriegerisch aufklangen.

Die Sterne zeigten eine halbe Stunde nach Mitternacht. Die Schiffe hatten bis über den letzten Augenblick hinaus im Hafen ausgeharrt, auf ein Wunder wartend, das nicht gekommen war.

9

Diese Nacht war das Meer wunderbar ruhig. Ein Teil der Auswanderer hatte sich auf dem Hinterdeck gelagert. In allen Winkeln lagen sie, schweratmend, in bunte Fetzen gewickelt, ihre Köpfe auf Bündel und Decken gebreitet. Die Frauen lockerten die Umhüllung ihrer Gesichter, sie machten allmählich Hals und Arme frei und schöpften Zuversicht aus der tiefen Gemeinsamkeit des Atmens.

In der Stille der Nacht näherten einander die Köpfe. Wenn ein leichter Wind frische Luft zuführte, hielt man die Gesichter in den Wind. Nach einer Weile sank man wieder in sich selbst zusammen. Eine junge Frau stillte eben ein gerade vier Wochen altes Kind. Sie hielt dem Säugling entschlossen die weiße Brust hin und riß selig das Gewand von ihren Schultern, die von einer leichten Brise wie von einer Umarmung berührt wurden. Die Wogen schlugen sanft an die Schiffswände, ein weicher Glanz lag auf ihnen und folgte der ruhigen Bahn des Seglers.

Es war die erste und letzte glückliche Nacht auf dem Schiff. Denn schon am Morgen ließ der Kapitän, ein Grieche aus Zypern, der das Schiff nach Kleinasien bringen sollte, den Richter rufen und verlangte eine Aufzahlung in Gold. Als man seine Forderungen abschlug, erklärte er, der Großherr habe die weitere Zureise von Juden gesperrt.

Der Richter war ratlos. Er berief den Rat. Die sechs Männer rauften die Haare und zerschlugen sich die

Brust. Indessen begann die Schiffsmannschaft ihr altes Spiel. Sie begann das Gepäck als Pfand für die Frachtgebühr zu beschlagnahmen. Dann wurde eine Frau in die Matrosenkammer verschleppt. Auf ihr Geschrei kam der Rat und versuchte zu verhandeln. Man stieß die Alten so derb vor die Brust, daß sie über die Schiffsplanken rollten und blutend liegen blieben.

Besonders der Steuermann, ein christlicher Araber aus Almeria, zeichnete sich durch Roheit aus. In seinen Händen funkelte eine blauglänzende Klinge, mit der er Männern und Frauen um die Schläfen fuhr. Er ging in die Weiberkajüte, suchte sich eine der Bewohnerinnen aus und schleifte sie auf das Verdeck, wo er sie in Gegenwart der entsetzten Männer zu vergewaltigen suchte.

Juan hatte in der Tiefe des Schiffsraums geschlafen. Dann hatte ihn der Lärm geweckt. Der Tumult war immer stärker geworden. Da glaubte er nach oben gehen zu müssen. Er zog blank. Einige Matrosen stürzten sich auf ihn. Ehe sie zu Atem kamen, waren die Angreifer kampfunfähig gemacht.

Der Kapitän hatte mit dem unerwarteten Widerstand nicht gerechnet. Er verwünschte die Habgier des Schiffsherrn, der ihm den letzten Passagier aufgezwungen hatte. Unter Hinweis auf die Mängel des Schiffs und den schadhaften Zustand des Steuerruders erbot er sich, die Auswanderer in Mogador an Land zu setzen.

Mehrere Tage und Nächte vergingen. Man ließ das Cap de la Nao, das Cap Palos und das Cap de Gata hinter sich. Manchmal war der Himmel gestirnt und manchmal umwölkt. Die Segel trugen selten die volle Last des Windes. Es gab Tage, an denen man mit Rudern nachhelfen mußte.

Wenn man im Halbschlaf nach dem Betthimmel tastete, um die Vorhänge wegzuziehen und einen Blick in das prunkvolle Schlafzimmer zu tun, erblickte man plötzlich nackte und kreischende Masten, ungehobelte Planken, über die lange Züge von Schaben liefen, das Rollen rostiger Ketten und einen Haufen unratstarrender Körper

Juan hockte stundenlang in seinem Verschlage, wo er sich um die Patientin kümmerte. Offenbar waren die Angehörigen des Mädchens kurz vor der Abreise abhanden gekommen, so daß sich niemand berufen fühlte, für die Kranke zu sorgen. Allmählich wich das Fieber. Die grauen Augen der Genesenden blickten den unbekannten Pfleger neugierig an. Eine abgemagerte Hand streckte sich totenhaft aus Tüchern und ließ sich vorsichtig von seinen warmen Händen reinigen. Juan leistete die Handreichungen, die man Kranken widmen muß. Zuerst errötete die Hilflose. Dann sprach sie ihn mit ihrer rauhen Stimme an. Sein Lächeln weckte auf ihrem starren Gesicht einen schattenhaften Abglanz.

Als man Tarifa und die Meerenge passiert hatte, setzten Stürme ein und trieben das Schiff immer weiter nach Westen hinaus. Die Schiffsmannschaft wurde aufs neue gewalttätig. Juan konnte sich ihrer Angriffe nur mit größter Vorsicht erwehren, zumal ihm niemand zuhilfe kam und die Katalanier ihren Helfer preiszugeben entschlossen waren.

10

In den nächsten Tagen wurde das Meer immer unruhiger. Das Steuer versagte seinen Dienst. Während Gewitter aufzogen und einen Wald von Blitzen über die ächzenden Raaen entluden, gelang es nicht, den Defekt des Steuers zu beheben. Durch eindringendes Wasser wurde ein großer Teil der Lebensmittel ungenießbar gemacht.

Der Mann aus Saragossa hatte irgendwo alte Meßinstrumente gefunden, darunter ein nürnbergisches Astrolabium. In seiner Jugend hatte Juan nebst anderen Wissenschaften die Elemente der Seefahrt zu seinem Vergnügen erlernt. Jetzt suchte er sich dieser vergessenen Wissenschaft zu erinnern. Als das Mädchen aufgestanden war, folgte es ihm auf das Deck des Schiffes und half ihm bei seinen Übungen.

Juan führte mit der jungen Person auf dem Spiegel des Schiffs ein abgesondertes Leben. Sie war die Tochter eines vor der Abreise verstorbenen Seidenwebers aus dem Städtchen Lérida und nannte sich Paloma. Sie hatte niemand auf dem Schiff, der ihr nahe stand.

Manchmal konnte man die beiden auf das Meer starren sehen, von den Flammen der Wogen geblendet. Auch wenn Gewitter um den Mastbaum zischten, blieben sie auf Deck. Der Regen konnte ihren abgerissenen Kleidern nichts anhaben. Die Schiffsmannschaft wich ihnen aus.

Mit Hilfe des Astrolabiums konnte Juan feststellen, daß man sich im Kreise gedreht hatte und sich unweit der Inselgruppe befand, die auf der katalanischen Erdkarte die Bezeichnung Canaria trug.

Die Vorräte waren ganz klein geworden. Die Mannschaft teilte die Rationen neu ein. Jeder Matrose erhielt einen dreiviertel und jeder Jude einen halben Anteil.

Als eines Abends die Mannschaft über Juan herzufallen versuchte, um sich seiner zu entledigen, fanden sich unter den Auswanderern junge Leute, die aus Scham über die bisherige Untätigkeit mit dem Aragonier gemeinsame Sache machten.

Juan und seine Gruppe war an Zahl den Matrosen gleich. Aber der Mann aus Saragossa hatte kaum jemals eine so unerbittliche und wütende Angriffslust empfunden wie an diesem Abend. Auch früher hatte er sich oft in Gefahr begeben. Aber er hatte die Gefahr nicht unterschätzt. Seine Überlegung hatte ihn nie verlassen, und er hatte den Tod nicht herausgefordert. Jetzt aber stürzte er besinnungslos auf die Angreifer. Eine beinahe wollüstige Todesverachtung löschte jeden Gedanken aus. Bei Juans erstem Angriff empfing der Steuermann eine tödliche Wunde. Juan hatte ihm die dreischneidige Waffe entrissen und die Klinge gegen seine Rippen gekehrt. Der Sterbende riß die Augen auf und hatte noch nicht begriffen, daß ein Ausgestoßener wirklich kämpfen könne, als sich seine entblößten Zähne schon mit blutigem Speichel beschlugen.

Als Juan den Dolch aus dem regungslosen Körper zog, bemerkte er, daß der Himmel zuerst rot, dann schwarz wurde und die Nacht überstürzt hereinbrach. Kurze Regenschauer fegten durch die Segel. Der Schiffskörper begann zu schlingern. Juan, in der Dunkelheit nach vorn tastend, warf zwei auf ihn eindringende Seeleute gegen die Bordwand. Das Verdeck dröhnte von dem dumpfen Geräusch fliehender Füße. Allmählich wich der Kapitän mit dem Rest der Mannschaft immer weiter zurück. In der Finsternis hörte man, wie eine Sturzsee gurgelnd aufschäumte und einen Körper in die Tiefe riß. Wie man später feststellte, war es der Schiffsmeister selbst, der auf so unerwartete Weise seinen Untergang gefunden hatte. Die Besatzung drängte sich im Bug des Schiffes zusammen und schrie, sinnlos vor Angst, sie wolle sich ergeben.

Juans Stimme wurde vernehmbar. Sie brüllte Befehle in die Pechschwärze. Wieder hörte man nichts, als das leise Zischen des Regens und das Röcheln der See. Dann konnte man bemerken, wie einer der Seeleute nach dem andern, von dem gelben Schimmer einer hochgehobenen Tranlampe schwach beleuchtet, aus der Finsternis hervorkroch, seine Waffe ablieferte und wieder in die schützende Nacht eintauchte. Plötzlich ließ der Sturm nach. Die Wolken wurden zuerst grau, dann milchweiß und durchsichtig. Allmählich breitete sich über den blutigen Bohlen des Verdecks der goldene Nachthimmel aus, wolkenlos, bedeckt mit klaren und deutlich eingezeichneten Sternbildern.

11

Als Kommandant des Schiffs übersiedelte Juan auf das Vorderkastell. Man befand sich unweit der von Berbern bewohnten Inseln Lanzerot und Gomera. Es gab nur mehr Wasser für acht Tage. Der Rat der Alten beschloß daher, eine der canarischen Inseln anzulaufen, den Proviant zu ergänzen, dann ins Mittelmeer zurückzukehren und so weit nach Osten zu fahren, als das Schiff sie tragen würde. Der Stellvertreter des Richters wies Anzeichen eines leichten Pestfalles auf. Man mußte den Greis isolieren.

Sorgenvoll saß Juan mit Paloma auf dem Vorderdeck. Es wurde wieder Abend. Über dem kühlen Dunkelblau der Meeresfläche lag das Spiegelbild einer blassen und lichtlosen Mondsichel. Die Auswanderer legten sich zur Ruhe. Die drei Decklaternen wurden ohne Hast angezündet. Ihre winzigen Flammen blinzelten im Zwielicht wie schläfrige Augen. Plötzlich fegte ein Windstoß über das Verdeck und riß eines der Segel in Stücke. Die beiden Fetzen sausten durch die Luft und schlugen immer wieder dumpf gegen den Großmast.

Palomas Gestalt wurde langsam vom Dunkel aufgesogen. Alles versank in der steigenden Finsternis, bis nicht einmal mehr das Schiff übrig blieb. Es schien, als säße man auf einer Wolke und segelte in eine Leere, die alle Gegenstände und Menschen, selbst das Schiff mit seinen Masten, Wimpeln und Tauen unkörperlich machte und auflöste. Paloma, von dem scharfen Nachtwind gepackt, der kalt und brutal um ihre Wangen fegte, tastete erschrocken nach Juans Schulter.

Dieser lachte plötzlich laut. Es war noch keine zwei Wochen her, seitdem er das Haus verlassen hatte. Jetzt hatte es die Inquisition bereits in Zwangsverwaltung übernommen. Ein Notar stand mit zwei Schreibern des heiligen Offiziums im großen Saal und machte von allem, was beweglich und unbeweglich war, ein getreues Inventar. Er verzeichnete die Teppiche, die Prunkgewänder, die goldenen und silbernen Geräte, die Handschriften, Waffen und Elfenbeingeräte. Dann verzeichnete er die beiden Mühlen, das Lager von ausländischen Farbstoffen, die Felder, Scheuern, Pferde, Rinder, die Dienerschaft, das bare Geld und endlich das kleine Landhaus im Gebirge.

Der Eigentümer dieses Vermögens stand indes auf dem brüchigen Boden eines Schiffs, zwischen hungrigen katalanischen Juden und einer im Hinterhalt lauernden Schiffsmannschaft.

Trotzdem war er seltsam befriedigt. In seinem Rükken befand sich ein weiches Geschöpf, schutzlos und schüchtern. Aber es tat wohl, für diese bescheidene Schutzbefohlene zu sorgen. Ihre Hände fühlten sich warm und zitternd an, wie erschrockene kleine Tiere. Ihre Augen wichen den seinen aus. Doch wenn er sich abwandte, fühlte er, daß sich diese Augen rund und erwartungsvoll aufschlugen. Schlief er, dann bewachten sie seinen Schlaf. Er erinnerte sich nicht, jemals so gerne aufgewacht zu sein, wie an einem dieser salzigen Meermorgen, als Palomas Gesicht sich über ihn beugte.

Zwei Tage später war der Pestkranke in aller Stille verschieden. Man betete die Sterbegebete und warf den Leichnam über Bord.

Am selben Nachmittag aber war endlich Land in Sicht. Es mußte die Insel Lanzerot sein. Und Juan gab Befehl, sein Schiff mit elf Mann Besatzung, sechzig jüdischen Männern, zweiundvierzig Frauen, siebzehn Kindern, einem vertrockneten Wasserbottich und nahezu leeren Vorratskammern ungeachtet aller Verbote auf den Hafen zuzusteuern.

12

Im Hafen von Lanzerot lagen die Santa Maria, die Pinta und die Nina, die Flottille des Admirals Christobal Colon. Der Namensbruder des Genuesen, Christobal Quintero, dem vom königlichen Kommissar Penalosa die Pinta requiriert worden war, so daß er sie nicht zu dem nutzbringenden Judentransport verwenden konnte, hatte sich gerächt und Sabotage getrieben. Wie sich später herausstellte, hatte er den Seemann Gomez Rascon angestiftet, einen schwer reparablen Bruch des Steuerruders herbeizuführen.

Auf der Insel gab es wenig brauchbares Reparaturmaterial. Wie ingrimmig auch Rodrigo Sanchez, Generalinspektor der Ausrüstung, seine Leute zur Eile antrieb, die Sache kam nicht vorwärts. Trotz ausgesetzter Prämien war noch kein Ende der mühseligen Flickarbeit abzusehen. Die spärlichen Einwohner von Lanzerot standen Tag für Tag am Strand und beobachteten den Fortgang der Arbeiten. Man merkte beinahe keinen. An einem Tage versuchte man Holzklötze zusammenzufügen, um sie am andern wieder auseinanderzunehmen. Bald klafften Risse. Dann wieder waren die Maße falsch. Und schließlich mußte man die Arbeiter auswechseln. Es stellte sich heraus, daß bloß ein einziger von ihnen etwas von der Schiffszimmerei verstand. Die anderen waren Abenteurer, Tagediebe und verdächtiges Gesindel, das der heiligen Hermandad dadurch entgangen war, daß es sich auf die Expeditionsschiffe der Brüder Pinzon hatte anwerben lassen.

Indes lief Colon täglich in Begleitung des königlichen Notars Rodrigo de Escobar und des Oberalguazils Diego de Arana über das Verdeck der Pinta. Die beiden suchten den Admiral zu beruhigen. Colon konnte seine Ungeduld nicht mehr bezähmen. Zuweilen blieb der Genuese stehen. Vor ihm lag das westliche Meer geheimnisvoll und ruhig. Seine Grenzenlosigkeit übte auf Colon einen seltsamen Zauber aus. Er atmete tief und begann mit dem Stock die mutmaßlichen Konturen des Reiches Zipangu auf die Deckplanken zu zeichnen.

Aber immer, wenn die innere Zuversicht ihm neue Kraft gegeben hatte, ging er nach unten und begann seine Leute neuerdings mit Drohungen und Versprechungen anzufeuern.

Die Steuerleute Sancho Ruiz und Bartolomeo Roldan, unter deren Aufsicht gearbeitet wurde, hörten die Schmähreden des Admirals ruhig an. Sie hatten keine

Eile. Das Leben auf Lanzerot war eintönig, aber gefahrlos. Man schlief gut am Rande des westlichen Ozeans. Die Reise ins Unbekannte hatte Zeit. Der Wein war würzig und das Ziegenfleisch schmeckte ausgezeichnet.

Colon sah stundenlang zu, wie man schadhafte Balken auswechselte, ohne die Arbeit kunstgerecht zu vollenden. Verzweifelt über die Gleichgültigkeit seiner Leute suchte Colon seine Kajüte auf. Dort breitete er sein Tagebuch aus, das er mit seiner unbeholfenen und ungleichmäßigen Schrift vor wenigen Tagen begonnen hatte. Er berichtete als Augenzeuge, wie die königlichen Banner auf den Türmen der Alhambra aufgepflanzt worden waren, wie der Emir sich ans Tor begeben und den Hoheiten die Hände geküßt hatte, und wie der Verfasser der Aufzeichnungen nach Befreiung des Landes vom Unglauben von den Hoheiten, als den christlichen Fürsten und Feinden der Sekte Mohammeds, zu den Ländern Indiens entsandt worden war. Dort sollte er Fürsten, Völker und Länder, ihre Lage und ihren Zustand ausforschen, damit sie alle zum heiligen Glauben bekehrt werden könnten. Und er fügte bei, daß er die Straße nach Westen zu fahren Befehl erhalten hatte, von der niemand wußte, ob sie ein Mensch schon vorher eingeschlagen hatte.

Hier stockte er. Der unvorhergesehene Aufenthalt in Lanzerot zwang ihn, mit der Führung des Tagebuchs innezuhalten. Er starrte auf die leeren Seiten. Ihn überkam die Angst, er könnte Lanzerot nicht mehr verlassen. Und er fiel plötzlich in die Knie und betete inbrünstig, der Herr möge ihn nicht der Verzweiflung überlassen, sondern in seiner Allmacht bewirken, daß der Weg ins Westmeer endlich von ihm durchmessen werden konnte.

13

Die nächsten Tage verbrachte Christobal Colon damit, Kartenskizzen vorzubereiten, in die er seine Reiseroute eintragen wollte. Er nahm eine Anzahl Blätter und dazu eine Kopie der Erdkarte, die im Jahre 1375 für Karl von Frankreich in Mallorca gezeichnet worden war. Aber er unterbrach seine Arbeit, indem er gedankenvoll die vielwissenden Legenden der Karte las. Besonders die Texte, die von den östlichen Ländern handelten, erregten ihn.

Die Karte erzählte von den 7548 Inseln Indiens, wo die Spezereien wuchsen, von den Inseln der Sirenen, von denen die einen halb Frau und halb Fisch, die anderen halb Frau und halb Vogel waren, und von der Insel, die von den Griechen Taprobane, von den späteren Ceylon genannt wurde. Auf ihr gab es alljährlich zwei Sommer und zwei Winter. Die Karte sagte von ihr, daß sie die letzte indische Insel sei und eine Fülle von Gold, Silber und edlen Steinen aufweise.

Dann berichtete die Karte von der Stadt Cambalech mit dem großen Turm aus weißglänzender, glasartiger, aber undurchsichtiger Masse, auf dem eine riesige Glocke aus gleichem Stoff angebracht war. Wenn sie ertönte, mußte jedes Wesen in der Stadt stillestehen. Denn der Große Chan durchschritt sein Spalier von zehntausend Wachen, um sich in den Tempel des Größten Gottes zu begeben.

Am siebzehnten Tage seines Aufenthaltes auf der Insel Lanzerot wurde die Eintönigkeit von Colons Dasein durch ein kleines Abenteuer unterbrochen.

Die Wache auf der Santa Maria machte den Admiral auf das Nahen eines Schiffs aufmerksam, das auf den Hafeneingang zusteuerte. Und wirklich hielt nahe dem Leuchtturm ein Dreimaster. Er sah zerzaust und jämmerlich hergenommen aus. Das Steuer befand sich in ähnlichem Zustand wie das Steuer der Pinta. Ein Mast glich einem geknickten Rohr. Zwei Segel hingen zerfetzt von den Raaen.

Auf alle diese Details machte der Kapitän der Pinta, Martin Alonzo Pinzon, den Admiral aufmerksam. Colon gab Signale. Aber man verstand ihn offenbar nicht. Darauf befahl er, das Boot niederzulassen. In wenigen Minuten befand er sich in seitlicher Nähe des Schiffs. Je näher er kam, desto bejammernswürdiger war der Anblick des Seglers. Die Takelung war völlig zerstört. Eine Strickleiter wurde Colon heruntergeworfen. Er ergriff die feuchten Sprossen nicht ohne Mühe und zog sich fluchend an ihnen empor.

Der Mann, der ihm oben entgegenkam, erregte sein Erstaunen. Er kannte ihn. Aber es bedurfte langen Nachdenkens, ehe er sich erinnerte, daß dieser Mann mit halbverheilten Narben im Gesicht und an den Händen mit dem Ritter Fonseca, einem Offizier der königlichen Leibwache, identisch war. Juan ertrug lächelnd den erstaunten Blick des Genuesen. Er wartete ab, bis der Admiral mit immer strengerem Gesicht die Menschen betrachtet hatte, die auf dem Verdeck versammelt waren: Abfälle und Ruinen von Menschen, die wie Segelfetzen oder Stücke von Ankerketten auf den Deckplanken umherlagen und mit jedem Windstoß weitertrieben.

»Ich begrüße Eure Exzellenz«, sagte der Ritter Fonseca. Sein Lächeln sah aus, als wäre sein Aufzug bloß Maskerade. »Ich dachte Euch längst in Katay oder Zipangu. Auch ich bin auf einer Reise ins Ungewisse begriffen. Nur suche ich nicht den Seeweg nach Indien, sondern nur eine lumpige Küste, die uns landen läßt.«

»Wohin wollt Ihr?«

»Ihr habt noch nicht erraten, wer wir sind? Opfer des Generaledikts. Wir wandern aus.«

»Ihr seid doch Christ?« fragte Colon entsetzt. »Was habt Ihr mit den Juden zu schaffen?«

»Ich bin Christ gewesen. Aber ich habe im letzten Augenblick entdeckt, daß ich nicht zu den Christen gehöre.«

»Dann seid Ihr rückfällig«, flüsterte der Admiral.

»Doppelt rückfällig«, bestätigte Juan. »Nicht einmal der Großinquisitor kann mich retten. Ich habe trotzdem eine Bitte an Eure Exzellenz.«

Colon schüttelte den Kopf. Er war entschlossen zu gehen. Aber er hatte nicht den Mut, diese hoffnungslosen Menschen auf dem Schiff ihrem Schicksal zu überlassen. Er bereute, seiner Eingebung gefolgt zu sein und das Schiff der Juden betreten zu haben.

»Wir sind beide Seefahrer«, murmelte Juan und eine

tiefe Müdigkeit breitete sich plötzlich auf seinem Gesicht aus. »Ihr und ich. Vermag es ein Seefahrer, den anderen im Stich zu lassen, wenn er ihn ohne die geringste Gefahr zu retten vermag?«

»Ihr habt Euch selbst außerhalb der Gesellschaft gestellt!« sagte der Admiral nicht ohne Verlegenheit. »Ich bin an die Gesetze Kastiliens und Aragoniens gebunden.«

»Ein Irrtum, Admiral! Ihr seid auf Euren Schiffen, wenn ich Eure Bestellung richtig erfaßt habe, höchster Richter und Vizekönig. Gebt mir das Nötigste!«

»Ich würde es ja tun.« Der hochragende Mann in der zerknitterten goldüberladenen Uniform lehnte sich an einen der Masten. Er betrachtete die halbverhungerten Menschen, die auf einige Meter Entfernung herangekrochen waren, ohne sich weiter in die Nähe des Gewaltigen zu wagen.

Er sah zunächst dem Ritter Fonseca eine junge Frau stehen. Trotz ihrer äußeren Verwahrlosung hatte sie etwas unberührbar Fremdartiges an sich, das auch auf Colon seine Wirkung ausübte.

»Niemand dürfte erfahren, daß Ihr Abtrünniger und der Führer eines jüdischen Schiffs seid. Aber wie läßt sich ein Geheimnis bewahren? Wenn meine Leute mit Eurem Schiff in Berührung kommen, dann wissen sie alles.«

Juan lächelte. »Sagt ihnen, auf unserem Schiff sei die Pest ausgebrochen. Pestkranke soll man meiden. Aber man darf trotzdem ihre unschuldigen Gefährten nicht verhungern lassen.«

»Die Pest«, wiederholte Colon. Unwillkürlich trat er

zurück. Aber dann bemerkte er das angstvolle Lächeln in Juans Gesicht. »Was braucht Ihr also?«

»Viel«, gestand Fonseca, »so viel, daß ich es Euch gar nicht mitteilen kann, ohne vorher eine Liste anzulegen.«

»Legt eine Liste an«, sagte der Admiral nach kurzem Zögern, »und bringt sie mir. Nach dem Aussehen Eurer Passagiere zu schließen, braucht Ihr vorläufig außer Trinkwasser frisches Fleisch und Gemüse. Ich werde ein Boot senden. Aber laßt niemand von Euren Leuten auf Deck. Übernehmt selbst die Vorräte. Und kommt nachts auf mein Flaggschiff, die Santa Maria. Ich werde verbreiten, daß auf Eurem Schiff Pestfälle vorgekommen sind. Ihr könnt dann von mir soviel übernehmen, als ich ohne Mühe auf dieser Insel ergänzen kann.«

14

Des Abends ging ein Flüstern durch die gesamten Offiziers- und Mannschaftskajüten der drei Schiffe. Der Admiral habe das geheimnisvolle Schiff im Hafen aufgesucht. Ein oder zwei Mann der Besatzung seien pestverdächtig. Es sei Christenpflicht, der Besatzung mit Proviant und Material auszuhelfen. Deshalb habe der Admiral die notwendigen Anordnungen gegeben.

Nach dem Ave erschien wirklich ein Boot. Ein junger schlanker Mann, der keineswegs wie ein Matrose aussah, kam an Bord der Santa Maria. Hastig wurden nach einer vorgelegten Liste Vorräte in das Boot geschafft. Der Admiral war selbst bei der Übernahme anwesend. Das Gerücht von der Pestgefahr verscheuchte die Mannschaft. Niemand wollte gerne, statt am Hof des Großchans Würdenträger zu werden, als Pestleiche ins Meer versenkt werden. Und so wurde das Boot des fremden Schiffs rasch mit Vorräten angefüllt. Es verschwand zweimal und holte neue Vorräte. Nach der dritten Übernahme küßte der Bootsmann dem Admiral die Hände und wollte neuerdings abstoßen. Colon winkte. Zögernd blieb Juan Fonseca stehen.

»Seid eine halbe Stunde lang mein Gast!« befahl der Genuese. »Alles ist nach Wunsch gegangen. Niemand weiß, wer Ihr seid. Ich habe Euch als ein Christ ausgeholfen. Jetzt möchte ich wie ein Seefahrer mit Euch ein Glas Wein trinken.«

Sie gingen durch das finstere Deck in die prunkvolle Admiralskajüte. Am runden Tisch aus Eichenholz saß ein kleiner Mann mit geduldigen, freundlich lächelnden Augen. Er war ein wenig verwachsen. Sein graues Haar stak unter einer goldgeränderten Netzmütze.

»Dies ist mein Freund Juan de la Cosa«, erklärte Colon, »Eigentümer und Meister dieses Schiffs. Er weiß, wer Ihr seid. Vor ihm habe ich kein Geheimnis.«

Schüchtern nahm Fonseca Platz. De la Cosa schenkte einen dunklen dünnflüssigen Wein in zinnerne Becher. Seine dürftigen Schultern zuckten leicht, wenn er sprach.

»Trinkt!« sagte er. »Und habt keine Angst. Wir riechen kein Ketzer- und Judenfleisch. Wir suchen unbekannte Länder.«

Juan hob den Becher an den Mund und trank. Während er absetzte, fühlte er, wie die Augen Colons auf ihm ruhten. Er blickte verlegen zu Boden. Er wußte, daß man Fragen an ihn richten würde. Um sie zu verzögern, begann er von seinen Erlebnissen zu reden und erzählte, daß er noch niemals so schwere Regengüsse erlebt habe, wie auf dieser tollen Seereise. Er beschrieb den stärksten der Stürme. Und während er sprach, begann er sich immer deutlicher zu erinnern. Seine Augen glänzten. Er gestikulierte lebhaft mit den Armen und zeigte, wie ein Mast zersplitterte und ein Segel nach dem anderen in den aufeinanderfolgenden tollen Böen zerriß.

»Wozu diese unsinnige Kreuzfahrt?« erkundigte sich Colon behutsam und ergriff Juans Hand.

Juan blickte leer. »Man hat den Juden bei Todesstrafe befohlen, auszuwandern.«

Der Schiffsmeister schüttelte den Kopf. »Ist es den Juden wirklich ein dringendes Bedürfnis, sich um ihres Glaubens willen ausweisen zu lassen?«

»Laß die Juden!« fuhr Colon dazwischen. »Aber warum ist der Ritter aus dem Dienst des Königs desertiert? Stehen ihm diese Fetzen wirklich besser zu Gesicht als die Uniform der Garden?«

»Ihr fragt«, sagte Juan finster, »und ich will antworten, obwohl ich über wenig Worte verfüge. Ich bin kein Deserteur. Der König hat mich beurlaubt. Aber wenn ich auch nicht beurlaubt gewesen wäre, ich hätte mich der Notwendigkeit, aufzubrechen, nicht entziehen können.«

»Wer hat den Ritter vertrieben?« höhnte de la Cosa.

»Das Edikt.«

»Was kümmert Euch das Edikt?« schrie Colon. »Für Euch und Euresgleichen ist es keineswegs erlassen worden!«

»Ihr nehmt mich in ein scharfes Verhör«, sagte Juan Fonseca und betrachtete die kreisende Bewegung der Becher auf der Tischplatte. Seine ruhige Stimme war von Abwehr erfüllt. »Ihr müßt bedenken, daß ich auf diese Fragen nicht gefaßt war. Alles, was ich in den letzten Tagen erlebt habe, war neu und ungewohnt für mich.« Ein Windstoß bewirkte, daß der Tisch ins Rollen kam. Der Weinkrug stürzte um.

»Ich hatte die Wahl, zu gehen oder zu bleiben«, gestand Juan. »Blieb ich, dann war ich verworfen. Denn nur ein Schuft sieht zu, wie man seinesgleichen unterdrückt.«

»Ihr zählt Euch wirklich zu den Ausgestoßenen?« fragte de la Cosa bestürzt.

Juan nickte. »Alles Übel, das man ihnen zufügt, trifft mich selbst. Ich habe entdeckt, daß es eine Gemeinschaft gibt, eine unauslöschliche und ewige Gemeinschaft. Versteht Ihr mich?«

»Nein«, kam der Schiffsmeister dem Admiral zuvor. »Ich kann Euch beim besten Willen nicht verstehen. Mag sein, daß Seine Exzellenz klüger ist als ich.«

Der Admiral stützte den Degen auf die Deckplanken und drehte den Griff langsam in seinen Händen.

»Ich mußte von meinem bisherigen Dasein Abschied nehmen«, berichtete Juan. »Es war sinnlos geworden. Es gab nur noch ein Dasein, das meine Brüder führen: auf den Landstraßen und auf der See. Ich habe dieses Dasein auf mich genommen.«

Colon zog ein Stück des Degens aus der Scheide und fuhr mit den Fingern langsam über die Klinge. Er öffnete den Mund, aber es schien, als mußte er sich erst zu einem Worte zwingen. »Euer Schiff ist ein Wrack. Es ist ein Wunder, wenn Ihr wohlbehalten einen Hafen erreicht.«

Juan lachte.

Die Segel schlugen dumpf an die Schiffswände. In breiten Strömen fiel Regen auf das Deck. Obwohl das Schiff kunstgerecht verankert war, schien der heftige Sturm es losreißen und zwischen Klippen werfen zu wollen. Die Segel peitschten die Masten in immer kürzeren Zeiträumen. Durch die schlechtschließende Tür drang Wasser in die Kajüte. Colons Füße verharrten unbeweglich in den schmutzigen Lachen.

Juan Fonseca stand auf. Er zog seine Jacke enger an den Leib und schob die Sturmbänder der Kappe über das Kinn.

Der Admiral ließ seinen Gast noch nicht los. »Ihr seid doch Christ. Eure Sprache ist reinstes Kastilianisch. Euer Denken und Handeln ist das eines Edelmannes –«

Juan blickte durch das kleine und schlechtschließende Fenster. Er suchte den Weg über das Verdeck. Dort war die Stiege. Eine Öllampe pendelte an einem Seil über der Bordwand.

»Ich habe in den letzten Tagen«, sagte Juan, »manche Ausdrücke erlernt, die Ihr nicht erfassen werdet. Und Eure Sprache klingt mir verändert. Ich muß sie erst in meine neue Art, zu denken, übersetzen.«

Colon blickte befremdet und schwieg.

Juan versuchte noch immer, sich verständlich zu machen. Aber er wußte schon, daß es ihm nicht gelingen würde. »Ich habe mein Haus verlassen. Nicht nur mein Haus. Ich habe alles verlassen, was Euch mit mir verbindet.«

»Undankbarer Mensch!« sagte Colon. Er betrachtete seinen Gast mit vorgebeugtem Kopf. Ein Fernes und Abgewandtes war in seinen Gesichtszügen, das er sich nicht erklären konnte.

»Wofür schulde ich Euch Dank?« wollte Juan wissen. »Ausgestoßene sind niemandem verpflichtet.«

Juan begegnete dem vorwurfsvollen Aufblick Colons und trat hastig auf das Verdeck. Ein dichter Nebel erfüllte die Luft wie ein dunkles Gewebe. Er glitzerte im dünnen Laternenlicht. Colon folgte seinem Besucher.

»Und Euer Ziel?« fragte er, wie um die Verlegenheit des Abschieds zu überbrücken.

»Wo es liegt, wissen wir nicht. Nur eines verlangen wir von ihm: Sicherheit. Ich fürchte, Ihr lacht mich neuerlich aus, Admiral?«

»Ich lache nicht«, versicherte Colon. Wiewohl ihn Juans Worte immer rätselhafter berührten, griff er nach den Händen des Offiziers, in der Hoffnung, daß dieser endlich aus seinem dumpfen Traum erwachen und seine sonderbare Verkleidung abstreifen würde.

»Ihr sucht wirklich Sicherheit? Sie ist hier, auf diesem Schiff. Oder wird der Großadmiral des Ozeans, der Vizekönig und Generalstatthalter von Asien und Indien nicht als tauglicher Bürge erachtet, einem eigensinnigen jungen Mann jede gewünschte Sicherheit zu garantieren?«

Juan schüttelte den Kopf. Es war Zeit, das vage Spiel von Frage und Antwort zu beenden. Dieses Schiff war eine Zuflucht. Aber auf dem andern war seine Welt. Ein quälendes Verlangen überkam ihn, schon dort zu sein. Der alternde Mann vor ihm, mit seiner Freundlichkeit, die er nicht erwidern durfte, war nicht mehr zu ertragen.

»Lebt wohl, Admiral!« sagte er tiefatmend und verbeugte sich tief.

Colon hatte noch immer seine Hände waagrecht gehalten, um die Hände des jungen Mannes aufzunehmen. Jetzt ließ er sie sinken. Er blickte beinahe ungläubig vor sich hin. Der unbegreifliche Starrsinn dieses Menschen verursachte einen wunderlichen Schmerz.

»Lebt wohl!« wiederholte Juan und suchte die Hand des Genuesen, um sie zu küssen.

Dieser trat hastig zurück. Plötzlich starrte er abseits. Er fühlte sich tief verletzt.

»Seht«, sagte Juan beschwörend, »je länger wir uns zu verständigen versuchen, Admiral, desto größer wird unser Mißverständnis.«

Colon stand regungslos.

Eine plötzlich aufsteigende Beklemmung schnürte Juan die Kehle zu. »Vielleicht begegnen wir einander noch einmal«, flüsterte er. »Vorläufig ist die Entfernung zwischen uns zu groß.«

Die Finsternis war undurchdringlich geworden. Juan beugte sich vor, als sammle er Kraft, in ihr unterzutauchen. Dann sprang er mit einem Satz über die kaum beleuchteten Bretter des Verdecks und ließ sich von der Treppe ins Boot gleiten.

Der Admiral folgte ihm mit den Augen. Sein Zorn war plötzlich versiegt. Langsam hob er seinen rechten Arm und zeichnete mit drei Fingern ein Kreuz in die Luft. Die zwei dunklen Spuren schienen einen Atemzug lang an der Nebelwand zu haften. Sie zerrannen im stärker einsetzenden Sturm.